बाघू सिंघा

बाघू सिंघा

वी. एस. कड़ाकोटी

भारत में सन् 2023 में प्रकाशित

ज्ञान पब्लिशिंग हाऊस
5, अंसारी रोड, दरियागंज,
नई दिल्ली-110002
वेब साइट: www.gyanbooks.com
ई-मेल: books@gyanbooks.com

Distribution Network
gyanbooks.com
India, USA, Canada, UK,Australia, France

बाघू सिंघा

ISBN: 978-81-212-9104-0 (PB)

मुद्रित: ज्ञान प्रेस, दिल्ली

कहानी के मुख्य बिन्दु

1. परिचय एवम् मित्रता
2. नामकरण (प्रथम)
3. विरह एवम् चुनौतियां
4. दिव्य–जल
5. सावधान विद्यालय
6. विश्राम विद्यालय
7. डगमग सेतु प्रतियोगिता
8. नामकरण (द्वितीय)
9. जल–वायु–पर्वत

भारत के उत्तराखण्ड राज्य में पहाड़ों एवम् मैदानों के मध्य 'रामनगर' नामक शहर में स्थित एक घर में रात से ही कुछ व्याकुलता एवम् चिन्ता का वातावरण था। घर के सभी वयस्क लोग डॉक्टर को फोन द्वारा सम्पर्क करने का प्रयत्न कर रहे थे परन्तु भारी वर्षा एवम् आँधी के कारण डाक्टर का फोन नहीं लग रहा था। चिन्ता का मुख्य कारण, घर का सबसे छोटा सदस्य (6 वर्षीय) "तिलु" नामक बालक बुखार से पीड़ा में निरन्तर धीरे स्वर में रोता हुआ पा–पा, पा–पा पुकार रहा था। समीप बैठी माँ उसे प्यार से समझा रही थी।

तिलु : पा–पा, पा–पा मैं भी आऊँगा...

माँ : हाँ बेटा, तुम्हारे पापा अभी आ जायेंगे...

तिलु : नहीं–नहीं मैं भी जाऊँगा...

माँ : बेटा तुम्हें बुखार था इसलिए तुम्हारे पापा साथ नहीं ले गये।

तिलु : नहीं–नहीं...(रोते हुए)।

माँ : तुम्हारे दादाजी ने डॉक्टर अंकल को फोन किया है वो तुम्हें दवा देंगे, तुम ठीक हो जाओगे, तो चले जाना।

दादी : डॉक्टर का फोन मिला क्या?...दादा से पूछते हुए।

दादा : हाँ बड़ी मुश्किल से, बस आता ही होगा।

इसी बीच दरवाजे पर खटखटाने की आवाज को सुन दादा शीघ्रता से दरवाजे की ओर जाकर दरवाजा खोलते हैं और तिलु की माँ दूसरे कमरे में रखे फोन से तिलु के पिता को सम्पर्क करने का प्रयास करती है।

डॉक्टर : क्या हुआ 'तिलु' को, कल तक तो ठीक था, जब वह अपने पापा के साथ मेरे क्लिनिक में आया था।

दादा : तुम खुद ही देख लो, बस रोये जा रहा है।

डॉक्टर तिलु के पास बैठकर उसके सिर पर हाथ रखता है।

डॉक्टर : इसे तो हल्का बुखार लगता है। बुखार कब से है?

दादी : अभी शाम से ही।

डॉक्टर : कुछ ठण्डा खा लिया था, क्या?

दादी : नहीं–नहीं, बस रोते–रोते बुखार आ गया।

डॉक्टर : किन्तु ये रो क्यों रहा है और इसकी माँ कहाँ है?

दादी : वो इसके पापा का फोन मिला रही है परन्तु आँधी के कारण फोन मिल नहीं रहा। लो, इसकी माँ भी आ गयी।

डॉक्टर : भाभी जी 'तिलु' रो क्यों रहा है इसका शरीर भी तप रहा है क्या ये किसी खिलौने की जिद् कर रहा है?...

माँ : नहीं। अभी कुछ देर पहले लगभग 6 बजे इसके पापा को इमरजेन्सी में दूर पहाड़ी पार किसी मरीज को देखने जाना पड़ा तो ये भी जिद करने लगा। वैसे वे जब आस–पास में मरीज देखने जाते हैं तो इसे भी ले जाते हैं परन्तु आज दूर जाना था और मौसम भी खराब है इसलिए वे इसे साथ नहीं ले गये। बस तब से ही रो रहा है।

डॉक्टर : हाँ, मैं समझ गया कि वो कहाँ गये हैं! मुझे पता चला है कि किसी जंगली जानवर ने जंगल के समीप वाले गाँव में रहने वाले किसी मनुष्य पर हमला कर उसे घायल कर दिया है उसी को देखने गये हैं, शायद!

माँ : क्या वो मनुष्य मर गया?

डॉक्टर : ये मुझे पता नहीं। वो तो इसके पापा के आने पर ही पता चलेगा। अभी फिलहाल मैं तिलु को कुछ पीने की दवाई दे देता हूँ, इसे पीकर तिलु को नींद आ जायेगी और इसे आराम भी मिल

जायेगा। वैसे घबराने की आवश्यकता नहीं है, सिर्फ अधिक रोने से इसकी तबीयत थोड़ी बिगड़ गयी है।

माँ : ठीक है...धन्यवाद, आपके आने के लिए।

डॉक्टर : कोई बात नहीं, यदि बुखार कम न हो तो मुझे फोन कर देना, मैं एक बार सुबह फिर आ जाऊँगा। अभी चलता हूँ और हाँ, इसके पापा अब कल सुबह ही लौटेंगे क्योंकि आँधी के कारण पहाड़ों के रास्ते एवम् सड़कें बन्द कर दी होंगी, इसलिए चिन्ता मत करना।

माँ : ठीक है। कहते हुए कमरे में लौटती है तो 'तिलु' को सोता हुआ देख कच्ची नींद में ही दवा पिलाकर गहरी साँस भरते हुए कमरे की बत्ती बन्द कर खिड़की का परदा लगाती है।

रात भर वर्षा एवम् आँधी के कारण हुई प्राकृतिक एवम् मानवीय क्षति को सूर्य अपनी पूर्ण शक्ति से दिखा रहा था, शुद्ध एवम् शीतल वायु प्रवाह के साथ–साथ सूर्य भी खिल के चमक रहा था।

सूर्य की किरणें खिड़की एवम् परदे से जगह बनाते हुये 'तिलु' के चेहरे पर पड़ती हैं। तिलु किरणों से मुख को छिपाते हुए दूसरी ओर करवट लेता है, आँखों को धीरे से खोलकर कुछ सोचता है, फिर अचानक बिस्तर पर बैठ कर जोर से चिल्लाता है।

तिलु : माँ–माँ–माँ, पापा आ गये क्या?...किचन की ओर जाते हुए।

माँ : (हँसते हुए) हाँ, आ गये तुम्हारे पापा। बाहर कुछ मरम्मत कर रहे हैं, लो पहले मुँह–हाथ धोकर कुछ खा लो।

तिलु : बाद में...बाहर भागते हुए पापा–पापा चिल्लाता है।

'तिलु' के पिता बाहर रात को आँधी से हुए नुकसान का जायजा लेने के साथ बिखरे हुए सामान को समेट रहे थे।

तिलु भागते हुए पिता की टाँगों से लिपट जाता है और रोते हुए कहता है।

तिलु : मैं आपसे बात नहीं करूँगा। आप कल मुझे अपने साथ क्यों नहीं ले गये?

पिता : बेटा, कल मुझे इमरजेन्सी में जाना पड़ा और जहाँ जाना था वो जगह बहुत दूर थी।...झुकते हुए प्यार से मनाते हैं।

तिलु : कितनी दूर?

पिता, पुत्र को दोनों हाथों से उठाकर गोद में रखते हुए पहाड़ी की ओर इशारा करते हैं।

पिता : वो वहाँ।

तिलु : ये तो पास है, पापा!

पिता : तुम वहाँ जाते तो थक जाते, समझे बेटा।

तिलु : तो फिर आप कैसे गये? जब आप जा सकते हो तो, मैं भी जा सकता हूँ। मैं हमेशा आपके साथ जाता हूँ, क्या कभी थका?

पिता : हाँ! हँसते हुए!...कभी नहीं थके। अच्छा गलती हुई, क्षमा कर दो मुझे! अब हमेशा तुमको अपने साथ ले जाऊँगा।

तिलु : ठीक है, मेरे आम कहाँ हैं?

पिता : अरे! वो तो मैं भूल ही गया।...चौंकते हुए।

तिलु : पापा, आप मुझे अपने साथ ले भी नहीं गये और आम भी नहीं लाये। आपको पता है ना, मुझे आम कितने अच्छे लगते हैं।

पिता : बेटा, कल आँधी और वर्षा के कारण बाजार बन्द हो गये थे, इसलिए नहीं ला पाया पर वादा करता हूँ कि आज शाम को बाजार से आम अवश्य लाऊँगा।...प्यार से कहते हैं।

तिलु : नहीं–नहीं मैं आपसे बात नहीं करूँगा, एक तो आप मुझे अपने साथ नहीं ले गये और न ही आम लाये।...रोते हुए, मुँह फेर लेता है।

पिता : आम नहीं लाया पर कुछ और लाया हूँ।...तिलु के कान में झुकते हुए धीरे स्वर में कहते हैं।

तिलु : क्या?...पलटकर पूछता है।

पिता, पुत्र का हाथ पकड़ कर घर के पीछे पालतू जानवरों (गाय, भैसों) के तबेले में ले जाते हैं।

तिलु : पापा, आप क्या लाये हो बताओ ना...आतुरता में पूछते हुए।

पिता : वो देखो...कोने में पड़े एक पिंजरे की ओर इशारा करते हैं।

तिलु अकेले ही पिंजरे की ओर बढ़ता है फिर पिंजरे के पास पहुचते ही घुटनों के बल बैठकर पिंजरे के ऊपर पड़े बोरे को हटाता है। पिंजरे के भीतर छोटे एवम् प्यारे कुत्ते के पिल्ले को देखता है जो कुछ घायल सा प्रतीत हो रहा था तथा ठण्ड से काँपते हुए सोने का प्रयास कर रहा था।

तिलु हैरानी से उसे निहारता रहता है...निरन्तर

इसी बीच 'तिलु' की माता वहाँ आवाज लगाती हुई पहुँचती है। तुम लोग कहाँ हो नाश्ता टेबल पर रखा ठण्डा हो रहा है परन्तु पिल्ले को देख...

माता : अरे! ये कहाँ से ले आये। तुम्हें पता हैं ना, मुझे कुत्तों से नफरत है ये तो बहुत छोटा है और घायल भी लग रहा है। ये अपनी माँ के बिना कैसे जीवित रहेगा।

पिता : हाँ मुझे भी डर था कि ये बचेगा या नहीं! बहुत हिम्मतवाला लगता है। मैंने इसे रात में कुछ दवा दी थी और वो काम कर गयी, अब इसे कुछ नहीं होगा।

माता : परन्तु ये घायल कैसे हुआ? और इसकी माँ कहाँ है?

पिता : वो अब इस दुनिया में नहीं है, मर चुकी है।...पिंजरे की ओर देखते हुए कहते हैं और तिलु अपने पिता की ओर देखता है।

माता : पर कैसे?

पिता : गाँव के लोगों ने बताया कि कुछ जंगली जानवरों ने इस पिल्ले की माँ तथा एक वृद्ध महिला पर हमला कर दिया था। शायद

वो इनके पालतू मवेशियों का शिकार करने आये थे। वृद्ध महिला और कुतिया ने विरोध किया होगा जिससे वे भड़क गये होंगे और उन्होंने इन पर हमला कर दिया यहाँ तक कि इस छोटे से बच्चे को भी नहीं छोड़ा परन्तु इसकी माँ ने दिलेरी से उनका सामना किया, वह निरन्तर भौंकती एवम् लड़ती रही, निरन्तर भौंकने की आवाज सुन कर बाकी गाँव वाले आये तो वो शिकारी जानवर वापस जंगल में लौट गये।

माता : उस वृद्ध महिला का क्या हुआ? क्या वो बच गयी?

पिता : नहीं, वो बच नहीं पाई और न इस पिल्ले की माँ।

माता : परन्तु उस जंगल में शिकारी जानवरों के लिए भोजन की कोई कमी नहीं है।...कहती हुई वापस चली जाती है।

पिता : हाँ, यही बात मुझे भी हजम नहीं हो रही है। भोजन की बहुतायत होने के बावजूद शिकारी जानवर मनुष्य बस्ती की ओर क्यों आये? वो तो हमेशा मनुष्यों से छिप कर रहते हैं। वो वहाँ शिकार के लिए तो नहीं आये होंगे...मन में सोचते हुए।

उस घटना की कड़ियों को जोड़ने तथा कारणों का पीछा करने के प्रयास में लगे पिता अचानक तिलु के आवाज देने पर रुक जाते हैं।

तिलु : पापा ये आँखें खोल रहा है और अब रो भी रहा है। क्या इसे दर्द हो रहा है?

पिता : शायद!...कहते हुए पिंजरे को खोलते हैं फिर उस पिल्ले पर हाथ फेरते हुए उसके घावों की जाँच करते हैं।

पिता : बेटे, जाओ अपनी माँ से कहो कि इसके लिए थोड़ा दूध गर्म कर दे। इसे भूख भी लगी होगी।

'तिलु' भागता हुआ किचन की ओर जाता है और माँ को दूध के लिए कहता है।

तिलु : माँ—माँ, पिताजी उस पिल्ले के लिए दूध गर्म करने के लिए कह रहे हैं क्योंकि वो भूखा है और रो भी रहा है।...लम्बी साँसें भरते हुए कहता है।

माँ : हाँ–हाँ करती हूँ।...गुस्से में बड़बड़ाती हुई।

तिलु दूध लेकर वापस तबेले में आता है।

तिलु : पापा, ये लो मैं दूध ले आया।

पिता : तुम पिला दो, मैं इसे दवा लगा देता हूँ।

तिलु : परन्तु पापा ये मुझ पर गुस्सा क्यों हो रहा है?

पिता : बेटा, अभी तुम्हारी इससे मित्रता नहीं हुई जब ये तुम्हें जान जायेगा तो गुस्सा नहीं करेगा, पर इसे छेड़ना नहीं। ठीक है–PROMISE

तिलु : ठीक है पापा नहीं छेडूंगा। PROMISE

लगभग एक सप्ताह तक 'तिलु' उस पिल्ले को नियमित दूध पिलाने के साथ–साथ देखभाल भी करता रहा, परिणामस्वरूप वो घायल पिल्ला स्वस्थ हो गया तथा तिलु से उसकी मित्रता भी हो गयी। वे नियमित रूप से प्रतिदिन खेलने लगे। एक दिन घर के आँगन में खेलते हुए।

तिलु : लो, भागो और इस बॉल को पकड़ो।

पिल्ला 'तिलु' द्वारा दिये निर्देशों को बहुत शीघ्र समझने लगा।

पिता : अरे! लगता है तुम दोनों में मित्रता हो गयी है। अब ये तुम्हें पहचानता भी है।

तिलु : हाँ, पापा ये बहुत समझदार है जो भी सिखाता हूँ बहुत जल्दी सीख जाता है।

पिता : हाँ बेटा। जानवरों में कुत्ते बहुत समझदार और वफादार होते हैं। ये अब तुम्हें कभी नहीं भूलेगा।

तिलु : (खुश होते हुए) हाँ पापा! किन्तु पापा हमने तो इसका कोई नाम रखा ही नहीं। मैं इसे किस नाम से पुकारूँ।

पिता : ये तुम्हारा मित्र है, इसका नाम भी तुम्हें ही रखना होगा।. ..हँसते हुए बाहर चले जाते हैंऔर 'तिलु' सोच में पड़ जाता है।

(तिलु पिल्ले के समक्ष मुख कर सीधा लेट जाता है और पिल्ले से बात करने लगता है।)

तिलु : तुम्हारा नाम क्या रखूँ? समझ में नहीं आ रहा। चलो कुछ सोचते हैं।

- हाँ, तुम बहुत चालाक और समझदार हो तो CLEVER नाम कैसा रहेगा।

  पिल्ला खामोश रहता है।

- हाँ, तुम बहुत तेज हो तो तुम्हारा नाम "रफ्तार" होगा। ठीक है ना! नहीं?
- हाँ तुम बहुत निडर और बलवान हो तो तुम्हारा नाम होगा– D-man जैसे He-man नहीं?

तिलु सोचते हुए खड़ा होकर पिल्ले के चक्कर लगाता है।

- तुम चालाक हो।
- तुम तेज और फुर्तीले हो।
- तुम निडर और बलवान भी हो।

ये सारे गुण तो "TIGER" यानि 'बाघ' में होते हैं। मेरी टीचर ने हमें स्कूल में पढ़ाया था।

ठीक है तो बाघ जैसे गुण होने के कारण मैं तुम्हारा नाम रखता हूँ।

'बाघू' पुनः ऊँचे स्वर में चिल्लाता है।

ये नाम सुन, पिल्ला भी खड़ा होकर भौंकने लगता है।

तिलु : क्या तुम्हें भी ये नाम पसन्द आया। मुझे भी आया।...दोनों आँगन में उछलने लगे। इसी बीच तिलु के माता–पिता लौटते हैं।

पिता : अरे! क्या हुआ तुम दोनों नाच क्यों रहे हो?

माता : कहीं इस पिल्ले ने तुम्हें काट तो नहीं लिया? कोई बतायेगा कि आखिर हुआ क्या है?...चीखते हुए।

तिलु : नहीं–नहीं इसने मुझे नहीं काटा। ये अब मेरा मित्र बन गया है।

पिता : तो आखिर तुम दोनों उछल–कूद क्यों कर रहे हो?

तिलु : क्योंकि मैंने इस पिल्ले का नाम सोच लिया है और ये भी उस नाम को सुन कर बहुत खुश है।

पिता : अच्छा तो ये बात है। तो बताओ क्या नाम रखा है तुमने इस पिल्ले का।

तिलु : 'बाघू'–'बाघू' ।...ऊँचे स्वर में चिल्लाता है।

माता–पिता : (हँसते हुए) बहुत अच्छा नाम है...फिर उन्हें नाचता हुआ छोड़ अन्दर कमरे में चले जाते हैं।

'तिलु' और बाघू समय के साथ बड़े होते हुए घनिष्ठ मित्र बन गये। छोटा–सा बाघू अब एक साल का हो गया था परन्तु दिखने में वो अधिक बड़ा लगता था। जो भी उसे देखता वो देखता ही रह जाता। ध्वज की तरह दो कान हमेशा खड़े या दाएँ बाएँ घूमते रहते। पैनी नजर, गजब की फुर्ती, मोटी व लम्बी पूँछ तथा शरीर में गहरे काले व भूरे रंग के घने बाल। भौंकने पर ध्वनि से वायु में कम्पन तथा घुर्राने पर मन में भय का अनुभव होता था। चोरों का उस छोटे से नगर में आना बन्द हो गया क्योंकि बाघू अब प्रतिदिन नगर की गश्त लगाया करता था। नगर में रह रहे दूसरे पालतू जानवर भी बाघू का सम्मान करते, जिनमें दो पालतू कुत्ते गोटी और टीगो जो बाघू के घनिष्ठ मित्र थे। गोटी एक छोटा सफेद रंग का तथा टीगो एक पूँछ कटा कुत्ता था। जब 'तिलु' स्कूल से लौटता तो ये दोनों भी बाघू के साथ शाम को आँगन में खेल कर बहुत मजे करते।

एक दिन सुबह रविवार को नगर के कुछ लोग नगर प्रधान जी के साथ 'तिलु' के घर पहुँचते हैं। आँगन में खेल रहे 'तिलु' से पूछते हैं।

प्रधान जी : बेटा 'तिलु' तुम्हारे पापा कहाँ हैं?

तिलु : अंकल नमस्ते, क्या हुआ?

प्रधान जी : कुछ नहीं, हम उनसे मिलने आये हैं।

तिलु : पापा, वह तो अन्दर कमरे में मम्मी और दादा–दादी के साथ नाश्ता कर रहे हैं।

प्रधान जी : क्या तुमने नाश्ता नहीं किया?

तिलु : हाँ, हमने कर लिया, तभी तो खेल रहे हैं।

प्रधान जी : ओह! बहुत अच्छा। तब तो खेलो।

प्रधान जी दरवाजे पर खड़े होकर तिलु के पिता को आवाज लगाते हैं।

प्रधान जी : सर। क्या आप घर पर हो?

प्रधान जी की आवाज सुनकर तिलु के पिता घर से बाहर निकलते हैं।

पिता : अरे प्रधान जी, आइए पधारें। आज कैसे आना हुआ?

प्रधान जी : जी, हम तो आप का धन्यवाद करने आये हैं।

पिता : धन्यवाद ! किस बात के लिए?

प्रधान जी : बाघू के लिए, बाघू को इस नगर में लाने के लिए।

पिता : किन्तु बाघू ने ऐसा क्या किया?

प्रधान जी : आप को तो पता ही था पहले इस नगर में हर हफ्ते चोरी हुआ करती थी परन्तु जब से बाघू ने रात को गश्त लगानी शुरू की है तब से चोरी में कमी आयी या यूँ कह लो कि चोरी बन्द ही हो गयी है।

पिता : हाँ ये तो सच है पर गोटी और टीगो भी बाघू के साथ गश्त लगाते हैं वो दोनों भी बाघू की मदद करते हैं।

प्रधान जी : अरे उन दोनों को तो शरारत या खाने के अलावा कुछ नहीं सूझता। एक टींगू है तो दूसरा पूँछ कटा। उन दोनों के बस का तो कुछ नहीं।

इधर तिलु, बाघू, गोटी तथा टीगो दीवार के पीछे से इनकी सारी बातें सुन रहे थे।

गोटी : यदि अब चोर ने प्रधान जी के घर चोरी की तो मैं उसको चोरी करने दूँगा।

टीगो : ठीक कहा तुमने गोटी। कहते हैं हमारा सारा ध्यान शरारत और खाने में है।

बाघू : चुप रहो दोनों, वो मजाक कर रहे हैं।

दोनों गुस्से से प्रधान जी की ओर देखते हुए घुर्राते हैं।

तिलु : एक मिनट चुप रहो, वे कुछ और भी बता रहे हैं।

प्रधान जी के साथ आये लोगों में से एक उनके कान में कुछ फुसफसाता है।

प्रधान जी : अरे हाँ! एक आवश्यक सूचना आप को देनी थी, बातों में भूल ही गया।

पिता : वो क्या प्रधान जी?

प्रधान जी : नगर निगम के अधिकारियों से पता चला है कि कुछ आवारा कुत्तों में विचित्र बीमारी पायी गयी है जो कुत्तों में बहुत तीव्रता से फैलती है और मनुष्यों के लिए जान लेवा है।

पिता : कौन सी बीमारी?

प्रधान जी : वो मुझे पता नहीं परन्तु निगम ने निर्देश जारी किये हैं कि सभी आवारा कुत्तों को पकड़ कर जंगल में पहुँचा दिया जाये। ताकि वे किसी मनुष्य को न काट सकें।

पिता : क्या, हमारे बाघू के साथ दूसरे पालतू कुत्तों को भी जंगल जाना होगा?

प्रधान जी : नहीं–नहीं सभी पालतू कुत्तों के लिए निगम ने पट्टा दिया है, जिसे उनके गले में बाँधना है। इस पट्टे की सहायता से निगम के कर्मचारी पालतू कुत्तों की पहचान आसानी से कर सकते हैं।

पिता : तो वो पट्टा कहाँ से मिलेगा? क्या मुझे निगम जाना पड़ेगा उस पट्टे के लिए?

प्रधान जी : नहीं–नहीं पट्टा मैं लेकर आया हूँ। ये लीजिए।...अपने, साथियों से लेकर देते हैं।

पिता : ये तो एक ही है! गोटी और टीगो के लिए?

प्रधान जी : अरे वो दोनों जंगल जायें तो ज्यादा अच्छा है। कम से कम मुझे और नगर वासियों को कुछ राहत तो मिलेगी।

गोटी : (क्रोध में घुर्राते हुए) प्रधान जी हमारा अपमान कर रहे हैं। यदि हम इनके यहाँ नहीं रहते तो...कहते ही टीगो की ओर देखता है।

बाघू : अरे चुप हो जाओ, दोनों फिर शुरू हो गये।

पिता : नहीं, मुझे दो पट्टे और दे दीजिए। वे दोनों भी इस नगर के रक्षक हैं।

प्रधान जी : आप कह रहे हैं तो रख लो, पर कह देता हूँ कि आप पछताओगे! हाँ।

पिता : कोई बात नहीं, देख लेंगे।...हँसते हुए।

पिता के आवाज लगाते ही तिलु, बाघू, टीगो तथा गोटी सहित झटपट उनके पास पहुँचता है।

पिता : तिलु, तुम्हें पता है, कि प्रधान जी ने मुझे क्या बताया।

तिलु : जी पापा, मैंने सब सुन लिया। लाइए, ये पट्टे मुझे दीजिए मैं इन पट्टों को बाघू, गोटी तथा टीगो के गले में बाँध देता हूँ. जिससे वे जंगल जाने से बच जायेंगे।

पिता : शाबाश बेटा, तुम बहुत समझदार हो गये हो।

प्रधान जी : अच्छा तो हम चलते हैं ये पट्टे दूसरे लोगों को भी देने हैं।...क्रोध से लाल टीगो तथा गोटी को देख प्रधान जी चुपचाप वहाँ से निकल जाते हैं।

पिता : ठीक है, आपका बहुत–बहुत धन्यवाद यहाँ आने के लिए।

तिलु आँगन की ओर भागते हुए बाघू, गोटी, टीगो को अपने साथ ले चलता है।

तिलु : इधर आओ बाघू गोटी और टीगो। ये पट्टा मैं तुम्हारे गले में बाँध देता हूँ। अब निगम के कर्मचारी तुम्हारी पहचान आसानी से कर सकते हैं। ध्यान रखना इस पट्टे को निकालना नहीं...समझे।

तिलु तीनों के गले से पुराने पट्टे खोल कर निगम द्वारा दिये नये पट्टे बाँध देता है।

गोटी : अरे! ये पट्टा तो कुछ अधिक खुरदरा है। गले में चुभ रहा है। क्यों?

टीगो : हाँ, चुभ तो रहा है

बाघू : कुछ भी हो, अब हमें ये पट्टा कुछ दिन तो पहनना ही होगा, जब तक ये बला टल नहीं जाती।

गोटी : कहाँ फँस गये।

तिलु : अच्छा, अब शाम हो रही है मुझे होमवर्क करना है फिर समय से सोकर कल स्कूल जाने के लिए जल्दी उठना है। तुम दोनों भी अपने घर जाओ। कल दिन में मिलते हैं।

बाघू दोनों को जाने का इशारा करता है।

पट्टे से नाराज तथा जूझते हुए दोनों अपने घर अर्थात् प्रधान जी के घर चले जाते हैं।

अगली सुबह वर्षा से प्रारम्भ होती है।

पिता : ये बारिश रुकने का नाम नहीं ले रही।

माता : अब तिलु कैसे स्कूल जायेगा?

पिता : आठ बज चुके हैं और बारिश अब भी हो रही है। तिलु से कहो आज छुट्टी कर ले। इतनी बारिश में स्कूल जाना ठीक नहीं।

माता : ठीक है। (कहती हुई तिलु की ओर जाती है) तिलु आज बारिश बहुत हो रही है इसलिए तुम्हारे पापा कह रहे हैं कि आज छुट्टी कर लो, जल्दी से कपड़े (स्कूल ड्रेस) बदलकर STUDY ROOM में अपना होम वर्क कर लो।

तिलु : ओह! आज मैंने स्कूल में फुटबॉल की प्रैक्टिस करनी थी। अब क्या होगा?

माता : इतनी बारिश में स्कूल कोई नहीं आया होगा। जब बारिश रुक जाये तब तुम फुटबॉल की प्रैक्टिस घर पर ही कर लेना।

तिलु : पर किसके साथ? मम्मा।

माता : बाघू, गोटी, टीगो और पड़ोस के नरू के साथ।

तिलु : ठीक है मम्मा। अभी होम वर्क कर लेता हूँ।

लगभग दो–तीन घंटे बाद बारिश रुक जाती है। फुटबॉल प्रैक्टिस की आतुरता में तिलु बाहर आँगन में आ जाता है। वहाँ पहले से ही बाघू, गोटी तथा टीगो को खेलते हुए देख कर बगल की दीवार से पड़ोस के नरू को आवाज लगाता है।

तिलु : नरू–नरू। आ जाओ फुटबॉल की प्रैक्टिस करते हैं।

नरू : क्या हुआ क्यों आवाज दे रहे हो...बाहर आते हुए।

तिलु : परसों मैच है। प्रैक्टिस नहीं करनी क्या?

नरू : पर घास में तो पानी ही पानी है और कीचड़ भी।

तिलु : पानी में फुटबॉल खेलने में अधिक मजा आता है।

नरू : अच्छा आता हूँ...कहता हुआ अन्दर चला जाता है।

तिलु : बाघू, गोटी, टीगो क्या तुम भी हमारे साथ खेलोगे?

गोटी : अरे नहीं। मैं तो इस पट्टे से परेशान हूँ रात भर इस पट्टे ने सोने नहीं दिया।

बाघू : हाँ ये ठीक कह रहा है। पूरी रात गले में चुभता रहा। गले पर भी निशान पड़ गया है।

तिलु : पर मैंने अभी देखा था कि तुम तीनों खेल रहे थे और एक दूसरे को पकड़ रहे थे।

टीगो : अरे वो हम खेल नहीं रहे थे, हम तो एक दूसरे से REQUEST कर रहे थे कि हमारा पट्टा खोल दो।

तिलु : ठीक हैं मैं तुम्हारा पट्टा खोल देता हूँ, पर जब तुम घर से बाहर जाओगे तो तुम्हें ये फिर से पहना दूँगा, ठीक है।

बाघू हाँ में सिर हिलाता है।

तिलु सबके पट्टे गले से खोल कर पट्टों को दीवार पर टाँग देता है। इसी बीच नरू भी आ जाता है।

तिलु : लो नरू भी आ गया। चलो खेलते हैं।

बाघू : पट्टा उतार के अच्छा लग रहा है क्यों गोटी और टीगो?

गोटी : हाँ, सिर से एक बोझ कम हुआ। मेरा मतलब गले से।

फिर सब पानी से भरी घास तथा कीचड़ पर फुटबॉल खेलने लगते हैं।

नरू : अरे मैं तो फिसल रहा हूँ शायद मिट्टी बहुत गीली है?

तिलु : यदि हम गीली मिट्टी में खेल पाये तो सूखी मिट्टी पर अधिक अच्छा खेलेंगे।

तिलु और नरू फुटबॉल एक दूसरे को पास करते फिर शॉट मारते हुए कई बार कीचड़ भरी घास में गिर जाते हैं। उधर दूसरी तरफ बाघू, गोटी तथा टीगो भी कीचड़ में लोट–पोट होते हुए खेलते तथा दूर गयी बाल को वापस लाते हैं। तभी तिलु एक ऊँचा शॉट लगाता है जिसके कारण फुटबॉल आँगन से बाहर सड़क पर चली जाती है।

नरू : अरे फुटबॉल तो बाहर चली गयी। अब क्या होगा?

तिलु : कोई बात नहीं तुम मुझे दीवार पर चढ़ाओ। यदि कोई बाहर होगा तो मैं उससे माँग लूँगा।

नरू, तिलु को अपने कन्धे पर चढ़ा कर देखने को कहता है।

तिलु : अरे, यहाँ तो कोई भी नहीं है। बड़ा विचित्र है।

नरू : शायद बारिश के कारण लोग घर पर ही हैं।

तिलु : जाओ, तुम बाहर जाकर फुटबॉल ले आओ।

नरू : ना बाबा। मैं नहीं जाऊँगा, अगर मम्मी ने मुझे इस हाल में देख लिया तो वापस नहीं आने देगी। मैं कीचड़ से भरे कपड़े लेकर अब तो पूरी प्रैक्टिस के बाद ही घर जाऊँगा।

तिलु : अच्छा ठीक है। मैं ही चला जाता हूँ।...कहते ही गेट की ओर जाने लगता है।

इतने में बाघू, तिलु के सामने आ कर पूँछ हिलाने लगता है।

तिलु : क्या हुआ बाघू?

बाघू भौंकते हुए बाहर की ओर इशारा करता है।

तिलु : अच्छा, तो तुम फुटबॉल लाना चाहते हो। जाओ जल्दी से ले आना।

बाघू फुटबॉल लेने के लिए गेट की ओर भागता है तो उसके पीछे–पीछे गोटी और टीगो भी भाग पड़ते हैं।

गोटी : बाघू, हम भी आ रहे हैं।

बाघू, गेट से बाहर आकर उस दिशा में जाता है जहाँ पर फुटबॉल गिरी थी। सड़क पर खड़ा होकर इधर–उधर नजर घुमाता है तो फुटबॉल सड़क के पार नाले में गिरी हुई नजर आती है। बाघू दौड़ कर उस ओर जाता है, बहुत प्रयास करता है परन्तु फुटबॉल पर पकड़ बनाने में नाकाम रहता है। इसी बीच गोटी और टीगो भी वहाँ पहुँच जाते हैं।

गोटी : अरे! ये फुटबॉल तो नाले में चली गयी।

टीगो : अरे! हाँ ये तो बहुत गन्दा पानी है, बदबू भी बहुत आ रही है। हम पालतू जानवर हैं हमें इस गन्दे पानी से दूर ही रहना चाहिए।

बाघू : हाँ मैं जानता हूँ तभी मैं इसमें कूदा नहीं। वरना मैं फुटबॉल कब ही का निकाल लेता।

गोटी : अब हम क्या करेंगे?

टीगो : चलो वापस लौटकर उनको बता देते हैं। वे अपने आप निकाल लेंगे।

बाघू : एक मिनट रुको। मुझे लगता है कि हमें एक अन्तिम प्रयास और करना चाहिए। फुटबॉल नाले में घूम रही है जैसे ही फुटबॉल इस ओर आयेगी मैं उसे पकड़ लूँगा। ठीक है।

बाघू, गोटी और टीगो अपना ध्यान फुटबॉल पर केन्द्रित कर लेते हैं परन्तु वे तीनों यह भूल जाते हैं कि निगम के कर्मचारी आवारा कुत्तों को पकड़ने के लिए नगर में गश्त लगा रहे हैं तथा उनके गले में निगम द्वारा दिया गया पट्टा भी नहीं है।

गोटी : बाघू, देखो बॉल इधर ही आ रही है।

टीगो : हाँ, मैं भी यही कहने वाला था।

बाघू : हाँ, जैसे ही ये फुटबॉल इस किनारे पर आयेगी मैं इसे पकड़ लूँगा। तुम दोनों जरा शान्त रहो।

उधर निगम के कर्मचारियों की नजर इन तीनों पर पड़ती है।

निगम कर्मचारी 1 : वो देखो, वे आवारा कुत्ते नाले से पानी पी रहे हैं। चलो उस ओर गाड़ी घुमाओ धीरे से।

निगम कर्मचारी 2 : अरे भाई, ये तो तीन कुत्ते हैं। मिट्टी और कीचड़ में सने हुए, ये अवश्य ही आवारा कुत्ते होंगे।

निगम कर्मचारी 3 : हाँ– हाँ ये आवारा कुत्ते ही हैं, देखो इनके गले में निगम द्वारा दिये गये पट्टे भी नहीं हैं। हमें चुपचाप इन तक पहुँचना होगा।

उधर बाघू फुटबॉल को पकड़ने के लिए तैयार होता है।

गोटी : बाघू फुटबॉल आ गयी। पकड़ो–पकड़ो।

निगम कर्मचारी 1 : पकड़ लिया...पकड़ लिया।...तीनों कुत्तों पर जाल फेंकने के बाद ऊंचे स्वर में चिल्लाते हुए हँसता भी है। हा–हा–हा।

पहले से पकड़े हुए कुछ कुत्तों के साथ निगम कर्मचारी–1 और निगम कर्मचारी–2 इन तीनों को भी जाल सहित उठा कर गाड़ी में पीछे की ओर डाल देते हैं। तीनों जाल में छटपटाते रह जाते हैं।

निगम कर्मचारी 1 : चलो आज का काम भी खत्म हुआ। गाड़ी को जंगल की ओर घुमाओ, इन सबको वहाँ फेंक कर घर निकल जायेंगें। बहुत परेशान कर रखा था।

निगम कर्मचारी गाड़ी जंगल की ओर घुमाकर गाना गुनगुनाते हुए चल पड़ता है। बाघू, गोटी तथा टीगो भौंकते रह जाते हैं कि वे आवारा कुत्ते नहीं हैं पर निगम कर्मचारियों पर कोई असर नहीं होता।

बाघू : भौंकना बन्द करो। मैं समझ गया हमारे गले में पट्टे नहीं हैं, इसलिए इन्हें लगा होगा कि हम आवारा हैं।

गोटी : अब क्या होगा? बाघू क्या ये हमें सचमुच जंगल छोड़ देंगे?

बाघू : लगता तो यही है अब कुछ नहीं कर सकते। हम जाल में बन्द हैं।

गोटी : अरे! क्या कह रहे हो बाघू। जंगल के नाम से मुझे सु–सु आ रहा है। वहाँ तो बहुत खतरनाक जंगली जानवर भी हैं वो हमारा क्या हाल करेंगे? मुझे बहुत डर लग रहा है बाघू। कुछ करो।

बाघू : शान्त रहो। मुझे कुछ सोचने दो।

गोटी, टीगो की तरफ देखता है तो पाता है कि वो गाड़ी के जंगले से बाहर की ओर देख रहा है तथा बाकी कुत्ते तो ऐसे सो रहे हैं जैसे शादी से लौटकर आ रहे हैं।...मन में कहते हुए।

गोटी : अबे तू बाहर का नजारा ले रहा है क्या? हमारी जान आफत में है, और तू बाहर का मौसम देख रहा है।

टीगो : नहीं मूर्ख। मैं तो सारा मार्ग याद कर रहा हूँ जब ये लोग हमें जंगल में छोड़ेगे तो हम इसी मार्ग से वापस आ जायेंगे। समझे।

गोटी : अरे...वाह मैंने तो ये सोचा ही नहीं, चलो मैं भी तुम्हारे साथ इस मार्ग को देखता हूँ ताकि मुझे भी यह मार्ग याद हो जाये।

बाघू : अरे मूर्खों, जंगल यहाँ से बहुत दूर है और हमें ये भी नहीं पता कि ये लोग हमें कहाँ छोड़ेंगे। थोड़ी देर में अन्धेरा हो जायेगा फिर हमें सड़क भी नहीं दिखेगी।

टीगो : तो हम क्या करें? बाघू!

प्रतीक्षा, बाघू जंगले से बाहर देखते हुए कहता है।

दो से तीन घंटे चलने के बाद गाड़ी एक सुनसान जगह पर रुकती है। गाड़ी में बन्द सभी कुत्ते सहम/डर जाते हैं। पहले निगम कर्मचारी–1 फिर निगम कर्मचारी–2 बाहर उतर कर पीछे का दरवाजा खोलते हैं। दरवाजे के खुलने के साथ ही गोटी और टीगो ये बताने की कोशिश करते हैं कि वे आवारा कुत्ते नहीं हैं परन्तु निगम कर्मचारी उन सबको बाहर निकाल लेते हैं।

निगम कर्मचारी 3 : अब बोलो क्या करना है? इनको फेंक दूँ क्या?

निगम कर्मचारी 2 : बिलकुल! हम इन सबको पिकनिक पर थोड़े ही लाये हैं। इस खड़ी ढलान से सबको नीचे फेंक दो। इस मार्ग से ये वापस नहीं आ सकते। अब यदि इनको वापस शहर में आना है तो जंगल से होकर ही आना होगा और जंगल में दूसरे जंगली जानवर इनको वापस आने नहीं देंगे।

निगम कर्मचारी 1 : पर यहाँ से छोड़ने पर इनकी जान भी जा सकती है।

निगम कर्मचारी 2 : मैंने जो कहा बस वो करो। यदि इन्हें आसान या कम ढलान वाली जगह से छोड़ा तो ये जंगल में जाने की बजाय वापस शहर लौट आयेंगे। मुझे अपना समय इनको शहर से जंगल छोड़ने में नष्ट नहीं करना है।

निगम कर्मचारी 1 : ये मुझसे नहीं होगा।

निगम कर्मचारी 2, निगम कर्मचारी 1 से कुत्तों से भरा जाल छीनता है। फिर एक–एक कर सभी कुत्तों को खड़ी–तीखी ढलान से नीचे गहरी खाई में फेंक देता है। सभी कुत्ते ढलान में तेजी से लुढ़कते

तथा बचाओ–बचाओ चिल्लाते हुए नीचे जंगल की ओर गिरने लगते हैं। एक–एक करके सब जंगल की समतल भूमि पर पहुँचते हैं। सबको बहुत चोटें एवम् खरोचें लगती हैं। बाघू तीखी ढलान से गिराये गये सभी कुत्तों की शीघ्रता से गिनती करता है।

बाघू : अरे! एक साथी कहाँ है। हम सात थे पर नीचे यहाँ छः ही हैं, ढूँढ़ो!

टीगो : अरे बाघू, ये सोचो कि यहाँ से निकला कैसे जाये, पर तुम कह रहे हो कि उस सातवें कुत्ते को ढूँढ़ो।

बाघू : याद रखो टीगो हम जंगल में हैं और हमारी संख्या ही हमारी ताकत है। इसलिए उस सातवें कुत्ते को ढूँढ़ो, जल्दी! मैं इस ओर देखता हूँ तुम उधर देखो।...सभी उस सातवें कुत्ते को ढूँढ़ने लगते हैं।

गोटी : अरे! ये देखो ये तो यहाँ पर पड़ा हुआ है। लगता है इसको ढलान से लुढ़कते समय काफी चोटें लग गयी हैं। ये उठ नहीं सकता पर इसकी साँसें चल रही हैं।

बाघू : क्या तुम खड़े होकर चल सकते हो।...ये पूछते ही वो घायल कुत्ता दम तोड़ देता है। अब इस तीखी ढलान से वापस जाना खतरनाक है यदि आधी चढ़ाई में पहुँच कर कहीं पैर फिसला तो सीधे इस गहराई में फिर लुढ़क जायेंगे... कहता हुआ बाघू सोचने लगता है।

गोटी : तो अब क्या?

बाघू : अब हमें जंगल के अन्दर से जाना होगा...बाघू जंगल की ओर देखते हुए कहता है।

टीगो : जंगल के अन्दर से जाने पर भी तो खतरा है।

बाघू : ये खतरा तो हमें उठाना ही पड़ेगा। दोस्तों अन्दर जाने के लिए तैयार हो जाओ, हम जंगल में नये हैं। सावधानी बरतना। यहाँ गलती की कोई गुंजाइश नहीं है।

बाघू के पीछे–पीछे सब जंगल के अन्दर चल पड़ते हैं।

टीगो : अरे भाई, हम बहुत बड़ी गलती कर रहें हैं। मैं कहता हूँ कि हमें उजाले की प्रतीक्षा करनी चाहिए। सूर्य निकलने पर हमें पता चलेगा कि हम कहाँ पर हैं।

गोटी : हाँ, यदि रात को बच पाये तो। ये जंगल है टीगो।

एक दूसरे से लड़ते तथा सलाह देते सब आगे बढ़ते रहे तभी कुछ आवाजें, जो झाड़ियों से आ रही थीं को सुन कर सभी रुक जाते हैं। आवाज धीरे–धीरे तेज होती जा रही थीं। आवाज को सुन कर सभी काँपने लगे केवल बाघू बड़े ध्यान से उस आवाज को सुन रहा था।

बाघू : घबराओ नहीं। एक तरफ खड़े हो जाओ। ये कोई जंगली जानवर नहीं लगता है।

तभी झाड़ियों से 9–10 कुत्ते बाहर निकल कर आये जो डरे हुए लग रहे थे।

बाघू : अरे रुको–रुको कहाँ भागे जा रहे हो? कौन हो तुम सब? क्या इस जंगल में ही रहते हो?

पहला कुत्ता : अरे नहीं भाई। हम सभी शहर में रहते थे। कुछ मनुष्यों ने हमें इस जंगल में छोड़ दिया है। तब से इधर–उधर भाग रहे हैं।...हाँफते हुए बताता है।

बाघू : किन्तु इधर–उधर भाग क्यों रहे हो?

दूसरा कुत्ता : पहले ये बताओ तुम कौन हो?...शंका से पूछा।

बाघू : हम भी तुम्हारी तरह शहर में रहते थे और हमें भी कुछ मनुष्यों ने यहाँ इस जंगल में छोड़ दिया। अब बताओ तुम भाग क्यों रहे थे?

तीसरा कुत्ता : जब हमें यहाँ छोड़ा गया था, तब हम 15 कुत्ते थे परन्तु अब हम 10 से भी कम हो गये हैं।

बाघू : किन्तु ऐसा क्यों? क्या वे रास्ता भटक गये हैं?

तीसरा कुत्ता : नहीं, उन्हें मार दिया गया है।...रोते हुए बताता है।

टीगो : अरे भाई किसने मारा उन्हें शेर, बाघ, तेंदुए या भेड़िए ने।

नहीं–नहीं वो तो कुछ अलग से ही दिखते हैं परन्तु उनके जबड़े बहुत शक्तिशाली हैं एक ही वार में हड्डी का कचूमर बना देते हैं। वो राक्षस लगते हैं।

टीगो : पर इन के अलावा वो कौन हो सकता है।

बाघू : अच्छा, जो हुआ उसे भूल जाओ। अब हमें यहाँ से निकलने के बारे में सोचना है। तुम सब यहाँ पहले से भटक रहे हो। तुम्हें पता होगा यहाँ से निकलने का मार्ग कहाँ है?

कुत्ता : हाँ, हमें यहाँ भटकते हुए एक सप्ताह से अधिक हो गया। हमने बहुत खोजा पर मार्ग नहीं मिला। निराश होते हुए कहता है।

गोटी : तो मर गये। अब हमारा अन्त समय आ गया है। भाईयों वो राक्षस हमें भी अपने जबड़ों से कुचल देंगे।

बाघू : गोटी चुप करो। सोचो, कोई तो मार्ग होगा जो तुमने देखा हो।

हाँ, जरा साँस ले लो किन्तु सोचो...टीगो और गोटी भी उनसे कहते हैं।

कुत्ता : हाँ एक मार्ग है, यदि हम अन्दर बह रही नदी को पार कर लें तो उस ओर कुछ शान्ति लग रही है परन्तु इस समय नदी अपने उफान पर है। इस समय हम इसे पार नहीं कर सकते और नदी के आस–पास वो राक्षस भी घूमते रहते हैं।

गोटी : तो फिर हम यहीं ठीक हैं, बाघू हम यहीं पर प्रतीक्षा करेंगे। कोई–न–कोई तो हमारी सहायता को अवश्य आयेगा।

टीगो : ये ठीक कहता है बाघू हमें यही करना चाहिए। बाकी सभी अपना समर्थन इसी बात पर देते हैं।

बाघू : नहीं, यहाँ अब हमारी सहायता के लिए कोई नहीं आयेगा।

हम यहाँ प्रतीक्षा में भूखे ही मर जायेंगे। भूख से यूँ ही मरने के बजाय हमें समझदारी से काम लेना होगा। सबको समझाते हुए कहता है।

हमें याद रखना चाहिए कि शहरों में रहने से पूर्व हमारे पूर्वज भी जंगल में ही रहते थे। हमें अब अपने अन्दर छुपी इसी कला को जीवित करना होगा जो हमारे पूर्वजों में थी। याद रखो हम सब भी जंगली जानवर थे और ये जंगल ही हमारा घर था। मैं यहाँ इस जंगल में तुम सब का स्वागत करता हूँ इसलिए नदी पार करने के लिए तैयार हो जाओ।

सभी डरते हुए एक–दूसरे को निहारने लगे, फिर कुछ सोच कर बाघू के पीछे चल पड़ते हैं। जंगल से आ रही विचित्र आवाजों के बीच वे ऊपर वाले का नाम लेते हुए नदी की ओर चलते रहते हैं किन्तु वे सभी इस बात से अन्जान थे कि उनका पीछा किया जा रहा है।

गोटी : अरे यार नदी और कितनी दूर है, चलते–चलते पैर दुःख गये।...दूसरे कुत्तों से पूछता है।

टीगो : सच कह रहा है भाई, मेरी तो भूख और प्यास से हालत खराब है, बताओ नदी और कितनी दूर है।

कुत्ता : बस नदी आने ही वाली है जितना हम चले हैं उतना ही और चलना है।

गोटी : क्या कह रहा है भाई, जितना चले हैं उतना और चलना है। बाघू मुझे तो इस पर शक हो रहा है। कहीं ये हमें उन राक्षसों के पास तो नहीं ले जा रहा?

टीगो : तू ठीक कहता है हम जंगल में बहुत अन्दर आ गये हैं। हम फँस चुके हैं।

कुत्ता : नहीं–नहीं मेरा विश्वास करो। हम पहुँचने ही वाले हैं।

दूसरा कुत्ता : क्या तुम लोग जरा कम बोलोगे। ये जंगल है भाई शहर नहीं, जहाँ तुम रात भर भोंकते रहते हो।

बाघू : हाँ, ये ठीक कह रहा है। अब चुपचाप चलते रहो मेरे पीछे।

सारे कुत्ते शान्ति से बाघू के पीछे–पीछे चलने लगते हैं। कुछ दूर चलने के बाद बाघू के कदम धीरे, कान खड़े तथा आँखें घूमने लगती हैं फिर वो एकदम रुक जाता है।

गोटी : क्या हुआ बाघू, रुक क्यों गये?

बाघू चुप रहने का इशारा करते हुए धीरे से कहता है...सुनो ध्यान से कोई हमारा पीछा कर रहा है। जब मैं भागने को कहूँ तो पूरी जान लगाकर भागना। तभी सामने से चार आँखें चमचमाने लगती हैं, और फिर वे आँखें चार से आठ हो जाती हैं।

बाघू : उत्तर दिशा की ओर भागो...जल्दी जहाँ नदी बह रही है। (ऊँचे स्वर में चीखता है।)

गिरते–फिसलते सारे कुत्ते अन्धेरे में बाघू के पीछे–पीछे भागने लगे परन्तु बाघू जितना नहीं भाग पाते। बाघू भागते हुए नदी का वो भाग देखता है जहाँ पर नदी का पानी समतल भूमि होने के कारण शान्त एवम् थोड़ा धीमा प्रतीत हो रहा था, तभी सब उस तक पहुँचते हैं।

बाघू : सुनो यहाँ से नीचे कूदो...शीघ्र और कहते ही स्वयं भी कूद जाता है।

टीगो : पर ये तो तीखी ढलान है। हमारी हड्डियाँ टूट जायेंगी।

तभी दूसरा कुत्ता बोलता है कि ये मरने से अच्छा है और वो भी कूद जाता है फिर उसके पीछे–पीछे सब कूदने लगते हैं। गोटी और टीगो भी ऊपर वाले का नाम लेकर कूद जाते हैं। लुढ़कते–लुढ़कते और चोट खाते सब नीचे नदी के किनारे गिरते हैं। उनका पीछा कर रहे जंगली जानवर तीखी ढलान से कूदने की हिम्मत नहीं कर पाते और दूसरे मार्ग से नीचे जाने लगते हैं। नीचे पहुँचने पर बाघू सब को नदी के उस स्थान पर ले जाता है जहाँ पर नदी की गति धीमी थी।

बाघू : सुनो ध्यान से, यहाँ पर नदी का बहाव थोड़ा शान्त है। हमें नदी यहीं से पार करनी होगी।

गोटी : परन्तु हम नदी पार कैसे करेंगे। नदी यहाँ पर शान्त है किन्तु गहरी भी है।

बाघू : हमें ये नदी, लकड़ी के इन तख्तों से पार करनी होगी। हमें नदी के इस किनारे बैठना होगा फिर नदी के बहाव से तिरछे बहते हुए हम उस किनारे तक पहुँच जायेंगे।

तभी उन जंगली जानवरों की आवाज आने लगती हैं। वो घुर्राते हुए उनकी ओर बढ़ रहे थे। सभी फटाफट लकड़ी के तख्तों पर बैठते हुए एक–एक करके नदी पार करने लगते हैं। आखिरी तख्ते पर गोटी, टीगो तथा दूसरे कुत्तों के साथ जैसे ही बाघू ने चढ़ने का प्रयास किया तो तख्ता नदी में पलट जाता है।

बाघू : लगता है तख्ता अधिक वजन नहीं उठा सकता, तुम सब निकलो मैं इन राक्षसों को रोकता हूँ।

गोटी : नहीं बाघू तुम अकेले रह जाओगे।

बाघू : तुम मेरी चिन्ता मत करो। नदी पार करके मैं तुम्हें उस विशाल वृक्ष के नीचे मिलूँगा। कहते हुए तख्ते को धक्का दे देता है।

गोटी, टीगो बाघू–बाघू चिल्लाते रह जाते हैं। बाघू जैसे ही पलटता है, तो उन राक्षसों को अपने से लगभग बीस कदमों की दूरी पर पाता है, जो अब धीरे–धीरे बाघू की ओर बढ़ रहे थे।

टीगो : बाघू भागो।...ऊँचे स्वर में चिल्लाता है।

इतने में एक राक्षस बाघू पर छलांग लगा देता है। बाघू उस छलांग से बचता हुआ धरती पर लुढ़कते हुए खड़ा होकर पूर्ण शक्ति से भागने लगता है। बाघू आगे–आगे तो वे चारों राक्षस उसके पीछे–पीछे। वे छिपे रास्ते से कभी बाघू के सामने से, तो कभी दाएँ और कभी बाएँ से उस पर हमला करते परन्तु बाघू उनसे बचता हुआ खुले मैदान में पहुँच जाता है और उसके पीछे–पीछे चारों राक्षस भी। वे चारों तीनों ओर से उसकी घेराबन्दी करने लगे क्योंकि चौथी ओर नदी का वो भाग था जहाँ पर नदी का बहाव तीव्र था।

राक्षस : अब कहाँ जायेगा पिल्ले। बच्चे, अब तेरा अन्त निश्चित है।

अपने जीवन में पहली बार इस तरह निरन्तर भागने के पश्चात् पूर्ण रूप से थक चुका बाघू कुछ क्षण रुककर अपना सिर धरती की

ओर झुका लेता है, फिर अपना सिर ऊपर उठाता है, उन चारों की ओर देखकर एक लम्बी साँस भरते हुए नदी की ओर मुड़कर पूर्ण शक्ति से भागने लगा। चारों राक्षस भी उसके पीछे–पीछे घुर्राते हुए भागने लगे। पूर्ण शक्ति से भागते हुए बाघू नदी को निहारता है तथा नदी के ठीक किनारे एक बड़े पत्थर को प्लेटफार्म की तरह प्रयोग करके एक बड़ी छलांग लगाता है।

नदी के किनारे भूमि तथा वृक्षों पर बैठे पक्षी, मेंढ़क और दूसरे निशाचर जीव उसे हवा में उड़ते हुए देख कर चकित रह जाते हैं। पूर्ण चन्द्रमा की रात्रि में वह दृश्य अद्भुत था। उसका पीछा कर रहे राक्षस भी एक दम नदी के मुहाने पर आकर रुक गये तथा उस छलांग को देखने लगे। उनकी आँखें भी खुली की खुली रह जाती हैं। वो देखने लगे कि बाघू नदी में गिर के डूबता है या नहीं। बाघू की छलांग नदी की चौड़ाई से छोटी रह जाती है परिणामस्वरूप वह सीधे नदी में गिर कर नदी के तीव्र बहाव में बहने लगता है। ये देख ऊपर खड़े राक्षस हँसने लगे परन्तु नदी में गिरा एक विशाल वृक्ष बाघू को तीव्र बहाव में बहने से रोक देता है। वह गिरते पड़ते उस वृक्ष के सहारे से नदी के किनारे पहुँच जाता है। बाघू को सुरक्षित उस ओर जाता देख चारों राक्षस क्रोध से घुर्राने लगते हैं। बाघू लम्बी साँस भरकर उस विशाल वृक्ष की ओर जाने लगा जहाँ पर उसने अपने साथियों को मिलने के लिये कहा था।

उधर शहर में तिलु का रो–रो के बुरा हाल था।

तिलु : हमारे कारण ही बाघू, गोटी और टीगो मुसीबत में फँस गये। पता नहीं निगम के कर्मचारियों ने उन्हें जंगल में कहाँ छोड़ा होगा।...रोते हुए कहता है।

पिता : बेटे, तुम चिन्ता मत करो। मैं कल सुबह निगम जाकर उनसे पता करूँगा कि उन तीनों को कहाँ छोड़ा गया था।...पिता समझाते हुए कहते हैं।

तिलु : किन्तु जंगल तो जंगली जानवरों से भरा है। क्या वो वहाँ सुरक्षित हैं, पापा?

पिता : बाघू एक समझदार और हिम्मतवाला निडर कुत्ता है। मुझे विश्वास है कि वे वहाँ पर सुरक्षित होंगे।

माँ तिलु के सिर पर हाथ रखकर उसे दिलासा देती है।

माता : अभी कुछ खालो और सो जाओ। (कहते हुए तिलु को अपने सीने से लगा लेती है। माँ के सीने से लगा तिलु रोते–रोते ही सो जाता है) क्या सच में बाघू, गोटी और टीगो को जंगल में कोई खतरा नहीं है?...तिलु के पिता से पूछती है।

पिता : कुछ नहीं कह सकता। अब तो उनका भाग्य ही उन्हें वहाँ बचा सकता है। वो जंगल, जंगली तथा खूँखार जानवरों से भरा हुआ है। कहते हुए कुर्सी पर बैठ कर कुछ सोचने लगते हैं।

इधर बाघू उस विशाल वृक्ष तक पहुँचता है तो उसे देखकर गोटी, टीगो उसकी ओर भागते हैं।

गोटी : बाघू, तुम ठीक हो। हम तो घबरा गये थे कि उन राक्षसों ने कहीं तुम्हें मार तो नहीं दिया।

टीगो : ठीक कहा। तुमको सही सलामत देख कर अब जान में जान आयी। क्या वे तुमको पकड़ नहीं पाये?

बाघू : पकड़ तो तब पाते जब मेरे जितना भाग पाते। हाँ, जरा खरोचें जरूर लग गयी हैं पर अब थकावट लग रही है।

कुत्ता : किन्तु तुमने नदी कैसे पार की?

बाघू : छलांग मार के परन्तु अब उस पल को याद करता हूँ तो डर लगता है।

टीगो : क्या, तुमने इस बड़ी, गहरी, तीव्र नदी के ऊपर से छलांग मारी थी। यदि कहीं नदी में डूब जाते तो?

बाघू : डूब ही गया था लगभग। वो तो नदी में गिरे विशाल वृक्ष से मुझे सहारा मिला और मैं इस किनारे पर आ गया।

गोटी : जान बची तो लाखों पाये। अब ये बताओ क्या करना है?

बाघू : मैं बहुत थक गया हूँ। नदी के इस किनारे कुछ शान्ति लग रही है। कोई अच्छी सी जगह देखकर विश्राम कर लेते हैं, फिर सुबह कुछ खाना ढूँढ़ेंगे।

गोटी : ठीक कहते हो बाघू। कोई सही स्थान देख कर विश्राम कर लेते हैं।

सब सुरक्षित स्थान की खोज में बाघू के पीछे चल पड़ते हैं। दस कदम चलने पर ही उन्हें आवाज सुनाई देती है, जो अधिक भारी प्रतीत हो रही थी।

ठहरो...रुक जाओ वहीं।

सब ऊपर की ओर देखने लगते हैं क्योंकि आवाज ऊपर की ओर से आ रही थी परन्तु कोई नजर नहीं आ रहा था।

टीगो : अरे जंगल में ऐसी आवाजें आती रहती हैं, चलो, चलकर सुरक्षित स्थान ढूँढ़ते हैं।

सुना नहीं...रुक जाओ, कहते ही स्वर में घुर्राहट भी बढ़ने लगती है।

घुर्राहट सुन कर सभी वहीं रुक जाते हैं। आहट की दिशा में सिर घुमाते हैं तो पाते हैं कि वृक्ष से एक तेंदुआ नीचे उतर रहा है जिसकी बड़ी–बड़ी आँखें, लम्बे–पैने दाँत, बड़ी मूँछें, तेज पंजे तथा कटी पूँछ है।

गोटी : बाघू चलो, भागते हैं यहाँ से।

बाघू : नहीं, इससे तेज नहीं भाग पायेंगे और हम थके हुए भी हैं।

तेंदुआ सबको निहारता रहता है फिर बाघू के समीप पहुँचकर उसे ध्यान से देखकर पूछता है।

तेंदुआ : कौन हो तुम? अपनी पहचान बताओ। जंगल के किस भाग से तुम यहाँ आये हो?

बाघू : पहले तुम बताओ कि तुम कौन हो? बाघू आत्मविश्वास भरे स्वर में पूछता है।

तेंदुआ : मेरा नाम तबासि है, और मैं इस जंगल में रहता हूँ।

बाघू : यदि हम पहचान न बताएँ तो?

टीगो : अबे क्या कर रहा है ये, सबको मरवायेगा, तेंदुए से जबान लड़ा रहा है। गोटी के कान में धीरे से कहता है।

तबासि : बहुत अच्छे। गजब का साहस है तुम में, मेरे सामने खड़े हो और भय का कोई भी निशान नहीं। मुझे तुम पर शंका है और तुम्हारी पड़ताल करनी है इसलिए जो पूछता हूँ वो बताओ और जो कहता हूँ करो। समझे बच्चे।...ऊँचे स्वर में कहता है।

बाघू सिर झुका कर धरती की ओर देखते हुए लम्बी साँस भरता है। गोटी समझ जाता है कि बाघू भागने वाला है और तभी बाघू पीछे मुड़ कर भागने लगता है।

तबासि : रुक जाओ, मैं कहता हूँ रुक जाओ। तबासि भी उसके पीछे भागने लगता है।

बाघू तीखी ढलान से फिर नीचे कूद जाता है तो उसके पीछे–पीछे तबासि भी। पहले से थके होने के पश्चात् भी बाघू तबासि से काफी दूरी बना के रखता है। काफी देर भागने के बाद तबासि एक छलांग मार उसके पिछले पैरों पर हल्का पंजा मारता है और बाघू धरती पर गिर जाता है। बाघू उठकर पुनः भागने का प्रयास करता है परन्तु इससे पहले तबासि उसकी छाती पर अपना पंजा रख देता है।

तबासि : रुक जाओ, घबराओ नहीं, मैं तुम्हें कोई नुकसान नहीं पहुँचाऊँगा। बस मुझे कुछ पड़ताल करनी है मुझे कुछ संदेह है तुम पर...ये कहते ही उसकी नजर बाघू के दाएँ पैर से छाती की ओर एक घाव पर जाती है। तबासि आँखें खोल कर देखता रह जाता है फिर पीछे जाते हुए कहता है...हाँ तुम वही हो। मुझे पूर्ण विश्वास था कि तुम जीवित हो।

गोटी और टीगो के साथ बाकी कुत्ते भी वहाँ पहुँचते हैं।

बाघू : क्या मतलब है तुम्हारा?

तबासि : जब मैंने तुम्हें देखा था मुझे तब ही तुम पर शंका हुई थी लेकिन मुझे विश्वास नहीं था कि मेरी शंका सही होगी।

बाघू : तुम क्या कह रहे हो, मुझे कुछ समझ नहीं आ रहा। साफ–साफ कहो, क्या कहना चाहते हो?

तबासि : पहले ये बताओ तुम अब तक जंगल के किस भाग में रह रहे थे। तुम्हारी माता कहाँ है और कैसी है?

बाघू : मैं जंगल में नहीं रहता था। हम सबको शहर से जंगल में छोड़ा गया है और तब से यहाँ भटक रहे हैं। हम पहले कभी जंगल नहीं आये।

तबासि : जरा याद करो अपना बचपन। कुछ तो याद होगा तुमको कि तुम्हारा बचपन, कहाँ और कैसा बीता।

बाघू : हाँ, मुझे याद है कि मेरा बचपन शहर में मेरे मित्र तिलु के साथ बीता। उसके पिता मुझे लेकर आये थे। हाँ, मैंने उन्हें बात करते सुना था कि मेरी माता की मृत्यु के पश्चात् वो मुझे जंगल के पास वाले गाँव से शहर अपने साथ ले गये और उस समय मैं कुछ घायल भी था।

तबासि : हाँ, सही कहा तुमने। क्या तुम्हें पता है कि तुम घायल क्यों थे?

बाघू : हाँ। कुछ जंगली जानवरों ने मेरी माँ और मुझ पर हमला कर दिया था।

तबासि : क्या तुम्हें पता है? उन जानवरों ने तुम पर क्यों हमला किया था? और वे जानवर कौन थे?

गोटी : 'बाघू' कहाँ इस कहानी में पड़ गये। हमें इस जंगल से बाहर निकलना है। हमें इसी बारे में सोचना चाहिए।

तबासि : क्या नाम लिया तुमने बाघू? क्या ये तुम्हारा नाम है?

बाघू : हाँ 'बाघू' ही मेरा नाम है।

तबासि : विचित्र, अद्भुत मुझे विश्वास नहीं हो रहा जो मैं देख रहा हूँ, जो मैं सुन रहा हूँ। तुम्हारा नाम बाघू है!

बाघू : वो छोड़ो, तुम ये बताओ कि किसने मेरी माँ और मुझ पर हमला किया था?

तबासि : ये वही जानवर थे जिनसे बचकर तुम भाग रहे थे। लकड़बघ्घे।

बाघू : लकड़बघ्घे। किन्तु इनसे मेरी माँ और मेरी क्या दुश्मनी थी। नहीं, तुम झूठ बोल रहे हो। झूठी कहानी सुना रहे हो। चलो चलें यहाँ से। बाकी कुत्तों को इशारा करते हुए कहता है।

तबासि : नहीं, मैं झूठ नहीं कह रहा हूँ। उन्होंने ही तुम्हारी माँ को मारा है।

बाघू : किन्तु क्यों मारा? किस कारण से? हम तो जंगल में भी नहीं रहते थे फिर भी वो हमें मारने जंगल से बाहर गाँव में गये। क्यों? क्या इसका कोई जवाब है तुम्हारे पास?

तबासि : हाँ। क्योंकि तुम एक भेड़िया हो। तुम्हारे शरीर में एक भेड़िये का खून बह रहा है। ऊँचे स्वर में कहता है।

यह सुनकर बाघू चौंकते हुए खुली आँखों से तबासि को देखता है। गोटी, टीगो तथा बाकी कुत्ते भी यह सुनकर हैरान हो जाते हैं कि बाघू एक भेड़िया है।

बाघू : मैं एक भेड़िया हूँ, कुत्ता नहीं हूँ मैं एक जंगली जानवर हूँ...अपने आप से बात करता है। फिर सँभलते हुए तबासि से पूछता है मैं एक भेड़िया हूँ, ये तुम कैसे जानते हो। तुम कौन हो? तुम मेरे बारे में इतना कैसे जानते हो। क्या तुम मेरे माता–पिता को जानते थे बताओ वो कौन थे? बेचैन होकर तबासि से पूछता है।

तबासि : तुम्हारे पिता, वो मेरे बड़े भाई जैसे थे। बहुत बलवान और न्यायप्रिय। अब अवश्य मैं अधिक बलवान हूँ परन्तु उन जैसा साहस अब भी मुझ में नहीं है वे अद्भुत थे।

टीगो : बाघू ये झूठ बोल रहा है। हम सब कुत्ते हैं और शहरों में पले–बड़े हैं। हमें तो यहाँ से निकलने का मार्ग ढूँढ़ना चाहिए।

बाघू : तुम ठीक कह रहे हो, मुझे भी ये कहानी झूठी लगती है। चलो चलें यहाँ से।

तबासि : रुको, मेरे पीछे आओ। तीखी ढलान के किनारे पर जाकर रुक जाता है। उसके पीछे बाघू, गोटी, टीगो तथा बाकी कुत्ते भी आ जाते हैं। तबासि नदी की ओर इशारा करते हुए कहता है। देखो इस नदी को जो अपने उफान पर बह रही है। अपने साथियों से पूछो क्या ये इस नदी को अपनी छलांग से पार कर सकते हैं? पूछो जरा इनसे, चिल्लाते हुए कहता है।

गोटी : अरे मरना है क्या? कौन सोचेगा। ये मृत्यु को निमंत्रण देने के समान है।

तबासि : हाँ, ठीक कहा तुमने। बाघू, क्या तुम इससे दुगनी नदी को छलांग से पार कर सकते हो?

बाघू : असम्भव, नहीं कर सकता। वे राक्षस मेरे पीछे पड़े थे मुझे लगा कि मैं इस नदी को पार कर लूँगा इसलिए मैंने छलांग मार दी।

तबासि : हाँ, ठीक कहा तुमने। अपनी क्षमता का ज्ञान हमें होता है और उसी के बल पर हम ऐसे जोखिम भरे निर्णय ले सकते हैं। तुम्हारे साथियों के साथ–साथ तुम्हें भी ज्ञात था वे सब इस नदी को एक छलांग से पार नहीं कर सकते परन्तु तुम्हें ये विश्वास था कि तुम इस चौड़ी एवम् गहरी नदी को एक छलांग में पार कर लोगे इसलिए तुमने छलांग लगाने का साहस किया, क्यों?

बाघू : हाँ, किन्तु मैं भी इस नदी को पार नहीं कर पाया, और मैंने वो छलांग अपनी जान बचाने के लिए मारी थी। ये केवल एक संयोग था।

तबासि : नहीं, तुम्हारी छलांग संयोग नहीं, विश्वास से भरी थी। जहाँ तक बात है कि तुम इस नदी को पार नहीं कर पाये तो मैं तुमको

ये बता देता हूँ कि तुम अभी पूरे युवा भी नहीं हो। अभी तुम अवयस्क हो परन्तु तुम्हारी छलांग लगभग एक वयस्क जैसी ही थी।

बाघू सोच में पड़ जाता है और पिछले पैरों के सहारे बैठकर सिर को नीचे झुका कर बड़बड़ाता है...तबासि बाघू के समीप जाकर कहता है

तबासिः किस सोच में पड़ गये, बाघू? तुम्हें ये जानकर आश्चर्य होगा कि जंगल में वर्षा के समय इस उफनती हुई नदी को पार करने का साहस केवल चार जानवर ही कर सकते हैं। पहला मैं, दूसरा चीता, तीसरा बाघा (बाघ) और चौथा!

बाघू सिर उठा के पूछता है और चौथा कौन?

तबासि मुड़कर आँखों में चमक लाते हुए तीव्र स्वर में कहता है 'जग्गा सरदार' तुम्हारे पिता। चूँकि तुम्हारे शरीर में 'जग्गा सरदार' का खून बह रहा है इसलिए तुमने भी ये साहस दिखाया क्योंकि तुम एक कुत्ता होने के साथ–साथ एक भेड़िया भी हो। बाघू, तुम्हारी माता भी एक बहादुर और निडर कुतिया थी। उन दोनों के गुण तुम में समाहित हैं इसलिए तुम अद्‌भुत, साहसी तथा निडर हो, बिलकुल अपने माता–पिता की तरह। यदि आज वे जीवित होते तो उन्हें तुम पर गर्व होता। कहते हुए तबासि की आँखें नम हो जाती हैं।

बाघू : क्या तुम जानते हो कि उनके साथ क्या हुआ था? उनकी मृत्यु कैसे हुई थी? लड़खड़ाते–टूटते हुए स्वर में पूछता है।

गोटी, टीगो तथा बाकी कुत्ते भी शान्ति से बैठकर तबासि की ओर निहारने लगते हैं। तबासि चार कदम आगे बढ़ कर एक वृक्ष का सहारा लेता है फिर लम्बी साँस लेते हुए कहता है।

तबासि : तुम्हारे पिता से मेरी मुलाकात तब हुई थी जब मैं लगभग एक से डेढ़ वर्ष का और तुम्हारे पिता चार वर्ष के एक युवा व्यस्क भेड़िये थे।

लगभग तीन वर्ष पुरानी बात है कहते हुए तबासि यादों में खो जाता है।

मैं अपनी माँ के साथ जंगल में भोजन के लिए भटक रहा था। मेरी माँ कुछ दिनों से बीमार थी इसलिए शिकार पर नहीं जा पायी। हम दोनों पिछले एक सप्ताह से भूखे थे इसलिए मैंने भी अपनी माँ के साथ चलने का निर्णय किया, ताकि भोजन मिले तो वहीं खा लें। किन्तु भूख से व्याकुल हमें इस बात का ज्ञान नहीं रहा कि हम दोनों अनजाने में किसी दूसरे मांसाहारी जानवरों की सीमा में पहुँच गये थे। जब मेरी माँ को हवा में कुछ विचित्र गँध मिली तो उसने मुझे रोका। वह मुझे प्यार से तबासि बुलाती थी।

तेंदुआ माँ : बेटा तबासि रुको, मुझे लगता है कि हमने अपनी सीमा लाँघ दी है, भूख की व्याकुलता में मैंने सीमा चिन्हों पर ध्यान ही नहीं दिया। चलो वापस लौट चलते हैं।

तबासि : ठीक है माँ, हम वापस चलते हैं।

हम दोनों वापस अपनी सीमा की ओर चल पड़े कि तभी मुझको ठीक सीमा पर एक युवा हिरन नजर आया जिसके लम्बे तथा पैने सींग थे।

तबासि : माँ, वो देखो एक बड़ा हिरन हमारे एक सप्ताह का भोजन।

तेंदुआ माँ : (उस युवा हिरन को निहार कर कहती है) नहीं बेटा ये हिरन बहुत शक्तिशाली एवम् युवा है इसका शिकार सरल नहीं है और मैं पूर्ण स्वस्थ भी नहीं हूँ। इसका शिकार करने में खतरा है।

भूख से व्याकुल मैंने अपनी माँ के अनुभव को नहीं माना और कहा।

तबासि : ठीक है माँ, तुम नहीं पकड़ सकतीं तो मैं प्रयास करता हूँ जैसे ही मैं पकडूँगा तुम भी आकर उसे दबोच लेना।

तेंदुआ माँ : नहीं बेटे तुम अभी बहुत छोटे हो, तुम्हें उसकी शक्ति का अंदाजा नहीं, हम कोई छोटा शिकार तलाश करते हैं।

तबासि : माँ, हमें घूमते हुए पूरा दिन निकल गया यदि आज भी कुछ नहीं मिला तो भूखे ही सोना पड़ेगा। इस तरह तो हम मर

जायेंगे। हमें कुछ करना ही होगा। तुम नहीं जा सकतीं तो मुझे जाने दो इससे पहले कि वो कहीं और चला जाये।

तेंदुआ माँ : ठीक है तुम पीछे रहो, मैं जाती हूँ जब मैं उसे पकड़ लूँ तो आ जाना। कहती हुई घात लगाना शुरू करती है।

हिरन अपनी मस्ती में घास के मजे ले रहा था। मेरी माँ धीरे–धीरे उसकी ओर दबे पाँव बढ़ रही थी परन्तु जैसे ही शिकार पर झपटने के लिए तैयार हुई तभी जंगल से बन्दरों और चिड़ियों के शोर ने हिरन को चौंकन्ना कर दिया। क्रोधित हिरण ने उस दिशा में देखा जहाँ से मेरी माँ छलांग मारने के लिए बिलकुल तैयार थी। दोनों अब आमने–सामने थे। युवा हिरन क्रोध में अपने सींग से मेरी माँ पर हमला करने लगा। ये देख मैं भी झाड़ियों से बाहर आ गया। मुझे देखकर वो मुझ पर लपका और सींगों से मुझ पर भी वार करने लगा। मुझे हिरन के समक्ष देख मेरी माँ बीच में आ गयी किन्तु हिरन का वो वार माँ के सीने में लगा। मेरी माँ घुर्राती रही परन्तु हिरन और मेरे बीच से नहीं हटी। हिरन दो–तीन प्रहार कर भाग गया।

तबासि : माँ तुम ठीक हो, तुम्हारे सीने से खून बह रहा है। ये क्या हो गया माँ, तुमने ठीक कहा था। ये हिरन बहुत शक्तिशाली था।

तेंदुआ माँ : मैं ठीक हूँ। चलो, शीघ्र चलो, ये शोर सुनकर दूसरे माँसाहारी जानवर न आ जायें।

हम दोनों जैसे ही अपनी सीमा की ओर जाने के लिए मुड़े तो पाया कि दो युवा लकड़बघ्घे हमारे समक्ष खड़े क्रोध से घूरते हुए घुर्रा रहे थे। मेरी माँ अस्वस्थ जो अब चोटिल भी थी। इसलिए उनका मुकाबला नहीं कर सकती थी और मैं उस समय बहुत छोटा था। हम बहुत घबरा गये थे।

लकड़बघ्घा 1 : क्या तुम भूल गये कि ये हमारा क्षेत्र है जहाँ तुम शिकार के लिए आये हो? पहला लकड़बघ्घा क्रोध से पूछता है।

लकड़बघ्घा 2 : सीमा लाँघने का दण्ड तुम्हें पता है ना? दूसरा लकड़बघ्घा आगे बढ़ते हुए कहता है।

तेंदुआ माँ : देखो, मैं जानती हूँ कि हमने सीमा लाँघी है परन्तु जैसे ही हमें ज्ञात हुआ, हम अपनी सीमा की ओर मुड़ गये।

लकड़बघ्घा 1 : तो ये शिकार करने का प्रयास केवल अभ्यास था?

तेंदुआ माँ : नहीं, वो शिकार हमारी सीमा पर था परन्तु जैसे ही मैंने उस पर हमला किया तो वह सीमा के इस पार आ गयाऔर हम अब भी अपनी सीमा में ही हैं।

लकड़बघ्घा : कहानी बहुत अच्छी है परन्तु तुम्हें दण्ड अवश्य मिलेगा। तुमको और इस छोटे बच्चे को भी।

तबासि : देखो, हमें जाने दो। मेरी माँ घायल है और बीमार भी। हम अपनी सीमा में लौट रहे हैं...गुस्से से कहता हुआ मैं अपनी माँ तथा दोनों लकड़बघ्घों के बीच में आ गया।

मेरी माँ ने मुझे पीछे आने को कहा। तुम इनसे मुकाबला नहीं कर सकते, कहती हुई पुनः आगे आ गई।

लकड़बघ्घा : बच्चे में बहुत जोश है। अभी मैं इसका जोश कम कर देता हूँ।

कहते ही मुझ पर टूट पड़ा तो दूसरा मेरी माँ पर। उधर मेरी माँ पहले से बीमार और घायल थी लेकिन फिर भी उस लकड़बघ्घे से मुकाबला कर रही थी। इधर मैं लकड़बघ्घे से लड़ने को तैयार हो रहा था। मुझमें जोश था परन्तु इतनी शक्ति नहीं थी कि मैं उसका सामना कर पाता। इसका अनुभव मुझे तब हुआ जब उसने मुझे एक जोर से पंजा मारा और मैं धरती पर जा गिरा। मेरी माँ ने मुझे भाग जाने को कहा।

तेंदुआ माँ : तुम भाग जाओ तबासि। जोर से चिल्लाती है।

परन्तु मैं अपनी माँ को उन राक्षसों के बीच छोड़कर नहीं भाग सकता था। मैंने उस लकड़बघ्घे पर हमला किया जो मेरी माँ को काट रहा था परन्तु तभी दूसरे लकड़बघ्घे ने मेरी पूँछ अपने तेज दाँतों से पकड़ ली। उसकी पकड़ इतनी तेज थी कि मैं पीड़ा से कराह उठा।

उसने इतनी जोर से काटा कि मेरी पूँछ कट गई और मैं चिल्लाते हुए वृक्ष पर चढ़ गया परन्तु मेरी माँ उन दोनों राक्षसों के बीच फँस गई थी। मैं भगवान से प्रार्थना कर रहा था कि तभी मेरी माँ और उन दोनों राक्षसों के बीच वो फरिश्ता आ गया। जिसका नाम था जग्गा। 'जग्गा सरदार' तुम्हारे पिता।

मेरी माँ और लकड़बघ्घों के बीच आकर वो घुर्राने लगे। उनकी घुर्राहट में कम्पन तथा भय से हिला देने वाला जोश था। वो अपने सिर को हलका–सा झुका कर आँखों को संकुचित व दीर्घ कर तथा अपने लम्बे पैने दाँतों का प्रदर्शन करते हुए निरन्तर घुर्रा रहे थे।

लकड़बघ्घा 1 : अरे ये तो एक भेड़िया है और वो भी अकेला। इसका और हमारा क्या मुकाबला। दूसरे लकड़बघ्घे से कहता है।

लकड़बघ्घा 2 : नहीं, रुको। ये कोई मामूली भेड़िया नहीं, भेड़ियों का सरदार है। काफी फुर्तीला तथा शक्तिशाली भी है। धीरे से पहले लकड़बघ्घें के कान में कहता है।

लकड़बघ्घा 1 : क्या नाम है इस भेड़िये का?

लकड़बघ्घा 2 : जग्गा...'जग्गा सरदार'। जग्गा की ओर देखते हुए कहता है।

लकड़बघ्घा 1 : अच्छा तो ये इस जंगल में रह रहे सभी भेड़ियों के झुण्डों का सरदार...जग्गा है। तभी सोचूँ, इस भेड़िये में इतना साहस कहाँ से आया?

लकड़बघ्घा 2 : चलो निकल चलते हैं। इन तेंदुआ माँ–बेटे को फिर कभी दण्ड दे देंगे।

लकड़बघ्घा 1 : चला जाता परन्तु ये भेड़िया निरन्तर घुर्रा कर मुझे चुनौती दे रहा है। मैं इसे सबक सिखा कर ही जाऊँगा। आखिर इसे भी पता चले कि एक लकड़बघ्घे और भेड़िये में क्या अन्तर होता है।

लकड़बघ्घा 2 : अरे ये चुनौती नहीं हमें यहाँ से जाने का सकुशल अवसर दे रहा है। चलो, निकल चलते हैं हम इसका मुकाबला नहीं कर सकते। अपने साथी को समझाते हुए कहता है।

लकड़बघ्घा 1 : क्या बकते हो। इस मामूली भेड़िये की घुर्राहट से मैं डरने वाला नहीं।

लकड़बघ्घा 2 : तुमको सीमा पर गश्त लगाते हुए अभी कुछ ही दिन हुए हैं। मुझे यहाँ काफी समय हो गया है। इसलिए कह रहा हूँ निकल चलो जल्दी से।

लकड़बघ्घा 1 : चुप रहो। मैं इसे अभी बताता हूँ, कि किसी भेड़िये को घुर्राते हुए लकड़बघ्घे को चुनौती नहीं देनी चाहिए। कहता हुआ जग्गा सरदार की ओर लपकता है।

लकड़बघ्घा 2 : रुको–रुक जाओ ये खतरनाक हो सकता है।

पहला लकड़बघ्घा तेजी से जग्गा की ओर घुर्राते हुए भागने लगता है परन्तु जैसे ही वह जग्गा के समीप पहुँचता है तो जग्गा सरदार गजब की फुर्ती दिखाते हुए उसके सामने से हट कर अपने तेज एवम् शक्तिशाली जबड़ों से उसके अगले दाएँ पैर के ऊपर वाला माँस चीर डालते है।

लकड़बघ्घा 1 : हाय मर गया–मर गया। कहता हुआ धरती पर गिर जाता है। पीड़ा से कराहता हुआ जैसे ही खड़े होने का प्रयास करता है तो अपने सामने जग्गा को पाता है।

जग्गा : क्या हुआ, सब ठीक है, तुम गिर कैसे गये। खड़े हो जाओ मुझसे युद्ध करो।

लकड़बघ्घा 1 : नहीं–नहीं मुझसे गलती हो गयी, मुझे क्षमा कर दो।

दूसरा लकड़बघ्घा दूर वृक्ष के पीछे खड़े अपने दोस्त की इस दशा पर इतरा कर मन में कहता है देखा, मेरी बात न मानने का परिणाम।

जग्गा : चलो, खड़े हो जाओ और भागो यहाँ से। तुम इस क्षेत्र में पहली बार आये हो तथा ये तुम्हारी पहली गलती है इसलिए तुम्हें क्षमा

करता हूँ। यदि भविष्य में तुम कभी मुझे इस तरह या किसी असहाय पर हमला करते नजर आये तो तुम्हारे लिए अच्छा नहीं होगा।

नहीं–नहीं ऐसा दोबारा नहीं होगा, कहता हुआ लकड़बघ्घा अपने क्षेत्र की ओर भाग जाता है परन्तु क्रोध एवम् द्वेष की भावना उसके मन में भड़कती रहती है। वृक्ष के पीछे छिपा दूसरा लकड़बघ्घा उसे अपनी ओर आने का इशारा करता है और वे दोनों बातें करते हुए निकल जाते हैं।

लकड़बघ्घा 2 : देखा, मैंने तुम्हें समझाया था कि इस भेड़िये से मत भिड़ो ये कोई मामूली भेड़िया नहीं है लेकिन तुमने मेरी बात नहीं मानी और परिणाम तुम्हारे सामने है। वो तो अच्छा हुआ कि उसने तुम्हें क्षमादान दे दिया, मुझे लगा था कि आज तुम्हारा अन्तिम दिन है।

लकड़बघ्घा 1 : मुझे क्षमा दान देकर उस भेड़िये ने अपनी मृत्यु को निमन्त्रण दिया है। अब तुम देखो, मैं क्या करता हूँ। ये घाव मुझे उससे बदला लेने के लिये प्रेरित करता रहेगा।

लकड़बघ्घा 2 : तुझे अब भी अकल नहीं आयी। यदि अब कभी तू उसके सामने गया तो उसका तो पता नहीं पर तेरी मृत्यु तो निश्चित ही हो जायेगी।

लकड़बघ्घा 1 : ये तो समय ही बतायेगा कहता हुआ अपने साथी के साथ घुप्प अन्धेरे में खो जाता है।

उधर दूसरी ओर जग्गा घायल तेंदुआ माँ के पास जाकर उनके घावों का निरीक्षण करता है। एक भेड़िये को देख मैं अपनी माँ के पीछे छुप जाता हूँ।

तेंदुआ माँ : अरे–डरो नहीं बेटा, ये तो असहाय एवम् बेसहारों के लिए देवता के समान हैं।

जग्गा : आप तो बहुत घायल होने के साथ–साथ अस्वस्थ भी लग रही हैं।

तभी जग्गा के साथी भी वहाँ पहुँच जाते हैं।

भेड़िया साथी : सरदार आप कहाँ चले गये थे। आप तो हमारे साथ शिकार पर निकले थे, वहाँ दूसरे भेड़ियों ने शिकार पकड़ लिया है और आपकी प्रतीक्षा कर रहे हैं।

एक भेड़िये की नजर मादा तेंदुआ पर पड़ती है तो उग्रता से पूछता है कहीं इस मादा तेंदुआ ने आप पर हमला तो नहीं कर दिया था।

जग्गा : नहीं–नहीं ये तो स्वयं घायल हैं। इन्हें एक बड़े हिरन ने अपने सींगों से घायल कर दिया फिर कुछ उन लकड़बघ्घों ने, पर चिन्ता की बात नहीं अब वे भाग गये हैं। कहता हुआ तेंदुआ माँ के पास जाता है। आप बहुत घायल हैं तथा घाव भी गहरे हैं। इन घावों पर विशेष जड़ी बूटियाँ लगाने के साथ–साथ आपको विश्राम की आवश्यकता है इसलिए मेरे साथ चलिए।

तेंदुआ माँ : नहीं–नहीं, अब मुझे इस बात की अनुभूति हो रही है कि मेरा अन्त समय निकट है। मेरा आपसे केवल एक ही निवेदन है कि मेरा बेटा तबासि बहुत छोटा है। इसे अपने संरक्षण में ले लीजिये, नहीं तो अकेला इस जंगल में ये जीवित नहीं रह पायेगा। मुझे वचन दो भय्या–भय्या...कहते ही मृत्यु को प्राप्त हो जाती है।

जग्गा, तेंदुआ माँ के मृतक शरीर को वचन देते हुए कहता है। मैं वचन देता हूँ कि अब तुम्हारा बेटा मेरे संरक्षण में रहेगा। जब तक वह स्वयं अपनी रक्षा नहीं कर सकता, मैं इसके प्राणों की रक्षा करूँगा ये वचन देते ही बिजली कड़कने के साथ ही धीमी वर्षा शुरू हो जाती है।

जग्गा, छोटे तबासि के पास जाता है फिर प्यार से देखकर कहता है, डरो नहीं। मुझसे तुम्हें कोई खतरा नहीं है। मुझे अपना ही कोई समझो। अब से तुम हमारे साथ ही रहोगे।

जग्गा के साथियों ने एक खड्डा खोद कर तेंदुआ माँ को वही दफना दिया तथा तबासि अपनी माँ के अन्तिम दर्शन पर जोर–जोर से रोने लगा।

जग्गा : चलो, चलते हैं इससे पहले कि वर्षा अधिक तेज हो जाये हमें अपनी गुफाओं तक पहुँचना होगा।

जग्गा के पीछे, साथी–भेड़िये तथा उनके पीछे मैं भी, भेड़ियों के साम्राज्य की ओर चल पड़ा। वर्षा के लगभग थमते ही मैं भेड़ियों के साथ उनके साम्राज्य में था। मुझे देखकर कोई भेड़िया चौंक जाता, कोई डर जाता तो कोई घुर्राता परन्तु जग्गा को आगे चलता देख किसी का साहस नहीं हुआ कि कोई मुझ पर हमला करे।

जग्गा सरदार जैसे ही अपनी गुफा के समीप पहुँचे तो एक किशोर भेड़िया पूँछ हिलाते उनसे लिपटने लगा। ठीक उस किशोर भेड़िये के पीछे–पीछे एक विशाल मादा भेड़िया भी आयी। मैं दूर खड़ा देखने लगा।

मादा भेड़िया : अरे रुक जाओ बेटा अपने पिता को तंग न करो। यह बहुत देर से तुम्हारी प्रतीक्षा कर रहा था...जग्गा से कहती है।

जग्गा : कोई बात नहीं। ये मुझे कभी तंग नहीं करता। कहते हुए किशोर भेड़िये को चाटने लगता है। किशोर भेड़िया भी वहीं उनके साथ खेलने लगा।

तभी मादा भेड़िया की नजर मुझ पर पड़ी और क्रोध से हमले की मुद्रा में आकर घुर्राते हुए मेरी ओर लपकी। ये देख कर मैं बचाव के लिए पास के वृक्ष पर चढ़ गया। वो नीचे खड़ी घुर्राने लगी। उनकी घुर्राहट बहुत डराने वाली थी। उनके साथ दूसरे भेड़िये भी मुझ पर घुर्राने लगे। ये घुर्राहट सुन कर बच्चों के साथ विश्राम कर रहे 'जग्गा सरदार' वहाँ पहुँचे।

जग्गा : अरे! बिजली रुक जाओ। उसे डराओ मत, वो बहुत छोटा है।

बिजली : किन्तु इस तेंदुए की अकेले इस क्षेत्र में आने की हिम्मत कैसे हुई।

जग्गा : नहीं। ये मेरे साथ यहाँ आया है, इसका नाम तबासि है। इसकी माँ अस्वस्थ थी और शिकार करते समय घायल भी हो गयी थी, बाद में कुछ लकड़बघ्घों ने इन दोनों को घेर लिया तो अपने बेटे की

जान बचाने के लिए उनसे मुकाबला किया। यदि मैं सही समय पर वहाँ नहीं पहुँचता तो इस छोटे तबासि को भी वे लकड़बघ्घे मार देते।

बिजली : किन्तु तुम इसे यहाँ क्यों ले आये? ये एक तेंदुआ है जब ये बड़ा होगा तो बहुत शक्तिशाली बन जायेगा। छोटे एवम् कमजोर भेड़ियों को इससे खतरा हो सकता है।

जग्गा : नहीं, ऐसा कुछ नहीं होगा। ये तब तक ही हमारे साथ रहेगा जब तक स्वयं शिकार करने योग्य नहीं हो जाता। मैंने इसकी माता को इसकी सुरक्षा का वचन दिया है।

बिजली : ठीक है, तुमने वचन दिया है तो। क्या नाम बताया "तबासि" यहाँ रह सकता है परन्तु कभी इसने किसी भेड़िये पर हमला किया तो इसका वह अन्तिम दिन होगा।

जग्गा : घबराओ नहीं। ये ऐसा कुछ नहीं करेगा। ये बहुत छोटा है देखो तुमसे डर कर वृक्ष पर चढ़ गया है तथा डर से काँप भी रहा है।

'जग्गा सरदार' मुझे नीचे बुलाते रहे परन्तु मैं डर से नीचे नहीं उतरा और पूरी रात मैंने वृक्ष पर बिता दी। अगली सुबह जब मेरी आँख खुली तो मैंने पाया कि जग्गा, उनकी पत्नी तथा बच्चा उसी वृक्ष के नीचे आराम से बैठे थे। मुझे उठता देख छोटा भेड़िया मुझ पर उछल–उछल कर घुर्राने लगा। 'जग्गा सरदार' ने मुझे देखकर प्यार से नीचे आने को कहा।

जग्गा : डरो नहीं। नीचे उतर आओ। तुम्हें भूख भी लगी होगी। तुमने बहुत दिनों से कुछ खाया भी नहीं।

भोजन का नाम सुनते ही मानो डर कहाँ गायब हो गया और मैं धीरे–धीरे नीचे उतर आया। मुझे वृक्ष से नीचे धरती पर आते देख जग्गा सरदार और उनकी पत्नी मेरे समीप आए।

जग्गा : कल नींद तो आयी न तुम्हें या पूरी रात सो ही नहीं पाये। आओ मैं तुम्हारा परिचय करा दूँ। ये है बिजली मेरी पत्नी और वो जो वहाँ कूद रहा है, मेरा पुत्र है। इसका नाम 'ताची' है।

बिजली : अब तुम्हें डरना नहीं चाहिए। तुम अब यहीं हमारे साथ रहोगे, जब तक तुम स्वयं आत्मनिर्भर नहीं हो जाते। मुझे मेरे पति ने सब बता दिया है जो तुम्हारे साथ हुआ तथा जो तुमने अपनी आँखों से देखा। आओ पहले कुछ खा लो फिर मैं तुम्हारी कटी पूँछ पर कुछ विशेष जड़ी–बूटियाँ लगा दूँगी जिससे तुम्हें आराम मिल जायेगा। ठीक है?

मैं बिजली के पीछे गुफा के भीतर चला गया। उन्होंने मुझे भोजन कराया फिर मेरी मरहम पट्टी भी की जिससे मेरे घाव धीरे–धीरे भरने लगे, और मैं भी पहले जैसा फुर्तीला हो गया। दिन ऐसे ही शरारत और खेल–कूद में बीतने लगे। मैं और ताची खूब मजे करते, खेलते, भोजन करते और फिर सो जाते।

एक दिन, लगभग शीत ऋतु के बाद, हम हमेशा की तरह खेल रहे थे कि तभी 'जग्गा सरदार' ने बिजली को कहा ये दोनों अब बड़े हो रहे हैं। इन दोनों को अब जंगल में जीने की कला/शिक्षा लेनी होगी। कल से इन दोनों को विद्यालय भेजो जहाँ इनकी उम्र के बाकी शावक भी जाते हैं। मैं गुरुजी से बात कर लूँगा।

मैं और ताची एक–दूसरे की ओर आश्चर्य से देखने लगे।

ताची : हम विद्यालय जाकर क्या करेंगे?

तबासि : शायद हमें शिकार एवम् युद्ध के गुण सिखाए जायेंगे जिससे हम अधिक सक्षम एवम् आत्मनिर्भर बन कर जंगल की चुनौतियों का सामना कर सकें, क्योंकि अब हम छोटे नहीं रहे।

ताची : सही कहा आपने, हम विद्यालय अवश्य जायेंगे।

ताची और मैंने विद्यालय में साथ–साथ शिक्षा ली जहाँ हमने युद्ध, शिकार तथा दूसरी आवश्यक कलाएँ सीखीं। उस शिक्षा की सहायता से हमने कई युद्ध जीते भी। बहुत अच्छे दिन थे, जब मैं उस भेड़िया समूह में रह रहा था।...ये कहते ही तबासि अपनी यादों से बाहर आता है तथा अपनी नम आँखों को दूसरी ओर मोड़ लेता है।

बाघू के साथ–साथ बाकी सभी भावुक हो जाते हैं। बाघू, तबासि की ओर जाकर पूछता है।

बाघू : क्या अब तुम भेड़ियों के साथ नहीं रहते हो?

तबासि : नहीं मेरे पूर्ण रूप से वयस्क होने के बाद कई दूसरे भेड़ियों ने तुम्हारे पिता से शिकायत की, कि कई भेड़िये मेरी उपस्थिति से घबराते हैं। खासतौर पर छोटे बच्चे। वैसे मैंने कभी किसी को नुकसान नहीं पहुँचाया जबकि भेड़ियों के छोटे बच्चों से मुझे खासा लगाव था और वे सब भी मुझे प्यार करते थे।

बाघू : तो क्या तुम्हें भेड़ियों का दल छोड़ना पड़ा?

तबासि : हाँ। ये सच है कि अब मैं उनके साथ नहीं रहता, वैसे मेरी तेंदूआ प्रवृत्ति मुझे अकेले रहने को ही प्रेरित करती है लेकिन इतना समय भेड़ियों के साथ बिताया था, तो मैं कभी–कभी उनसे मिलने जाता रहता हूँ।

बाघू : क्या मेरे पिता ने तुम्हें जाने दिया?

तबासि : नहीं। उनका मन भी मेरे साथ ही था। वह भी चाहते थे कि मैं वहीं उनके साथ रहूँ परन्तु दूसरे भेड़ियों के विरोध के बाद उन पर बहुत दबाव था। इसलिए मैंने स्वयं उस दल को छोड़ने की इच्छा व्यक्त की। मुझे याद है जब मैं वहाँ से जा रहा था तुम्हारे पिता ने मुझे कहा था।

"तुम मेरे बेटे जैसे हो। मुझे पता है अभी तुम पूरी तरह सक्षम नहीं हुए हो किन्तु तुम घबराना नहीं कभी मुश्किल में घिरा पाओ तो सीधे यहाँ चले आना।"

ये कहते ही उन्होंने सिर को बाएँ ओर मोड़ लिया और मैं उस भेड़िये साम्राज्य से बाहर निकल आया परन्तु मैं ज्यादा दूर नहीं गया, थोड़ी दूर विशाल वृक्षों में ही रहने लगा।

बाघू : मेरे पिता के बारे में बताइये उनकी मृत्यु कैसे हुई?

तबासि : हाँ तुम्हारे पिता से दूर होना एक भावुक क्षण था परन्तु कुछ दिनों पश्चात् जब दूर जाने की पीड़ा कम हुई और भावुकता हटी तो समझ आने लगा कि यह एक चाल थी तुम्हारे पिता और मुझे

अलग करने की।इस बात की पुष्टि तब हुई जब मुझे ये खबर मिली कि तुम्हारे पिता के घनिष्ठ मित्रों की संदिग्ध अवस्था में मृत्यु हो गयी।

तबासि फिर यादों में खो जाता है।

तुम्हारे पिता इस जंगल में बेसहारों एवम् कमजोरों के लिए संरक्षक की भूमिका निभाते थे। आवश्यकता के समय उनकी सहायता करना, उनका सही मार्गदर्शन करना तथा अकारण हमलों से सुरक्षा प्रदान करना। उन्हें जंगल में उपस्थित जड़ी बूटियों का भी अच्छा ज्ञान था। वे समय–समय पर जंगल के निवासियों को इससे अवगत कराते रहते थे। इन सभी गुणों के कारण जंगल के सभी जानवर उनका सम्मान एवम् आदर करते थे, यहाँ तक कि जंगल के वृद्ध जीव भी जग्गा के इस व्यवहार की प्रशंसा करते थे परन्तु ये आदर, सम्मान एवम् प्रशंसा जंगल में रहने वाले कुछ जंगली जानवरों को नहीं भाता था। वे जंगल के किसी कोने में भी होते तो कोई न कोई जग्गा सरदार का नाम लेते या प्रशंसा करते मिल ही जाता था, तो उन्हें ईर्ष्या होती थी।

मुझे याद है, जिस दिन ताची और मैंने अपनी शिक्षा पूर्ण की थी, उस दिन 'जग्गा सरदार' हमें बधाई देते हुए समझा रहे थे।

जग्गा सरदार : ताची और तबासि तुम दोनों ने अपनी शिक्षा को सकुशल पूर्ण किया। गुरुजी ने तुम दोनों की प्रशंसा की और कहा है कि तुम दोनों बहुत होनहार हो।

ताची : पिताजी ये सब आपके आशीर्वाद, विश्वास तथा गुरुजी की मेहनत का परिणाम है जो हमने अपनी शिक्षा सकुशल सम्पूर्ण की।

तबासि : ताची, तुमने बिल्कुल ठीक कहा अब हम भेड़िया रामूह में शामिल होकर उसकी शक्ति को बढ़ा देंगे।

बिजली : तुम दोनों के विचार कितने मिलते हैं।

जग्गा : उत्तम, बिलकुल ठीक कहा तुमने। तुम दोनों के आने से भेड़िया समूह मजबूत होगा।

तभी वहाँ भागते हुए जग्गा के मित्र कालू और भूरा आये। दोनों बुरी तरह हाँफ रहे थे।

जग्गा : कालू–भूरा क्या हुआ? तुम दोनों कहाँ से भागते हुए आ रहे हो?

कालू : जग्गा–जग्गा मुझे खबर मिली है कि पूर्व सीमा में रहने वाले भेड़िया समूह पर हमला होने वाला है।

जग्गा : हमला! कौन करेगा उन पर हमला?

भूरा : जग्गा खबर मिली है कि लकड़बघ्घे उस ओर जाते देखे गये हैं।

जग्गा : घबराओ नहीं। उस समूह को अपनी रक्षा करनी आती है। आखिर वे भी भेड़िये हैं।

कालू : हाँ परन्तु लकड़बघ्घों की संख्या अधिक है।

जग्गा : कितनी संख्या है उनकी?

कालू : लगभग 10–12 लकड़बघ्घे।

जग्गा : उस समूह में भेड़िये तो केवल 5 (पाँच) ही हैं। वो उनका मुकाबला नहीं कर पायेंगे।

भूरा : जग्गा, उस समूह–का मुखिया भी अस्वस्थ है।

जग्गा : समझ नहीं आता, लकड़बघ्घे उस समूह पर हमला क्यों कर रहे हैं वहाँ तो शिकार भी कम हैं।

भूरा : गुप्तचरों से पता चला है कि उनका लक्ष्य वहाँ से बहने वाला झरना है। जिसका जल जंगल के प्रत्येक कोने तक जाता है। उनका उद्देश्य उस जल के भाग पर बड़ा–सा पत्थर रख कर उसकी गति को धीमा करना अथवा मार्ग को बदलना है...कुछ ऐसा संदेह है।

कालू : हाँ, ताकि उस मीठे जल से अपनी प्यास बुझाने वाले अन्य जीव–जन्तु उनके गुलाम हो जायें।

जग्गा : परन्तु उन मूर्खों को ये ज्ञात नहीं कि जब तक जग्गा जीवित है उनका ये दुःस्वप्न पूरा नहीं होगा।

भूरा : परन्तु अब काफी देर हो चुकी है। वे लकड़बघ्घे वहाँ थोड़ी देर में पहुँचते ही होंगे और हमें काफी समय लगेगा।

कालू : जग्गा अब क्या होगा? हमारे बाकी साथी भी शिकार के लिए आज पश्चिम की ओर जा चुके हैं। उनको आने में भी अधिक समय लगेगा।

जग्गा : घबराओ नहीं। समूह में देखो जो भेड़िया शिकार पर नहीं गया उसे लेकर वहाँ पहुँचो। तुम्हारे पहुँचने तक मैं उन लकड़बघ्घों को सँभाल लूँगा।

भूरा : परन्तु इसमें खतरा है।

बिजली : भूरा ठीक कह रहा है। इसमें खतरा है।

जग्गा : हाँ जानता हूँ किन्तु वे लोग मुझसे ज्यादा खतरे में है यदि मैं समय पर पहुँचा तो कुछ तो बच ही जायेंगे। कहता हुआ जग्गा गजब की फुर्ती से पूर्व सीमा की ओर भागने लगता है।

बिजली : अपना ध्यान रखना। वाक्य की सम्पूर्णता से पूर्व जग्गा उनकी आँखों से ओझल हो चुका था।

ताची : माँ, जो भेड़िये यहाँ हैं उन्हें समूह की सुरक्षा के लिए यहीं रहने दो। पूर्व सीमा की रक्षा के लिए हम दोनों, कालू और भूरा चाचा के साथ जायेंगे।

भूरा : किन्तु तुम दोनों अभी किसी युद्ध के लिए तैयार नहीं हो।

तबासि : यद्यपि मैं आयु से छोटा हूँ परन्तु मेरा शरीर काफी बड़ा है। कम से कम हम आपकी संख्या तो बढ़ा ही देंगे।

कालू : ये सही कहते हैं। इन दोनों को अपने साथ ले चलो, आज इनकी परीक्षा का दिन है।

ये कहते ही चारों पूर्व सीमा के लिए चल पड़ते हैं। बिजली चाहते हुए भी कुछ कह नहीं पाती।

'जग्गा सरदार' जंगल के छोटे एवम् गुप्त मार्गों द्वारा बहुत तेजी से पूर्व सीमा की ओर बढ़ रहे थे। उनके पीछे–पीछे हम भी तेजी से जा रहे थे परन्तु जग्गा सरदार बहुत आगे निकल चुके थे।

उधर पूर्व सीमा में लकड़बघ्घों के बुरे कदम पड़ चुके थे। भेड़िये भोजन करके जैसे ही विश्राम करने के लिए अपनी माँद की ओर जाने लगे तो...

भेड़िया 1 : अरे! ये झाड़ियों में सरसराहट क्यों हो रही है?

भेड़िया 2 : कोई चूहा या पक्षी होगा शायद ।

भेड़िया 3 : भई, मेरा पेट तो भर चुका है मुझे तो बहुत तेज नींद आ रही है।

भेड़िया 1 : रुको, मुझे कुछ अंजानी सी गन्ध मिल रही है। क्या ये गन्ध तुमको भी आ रही है?

मुखिया : क्या हुआ तुमको? वहाँ खड़े क्या बातें कर रहे हो? मौसम ठीक नहीं लग रहा, शीघ्र से माँद में आ जाओ।

भेड़िया 2 : हाँ, अब रुको। यहाँ अवश्य ही कोई है जो हम पर नजर रखे है।

इससे पहले वे कुछ समझ पाते। पीछे से दो लकड़बघ्घें भेड़िये पर हमला कर उसे घायल कर देते हैं। मुखिया सहित दूसरे साथी भेडिये उसकी आवाज सुन जैसे ही सहायता को आगे बढ़ते हैं तो झाड़ियों से एक–एक करके बाकी लकड़बघ्घे बाहर आते हुए दिखते हैं। उन सबका एक साथ घुर्राना भेड़ियों को मृत्यु की पुकार के समान लग रहा था। तभी लकड़बघ्घों का नेता शाका सामने आकर जोर से घुर्राता है।

मुखिया : कौन हो तुम? और क्या चाहते हो? छोड़ दो इन बच्चों को।

शाका : मुखिया, हम चाहते हैं ये झरना और तुम सबकी मौत। बोलो अपना जीवन हमें स्वयं दोगे या हम ये जीवन तुम से छीन लें।

मुखिया : ये झरना चाहिए...क्यों? घबराते हुए। ये झरना तो सबका है। तुम भी पानी पीना चाहते हो तो पियो जितना पी सकते हो। कोई तुम्हें नहीं रोकेगा।

शाका : हँसते हुए। किन्तु मुझे रोकेगा कौन? किसमें इतना साहस है जो मुझे पानी पीने से रोके।

भेड़िया 2 : मैं रोकूँगा तुमको। तुम हमारे घर में बिना आज्ञा के आए हो।

लड़कबघ्घा 1 : मुखिया तुमने ठीक कहा था इनको बच्चा। देखो इन बेचारों को तो ये भी नहीं पता कि मृत्यु इन के सामने खड़ी है। यदि इनमें जरा भी अकल होती तो ये अब तक भाग चुके होते।

भेड़िया 3 : हम डर के भागने वालों में से नहीं है। प्रत्येक चुनौती का डट कर सामना करते हैं। जग्गा सरदार से हमने यही सीखा है कि परिस्थितियाँ कितनी भी विपरीत हों उनसे घबराना नहीं चाहिए।

शाका : जग्गा–जग्गा–जग्गा सरदार ये नाम सुन–सुन कर मेरे कान पक चुके हैं बच्चे और तूने जग्गा का नाम ले कर अपने घायल साथी की मृत्यु निश्चित कर दी है।

शाका के इशारा करते ही घायल तथा दबोचे हुए भेड़िये को साथी लकड़बघ्घे गला दबा कर मार देते हैं। दूसरे साथी उसकी आवाज भी नहीं सुन पाते। उस भेड़िये की आखिरी छटपटाहट मानो पैरों से दूसरे भेडियों को भाग जाने का इशारा कर रही थी।

शाका : अब तेरी बारी क्योंकि तूने जग्गा का गुणगान किया...कहते हुए भेड़िये की ओर बढ़ता है।

मुखिया : रुको...रुक जाओ छोड़ दो इन बच्चों को। तुमको झरना चाहिए तो ले लो ये झरना। हम लोग यहाँ से चले जाते हैं।

शाका : मुखिया, इनकी मृत्यु तो निश्चित है। कहते हुए दूसरे लकड़बघ्घे को हमले का इशारा करता है।

मुखिया, शाका का इशारा भाँप कर लकड़बघ्घे और युवा भेड़िये के बीच में आ जाता है। लकड़बघ्घे के दाँत मुखिया की छाती में घुसते ही उसकी पीडा से भरी चीख शान्त जंगल में अशांति पैदा कर देती है।

शाका : मूर्ख, ये क्या किया तूने। ठीक से वार करना भी नहीं आता।

लकड़बघ्घा 2 : क्या करूँ सरकार! ये मुखिया बीच में आ गया और मेरे दाँत इसकी छाती में घुस गये।

मुखिया : तुम चाहो तो मेरी जान ले लो परन्तु इन सबको जाने दो यहाँ से।

शाका : मुखिया तुम्हारी जान कैसे ले सकता हूँ मैं। यदि मैं, तुम्हारी जान ले लूँगा तो मुझे कौन बतायेगा इस झरने का रहस्य।

मुखिया : क्या मतलब? मैं समझा नहीं?

शाका : बनो मत। वही रहस्य जो तुमने मेरे दादा को बताया था जो किसी समय में तुम्हारे बहुत घनिष्ठ मित्र थे और तुम्हारी ही तरह सीधे एवम् न्यायप्रिय भी।

मुखिया थम्पू के साथ व्ययतीत पलों को याद करता है

मुखिया : क्या तुम थम्पू के पोते हो? वह कहाँ और कैसा है?

शाका : हाँ मैं ही उनका पोता हूँ। मेरे दादा बेचारे, कल ही मृत्यु को प्राप्त हो गये।

मुखिया : परन्तु कैसे? अभी कुछ माह पहले मैं उससे मिला था वो ठीक था।

शाका : हाँ ठीक थे परन्तु मैंने उन्हें मार दिया।

मुखिया : परन्तु क्यों मारा? वह तो बहुत सीधा एवम् नेक था।

शाका : सही कहा तुमने। यही सीधापन एवम् नेकी उनकी मृत्यु का कारण बनी। जब झरने का रहस्य दादा से मेरे पिता को तथा मेरे पिता से मुझ तक पहुँचा तो मैं अपने दादा यानि तुम्हारे मित्र थम्पू के पास गया। मैंने उनसे बहुत कहा और समझाया कि वह मुझे उस झरने का रहस्य बता दें परन्तु उन्होंने मुझे कुछ नहीं बताया। हार कर मुझे न चाहते हुए भी उनको ऊपर स्वर्ग भेजना पड़ा।

मुखिया : तुम दरिंदे हो। तुम खूनी हो। तुम्हें भगवान कभी क्षमा नहीं करेगा।

शाका : अब जल्दी से तुम मुझे झरने का रहस्य बता दो नहीं तो मैं तुम्हें भी तुम्हारे मित्र के पास ऊपर पहुँचा दूँगा।

युवा भेड़िया : नहीं मुखिया जी इसे कुछ न बताना।

शाका : तुम सच में बच्चे ही हो। तुम्हें कब विश्वास होगा कि मृत्यु तुम सबके बहुत समीप है। यदि मुझे इस मुखिया ने इस झरने का रहस्य नहीं बताया तो वह मृत्यु दण्ड मैं तुम सबको दूँगा।...हा–हा–हा जोर से खूँखार हँसी भरते हुए मुखिया की ओर बढ़ता है।

तभी अचानक सभी का ध्यान जंगल की ओर से आ रही आवाज पर जाता है मानो धरती पर पड़ी टूटी पत्तियों को कुचलता हुआ कोई उनकी ओर आ रहा था, फिर अचानक आवाज उन सबके समीप आकर थम जाती है। वातावरण शान्त हो जाता है और मन्द–मन्द हवा बहने लगती है।

शाका : मूर्खों, मेरी ओर क्या देखते हो, जाकर देखो वहाँ कौन है?

एक लकड़बघ्घा जैसे ही झाड़ियों की ओर पड़ताल के लिए आगे बढ़ता है, तो घबराहट उसके कदम को धीमा करती है मानो उसे हवा में बह रही गन्ध से ये पता चल गया हो कि झाड़ियों के पीछे कौन है?

तभी शान्त वातावरण का अन्त एक भयानक घुर्राहट से होता है, और आवाज आती है। "जीवन एवम् मृत्यु तो ऊपर वाले के हाथों में है किस जीव ने कितना जीना है ये वह सुनिश्चित करता है।"

झाड़ियों की ओर बढ़ रहा लकड़बघ्घा इस आवाज को सुन कर जोर से चीखता है। जग्गा–जग्गा, ये जग्गा की आवाज है, निःसंदेह ये जग्गा ही है (कहता हुआ अपने साथियों की ओर भागता है।) तभी झाड़ियों के ऊपर से छलांग मारता हुआ जग्गा उस पर हमला कर उसे वहीं धराशाही करते हुए पिछली टाँगों पर दाँत गड़ा कर उसे असहाय बना देता है।

लकड़बघ्घा : मुझे क्षमा कर दो, मुझे जीवन दान दो मैं फिर कभी यहाँ नहीं आऊँगा।

शाका : कायर। एक भेड़िये से जीवन की भीख माँग रहा है। तू लकड़बघ्घा कहलाने के लायक नहीं है। शाका, जग्गा को घूरते हुए कहता है...अच्छा तुम हो जग्गा, भेड़ियों का सरदार..."जग्गा सरदार"।

जग्गा : हाँ, मैं हूँ जग्गा, भेड़ियों का सरदार और तुम्हारी मृत्यु।

शाका : हा–हा–हा मेरी मृत्यु। स्वप्न देखना अच्छी बात है परन्तु तब नहीं जब लकड़बघ्घा सामने हो और स्वप्न भी उसकी मृत्यु का,...कहते हुए अपने साथ लकड़बघ्घों को इशारा करता है। इशारा पाते ही दो लकड़बघ्घे जग्गा की ओर हमले के लिए तेजी से बढ़ते हैं।

जग्गा हमले को भाँपते हुए तुरन्त हरकत में आ कर उसकी ओर बढ़ रहे लकड़बघ्घों के ठीक बीच से निकल जाता है। दोनों लकड़बघ्घे जैसे ही फिर हमले के लिए तैयार होते हैं तो दोनों पीड़ा का अनुभव कर आश्चर्य से एक दूसरे की ओर देखते हैं पर कुछ समझ नहीं पाते परन्तु उनका रक्त धरती पर गिरते ही उन्हें पता चलता है कि जग्गा का वार एक लकड़बघ्घे के कान पर तथा दूसरे लकड़बघ्घे के पिछली टाँग पर हुआ था। पीड़ा की तीव्रता बढ़ते ही दोनों बहुत तेजी से चीखते हैं। हाय! मर गया बहुत दर्द हो रहा है। अपने दो साथियों का ये हाल देख बाकी लकड़बघ्घे घबरा जाते हैं।

शाका : डरो नहीं, और तुम दोनों चिल्लाना बन्द करो। जरा सी चोट पर ऐसे चिल्ला रहे हो जैसे बहुत बड़ा घाव हो। उठो और हमला करो।

जग्गा : अब, ये मुझसे युद्ध करने की स्थिति में नहीं है। यदि ये पुनः मुझ पर हमला करते हैं तो फिर कभी अपने पैरों पर खड़े नहीं हो पायेंगे।

ये सुनते ही वो दोनों धरती पर पड़े रहने में ही भलाई समझते हैं।

शाका : कायरों पड़े रहो ऐसे ही, तुम लकड़बघ्घों के नाम पर कलंक हो।...कहता हुआ सभी साथियों के साथ जग्गा की ओर बढ़ता है। अब पहले तेरा ही अन्त करेंगे फिर इनको देख लेंगे।

शाका के साथ सभी छह लकड़बघ्घों को अपनी ओर आता देख जग्गा सरदार पहाड़ी एवम् खाई से सटे एक बड़े पत्थर पर चढ़ जाता है। सभी लकड़बघ्घे उस पत्थर को प्रत्येक दिशा से घेर लेते हैं।

शाका : क्यों भेड़ियों के सरदार अब बच कर कहाँ जायेगा। मृत्यु को समीप देखकर घबरा गया। तुम तो बहुत निडर हो। दो कायर लकड़बघ्घे का सामना तो कर लिया अब हमारा सामना करो।

युवा भेड़िया : सरदार अकेले नहीं है हम भी उनके साथ हैं। (कहता हुआ एक लकड़बघ्घे पर हमला करता है परन्तु अनुभवहीन होने के कारण लकड़बघ्घे द्वारा दूर पटक दिये जाने से घायल हो जाता है।)

जग्गा : नहीं, तुम सब दूर रहो। घबराओं नहीं मैं इनसे निपट लूँगा। (कह कर कुछ सोचने लगता है।)

शाका : किस सोच में पड़ गया। भगवान को याद कर रहा है क्या? (फिर जोर से हँसने लगता है। उसके साथ उसके साथी भी हँसने लगते हैं।) हा–हा–हा भेड़ियों का सरदार डर के पत्थर पर चढ़ गया...हा–हा–हा।

इसी बीच जग्गा हँस रहे एक लकड़बघ्घे पर तीव्रता से अपने प्रहार द्वारा उसे घायल कर पुनः पत्थर पर चढ़ जाता है। घायल लकड़बघ्घे को पीड़ा से चीखते ही शाका के साथ बाकी सभी दंग रह जाते हैं।

जग्गा : कहो कैसी रही। हँसना बन्द क्यों कर दिया?

क्रोधित शाका तथा सभी लकड़बघ्घे छलांग मार कर पत्थर पर चढ़ने का प्रयास करते हैं पर ऊपर चढ़ नहीं पाते। इसी उछल कूद में पहाड़ तथा खाई से सटा बड़ा पत्थर मिट्टी धँसने के कारण खाई की ओर गिरने लगता है।

शाका : हिलाओ–हिलाओ जोर से हिलाओ। गिरा दो इस भेड़ियों के सरदार को गहरी खाई में जहाँ इसकी हड्डियाँ भी नहीं मिलेंगी हा–हा–हा (जोर से हँसता है।)

परन्तु पत्थर के खाई में गिरने से पूर्व ही जग्गा सरदार फुर्ती से दूसरे लकड़बघ्घे पर हमला करके उसे भी घायल करता हुआ खुले मैदान में आ जाता हैऔर बड़ा पत्थर तेजी से गहरी खाई में गिर जाता है।

शाका क्रोध से तिलमिला कर कहता है बस उछल–कूद का खेल बहुत हुआ। अब तू बच नहीं पायेगा।

जग्गा : अभी भी कहता हूँ चले जाओ, नहीं तो परिणाम अच्छा नहीं होगा।

शाका : एक साथ हमला करो, उस मुखिया पर और उसे मार डालो। चीखते हुए अपने साथियों से कहता है।

सभी लकड़बघ्घे मुखिया की ओर बढ़कर उस पर दाँतों और पंजों से हमला करते हैं। मुखिया, लकड़बघ्घों के प्रहारों को झेलते हुए सबको निकल जाने को कहता है परन्तु तभी जग्गा एक बड़ी छलांग लगा कर ठीक मुखिया तथा लकड़बघ्घों के बीच आ जाता है।

जग्गा : पीछे हटो–कायरों एक घायल पर वार करते हो, जो एक वृद्ध भी है।

शाका : हाँ अब आया पकड़ में। अब कहाँ भागेगा। यदि तू भागा तो मुखिया मारा जायेगा।

मुखिया : जग्गा, तुम मेरी चिन्ता मत करो इन बच्चों को यहाँ से ले जाओ। मैंने तो वैसे भी अपना पूर्ण जीवन जी लिया है अब मुझे मरने से भय नहीं लगता।

जग्गा : परन्तु मैं तुम्हें इन कायरों के हाथों से नहीं मरने दूँगा. ..घुर्राते हुए लकड़बघ्घों को अपने पंजों द्वारा दूर रखने का प्रयास करता है।

इसी बीच शाका जोर से चीखता है सब एक साथ हमला करो और इसे हर जगह से काट डालो। ये सुनते ही सभी लकड़बघ्घे जग्गा पर एक साथ टूट पड़ते हैं। जग्गा लकड़बघ्घों से लड़ता हुआ उन्हें मुखिया से दूर ले जाता है।

अब पाँच लकड़बघ्घे एक अकेले जग्गा पर एक साथ हमला कर रहे थे। वे कभी उसे टाँग पर काटते कभी पूँछ पर, कोई कान पर तो कोई पीठ पर। जग्गा जैसे ही उनसे दूरी बनाता तो वे मुखिया की ओर हमले के लिए बढ़ते। मजबूरन जग्गा सरदार को पुनः मुखिया तथा उनके बीच आना पड़ता।

बार–बार मुखिया को बचाने के प्रयास में जग्गा सरदार घायल होने के साथ–साथ थकने भी लगा था।

मुखिया : जग्गा मैं कहता हूँ तुम इन बच्चों को लेकर चले जाओ–जाओ आँखें बन्द कर रोने लगता है।

थके हुए जग्गा पर सभी लकड़बघ्घे एक साथ पुनः हमला करते हैं। इस बार वे जग्गा सरदार को घेरते हुए काटने लगे कोई आगे से हमला करता तो कोई पीछे से, एक दाएँ से तो दूसरा बाएँ से लेकिन कोई उसके सामने आने की हिम्मत नहीं करता। शाका जग्गा को बाकी लकड़बघ्घों से जूझता देख तथा प्रहार के लिए उचित अवसर जान उस पर पीछे से छलांग लगाता है परन्तु इससे पहले कि शाका के पंजे एवम् दाँत जग्गा तक पहुँच पाते वह हवा में ही एक जोर के धक्के का अनुभव कर दूर जा गिरता है। सम्भलकर उठता है तो पाता है दो भेड़िये जग्गा के पास खड़े हैं। भूरा और कालू।

कालू : कैसी रही! कहीं कोई हड्डी तो टूट नहीं गयी? दूसरी ओर भूरा निरन्तर दूसरे लकड़बघ्घों पर घुर्रा रहा था।

इसी बीच मैं और ताची भी वहाँ पहुँच गये। हमें वहाँ देख बाकी लकड़बघ्घे और अधिक घबरा गये।

लकड़बघ्घा 1 : अरे! ये दो भेड़िये साथी कम थे कि पीछे से ये दो और आ गये। इनमें तो एक तेंदूआ भी है।

जग्गा सरदार को लहूलुहान अवस्था में देख मुझे क्रोध आ गया और मैं तीव्र स्वर में घुर्राया। मेरी घुर्राहट सुन बाकी सभी लकड़बघ्घे काँप उठे।

लकड़बघ्घा 2 : अरे! भागो यहाँ से क्या जाने अभी और कितने इनके साथी आ रहे हैं। इससे पहले वो यहाँ आयें यहाँ से निकल चलो...ये कहते ही सब शाका को आवाज लगाते हैं...सरकार चलो।

मेरी एक और घुर्राहट से बाकी लकड़बघ्घे बिना पूछे जंगल की ओर भाग जाते हैं।

मैं, ताची तथा कालू उन्हें पकड़ने के लिए उनके पीछे भागते हैं परन्तु भूरा की आवाज पर हम रुक जाते हैं।

भूरा : रुक जाओ वो कायर थे, भाग गये, उन्हें जाने दो, जो यहाँ बच गया इससे निपट लेते हैं।

शाका जैसे ही भागने का प्रयास करता है तो अपने पैर पर मोच का अनुभव करता है। वह भय से लड़खड़ाता हुआ पीछे की ओर चलने लगता है।

जग्गा : कालू, भूरा खत्म कर दो इस दरिन्दे को। संभलकर खड़े होते हुए कहता है।

भूरा–कालू दोनों को अपनी ओर बढ़ता देख शाका पीछे की ओर सरकने लगता है परन्तु वह यह भूल जाता है कि पीछे गहरी खाई है। खाई के मुहाने पर आक्रामक भूरा की घुर्राहट शाका को एक कदम पीछे धकेलती है और इस कदम के साथ ही वह सीधा खाई में कई पत्थरों के साथ गिर जाता है। भूरा खाई में देख कर घुर्राता है। कालू, मैं और ताची जैसे ही खाई के मुहाने पर पहुँचते हैं तो पाते हैं कि

खाई में किसी के गिरने का शोर गूँज रहा था। हम सब एक–दूसरे को देखते हुए लौट आते हैं।

कालू : जग्गा तुम ठीक तो हो न। तुम्हें अधिक चोट तो नहीं लगी। हमें क्षमा कर दो हम समय पर नहीं पहुँच पाये।

जग्गा : नहीं–नहीं, तुम सही समय पर पहुँचे। यदि तुम सब सही समय पर नहीं आते तो आज न जाने क्या अनहोनी हो जाती। मुझे तुम सब पर गर्व है, खासतौर से ताची और तबासि पर। ये कहते हुए जग्गा, मुखिया की ओर धीमे कदमों से जाता है।

जग्गा : मुखिया जी, आप ठीक हो न। आप घबराओ नहीं उपचार के बाद आप ठीक हो जाओगे।

मुखिया : नहीं। मेरा अन्त समय अब निकट है परन्तु मुझे खुशी है कि अपने अन्तिम समय में तुम मेरे सामने हो।

जग्गा : ऐसा मत कहिए। आप को कुछ नहीं होगा। आप ठीक हो जायेंगे।

मुखिया : नहीं–नहीं मुझे दिलासा मत दो। मैं जानता हूँ कि मेरा समय पूरा हो चुका है। अब मैं तुमको जो बताने जा रहा हूँ उसे ध्यान से सुनो।

जग्गा : क्या? मुखिया जी की ओर सब ध्यान देने लगते हैं।

मुखिया : जग्गा तुम्हें याद है तुम्हारे पिता तथा तुम्हारे कितना कहने पर भी मैं मुख्य भेड़िया समूह में या उसके आस–पास रहने के बजाय दूर पूर्व इस क्षेत्र में यहीं परिवार के साथ रहने लगा।

जग्गा : हाँ, आपने ठीक कहा, कितना कहने पर भी आपने हमारी नहीं सुनी, यहीं अकेले समूह से दूर रहे। इसके पीछे क्या कारण था, यह मुझे पता नहीं चला।

मुखिया : कारण था जग्गा, और वो कारण था, ये झरना।

जग्गा : ये झरना कारण था? परन्तु इस झरने का मीठा–शीतल जल तो जंगल के कोने–कोने तक पहुँचता है। ये जल बहकर भेड़िया

समूह तक भी आता है तो केवल इस मीठे एवम् शीतल जल के लिए आप ने अपना पूरा जीवन भेड़िया समूह से दूर रह कर बिता दिया।

मुखिया : नहीं–नहीं। भेड़िया समूह से दूर रहने का कारण था "दिव्य जल"।

जग्गा : "दिव्य जल"!

हम सब आश्चर्य से मुखिया जी की बातें सुनने लगे।

ये बात उस समय की है...कहता हुआ मुखिया यादों में खो जाता है। जब मैं युवा था। जंगल में बहुत हर्ष का वातावरण था और सभी जगली जीव शान्ति से रहते थे। भोजन की बहुतायत के कारण शिकारी जानवरों में भी बैर नहीं था। इसी हर्षपूर्ण वातावरण में मेरी मित्रता शाका के दादा थम्पू से हुई थी। हम दोनों समान आयु, युवा और जोशीले थे। तुम्हारे पिता भी हम दोनों की मित्रता की मिसालें दिया करते थे। हम दोनों को कोई असहाय अवस्था में मिलता तो हम उसकी सहायता करते। इसी तरह दिन बीत रहे थे।

एक दिन जब हम शिकार की खोज में दूर पूर्व की ओर निकल आये तो हमने पाया कि घर बहुत पीछे छूट गया है। फिर हमने तय किया कोई सुरक्षित स्थान देख रात यहीं बिता कर हम प्रातः अपने घर की ओर निकल जायेंगे। कुछ देर खोज करने के बाद हमें यह झरना नजर आया। पूर्ण चन्द्रमा की छाया झरने को दूध के समान प्रतीत करा रही थी। वह अद्भुत दृश्य था।

मुखिया : वाह! क्या दृश्य है ऐसा लगता है मानो हम स्वर्ग में है।

थम्पू : हाँ, ठीक कहा तुमने। ये स्थान स्वर्ग के समान ही प्रतीत हो रहा है। आज रात यहीं विश्राम कर हम प्रातः घर को प्रस्थान करेगें।

मुखिया : चलो, सही स्थान देखकर सो जाते हैं।

जैसे ही हम झरने की ओर बढ़े तो पाया दो मनुष्य ठीक झरने के किनारे आसन लगाये बैठे हैं। वे कोई साधारण मनुष्य नहीं लग रहे थे। उनके लम्बे केश एवम् दाढ़ी मूँछ थीं। वे दोनों सिद्ध पुरुष

लग रहे थे। वे निरन्तर कुछ बोल रहे थे, शायद कोई मंत्र पढ़ रहे हों। हमने सोचा थोड़ा समीप चलकर देखते हैं। हम छुपकर झाड़ी के किनारे से उनको देखने लगे। अचानक कुछ समय बाद दोनों खड़े हुए तथा झरने के पानी से भरे कुण्ड जिसमें झरने का शान्त जल धीरे–धीरे रिस रहा था, में पूर्ण चन्द्रमा के प्रतिबिम्ब को देखने लगे। जैसे ही उस जलकुण्ड में पूर्ण चन्द्रमा का प्रतिबिम्ब दिखा, वे दोनों झरने के मुख के ठीक ऊपर बड़े पत्थर पर भगोने रूपी पत्ते वाले पौधे को देखने लगे। शायद किसी की प्रतीक्षा कर रहे हों। तभी अचानक वो पत्ता किसी भार के कारण नीचे झुकने लगा और फिर उसमें से जल नीचे गिरने लगा। वो दिव्य जल' था। दोनों सिद्ध पुरुषों ने उस 'दिव्य जल' को अपनी हथेली में भरकर पी लिया। उस दिव्य जल' को पीते ही उन दोनों के शरीर में एक प्रकाश की लहर शीश से पैरों तक दिखने लगी तथा वे दोनों पुरुष पहले से अधिक युवा प्रतीत होने लगे, फिर वे वहाँ से चले गये।

उनके जाने के बाद मैं और थम्पू भी वहाँ गये तथा उन बूँदों को चाटने लगे जो उनकी हथेली से पत्थरों एवम् पत्तों पर गिर गयी थीं। हम दोनों आश्चर्य चकित थे कि मात्र पत्तों और पत्थरों पर गिरी बूँदों को चाटने के बाद हम नई ऊर्जा का अनुभव कर रहे थे।

मैंने और थम्पू ने एक दूसरे को वचन दिया कि इस झरने के रहस्य किसी को नहीं बतायेंगे। मैंने थम्पू से कहा हम यहाँ आते रहेंगे। कुछ वर्ष वो आया फिर उसने आना छोड़ दिया परन्तु उस दिव्य जल' को पाने की मेरी लालसा मुझे यहाँ आने को विवश करती रही। फिर एक दिन मैंने यहीं रहने का निश्चय कर लिया और यहीं रहने लगा।

जग्गा : क्या 'दिव्य जल' अभी भी उस झरने के ऊपर है। यदि वो दिव्य जल' ऊपर है तो मैं उसे अभी नीचे ले आता हूँ।

नहीं–नहीं झरने के ऊपर जाना सुरक्षित नहीं है। ये काफी फिसलन भरी एवम् खड़ी चट्टाने हैं। वैसे भी अभी तुम्हें वो दिव्य जल' नहीं मिलेगा।

जग्गा : क्यों? तो कब मिलेगा? मुझे लगता है ये केवल एक भ्रम या आकर्षण मात्र है।

मुखिया : दिव्य जल' की प्रतीक्षा में मैंने अपने जीवन के दस वर्ष बिता दिये परन्तु अब मुझे समझ में आया कि वो 'दिव्य जल' प्रत्येक तीन वर्ष पश्चात् पूर्ण चन्द्रमा की रात्रि को इस धरती पर गिरता है। जब पूर्ण चन्द्रमा का प्रतिबिम्ब इस जल कुण्ड के ठीक मध्य में दिखाई देता है।

जग्गा : मुखिया जी, तो उस दिव्य घड़ी को कितना समय अभी और लगेगा। एक या दो वर्ष?

मुखिया : नहीं। ठीक एक या दो दिन पश्चात् ही वो पल आने वाला है। जब पूर्ण चन्द्रमा का प्रतिबिम्ब इस जल कुण्ड के मध्य में होगा और वो 'दिव्य जल' इस धरती पर गिरेगा।

कालू : मुखिया जी, यदि हम ये मान भी लें कि 'दिव्य जल' झरने के ऊपर से धरती पर गिरेगा तो गिरने दो। आखिर हमें उस 'दिव्य जल' का क्या करना है?

मुखिया : रक्षा...हमें उस जल की रक्षा करनी है...पीड़ा से कराहता हुआ कहता है।

भूरा : रक्षा परन्तु किससे?

मुखिया : कालू–भूरा, मुझे पता है कि तुम दोनों नेक हो परन्तु तुम दोनों तथा तुम्हारे सरदार जग्गा की तरह हर शिकारी जानवर इतना नेक नहीं है। अब तो वैसे भी जंगल का वातावरण पहले जैसा नहीं रहा, उदाहरण तुम्हारे सामने ही पड़ा है।

जग्गा : परन्तु हमें करना क्या है?

मुखिया : जग्गा, मुझे डर है यदि वो 'दिव्य जल' किसी ऐसे शिकारी जीव के हाथ लग गया जो निर्दय हो और जीवन के मूल्य को नहीं समझता हो तो वह इस जंगल का विनाश कर देगा। इस जंगल में रहने वाले अनेक जीव–जन्तु खत्म हो जायेंगे परन्तु मुझे विश्वास है

तुम पर। तुम नेक, न्यायप्रिय और साहसी हो। यदि तुम उस 'जल' को ग्रहण करते हो तो मुझे विश्वास है कि अगले दस वर्ष इस जंगल के लिए शुभ होंगे।

मुझे वचन दो जग्गा कि तुम और तुम्हारे साथी इस 'दिव्य जल' की रक्षा करोगे।

मुझे वचन दो–वचन दो।

पीड़ा से पूर्ण स्वर में प्रार्थना करता हुआ मुखिया प्राण छोड़ देता है।

जग्गा : मुखिया जी, आँखें खोलिए–2।

भूरा : जग्गा, वो अब कभी आँखें नहीं खोलेंगे, ईश्वर उनकी आत्मा को शान्ति दे।

पूर्व दिशा में मुखियाजी के साथ रहने वाले भेड़िये उनके मृत शरीर के समीप आकर रोने लगते हैं।

जग्गा मुखिया जी के शरीर को नमन करते हुए खाई की ओर बढ़ता है फिर आधे चन्द्रमा को निहारते हुए कहता है। यदि मुखियाजी की बातों में सच्चाई है तो मैं उनकी आत्मा को वचन देता हूँ कि उन शिकारी जानवरो से 'दिव्य जल' की रक्षा करूँगा जिन्होंने उनकी जान ली। मैं वचन देता हूँ। ऊँचे स्वर में कहता है।

परन्तु ठीक खाई में थोड़ी गहराई पर तिरछे निकले वृक्ष पर अटका शाका ये सारी बातें सुन लेता है।

शाका : शायद ये सब सुनने के लिए ही ईश्वर ने मुझे इस खाई में गिरने से बचाया परन्तु अब उस 'दिव्य जल' को मेरे पारा आने से कौन बचायेगा।...हा–हा–हा मन्द–मन्द हँसता हुआ वृक्ष के सँहारे सकरे रास्ते से लंगड़ाते हुए जंगल की ओर चल पड़ता है।

उधर जग्गा पलटकर कालू से कहता है।

जग्गा : कालू, मेरे मित्र तुम ताची और तबासि को साथ लेकर भेड़िया समूह की ओर जाओ। समूह को यहाँ की जानकारी देना तथा

अपने साथ दूसरे भेड़ियों को भी ले आना। मुझे संदेह है कि लकड़बघ्घे फिर यहाँ आयेंगे?

कालू : जग्गा क्या तुम हमारे साथ नहीं चलोगे।

जग्गा : नहीं। अब मुझे मुखिया जी की बातों पर विश्वास हो रहा है जरा देखो इन विचित्र, अद्भुत वृक्षों, पौधों एवम् फूलों को ये बाकी जंगल से कितने भिन्न हैं। निसंदेह ये सब उस 'दिव्य जल' के कारण है जो इस धरती पर गिरता है और मिट्टी से होता हुआ इन तक पहुँचता है तभी तो यहाँ सदाबहार के समान वातावरण है।

ताची : तो क्या पिताजी आप यही रुकेंगे?

तबासि : नहीं–नहीं, ताची और भूरा को जाने दो मैं आपके साथ यहीं रहूँगा। आप बहुत घायल हो चुके हैं।

जग्गा : घबराओ नहीं ये चोटें तो मामूली हैं इनसे मुझे कुछ नहीं होगा। वैसे भूरा यहाँ मेरे साथ ही रहेगा। तुम सब जाओ और सहायता लेकर शीघ्र लौटो।

विवश होकर मैं, कालू और ताची, भेड़िये समूह की ओर निकल पड़े। कुछ दूर जाने पर मैंने सहायता के लिए दूसरे समूह का रुख किया।...उनके जाने पर जग्गा पीड़ा को दबाते हुए एक वृक्ष का सहारा लेकर बैठ जाता है।

भूरा : जग्गा, तुम बहुत घायल हो। तुम्हारे घावों को मैं देख एवम् महसूस भी कर सकता हूँ। तुम बहुत थक गये हो थोड़ा सो जाओ। जब तक मैं कुछ जड़ी बूटियाँ ढूँढ़ कर तुम्हारे घावों में लगा देता हूँ। कुछ ही देर में सूर्य देव भी आने वाले हैं।

जग्गा सहमति में अपनी आँखों को बन्द करते ही गहरी नींद में चला जाता है। जब भूरा विशेष जड़ी–बूटियाँ ले कर लौटता है। तो जग्गा को गहरी नींद में सोया पाता है। जड़ी बूटियों को पत्थर पर पैरों से मसल कर उसके घावों में लगाता है।

भूरा : इन जड़ी बूटियों से निश्चय ही तुम्हें आराम मिलेगा।...कहते हुए निगरानी करता हुआ वहीं जग्गा के समीप बैठ जाता है।

समय अपनी गति के अनुरूप भोर की ओर चल पड़ता है। भोर होते ही चिड़ियों की चहचहाट से जंगल में शोर उत्पन्न होता है। इस शोर से आकर्षित जग्गा के तेज कान उसे गहरी नींद से जगने के लिए प्रेरित करते हैं। परिणामस्वरूप वह एकदम आँखें खोलकर सिर को उठाता है। आस–पास निहारता है तो भूरा को वहीं बैठा पाता है।

जग्गा : क्या मैं सो गया था?

भूरा : हाँ जग्गा मेरे मित्र तुम सो गये थे। तुम अब कैसा महसूस कर रहे हो। क्या कुछ आराम है?

जग्गा : हाँ। पहले से कुछ अच्छा लग रहा है। पीड़ा भी कम है परन्तु सिर घूम रहा है ये कैसे हुआ?

भूरा : मैंने कुछ विशेष जड़ी–बूटियाँ तुम्हारे घावों पर लगाई थीं। परन्तु ये इतनी शीघ्र अपना असर दिखायेंगी, मुझे ऐसा विश्वास न था। निःसंदेह यहाँ की जड़ी बूटियाँ विचित्र एवम् दिव्य हैं।

जग्गा : ठीक कहते हो भूरा। यहाँ की प्रत्येक वस्तु विचित्र एवम् दिव्य है और इसका कारण है ये 'दिव्य जल'। कहता हुआ ऊपर उस भगोने रूपी पौधे को देखने लगता है।

भूरा : आओ जग्गा कुछ भोजन कर लो, मैंने कुछ ताजी मछलियाँ पकड़ी हैं। समीप जाते हुए कहता है।

जग्गा : सच में! मुझे बहुत तीव्र भूख भी लगी थी। चलो पहले भोजन कर लेते हैं।

दोनों भोजन का आनन्द लेते हुए अपनी भूख को शान्त करने लगते हैं। भोजन करता हुआ भूरा जग्गा से पूछता है।

भूरा : जग्गा, इन मछलियों का स्वाद भी अलग है। ऐसी मछलियाँ मैंने कभी नहीं खायीं।

जग्गा : तुमने ठीक कहा भूरा। इन मछलियों में से दुर्गन्ध भी नहीं आ रही है।

भूरा : जग्गा तुम्हें क्या लगता है पूर्ण चन्द्रमा कब निकलेगा? आज रात्रि या कल?

जग्गा : भूरा, आज वातावरण बिल्कुल साफ है आकाश शान्त एवम् पूर्ण खिला हुआ है। मुझे संदेह है कि पूर्ण चन्द्रमा की रात्रि आज ही है। कुछ देर के पश्चात् ही वो क्षण आने वाला है। इसलिए भूरा तैयार हो जाओ, (कहते ही लड़खड़ा कर धरती पर गिर जाता है।) मेरा सिर घूम रहा है चक्कर से आ रहे हैं। खड़े–उठने की कोशिश में गिरते हुए भूरा से कहता है।

भूरा : जग्गा तुमने ठीक कहा, वो क्षण आने ही वाला है जब 'दिव्य जल' झरने के ऊपर से इस धरती पर गिरेगा परन्तु उस क्षण को देखने के लिए तुम जीवित नहीं रहोगे क्योंकि उससे पहले तुम्हारी मृत्यु का क्षण आ जायेगा। हा–हा–हा जोर–जोर से हँसने लगता है।

जग्गा : भूरा, मेरे मित्र, तुम ये क्या कह रहे हो? तुमने क्या किया मेरे साथ।

भूरा : भूरा नहीं जग्गा, मुझे 'भूरा सरदार' कहो क्योंकि तुम्हारी मृत्यु के पश्चात् भेड़िया समूह का सरदार मैं बनूँगा। तुम्हें जो बार–बार चक्कर आ रहे हैं, तो मैं तुम्हें बता दूँ कि मैंने तुम्हारे घावों तथा तुम्हारे भोजन में जहरीली जड़ी–बूटियाँ मिला दी थीं। जिससे तुम्हारी मृत्यु निश्चित है परन्तु उससे पहले तुम्हें लकड़बघ्घों से लड़ना भी तो है, वो बस आते ही होंगे। हा–हा–हा।

जग्गा : क्या मतलब भूरा ! लड़खड़ाते हुए कहता है।

भूरा : शाका जो गहरी खाई में गिरा था वो जीवित है। वह गिरते हुए एक तिरछे वृक्ष पर अटक गया तथा मैंने अपनी चतुराई से कुछ पत्थर खाई में गिरा दिये। सबको यही लगा कि शाका गहरी खाई में गिर कर मर गया परन्तु उसने मुखिया जी की सारी बातें सुन लीं अब वो किसी भी समय अपने साथियों के साथ आता ही होगा। हा–हा–हा।

जग्गा : परन्तु यदि तुम चाहते तो मुझे कुछ देर पहले भी मार सकते थे जब मैं गहरी नींद में था। तब क्यों नहीं मुझे मारा?

भूरा : मुझे पूर्ण विश्वास नहीं था कि तुम गहरी नींद में हो और वैसे भी तुमसे अकेले लड़ने का मैं जोखिम नहीं उठा सकता इसलिए जहरीली जड़ी–बूटियाँ मैंने तुम्हारे घावों पर लगायी और फिर भोजन में भी मिला दी, ताकि तुम अधिक असहाय व कमजोर हो जाओ। हा–हा–हा।

जग्गा : भूरा तुमने सरदार की गद्दी के लिए मेरे साथ विश्वासघात किया है इसका दण्ड तुम्हें अवश्य मिलेगा...कहता हुआ जैसे ही भूरा की ओर लपकता है तो पाता है अन्धेरी झाड़ियों से दर्जनों चमकती हुई आँखें उसकी ओर बढ़ रही हैं, फिर पाँच लकड़बघ्घे ठीक भूरा के पीछे खड़े हो जाते हैं।

भूरा : अरे जग्गा! रुक क्यों गये आओ और मुझे दण्ड दो। तुम्हारे पैर क्यों लड़खड़ा रहे हैं?

भूरा को हँसता देख बाकी लकड़बघ्घे भी हँसने लगते हैं। शाका जग्गा को घूरता हुआ भूरा से कहता है।

शाका : भूरा, मैं तुम्हें विश्वास दिलाता हूँ कि भेड़िये समूह के अगले सरदार तुम ही बनोगे। तुम्हारे सामने उठने वाले हर विरोध को हम जग्गा की तरह खत्म कर देंगे। हा–हा–हा।

इसी ठहाके के बीच जग्गा सँभलते हुए छलांग द्वारा भूरा पर अपने पंजे से वार करता है तथा दूसरी ओर लड़खड़ाते हुए गिर जाता है। सभी भौंचक्के रह जाते हैं। सबकी हँसी गालों से भौंहों के ऊपर आ जाती है। भूरा पीड़ा से कराह उठता है। उसकी एक आँख से खून बह रहा था। अब वह उस आँख से कभी नहीं देख पायेगा क्योंकि जग्गा का पंजा ठीक उसकी आँख पर लगा था।

खत्म कर दो इसको...शाका दूसरे लकड़बघ्घों को कहते ही लंगड़ाता हुआ एक चट्टान पर चढ़ने लगता है। लकड़बघ्घे घायल

एवम् चक्कर खाते जग्गा की ओर बढ़ने लगे। अब चन्द्रमा भी आकाश में पूर्ण चमकने लगा था।

शाका : इसे शीघ्र खत्म कर दो इससे पहले कि चन्द्रमा का प्रतिबिम्ब इस जल कुण्ड में आये।

घायल एवम् असहाय जग्गा अपने पर हो रहे प्रहारों से बचने का केवल प्रयास मात्र ही कर पा रहा था। एक से बचता तो दूसरा लकड़बघ्घा उसे काटता। इसी बीच एक लकड़बघ्घे ने उसकी टाँग पर जोर से काटा तो वो गिर गया, ठीक उसी चट्टान के नीचे जिस पर शाका पहले से तैयार था। वह उठने का प्रयास करता परन्तु फिर गिर जाता। उसकी साँसें फूलने लगी थीं, शरीर में जगह–जगह से खून बह रहा था और पैर भी लड़खड़ा रहे थे। उसने सिर उठाकर चन्द्रमा की ओर निहारा, फिर एक बार पूरी शक्ति से खड़ा होकर घुर्राने लगा परन्तु ठीक पीछे ऊपर से आ रहे खतरे को नहीं भाँप पाया जो उसकी तरफ बढ़ रहा था। शाका ने पूरी शक्ति से उस पर छलांग लगा दी थी परन्तु उस तक पहुँचने से पहले एक धक्के ने शाका को दूर धरती पर जा पटका।

और वो धक्का था मेरा (तबासि)। मैंने जग्गा सरदार को सँभाला और उन्हें चट्टान के सहारे बिठा दिया।

तबासि : सरदार आप यहीं बैठो, मैं इससे निपटता हूँ।

भूरा : तबासि तू कहाँ से आ गया। तू तो दूसरे भेड़ियों को बुलाने गया था।

तबासि : हाँ गया था परन्तु मुझे तुम पर संदेह था, मैंने तुम्हें खाई में पत्थर गिराते हुए देख लिया था। इसलिए मेरा मन नहीं माना और मैं लौट आया।

भूरा : अब लौट आया है तो वापस जीवित नहीं जा पायेगा। जग्गा की तरह तू भी यहीं मरेगा।

तबासि : यह अभी पता चल जायेगा कि किसकी मृत्यु आयेगी।

सभी लकडबघ्घे, जग्गा को मृत मानकर मुझ पर टूट पड़े। वे सब मुझ पर हमला करते परन्तु मेरी फुर्ती एवम् वृक्ष पर चढ़ने का गुण उनके हमले को बेकार कर देता परन्तु जैसे ही वे जग्गा की ओर बढ़ते तो मुझे फिर नीचे जग्गा और उनके बीच आना पड़ता। पाँच लकड़बघ्घों के साथ भूरा मुझ पर भारी पड़ने लगा।

इधर 'जग्गा सरदार' घायल एवम् असहाय पड़े थे तो उधर चन्द्रमा का प्रतिबिम्ब किसी भी क्षण उस जल कुण्ड के मध्य में आने ही वाला था। इसी बीच लकड़बघ्घों के हमलों से बचने के लिए मैं फिर वृक्ष पर चढ़ गया। वृक्ष पर चढ़ते ही जैसे मैंने 'जग्गा सरदार' की ओर देखा तो पाया कि वह सँभलते हुए खड़े हो रहे थे। जग्गा सरदार को खड़ा होता देख लकड़बघ्घे और भूरा सहित मैं भी दंग रह गया था। जग्गा सरदार अपना सिर उठाकर भगोने रूपी पौधे को एकाग्र मुद्रा में देखने लगे। अपने अगले पैरों को सीधे करते हुए पिछले पैरों पर बैठ गए जैसे मानो किसी लक्ष्य के लिए तैयार हो रहे हो।

इसी बीच चन्द्रमा का प्रतिबिम्ब ठीक जल कुण्ड के मध्य में आ गया।

शाका ने पहले जग्गा को देखा फिर उनकी एकाग्र आँखों से होते हुए उस भगोने रूपी पौधे को, जिसका मुख अब धीरे–धीरे झुकते हुए खुल रहा था।

शाका : अरे मूर्खों, उसको टकटकी लगा कर क्या देख रहे हो। जाओ, उसे खत्म करो।...और मैं ठीक उस पौधे के नीचे जाता हूँ उस 'दिव्य जल' के लिए मन में बात करता हुआ।

सभी लकड़बघ्घे जग्गा की ओर लपकते हैं परन्तु शाका उस भगोने रूपी पौधे की ओर। इससे पहले कि लकड़बघ्घे जग्गा पर हमला करते मैं लकड़बघ्घों और जग्गा के बीच आ गया। लकड़बघ्घे मुझ पर एक साथ टूट पड़े।

तबासि : सरदार। आप भाग जाओ मैं अधिक समय तक इनको रोक नहीं पाऊँगा...सरदार क्या आप मुझे सुन रहे हो।

परन्तु उनका सम्पूर्ण ध्यान उस पौधे पर ही केन्द्रित था। उधर शाका पहले से ही ठीक उस पौधे के नीचे 'दिव्य जल' की धरती पर गिरने की प्रतीक्षा कर रहा था। इसी बीच दो लकड़बघ्घे मुझे छकाते हुए जग्गा सरदार की ओर लपके और जग्गा सरदार पर खूँखार छलांग लगा दी। ये देख मैं डर गया परन्तु इससे पहले वो दोनों जग्गा सरदार तक पहुँचते, जग्गा सरदार अपनी एकाग्र मुद्रा को छोड़कर भागने लगे और भागते हुए एक लम्बी छलांग लगाई। उस छलांग की छाया शाका पर गहरी हुई तो शाका ने हवा में अपनी ओर आते हुए जग्गा सरदार को देखा परन्तु इससे पहले कि वो कुछ कर पाता तेजी से आते हुए जग्गा सरदार के धक्के ने उसे दूर पत्थर पर पटक दिया। अब 'जग्गा सरदार' ठीक उस जगह पर बैठ गए जहाँ पर शाका बैठा था और तभी 'दिव्य जल' भगोने रूपी पौधे से नीचे गिरने लगा।

तबासि : सरदार 'दिव्य जल' नीचे गिर रहा है।

शाका तथा दूसरे लकड़बघ्घे जग्गा की ओर गिरते हुए 'दिव्य जल' को देखने लगे और सभी उस ओर लपके। उस 'दिव्य जल' को धरती पर गिरने से पहले जग्गा सरदार ने अपना मुँह खोला तथा गिरते हुए जल को पीने लगे, तभी शाका ने उन पर तीव्र प्रहार किया। जग्गा सरदार उस धक्के से दूर जाकर घनी झाड़ियों में गिर गए। मैं जग्गा सरदार की ओर बढ़ा परन्तु मेरे उन तक पहुँचने से पहले ही काले बादल आकाश पर छा गये और चन्द्रमा उन बादलों में खो गया। चन्द्रमा का प्रतिबिम्ब जल कुण्ड से हटते ही भगोने रूपी पौधे का मुख स्वतः ही बन्द हो गया। ये देखते ही शाका क्रोध से बौखला कर चिल्लाने लगा। अब जंगल में अन्धकार था।

शाका : नहीं—नहीं ये नहीं हो सकता। चन्द्रमा को बाहर आना ही होगा। मुझे 'दिव्य जल' किसी भी कीमत पर चाहिए।

लकड़बघ्घा 1 : सरकार अब क्या करें। चन्द्रमा इन काले बादलों में छिप गया और उस पौधे का मुख भी बन्द हो गया है।

लकड़बघ्घा 2 : यदि जग्गा ने आपको धक्का नहीं दिया होता तो वो 'दिव्य जल' आपके मुख के भीतर गिरता और आप उसे पी लेते।

शाका : सही कहा तुमने, ये सब उस जग्गा के कारण हुआ है। मैं उसे जीवित नहीं छोड़ूँगा। ढूँढ़ो उसको और मार डालो, अभी वो घायल भी है।

लकड़बघ्घे उस घुप्प अन्धेरे में घायल जग्गा सरदार को ढूँढ़ने लगे। मैं ढूँढ़ते हुए पहले जग्गा सरदार तक पहुँच कर पाता हूँ कि वह मूर्छित अवस्था में धरती पर पड़े हैं परन्तु उनकी साँसें चल रही थीं।

तबासि : सरदार, उठो हमें यहाँ से निकलना होगा। वो लकड़बघ्घे हमें ढूँढ़ रहे हैं। मैं आपको यहाँ इस हाल में ऐसे नहीं छोड़ सकता।

परन्तु जग्गा सरदार कोई जवाब नहीं दे रहे थे। तभी मुझे लकड़बघ्घों की आवाजें आने लगीं। मैंने जग्गा सरदार को धरती पर पड़े सूखे पत्तों से ढक दिया ताकि लकडबघ्घों की नजर उन पर न पड़े और मैं स्वयं थोड़ी दूरी पर जाकर खड़ा हो गया। वो सभी एक–एक कर मेरे सामने आने लगे।

शाका : अच्छा तो तू यहाँ छुपा बैठा है और वो जग्गा कहाँ है? मर गया या डर के भाग गया।

तबासि : देखो मुझे पता नहीं कि 'जग्गा सरदार' कहाँ है? और वैसे भी 'दिव्य जल' तो पूर्ण रूप से धरती पर गिरा ही नहीं। मुझे जाने दो मुझे जग्गा को ढूँढ़ना भी है...पीड़ा से कराहते और लड़खड़ाते हुए कहता है।

शाका : जाने दूँ! परन्तु क्यों? तुम दोनों के कारण वो 'दिव्य जल' मेरे हाथों से निकल गया और जो कुछ धरती पर गिर रहा था वो उस मरते हुए जग्गा ने पी लिया। अब मेरे पास तुम्हें खत्म करने के सिवाय कोई और चारा नहीं है क्योंकि तुम्हें मृत्युदण्ड देने पर ही मेरे क्रोध की ज्वाला कुछ कम होगी। कहता हुआ तबासि पर आक्रमण करता है।

उसे हमला करता देख दूसरे लकड़बघ्घे भी मुझ पर टूट पड़े।

मैंने उनसे लड़ने का प्रयास किया परन्तु पहले से घायल एवम् थके होने के कारण वो मुझ पर भारी पड़ने लगे। उनका संख्या बल मुझे प्रत्येक प्रहार के साथ कमजोर बना रहा था। तभी मुझे गुरुजी की बताई शिक्षा याद आयी।

"यदि तुम जीवित रहते हो तो तुम्हारी शक्ति भी दीर्घ समय तक भलाई के कार्यों में उपयोग की जा सकती है।"

मैंने निर्णय लिया कि मैं लड़ने के स्थान पर सुरक्षा को महत्व दूँ। इसलिए शाका और उसके साथियों से बचने के लिए सुरक्षित वृक्ष देखने लगा, ताकि उनसे उचित दूरी बना सकूँ। उनसे लड़ते–लड़ते मेरी नजर एक वृक्ष पर पड़ी जो बहुत विशाल था। वो वृक्ष उन लकड़बघ्घों से बचने का, एक उचित स्थान था परन्तु एक समस्या थी कि वृक्ष लकड़बघ्घों के ठीक पीछे था और ठीक मेरे पीछे वो सूखी पत्तियाँ थीं जिनके नीचे मैंने मूर्छित 'जग्गा सरदार' को छिपा रखा था।

"गुरु जी के स्वर जैसे मेरे कानों के किवाड़ों को निरन्तर तीव्रता से खटखटा रहे थे मानो उन्हें मेरे मस्तिष्क तक किसी भी हाल में पहुँचना हो भले ही उसके लिए मन के किवाड़ को बन्द करना पड़े।"

अन्ततः मैंने भारी मन से अपने पिछले पैरों की शक्ति को समेटा और उचित अवसर पाकर शाका तथा उसके साथियों के ऊपर से एक लम्बी छलांग उस वृक्ष की ओर लगाई फिर हवा में ही गर्दन घुमा कर उन सूखी पत्तियों को देखा जिन के नीचे मैंने 'जग्गा सरदार' को छिपाया था। मुझे डर था कि यदि लकड़बघ्घों ने उन्हे ढूँढ़ लिया तो मार डालेंगे। ये सब सोचते–सोचते जैसे ही मैंने अपनी गर्दन सीधी की तो स्वयं को धरती के बहुत समीप पाया। मैंने चोट से बचने के लिए तुरन्त अपने शरीर को अगले पैरों के धरती पर छूते ही सिर की सहायता से घुमा दिया और लुढ़कता हुआ खड़ा होकर वृक्ष की ओर भागने लगा परन्तु हड़बड़ाहट में मेरा अगला पंजा एक पत्थर पर पड़ा और मैं पुनः गिर गया। मैंने जैसे ही खड़े होकर पुनः भागने का प्रयास किया तो पाया कि मेरे अगले पैर में मोच आ गयी थी। मोच की पीड़ा

इतनी थी कि अब मैं न तो भाग सकता था और न ही वृक्ष पर चढ़ सकता था। जीवन रूपी वृक्ष मुझसे कुछ छलांग दूर था और मृत्यु रूपी वे राक्षस (लकड़बघ्घें) घुर्राहते हुए मेरी ओर बढ़ रहे थे। मैंने अपनी ओर आ रही उस मृत्यु का दृश्य देखकर निर्णय लिया यदि मेरी मृत्यु निश्चित है तो मैं इन राक्षसों से लड़कर ही मरूँगा।

समीप पहुँचते ही सारे लकड़बघ्घे अपने सरदार शाका सहित जोर–जोर से हँसने लगे हा–हा–हा हो–हो।

शाका : ये तबासि तो चोटिल हो गया है। अब ये कैसे लम्बी–लम्बी छलांगें मारेगा।

लकड़बघ्घा 1 : सरदार ये अब छलांगें नहीं मारेगा। अब ये स्वयं ही मरेगा। हा–हा–हा।

लकड़बघ्घा 2 : सरदार क्यों न हम इसे एक अवसर और दे दें। क्या पता अपनी इस अन्तिम छलांग से अपने को बचा ले।

भूरा : तुम सही कहते हो। हम इस के साथ पूरा न्याय करेंगे, इसे एक अवसर देंगे अपनी जान बचाने का। यदि इसने एक और छलांग हमारे ऊपर से मारी तो मैं इसे जीवन दान दे दूँगा। कुटिल स्वर में...

लकड़बघ्घा 3 : परन्तु सरदार ये तबासि तो ठीक से खड़ा भी नहीं हो पा रहा, तो छलांग क्या मारेगा। जरा इसके मुख पर इन आँखों को देखो ऐसा प्रतीत हो रहा है जैसे ये हमसे अपने जीवन की भीख माँग रहा हो...हा–हा–हा।

ये बात सुन सभी लकड़बघ्घे जोर–जोर से हँसने लगते हैं। हा–हा–हा हो–हो–हो।

उनकी कुटिल हँसी सुन कर मुझे क्रोध आ गया और मैं ऊँचे स्वर में घुर्राने लगा। मेरी घुर्राहट ने उनकी हँसी पर विराम लगाया। मैंने सबको निहारा और कहा।

तबासि : कायरो। मेरी मृत्यु का स्वप्न देखते हो परन्तु मैं इतनी सरलता से नहीं मरूँगा, कम से कम एक–दो को मार कर ही मरूँगा।

अब तुम सब निश्चय कर लो कि कौन पहले मरना चाहता है।... लड़खड़ाते हुए ऊँचे स्वर में कहता है।

लकड़बघ्घे एक–एक कर घुर्राते हैं परन्तु आगे बढ़कर वार करने में डर रहे थे...एक लकड़बघ्घा आगे आता तो दूसरा पीछे हट जाता है। इसी बीच एक लकड़बघ्घा मेरे वार से घायल हो गया। ये देखकर शाका जोर से चिल्लाया।

शाका : अरे! कायरों फिर से वही तरीका अपना रहे हो। तुम सब किसी काम के नहीं। अरे, नाकारो एक साथ हमला करो और खत्म कर दो इसे...ये कहते हुए शाका स्वयं भी हमले में दूसरे लकड़बघ्घों के साथ शामिल हो गया।

वो सब एक साथ मुझ पर हमला करने लगे। कोई पीछे पैरों एवम् पूँछ पर वार करता तो कोई आगे मुख पर पंजा मार देता। एक के वार से बचता तो दूसरे के वार से घायल हो जाता। पंजों एवम् उनके दाँतों के प्रहार से मैं निढाल होकर उस विशाल वृक्ष के नीचे उसी वृक्ष का सहारा लेकर बैठ गया। मैं थक चुका था और अब इतनी शक्ति भी नहीं थी कि मैं अपने पैरों पर खड़ा हो सकूँ। उस असहाय स्थिति में मैंने एक तीव्र घुर्राहट की जो पीड़ा से भरी थी।

शाका : रस्सी जल गयी परन्तु बल नहीं गया। इसे देखो ये अब भी हम पर घुर्राह रहा है। इससे पहले कि ये पुनः मुझ पर घुर्राए इसे ऊपर पहुँचा दो।

सभी मेरी ओर बढ़ने लगे। मैं सिर्फ उन्हें आता हुआ देख रहा था। उनकी आँखों एवम् दाँतों में मुझे अपनी मृत्यु नजर आ रही थी परन्तु अचानक ठीक उनके पीछे पत्तों के चटकने और मसलने के स्वर आने लगे। सभी लकड़बघ्घों ने पहले एक दूसरे के चेहरे और फिर पीछे मुड़ कर देखा। उनके साथ–साथ मैंने भी सिर उठा कर उस ओर देखा तो क्या पाता हूँ कि 'जग्गा सरदार' उन सूखी पत्तियों से बाहर निकल आये थे। वह लड़खड़ाते आगे बढ़े, अपने सिर को झटका, आँखें हम

पर केन्द्रित कीं फिर जोर से घुर्राये। वह पहले से अधिक जोशीले लग रहे थे। लकड़बघ्घे उन्हे देख दंग रह गये थे।

भूरा : नहीं–नहीं ये नहीं हो सकता। तुम जीवित कैसे बच गये।

शाका : भूरा, तुमने तो कहा था कि ये नहीं बचेगा तुमने इसे विष दिया है परन्तु ये तो एकदम ठीक लग रहा है, और इसके घाव कहाँ गायब हो गये?

भूरा : हाँ–हाँ मैं सच कह रहा हूँ। मैंने जग्गा को भोजन में जहरीले पौधे एवम् पत्तियाँ दी थीं। जो उसने खायीं भी थीं।

शाका : क्या तुमने ठीक से देखा था कि वे पौधे एवम् पत्तियाँ जहरीली थीं या ऐसी ही कोई साधारण पत्तियाँ तुमने इसके भोजन में मिला दी थीं।

भूरा : नहीं–नहीं मैं सच कह रहा हूँ मैंने उन जहरीली पत्तियों एवम् पौधों को ठीक से जाँच लिया था। वे पत्तियाँ एवम् पौधे अति विषैले थे और उनका असर जग्गा पर हुआ भी था।

शाका : तो वो असर कहा छू मंतर हो गया। जरा देखो इसे ये तो अपनी टाँगों पर इस तरह खड़ा है जैसे इसे कुछ हुआ ही नहीं था। क्रोध से भूरा को देखता है।

भूरा : मेरा विश्वास करो। मैंने जो पौधे एवम् पत्तियाँ दी थीं वें विषैली थीं...आश्चर्य में पड़ जाता है।

जग्गा : भूरा, ठीक कह रहा है। इसने जो पत्तियाँ एवम् पौधे मेरे भोजन में मिलाये थे वे बहुत जहरीले थे। इतने जहरीले कि यदि कोई उनकी थोड़ी मात्रा भी खाये तो सीधा मृत्यु को प्राप्त हो जायेगा।

शाका : फिर तुम कैसे जीवित बच गये।

जग्गा : भूरा ने विषैली पत्तियाँ एवम् पौधे तो मेरे भोजन में मिलाये परन्तु वह ये भूल गया कि ये जहरीले पत्ते एवम् पौधे उस मिट्टी से उगे हैं जिस मिट्टी में ये 'दिव्य जल' भी मिला हुआ है, इसी 'दिव्य जल' के कारण यहाँ के ये जहरीले एवम् अति विषैली पत्तियाँ व पौधे

भी इतने विषैले नहीं रहे कि किसी की जान ले सकें। हाँ, मुझे थोड़ा चक्कर तो अवश्य आया परन्तु वो जानलेवा नहीं था।

भूरा : इस बारे में तो मैंने सोचा ही नहीं, काश मैं तुम्हें उसी समय खत्म कर देता जब तुम सो रहे थे। बहुत बड़ी गलती कर दी मैंने... अपने को कोसते हुए कहता है।

शाका : तुम्हारी मूर्खता के कारण हमारी सारी योजना चौपट हो गयी।

भूरा : नहीं, अभी भी हमारे पास अवसर है। तबासि घायल है और जग्गा अकेला। पहले जो चूक हो गयी थी उसे ठीक कर लेते हैं।

शाका : तुम ठीक कहते हो। तबासि तो बेचारा वैसे ही अधमरा है, उससे बाद में निपट लेंगे पहले जग्गा को ही ठिकाने लगा देते हैं। कहते हुए भूरा सहित दूसरे लकड़बघ्घों को इशारा करता है।

भूरा जोश में दूसरे लकड़बघ्घों से आगे निकल कर जग्गा की ओर लपकता है। ये सोच कर कि वह अब भी पहली लड़ाई से चोटिल, घायल एवम् थका हुआ है परन्तु जग्गा थके होने के बावजूद भी फुर्ती से भूरा के प्रहार से स्वयं को बचाता हुआ भूरा पर एक भीषण वार करता है जिससें भूरा पीड़ा से करहाता हुआ धरती पर गिर जाता है। जग्गा अपनी अगली दोनों टाँगों को भूरा की छाती पर रख कर शाका और उसके साथियों को देख घुर्राने लगता है।

शाका और उसके साथी जग्गा की ओर हमले के लिए बढ़ते हैं परन्तु अचानक उन्हें दूसरे भेड़ियों की आवाजे सुन वे रूक जाते है।

लकड़बघ्घा 1 : सरकार लगता है इनके दूसरे भेड़िये साथी यहाँ पहुँचने ही वाले हैं। इससे पहले वो यहाँ पहुँचें हमें यहाँ से निकल लेना चाहिए।

लकड़बघ्घा 2 : ये सही कह रहा है सरकार उनकी आवाजों से लग रहा है कि वे संख्या में बहुत अधिक हैं। अभी तो यहाँ से निकलने में ही हमारी भलाई है।..."क्या सोच रहे हो सरकार"

शाका : तुम लोग ठीक कहते हो। तुमसे मैं फिर कभी निपट

लूँगा...जग्गा को घूरता हुआ अपने साथियों के साथ क्रोध से सिर को झटकते हुए निकल लेता है।

शाका और उसके साथियों के निकलते ही ताची और कालू वहाँ दूसरे भेडियों के साथ पहुँचते हैं तथा जग्गा को भूरा की छाती पर खड़ा पाते हैं। कुछ भेड़िए मेरी ओर आकर मुझे सँभालते हैं।

ताची : पिताजी। भूरा चाचा को क्या हुआ और आप इनकी छाती पर क्यों खड़े हो?

कालू : जग्गा, मेरे भाई, क्या बात है? क्या किया भूरा ने जो तुम इसकी छाती पर खड़े हो?

जग्गा : भूरा ने मेरे साथ वो किया जिसकी कल्पना मैंने सपने में भी नहीं की थी। ये मेरे लिए मित्र से बढ़कर था परन्तु इसने मेरे साथ शत्रु जैसा व्यवहार किया।

कालू : जग्गा तुम क्या कह रहे हो। मेरी कुछ समझ में नहीं आ रहा। आखिर क्या किया भूरा ने तुम्हारे साथ?

जग्गा : 'विश्वासघात' भारी आवाज में कहते हुए भूरा की छाती से अपने अगले पैरों को हटाता है और धीमे कदमों से भूरा के सिर के पीछे जाकर खड़ा हो जाता है।

ताची, कालू तथा सभी भेड़िये ये सुन और देखकर आश्चर्यचकित रह जाते हैं। वातावरण एकदम शान्त हो जाता है।

ताची : मुझे विश्वास नहीं हो रहा कि भूरा चाचा ऐसा भी कर सकते हैं। क्या पिताजी सच कह रहे हैं?

कालू : जग्गा यदि तुम सच कह रहे हो तो भूरा को इसका दण्ड अवश्य मिलेगा...कहता हुआ जग्गा के पास जाता है...समीप पहुँचते ही पाता है कि जग्गा का सिर झुका हुआ तथा आँखें नम हैं। क्या हुआ जग्गा तुम्हारी आँखें नम क्यों हैं 'यदि भूरा ने अपराध किया है तो इसे परिणाम भी भुगतना पड़ेगा चाहे वो मृत्यु दण्ड क्यों न हो।' कहते हुए उसकी भी आँखें नम हो जाती हैं।

भूरा : कालू मेरे मित्र मैं जानता हूँ कि जग्गा रो क्यों रहा है। मेरे वार से बचते हुए जग्गा ने जो प्रहार किया था वो मृत्यु दण्ड के समान ही था। जग्गा को इस बात का आभास हो गया है कि अब मेरी मृत्यु निश्चित है इसलिए वो रो रहा है।

कालू भागकर भूरे के घावों को निहारता है और क्रोध भरे स्वर में कहता है...आखिर वो कौन सा कारण था जिसने तुम्हें जग्गा तथा भेड़िया समाज से विश्वासघात करना पड़ा...तुमने ऐसा क्यों किया भूरा।

भूरा : लालच...अटकती हुई आवाज में कहता है। सत्ता का लालच, मेरे सिर पर छा गया था। मैं भेड़िया समूह का सरदार बनना चाहता था परन्तु मैं भूल गया था कि सत्ता को पाने और चलाने के पहले महत्वपूर्ण मानक सच्चाई, निष्ठा एवम् ईमानदारी होती है जिनको मैं भूल ही गया था। तभी तो मेरी सत्ता का आरम्भ होने से पूर्व ही मेरा अन्त हो गया...कहता हुआ जग्गा की ओर देख कर आवाज लगाता है। जग्गा, मेरे मित्र मेरे पास आओ।

जग्गा वहीं सिर झुका कर बैठा रहता है।

भूरा : जग्गा मेरे मित्र मेरे पास समय कम है मेरी आँखों के सामने अन्धेरा छा रहा है परन्तु इस अन्धेरे में मुझे बचपन के वो पल दिख रहे है जिनमें तुम, मैं और कालू नदी किनारे खेल रहे हैं। तुम मुझसे और कालू से एक माह छोटे थे परन्तु प्रत्येक खेल में हम दोनों से आगे रहते थे...जग्गा। पीड़ा से कराहता हुआ आवाज लगता है।

जग्गा नम आँखों को झटकते हुए भूरा के समीप पहुँचता है।

जग्गा : भूरा ये मुझसे क्या हो गया। मुझे तुम्हें एक अवसर देना चाहिए था...भावुक स्वर में भूरा के समीप पहुँचकर कहता है।

भूरा : नहीं–नहीं जग्गा तुमने जो किया वो न्यायसंगत था। हम जिस समाज में रहते हैं हमें उस समाज के नियमों का पालन करना चाहिए। यदि कोई नियमों को तोड़ता है या ऐसा कार्य करता है जिससे समाज को हानि पहुँचे तो उसे उसका दण्ड अवश्य मिलना चाहिए।

जग्गा : मैंने सरदार के रूप में तुम्हें दण्ड अवश्य दिया परन्तु मित्र के नाते मैं तुमसे क्षमा प्रार्थी हूँ।

भूरा : जग्गा व्यर्थ विलाप न करो...मेरा अन्त निकट आ गया है। मुझे एक वचन दो।

जग्गा : कैसा वचन?

भूरा : मुझे वचन दो कि मेरे कर्मों की सजा मेरी पत्नी को नहीं दोगे, इसमें उसका कोई दोष नहीं था। मेरी पत्नी जो गर्भवती भी है उसकी सुरक्षा करोगे...वचन दो। जग्गा–जग्गा करता हुआ खुली आँखों से आकाश को निहारता हुआ देह त्याग देता है।

जग्गा : मैं वचन देता हूँ कि तुम्हारी पत्नी तथा तुम्हारे होने वाले बच्चे की सुरक्षा उसी तरह करूँगा जैसे पूरे भेड़िये समाज की करता हूँ...भूरा के मृत शरीर को वचन देते हुए भावुक हो जाता है।

कालू के इशारा करते ही कुछ भेड़िये भूरा के शव के लिए खड्डा खोदने लगते हैं तथा कुछ तबासि घावों के लिए जड़ी–बूटियाँ लेने चले जाते हैं।

तबासि लड़खड़ाते हुए जग्गा की ओर जाता है।

कालू : अरे तुम क्या कर रहे हो। तुम अभी घायल हो, थोड़ा विश्राम करो। हमारे साथी जंगल से औषधि रूपी जड़ी–बूटियाँ लाकर लगा दें फिर चलना है।

जग्गा : कालू ठीक कह रहा है। थोड़ा विश्राम कर लो। यदि तुमने समय पर मेरी रक्षा न की होती तो मैं शायद आज जीवित नहीं होता। तुम भेड़िया समाज के लिए धन के समान हो।

कालू और ताची भी जग्गा की इस बात पर सहमति जताते हुए धन्यवाद करते हैं।

तबासि : मैं ठीक हूँ बस जरा थक गया हूँ। मेरे घाव भी ज्यादा गहरे नहीं हैं ये कुछ समय पश्चात् भर जायेंगे परन्तु मेरी चिन्ता 'दिव्य जल' को लेकर है। पूर्ण चन्द्रमा पर काले बादलों की छाया के कारण

'दिव्य जल' पूर्ण रूप से धरती पर नहीं गिरा। शेष 'दिव्य जल' अभी भी उस भगोने रूपी पत्ते में है।

जग्गा : तुमने ठीक कहा। इस बारे में मैंने सोचा ही नहीं। क्या पता अब वो शेष 'दिव्य जल' कब धरती पर गिरेगा।

ये सुन कर मुखिया का बड़ा बेटा भोली जो खड्डा खोद रहा था, सामने आता है।

भोली : क्या कहा आपने कि वो 'दिव्य जल' पूर्ण रूप से धरती पर नहीं गिरा। मुझे याद है पिताजी ने मुझे बताया था कि यदि किसी कारण वो 'दिव्य जल' पूर्ण रूप से धरती पर नहीं गिरता तो शेष दिव्य जल ठीक एक माह पश्चात् पूर्ण चन्द्रमा की रात्रि को पुनः गिरता है। यदि वो शेष दिव्य जल उस रात्रि को भी नहीं गिरता तो फिर उसी भगोने रूपी पत्ते में सूख जाता है।

ताची : अर्थात् वो शेष 'दिव्य जल' ठीक एक माह पश्चात् पूर्ण चन्द्रमा की रात्रि को पुनः धरती पर गिरेगा?

भोली : हाँ। पिताजी ने मुझे यही बताया था।

कालू : जग्गा, यदि ये सही कह रहा हैं तो हमें सावधान रहना होगा। लकड़बघ्घे पुनः लौट सकते हैं। इस दिव्य जल को पाने के लिए।

जग्गा : यदि ये बात मुखिया जी ने इसे बताई है तो मुझे इस बात पर विश्वास करना ही होगा परन्तु अभी उस रात्रि को आने में समय है और लकड़बघ्घों को इस बात का पता भी नहीं कि शेष 'दिव्य जल' धरती पर पुनः कब गिरेगा? तब तक हम आराम करें और अपने घावों को भरने दें।

कालू : तुम ठीक कहते हो...जग्गा।

ताची : पिताजी खड्डा खुद गया है। ये काफी है या और खोदना है।

जग्गा : काफी है...बस अब खुदाई रोक दो।

सब मिलकर भूरा का मृत शरीर उस खड्डे में धकेल कर ऊपर से मिट्टी डाल देते हैं।

जग्गा : अब हमें घर लौटना होगा...कहता हुआ घर की ओर चल पड़ता है।

जग्गा के पीछे कालू, ताची तथा बाकी भेड़ियों के साथ मैं भी धीरे–धीरे भेड़िये समूह की ओर चल पड़ा परन्तु हम सभी भूरा के मृत शरीर के साथ–साथ एक अधमरे लकड़बघ्घे को छोड़ आये जिसने झाड़ियों और पत्तियों की आड़ में हमारी सारी बातें सुन ली थीं। ये वही लकड़बघ्घा था जिसने मेरी माँ और मुझको घायल कर जग्गा को सबक सिखाने की कसम खाई थी।

भेड़िया समूह में पहुँच कर हमारे घावों का उपचार किया गया। विशेष जड़ी बूटियाँ व औषधि हमारे घावों पर लगाई गईं परिणामस्वरूप मैं और जग्गा सरदार लगभग दो सप्ताह में ही पहले जैसे स्वस्थ हो गये।

एक सुबह जब मैं उठा तो मैंने पाया कि सभी भेड़िये एक स्थान पर घेरा लगाकर इकट्ठे हो रखे हैं। मैंने सोचा करीब जाकर देखना चाहिए और उस ओर चल पड़ा। मुझे आता देख सभी भेड़िये मुझ पर चिल्लाने लगे। उन्हें मुझ पर चिल्लाता देख मुझे हैरानी हुई।

समूह सदस्य : देखो–देखो वो आ रहा है।

दूसरा भेड़िया : हम सबको ऐसे देख रहा है जैसे इसे कुछ पता ही नहीं।

ये सुन कर मुझे आश्चर्य हुआ। मैं घेरे को चीरते हुए आगे बढ़ा तो मैंने पाया एक भेड़िया शिशु मृत पड़ा था, जिसे सब भेड़िये घेर कर खड़े हो रखे थे। मैंने पूछा।

तबासि : ये कैसे हुआ? किसने किया ये?

तीसरा भेड़िया : बनो मत। ये मर चुका है और इसे मारने वाला कोई और नहीं तुम हो।

तबासि : नहीं–नहीं मैंने इसे नहीं मारा। मैं इसे क्यों मारूँगा। तुम लोगों को कोई गलतफहमी हुई है।

तबासि जग्गा सरदार की ओर जाते हुए कहता है।

तबासि : सरदार, ये सब क्या कह रहे हैं। तुम बताओ क्या मैं ये काम कर सकता हूँ।

जग्गा : मुझे विश्वास है तुम पर। तुम ऐसा काम कर ही नहीं सकते।

भेड़िया सदस्य : ये क्या कह रहे हो सरदार। हमारे इस बच्चे को इसने ही मारा है। हम इसे नहीं छोड़ेंगे। दूसरे भेड़ियों की खामोशी भी मुझ पर हो रही शंका को बल दे रही थी।

जग्गा : सुनो...मेरी बात शान्ति से सुनो। मैं तबासि को बहुत अच्छी तरह जानता हूँ। ये कभी भी ऐसा कोई काम नहीं करेगा जिससे हमारे भेड़िये समूह को कोई हानि हो। मुझे इस पर पूर्ण विश्वास है।

दूसरा भेड़िया : सरदार...यही विश्वास आपको भूरा पर भी था। लेकिन उसने भी तो आप के साथ विश्वासघात किया। जब एक भेड़िया दूसरे भेड़िये के साथ विश्वासघात कर सकता है फिर ये तो एक तेंदूआ है।

ये सुन जग्गा अपना सिर झुका लेता है।

तीसरा भेड़िया : सरदार इस बच्चे के शरीर पर पंजे के निशान तो देखो। इतना बड़ा पंजा हममें से किसी का नहीं। ये निशान किसी बड़ी बिल्ली के पंजे का ही है।

जग्गा : परन्तु तुम ये कैसे कह सकते हो कि ये पंजा इसी का है। ये किसी दूसरी बड़ी बिल्ली का पंजा भी हो सकता है।

भेड़िया : हमारे भेड़िये समूह के पास आज तक कोई बड़ा पंजे वाला जानवर नहीं आया। वे सब हमारे स्थान से दूर ही रहते हैं। यही एक ऐसा बड़े पंजे वाला जानवर है जो जब चाहे तब हमारे समूह में आ जाता है और ये सब आपके कारण ही सम्भव हुआ?

दूसरा भेड़िया : आज हम इसे नहीं छोड़ेंगे इसने हमारे एक नन्हें सदस्य को मारा है हम भी इसे मृत्यु दण्ड देंगे...कहते हुए सब तबासि को मारने के लिए आगे बढ़ते हैं।

कालू : रुको–रुको मैं कहता हूँ, रुक जाओ। जग्गा सही कह रहा है ये पंजे का निशान तबासि का नहीं है। ये पंजा किसी दूसरे जानवर का है।

भेड़िया सदस्य : हम कुछ और सुनना नहीं चाहते...सरदार या तो इस तबासि को भेड़िया समूह छोड़ना होगा या हम इसे आज खत्म कर देंगे।

ताची : नहीं–नहीं ऐसा मत कहो। तबासि हमारे साथ बचपन से रह रहा है। इसने हमेशा भेड़िये समूह की रक्षा की है। ये इस समूह के लिए एक ढाल की तरह है, इसलिए इसका यहाँ से जाना हम सब के लिए ठीक नहीं है।

बिजली : ताची बिलकुल ठीक कह रहा है। तबासि ने न जाने कितने कठिन मौकों पर भेड़िये समूह का साथ दिया। यदि इसने सही समय पर भेड़िया सरदार को लकड़बघ्घों के हमलों से नहीं बचाया होता, तो आज तुम्हारे सरदार हम सब के सामने जीवित नहीं होते।

ये सुन सब चुप हो जाते हैं परन्तु गुस्से से घुर्राते रहते हैं। स्थिति को देख एवम् समझ कर एक वृद्ध भेड़िया सामने आकर चिंतित बैठे जग्गा के पास जाता है।

वृद्ध भेड़िया : जग्गा मुझे पता है तुम ठीक कह रहे हो। ये काम तबासि का नहीं है परन्तु यदि तुमने इसे यहीं रोका तो भेड़िये समूह में बिखराव हो सकता है। अब समय की यही माँग है कि तबासि को भेड़िया समूह का त्याग करना ही होगा। कुछ समय पश्चात् जब बाकी भेड़ियों का क्रोध शान्त हो जाये और ये पता चल जाये कि इस बच्चे का हत्यारा कौन है तब इसे वापस समूह में शामिल कर लेना।

जग्गा खड़ा होकर पलटता है कुछ सोच कर...भारी आवाज में कहता है...जब तक इस बच्चे के कातिल का पता न चल जाये तब तक तबासि को भेड़िये समूह से दूर जाना होगा। ये तब तक यहाँ लौट नहीं सकता जब तक इसे यहाँ आने की अनुमति न मिल जाये।

ये सुन ताची, बिजली, कालू तथा कुछ भेड़िये भावुक हो जाते हैं। जग्गा तबासि के समीप जाता है।

जग्गा : तुम मेरे बेटे के समान हो। जब कभी अपने को मुश्किल में पाओ तो मेरे पास चले आना परन्तु इस समय मैं विवश हूँ...कहता हुआ सिर झुका लेता है।

इधर तबासि यादों से वास्तविकता में लौटता है...मैं जग्गा सरदार की विवशता को समझ रहा था इसलिए बिना शिकायत किये सबको निहारता हुआ उस भेड़िये समूह को छोड़ दूर जंगल में अकेला रहने लगा। वैसे हमारी प्रकृति अकेले रहने की होती है चूंकि मैंने बचपन से युवा अवस्था तक भेड़िये समूह में बिताया था, इसलिए अकेलापन मुझे काटने को आता था। इस अकेलेपन से निपटने के लिए मैं कभी–कभी भेड़िये समूह के पास जाकर उन्हें दूर वृक्षों से निहारता रहता था। एक दिन लगभग 2 सप्ताह पश्चात् जब मैं भेड़िये समूह की ओर निकला तो मैंने पाया भेड़ियों का झुण्ड घेरा लगाए किसी को देखते हुए क्रोध से घुर्रा रहे थे। शायद कोई भेड़िया मर गया था। मैंने मृत भेड़िये को देखने के प्रयास में एक दूसरे वृक्ष पर छलांग मारी जो उनके करीब था। उस वृक्ष पर पहुँचकर मैंने देखा घेरे के बीच में जग्गा सरदार मृत भेड़िये के पास सिर झुका कर बैठे हैं। जैसे ही जग्गा सरदार मृत भेड़िये के सामने से उठे तो मैंने पाया वो मृत भेड़िया कालू था। ये देख मैं चौंक गया। मेरी आँखें खुली की खुली रह गयीं। मैं पत्तों की आड़ से उनकी बातें सुनने लगा।

ताची : पिताजी, कालू चाचा की किसी ने हत्या कर दी। पहले वो नन्हा बच्चा फिर एक युवा भेड़िया और अब कालू चाचा। मेरी तो कुछ समझ में नहीं आ रहा पिताजी।

भेड़िया सदस्य : सरदार, मुझे ऐसा लगता है जैसे कोई हम पर नजर रखे हुए है।

जग्गा : मैंने कालू के घाव को देखा। बहुत गहरा और सटीक है। इस घाव के अलावा कोई अन्य घाव इसके शरीर पर नहीं है।

कालू एक दिलेर व बहादुर भेड़िया था, वो इतनी आसानी से मरने वाला नहीं था। निःसंदेह उसको छल से मारा गया है। कहते हुए सोच में पड़ जाता है।

भोली : सरदार मैं जानता हूँ कि ये कौन और क्यों कर रहा है।

जग्गा : क्या? भोली, तुम जानते हो कि कालू का हत्यारा कौन है। तो शीघ्र बताओ कौन है वो।

भोली : मुझे शंका है कि ये कार्य लकड़बघ्घों का है, और ये सब वे उस 'दिव्य जल' के लिए कर रहे हैं। शायद उन्हें पता चल गया है कि शेष 'दिव्य जल' ठीक एक माह बाद पुनः धरती पर गिरेगा। इसलिए वे हम पर धोखे से वार कर हमें कमजोर कर रहे हैं।

जग्गा : परन्तु ये घाव जो कालू के शरीर पर है वो लकड़बघ्घों का नहीं और जहाँ तक मेरा अनुभव है ये वार किसी बड़े शिकारी जानवर का है जैसे बाघ या सिंह। लेकिन उनका और लकड़बघ्घों का कोई मेल नहीं...सोचते हुए असमंजस में पड़ जाता है।

तभी एक भेड़िये की नजर मुझ पर पड़ती है और वो जोर से चिल्लाता है।

सदस्य भेड़िया : वो देखो वो रहा हत्यारा, वहाँ वृक्ष पर छिपा बैठा है। इसी ने मारा है कालू को।

दूसरा भेड़िया : आज हम इसे यहाँ से जीवित नहीं जाने देंगे। चलो भाईयों खत्म कर दें इसे।

ये सुनते ही सभी भेड़िये मेरी ओर लपकते हैं। वे इतने क्रोध में थे कि कुछ सुनने को तैयार नहीं थे। जग्गा, ताची के रोकने पर भी नहीं रुके। मैं समझ गया अभी ये किसी की नहीं सुनेंगे इसलिए मैंने वहाँ से निकलने में ही भलाई समझी। मैं एक वृक्ष से दूसरे वृक्ष पर छलांग लगाता उनकी नजरों से ओझल हो गया। वे मुझे प्रत्येक वृक्ष पर खोजते हुए घुर्रा रहे थे। यदि मुखिया के बेटे की बातें सही है तो जग्गा सरदार की जान को खतरा है।

जग्गा सरदार की जान को खतरा है, ये बात हर समय मेरे मस्तिष्क में घूमती रहती तथा मुझे बेचैन रखती। इस बेचैनी को दूर करने के लिए मेरा जग्गा सरदार यानि तुम्हारे पिता से मिलना बहुत आवश्यक हो गया था। जग्गा सरदार से मिलने के लिए मैं प्रत्येक दिन भेड़िये समूह के पास छुपते–छुपाता जाता, इस आस में कि तुम्हारे पिता से मिल पाऊँ और उन्हें इस खतरे के बारे में बताऊँ। वैसे भी वो अब मेरे तथा कालू के बिना अकेले हो गये थे। हाँ, ताची अवश्य ही अपने पिता के साथ था परन्तु निरन्तर हो रही भेड़ियों की मृत्यु तथा समूह के भीतर से उठ रहे विद्रोह के सुर उसे और जग्गा सरदार को कोई ठोस रणनीति पर विचार करने नहीं दे रहे थे।

एक दिन जब मैं हमेशा की तरह भेड़िये समूह के समीप इस आशा में गया कि जग्गा सरदार से मिल पाऊँ तो मैंने पाया कि जग्गा सरदार उस स्थान पर छान–बीन कर रहे थे जहाँ पर कालू पर हमला हुआ था। शायद वो किसी जानवर के निशानों की जाँच कर रहे थे। वो बहुत व्याकुल लग रहे थे। उनके आस–पास कोई दूसरा भेड़िया नजर नहीं आ रहा था मुझे लगा यही सही अवसर है जग्गा सरदार से बात करने का। मैं वृक्षों पर छलांग लगाता हुआ उनके समीप जाने लगा परन्तु जैसे ही समीप पहुँच कर मैं वृक्ष से नीचे उतरने लगा तो मैंने देखा कि मुखिया जी के बेटे के साथ कुछ भेड़िये जग्गा सरदार की ओर आ रहे हैं। उन्हें आता देख मैं वृक्ष पर ही पत्तों की आड़ में छिपकर ध्यान से उनकी बातें सुनने लगा।

भोली : सरदार, खबर मिली है कि 10–12 लकड़बघ्घे पूर्व दिशा में झरने की ओर जा रहे हैं।

जग्गा : मैं तो भूल ही गया कि आज पूर्णिमा की रात्रि है। चन्द्रमा के पूर्ण रूप से प्रकट होते ही 'दिव्य जल' धरती पर गिरेगा। निःसंदेह वे राक्षस उस 'दिव्य जल' की लालसा में वहाँ जा रहे हैं परन्तु मैं उस 'दिव्य जल' को उन राक्षसों के हाथ नहीं लगने दूँगा। अपने साथियों से कहो कि तैयार हो जायें।

भोली : परन्तु सरदार अभी हमारा वहाँ जाना उचित नहीं होगा, हमारी तुलना में लकड़बघ्घे संख्या में अधिक हैं।

जग्गा : क्या मतलब? ताची तथा दूसरे भेड़िये कहाँ हैं?

भोली : सरदार, ताची कुछ भेड़ियों के साथ शिकार पर गया है। काफी दिनों से समूह ने कोई शिकार नहीं किया था जिससे छोटे भेड़िये भूख से व्याकुल थे। हमारे किसी भेड़िये साथी ने लकड़बघ्घों को पूर्व दिशा की ओर जाते देखा तो हमें खबर दी और हम आपको ढूँढ़ते हुए यहाँ आये।

जग्गा : परन्तु मुझे किसी भी तरह उन राक्षसों को 'दिव्य जल' से दूर रखना है।

भोली : सरदार इस समय लकड़बघ्घों से उलझना ठीक नहीं। हमारे कई साथी मारे गये हैं जो अनुभवी एवम् अच्छे योद्धा थे। अब न तो इस समूह में अनुभवी सदस्य हैं और न ही अच्छे योद्धा। हमें बाकी साथियों की प्रतीक्षा करनी चाहिए और कम से कम अपना संख्या बल बढ़ाना चाहिए।

जग्गा : तो ठीक है। तुम लोग ताची तथा बाकी भेड़ियों के आते ही उस झरने के लिए चल पड़ना, अभी मैं उस ओर निकल कर उन्हें रोकता हूँ।

भोली : नहीं–नहीं सरदार ये खतरनाक है इसमें आपकी जान को खतरा है। आप अकेले इतने लकड़बघ्घों का सामना नहीं कर सकते। मैं आपको वहाँ अकेला नहीं जाने दे सकता।

जग्गा : मेरी जान की परवाह मत करो, भेड़िये समूह तथा दूसरे जंगली जीवों की भी तो सोचो। यदि मैं सही समय पर वहाँ नहीं पहुँचा और वो 'दिव्य जल' उन राक्षसों के हाथ लग गया तो वे राक्षस इस जंगल के प्रत्येक जीव को मार देंगे। तब मैं भी उन्हें नहीं रोक पाऊँगा।

भोली : तो ठीक है हम एक भेड़िये को यहीं छोड़कर बाकी आपके साथ चलते हैं। ताची दूसरे भेड़ियों के साथ बाद में वहाँ पहुँच जायेगा।

जग्गा : ठीक है...कहता हुआ पूर्व दिशा में झरने की ओर चल पड़ता है तथा भोली सहित तीन भेड़िये भी जग्गा के पीछे–पीछे चल पड़ते हैं। चौथा भेड़िया, ताची को सन्देश देने के लिए भेड़िये समूह की ओर लौट जाता है।

उन्हें जाता देख मैं भी उचित दूरी बनाकर उनके पीछे–पीछे छुपता–छुपाता चल पड़ा ताकि उन्हें ये आभास न हो कि कोई उनके पीछे आ रहा है। आकाश काले बादलों से घिर गया था। जंगल में घुप्प अन्धेरा, वर्षा का सन्देश दे रहा था। मैं, जग्गा सरदार तथा दूसरे भेड़ियों की आवाज की सहायता से उनका पीछा कर रहा था।

जग्गा सरदार सबसे पहले झरने पर पहुँच गये तथा वहाँ की स्थिति जाँचने लगे। दाएँ–बाएँ वृक्ष के पीछे हर जगह नजर घुमाई परन्तु वहाँ किसी का कोई नामो–निशान नहीं था पीछे–पीछे दूसरे भेड़िये भी पहुँच गये।

भोली : सरदार ये कौन–सा मार्ग था यहाँ आने का? मुझे लगा कहीं हम गलत मार्ग पर तो नहीं चल पड़े।

जग्गा : इस झरने पर पहुँचने का ये सबसे छोटा मार्ग है। मुझे यहाँ उन राक्षसों से पहले पहुँचना था ताकि मैं कोई योजना तैयार कर लूँ।

भोली : परन्तु जब मुझे लकड़बघ्घों की यहाँ आने की खबर मिली थी तो उस हिसाब से उन्हें यहाँ पहुँच जाना चाहिए था।

जग्गा : शायद वे सब कहीं दूसरे स्थान पर जा रहे हों। वैसे भी उन्हें इस बात कहाँ पता था कि शेष 'दिव्य जल' ठीक एक मास बाद पुनः इस धरती पर गिरेगा।

भोली : परन्तु मुझे लगा कि वे पूर्व दिशा में जा रहे हैं तो इस झरने पर 'दिव्य जल' के लिए अवश्य आयेंगे।...कहते हुए सोच में पड़ जाता है।

उसके पीछे खड़े तीनों युवा भेड़िये एक दूसरे को देखते है फिर उनमें से एक जग्गा सरदार की ओर जाकर पूछता है।

युवा भेड़िया : सरदार। अब हमें क्या करना है।

जग्गा : चलो ये अच्छा ही हुआ कि वे यहाँ नहीं आये। अब हमें बस प्रतीक्षा करनी है कि चन्द्रमा का प्रतिबिम्ब इस जलकुण्ड के मध्य में आये तथा वो 'दिव्य जल' इस धरती पर गिर जाये। उसके बाद हम यहाँ से निकल जायेंगे, फिर अगले तीन वर्षों तक हमें इस 'दिव्य जल' की कोई चिन्ता नहीं करनी पड़ेगी।

भोली : तो क्या उस 'दिव्य जल' को आप ग्रहण नहीं करोगे।

जग्गा : नहीं भोली, मुझे उस 'दिव्य जल' को नहीं पीना। मैंने उस 'दिव्य जल' का केवल थोड़ा भाग ही ग्रहण किया था। उस 'दिव्य जल' से मिलने वाली शक्ति एवम् ऊर्जा को अपने वश में रखना इतना सरल नहीं। 'दिव्य जल' से मिलने वाली शक्ति व ऊर्जा आपके मस्तिष्क पर हावी होने लगती है जो आपको प्रत्येक अच्छे व बुरे कार्य करने के लिए प्रेरित करती है। यदि ये शक्ति व ऊर्जा एक ओर से अच्छी तो दूसरे ओर से बहुत बुरी भी हो सकती है।

भोली : अब मेरी समझ में आया कि जब से आपने वह 'दिव्य जल' ग्रहण किया है तब से आप खोए–खोए और एकान्तवासी क्यों हो गये थे। कई बार तो मैंने आपको ध्यान अथवा योग करते हुए भी देखा।

जग्गा : ध्यान लगा कर एवम् योग करके ही मैं इस शक्ति व ऊर्जा को वश में कर पाया हूँ। यदि मैं ध्यान अथवा योग जैसे व्यायाम न करूँ तो ये शक्ति व ऊर्जा मुझे बुरे कार्यों के लिए भी प्रेरित करती हैं।

भोली : बुरे कार्य जैसे...

जग्गा : जैसे किसी को केवल शक्ति प्रदर्शन के लिए मार दूँ या किसी दूसरे समूह के सरदार को मार कर उसके समूह पर कब्जा कर लूँ इत्यादि और भी बुरे विचार...

मैं दूर वृक्ष पर बैठा छुपकर उनकी बातें सुन रहा था। उस दिन जग्गा सरदार के लिए मेरे मन में सम्मान और अधिक बढ़ गया।

भोली : तभी मेरे कई बार मना करने के बाद भी आप यहाँ अकेले आने की जिद कर रहे थे क्योंकि वो शक्ति व ऊर्जा आपको अद्‌भुत साहस दे रही थी।

जग्गा : हाँ भोली, तुमने ठीक कहा, इसलिए मैं इस शेष 'दिव्य जल' को धरती में समाहित होने दूँगा, बजाय इसको ग्रहण करने के।

भोली : सरदार आप सच में महान हो। आप जैसा सरदार भाग्य से किसी समूह को मिलता है।

अचानक पीछे खड़े एक भेड़िये के चीखने की आवाज आयी। जग्गा, भोली के साथ मैंने भी उस दिशा में देखा, तो पाया शाका ने एक युवा भेड़िये पर झाड़ियों के पीछे से हमला कर उसे घायल कर दिया था और उसकी छाती पर अगले पैरों से खड़ा होकर घुर्राने लगा। उसके घुर्राते ही झाड़ियों से कई सारी आँखें टिमटिमाने लगीं तथा एक–एक कर कई लकड़बघ्घे झाड़ियों से बाहर आ गये।

शाका : क्या कहा तुमने जग्गा? 'शक्ति एवम् ऊर्जा' इस 'दिव्य जल' के मात्र थोड़े भाग को पीकर तुमको अद्‌भुत शक्ति और ऊर्जा का आभास हो रहा है तो ठीक है। आज शेष 'दिव्य जल' को पीकर मैं भी उस शक्ति और ऊर्जा का अनुभव करूँगा। मैं भी देखूँ कि वो अनुभव कैसा है।

जग्गा : वो 'दिव्य जल' तुम जैसे स्वार्थी, निर्दयी और दरिन्दों के लिए नहीं है। क्योंकि उससे मिलने वाली शक्ति एवम् ऊर्जा शरीर में कौतुहल मचा देती है। उसको सँभालना तुम जैसे दरिंदों के बस की बात नहीं।

शाका : ये तो और भी अच्छा है। जो थोड़ी बहुत मन में दया थी वो भी खत्म हो जायेगी हा–हा–हा जोर से हँसने लगता है।

जग्गा : मैंने मुखिया जी को वचन दिया था...कि मैं इस 'दिव्य जल' की रक्षा करूँगा और मेरे जीवित रहते तुम इस 'दिव्य जल' को हाथ भी नहीं लगा सकते, पीना तो बहुत दूर की बात है।

शाका : जग्गा होश में आओ किसके दम पर तुम इतना साहस दिखा रहे हो। तुम्हारा एक मित्र (भूरा) विश्वासघाती निकला और दूसरा (कालू) मारा गया। मुझे तुम्हारे लिए सच में खेद है ये सब मेरे कारण ही हुआ और उस तबासि को तो भेड़ियों ने स्वयं ही झुण्ड से निकाल दिया। अब तुम अकेले रह गये।

जग्गा : क्या कालू को तुमने मारा। नहीं, ये नहीं हो सकता क्योंकि उसके शरीर पर पंजे तथा दाँतों के निशान किसी दूसरे जानवर के थे।

शाका : मेरे द्वारा भेजे गये मित्रता के प्रस्ताव पर मुझसे मिलने आया था बेचारा। वो भी मेरे जाल में फँस गया। हाँ परन्तु मृत्यु से पहले उसने बहुत साहस दिखाया कि किसी तरह वो हमारी पकड़ से निकल जाये पर उससे पहले उसकी जान निकल गयी। उस झटपटाहट में भी वो मुझे आँखें दिखा रहा था एक बार भी उसने पलकें नहीं झपकायीं...हा–हा–हा।

जग्गा का क्रोध उसकी आँखों से अग्नि की तरह धधकने लगा। दोनों कान खड़े हो गये, पूंछ तन गयी तथा मुँह खोल अपने पैने दाँतों को दिखाते हुए कटकटाने लगा, और जब दाँतों की कटकटाने की ध्वनि उसकी घुर्राहट से मिली तो वो ध्वनि मृत्यु की आहट जैसी प्रतीत होने लगी जिसने शाका की हँसी को एक झटके में रोक दिया।

शाका : नाकारों, टकटकी लगा कर क्या देख रहे हो। एक साथ हमला करो और खत्म कर दो।

ये सुनते सारे लकड़बघ्घे एक साथ जग्गा तथा उसके साथियों पर टूट पड़ते हैं। जग्गा अपनी ओर आते लकड़बघ्घों को एक–एक कर धराशायी अथवा घायल करता रहा परन्तु दूसरे भेड़िये अनुभवहीन होने के कारण लकड़बघ्घों के द्वारा किये जा रहे हमलों से घायल होते रहे। साथी भेड़ियों को घायल कर सभी लकड़बघ्घे अब जग्गा की तरफ बढ़ने लगे। जग्गा को अकेला पड़ता देख मैं भी वृक्ष से कूद कर धरती पर आ गया। मुझे देख कर जग्गा की आँखों में चमक तथा शाका के मुख पर हैरानी और बेचैनी दोनों झलकने लगी।

जग्गा : तबासि, तुम यहाँ कैसे?

तबासि : सरदार, भेड़िया समूह ने मुझे छोड़ दिया है परन्तु मैंने आपको नहीं छोड़ा। मैं जब तक जीवित हूँ आपको कभी नहीं छोड़ूँगा क्योंकि ये जीवन आपका ही दिया है।

जग्गा : तो ठीक है, अब तैयार हो जाओ क्योंकि आज मैं शाका और इसके साथियों को नहीं छोड़ूँगा, इनकी मृत्यु निश्चित है।

तबासि : मैं तैयार हूँ। ऊँचे स्वर में घुर्राता है।

तबासि की घुर्राहट सुन सभी लकड़बघ्घे थम से जाते हैं और एक–दूसरे को देखते हैं।

शाका : देख क्या रहे हो कहता हुआ...तबासि की ओर बढ़ता है। अपने सरदार के जीवन की रक्षा के लिए अपने जीवन का बलिदान देने यहाँ आये हो।

तबासि ऊँचे स्वर में घुर्राता है।

शाका : खत्म कर दो। कहता हुआ तबासि पर लपकता है। पीछे से तीन लकड़बघ्घे उसका साथ देते हुए तबासि पर टूट पड़ते हैं।

उधर जग्गा बाकी लकड़बघ्घों के प्रहारों से बचता हुआ एक–एक कर सभी लकड़बघ्घों को घायल करता जा रहा था। जो लकड़बघ्घा उसके प्रहारों से घायल होता वह दोबारा खड़े होने का साहस नहीं कर पाता। उसकी चुस्ती, फुर्ती तथा युद्ध कौशल लकड़बघ्घों पर भारी पड़ रही थी। अपने साथियों को घायल होता देख शाका तबासि को छोड़ जग्गा की ओर लपका और सीधे जग्गा के सामने खड़ा हो गया। अब जग्गा और शाका ठीक एक–दूसरे के सामने तथा उन दोनों के बीच जग्गा की ओर हाँफते हुए दो लकड़बघ्घे खड़े थे। जग्गा ने कुछ क्षण के लिए उनको क्रोधित आँखों से देखा, घुर्राया फिर तेजी से उनकी ओर लपका। जग्गा को आता देख बाईं ओर खड़ा लकड़बघ्घा जग्गा की ओर दौड़ा और फिर दाईं ओर वाला लकड़बघ्घा, अन्त में शाका, तीनों तेजी से जग्गा की ओर बढ़ने लगे। अपनी बाईं ओर से

आ रहे लकड़बघ्घे को जग्गा ने फुर्ती से मात देते हुए उसके अगले पैर पर हमला कर उसे धराशायी कर दिया तथा दाईं ओर से आ रहे लकड़बघ्घे के वार से बचने के लिए उसकी छलांग के नीचे से लुढ़कता हुआ विपरीत दिशा में पहुँचते ही तुरन्त सँभलकर खड़ा हो गया परन्तु शाका के तीव्र प्रहार से वो चार कदम दूर जा गिरा।

शाका : क्यों क्या हुआ जग्गा। कहाँ गयी तुम्हारी शक्ति और ऊर्जा?

जग्गा तुरन्त खड़ा होकर शाका की ओर भागा और एक ऊँची छलांग की सहायता से शाका के कान पर वार करता हुआ दूसरी तरफ धरती पर गिरा।

शाका पीड़ा से कराह उठा परन्तु अपनी पीड़ा को क्रोध के स्वर से दबाता हुआ जग्गा पर पलटवार करता है। जग्गा और शाका में जबरदस्त मल्ल युद्ध होने लगा। कभी जग्गा तो कभी शाका एक दूसरे को अपने पंजों और दाँतों से घायल करने लगे। उन दोनों को लड़ता देख मैं तथा बाकी लकड़बघ्घे भी युद्ध को विराम देकर उसी ओर देखने लगे। कुछ देर मल युद्ध के बाद दोनों एक–दूसरे को धक्का देते हुए पीछे हट गये। जग्गा के शरीर में खून ही खून लगा देख मैं घबरा गया परन्तु शाका की पीड़ा भरी चीख ने मेरी चिंता खत्म कर दी, क्योंकि जग्गा के शरीर पर लगा खून शाका के घावों का था जो मलयुद्ध के दौरान जग्गा के शरीर पर लग गया था।।

शाका अपने घावों की जाँच करता हुआ, सबकी ओर देखता है फिर घबराकर झाड़ियों की ओर भागता है। दूसरे लकडबघ्घे भी अपने समीप की झाड़ियों की ओर भागने लगे।

शाका को भागता देख जग्गा सरदार भी उसके पीछे भागते हुए जोर से चिल्लाते है...शाका आज तू मेरे हाथों से जीवित नहीं बचेगा इससे पहले कि मैं जग्गा सरदार को रोक पाता। वो घुप्प झाड़ियों में शाका के पीछे–पीछे चले गये।

जग्गा सरदार को घनी झाड़ियों में जाता देख मैं भी वृक्ष से उतर जैसे ही उस ओर जाने लगा कि तभी जग्गा सरदार झाड़ियों को चीरते और हवा में उड़ते हुए ठीक मेरे सामने गिर कर पीड़ा से कराह उठे। उनके अगले कन्धे पर बड़ा घाव दिखा जिसमें से खून बह रहा था।

तबासि : सरदार। क्या हुआ? तुम ठीक तो हो?

जग्गा सरदार ने पीड़ा से कराहते हुए उस ओर देखा, जहाँ से वो उड़ते हुए बाहर आये थे। मैं भी उस ओर देखने लगा। पत्तियों के चटकने के स्वर के साथ शाका उन झाड़ियों से बाहर निकल कर जोर से हँसने लगा। उसे हँसता देख मैं उसकी ओर लपका परन्तु जग्गा सरदार ने मुझे रोक दिया। तभी ठीक शाका के पीछे, झाड़ियों से पत्तियों के चटकने के स्वर के साथ 'सिंघा' बाहर निकल कर जोर से घुर्राहता है। उसकी घुर्राहट मात्र से ही मन में भय जीवित हो उठा तथा उसे सामने देख तो हमारे दो भेड़िया साथी घायल होते हुए भी वहाँ से भाग गये। उसकी बड़ी व घनी आयाल, बड़ी आँखें, खूँखार जबड़ा, लम्बे दाँत तथा लम्बा, तगड़ा शरीर किसी को प्रहार बिना मृत्यु देने के लिए काफी था। मैं स्वयं एक पल के लिए घबरा गया परन्तु तुम्हारे पिता जग्गा सरदार का साहस सिंघा के इस रूप को नई चुनौती दे रहा था। सिंघा के भीषण पंजे के प्रहार से घायल होने के बाद भी जग्गा सरदार अपने पैरों पर खड़े हुए और जोर से घुर्राये। सच मानो उस घुर्राहट ने वायु के सहयोग से सिंघा की आयाल को पूर्ण रूप से हिला दिया और शायद आंशिक रूप से सिंघा को भी।

जग्गा सरदार को तीव्र तथा जोश से घुर्राता देख मुझमें भी थोड़ा आत्मबल बढ़ा और मैंने भी सिंघा तथा शाका को देखते हुए अपनी घुर्राहट से चुनौती दी।

सिंघा इस घुर्राहट से तिलमिला उठा और पुनः जोर से घुर्राया।

शाका : देखा सरकार आपने, एक भेड़िया और एक तेंदूआ आपको चुनौती दे रहे हैं। इनका साहस तो देखो। अब तो आपको विश्वास हो जायेगा कि मैं सच कह रहा था।

सिंघा : सच में इतना साहस कि ये दोनों मुझे चुनौती दें। तुमने ठीक ही कहा था 'दिव्य जल' को ग्रहण कर ये अब इस जंगल का राजा बनना चाहता है परन्तु इसे पता नहीं कि जंगल का राजा केवल एक ही है और वो हूँ मैं...सिंघा...फिर से घुर्राता है।

जग्गा : नहीं, सिंघा मेरा ऐसा कोई इरादा नहीं। मैं जंगल का राजा नहीं बनना चाहता।

शाका : सरकार, देखो कैसे झूठ बोल रहा है, यदि आप समय पर नहीं आये होते तो आज मेरी मृत्यु पक्की थी फिर उसके बाद ये इस शेष 'दिव्य जल' को पीकर आपको अपना निशाना बनाता और जंगल का राजा बन जाता।

सिंघा : जग्गा को शेष 'दिव्य जल' का तो पता नहीं परन्तु मृत्यु अवश्य मिलेगी।

तबासि : सिंघा, शाका झूठ बोल रहा है इसने तुम्हें हमारे बारे में जो बताया वो सही नहीं हैं। 'दिव्य जल' की लालसा शाका को थी, जग्गा सरदार को नहीं।

शाका : सरकार किसी भी पल चन्द्रमा का प्रतिबिम्ब इस जल कुण्ड के मध्य में आता ही होगा मैं तो कहता हूँ आप शीघ्र ही इन दोनों को मृत्यु दण्ड दें तथा उस 'दिव्य जल' को ग्रहण कर इस जंगल में रहने वाले जीवों की रक्षा करें...प्रभु...इनकी बातें सुन समय नष्ट न करें।

जग्गा : इससे पहले मैं तुझको मृत्यु दण्ड दे देता हूँ और कहते ही शाका की ओर लपकता है।

परन्तु सिंघा, जग्गा और शाका के मध्य में खड़ा हो कर धीमी परन्तु लम्बी घुर्राहट भरता है।

सिंघा : जग्गा, शाका अब मेरी शरण में है और जो जीव मेरी शरण में आता है उसका कोई बाल भी बांका नहीं कर सकता। शायद तुम

भूल चुके हो कि तुम किसके समक्ष खड़े हो। मैं सिंघा हूँ...इस जंगल का राजा...ऊँचे स्वर में चिल्लाता है।

जग्गा : हाँ, मैं जानता हूँ कि तुम इस जंगल के राजा हो, बहुत बलवान हो, मेरा और तुम्हारा कोई मुकाबला नहीं। मैं ये भी जानता हूँ कि यदि मैं तुमसे युद्ध करता हूँ तो मेरी पराजय निश्चित है परन्तु मैंने प्रण लिया है कि मैं इस 'दिव्य जल' की रक्षा करूँगा, चाहे परिणाम कुछ भी हो...निरन्तर सिंघा को घूरते हुए कहता है।

शाका : सरकार समय नष्ट न करें। चन्द्रमा का प्रतिबिम्ब किसी समय भी जल कुण्ड के मध्य आ सकता है...जग्गा को दण्ड दें।

सिंघा : क्या कहा तुमने जग्गा, चाहे परिणाम कुछ भी हो तो ठीक है ये कहकर तुमने अपनी मृत्यु सुनिश्चित कर ली।

तबासि भी जग्गा के साथ खड़ा होकर सिंघा को घूरने लगा। तबासि को देख सिंघा तीव्रता से घुर्राने लगा।

सिंघा : तुम्हें क्या लगता कि तुम जग्गा को मुझसे बचा लोगे... इसके साथ तू भी मरेगा बिल्ले...कहता हुआ जग्गा पर लपकता है।

मैं और जग्गा सरदार दोनों सिंघा की पकड़ से बचते हुए शाका तक पहुँचने का प्रयास करने लगे परन्तु सिंघा ढाल की तरह शाका और हमारे बीच खड़ा होकर हमें उस तक पहुँचने नहीं दे रहा था। हम जानते थे कि सिंघा का एक प्रहार हमारी रीढ़ तोड़ने के लिए काफी था, इसलिए हम उसके प्रहारों से बचते हुए शाका तक पहुँचने का प्रयास कर रहे थे। इसी बीच पूर्ण चन्द्रमा का प्रतिबिम्ब जल कुण्ड के मध्य में आ गया और भगोने रूपी पत्ता नीचे झुकने लगा। शाका, हमें सिंघा के साथ व्यस्त देख अवसर का लाभ उठाने की मंशा से ठीक उस स्थान पर बैठ गया जहाँ 'दिव्य जल' को गिरना था। यह देख मैंने जग्गा सरदार को इशारा किया और सिंघा के अधिक समीप जाते हुए उसे छकाने लगा। मुझे समीप आता देख सिंघा मुझ पर आक्रामक हुआ परन्तु इससे पहले कि उसका प्रहार मुझ तक पहुँचता, मैं पुनः अपने स्थान पर लौट आया। इसी पल जग्गा सरदार ने शाका की

ओर छलांग लगा दी जोकि मुँह खोलकर गिरते हुए शेष 'दिव्य जल' को ग्रहण करने की लालसा में बैठा हुआ था परन्तु 'दिव्य जल' से पूर्व जग्गा सरदार के प्रहार को प्राप्त कर वो पुनः एक बार दूर धरती पर जा गिरा। जग्गा सरदार जैसे ही सिर उठा कर ऊपर देखने लगा तो 'दिव्य जल' तर–तर कर गिरने लगा और कुछ जल धार जग्गा सरदार के मुख में बिना प्रयास के पुनः चली गयी परन्तु इससे पहले कि वो 'दिव्य जल' पूर्ण रूप से जग्गा सरदार के मुख या धरती पर गिरता एक भीषण प्रहार ने जग्गा को शाका से भी दूर जाकर फेंक दिया तथा उस शेष 'दिव्य जल' की अन्तिम धार सिंघा ने अपने विशाल मुख में समा ली। भगोने रूपी पत्ते का मुख स्वतः बन्द हुआ। उसे बन्द होता देख सिंघा ने अपना सिर झुका लिया और कुछ क्षण शान्त उसी अवस्था में बैठा रहा।

अचानक उसके शरीर में एक विचित्र चमक पूँछ से होते हुए सिर की ओर जाने लगी। जैसे ही वो चमक सिंघा के सिर तक पहुँची वो बेचैनी में तीव्र घुर्राया। वो घुर्राहट बहुत विचित्र थी जैसे सिंघा को पीड़ा का अनुभव हुआ हो।

उस घुर्राहट ने मेरे साथ–साथ जग्गा सरदार तथा शाका को भी हिला दिया था। वो दोनों भी खड़े होने का प्रयास करने लगे।

सिंघा ने घुर्राहट के पश्चात् अपनी आँखें खोलीं कुछ सोचा फिर घायल जग्गा की ओर मुड़ा। उसकी आँखें क्रोध से लाल थीं। वह निरन्तर अपने पिछले पैरों से मिट्टी को उड़ाता हुआ आगे बढ़ रहा था। मैं समझ गया था कि जग्गा सरदार के साथ कुछ बुरा होने वाला है इसलिए मैं भी उस ओर चल पड़ा परन्तु बिना किसी चेतावनी व ललकार के सिंघा ने लड़खड़ाते हुए खड़े हो रहे जग्गा सरदार पर अपने पंजे से एक भीषण प्रहार कर दूर धकेल दिया। वह पुनः घायल जग्गा सरदार के समीप गया और झुककर कान में कहने लगा।

सिंघा : अद्‌भुत ...इस 'दिव्य जल' से मिलने वाली शक्ति एवम् ऊर्जा अद्‌भुत है। अभी तो मैंने केवल थोड़ा–सा ही जल ग्रहण किया

और मुझमें नई ऊर्जा का संचार हो गया। मेरे पुराने घाव ठीक हो गये। मैं अपने आपको अधिक युवा एवम् शक्तिशाली अनुभव कर रहा हूँ।

लड़खड़ाता जग्गा उसकी बातें सुन रहा था। सिंघा, जग्गा के समीप गया और जग्गा के मुख से मुख मिलाकर कहने लगा...

सिंघा : अब मुझे पता चला कि तुझ में मुझे चुनौती देने का साहस कहाँ से आया। एक मामूली भेड़िया, एक सिंह को चुनौती दे। ये असम्भव है परन्तु इस 'दिव्य जल' को ग्रहण करने से ही यह संभव हुआ है। जग्गा मुझे खेद है कि मुझे तुम्हें मारना होगा क्योंकि मुझे पता है कि तुमने भी इस 'दिव्य जल' को पिया है। कुछ समय पश्चात तुम्हारे सारे घाव भी ठीक हो जायेंगे और तुम पहले जैसे स्वस्थ हो जाओगे। सच कहूँ मैं नहीं चाहता कि कोई मामूली भेड़िया पुनः मुझे चुनौती दे। ऊँचे स्वर में कहते ही मुख को पीछे कर अपने पंजे द्वारा पुनः एक भीषण प्रहार जग्गा सरदार के पहले से चोटिल कंधे पर करता है।

जग्गा सरदार उड़ता हुआ झाड़ियों के पास गिरता है। सिंघा के प्रहार जग्गा सरदार को निढाल करते जा रहे थे। यदि सिंघा, जग्गा सरदार पर इसी तरह प्रहार करता रहता है तो जग्गा सरदार का बचना असम्भव था और यही चिन्ता मुझें खाये जा रही थी। इससे पहले सिंघा पुनः जग्गा पर अगला प्रहार करता मैं साहस कर जग्गा सरदार तथा सिंघा के बीच आ गया। मैंने जग्गा सरदार को कहा कि वो यहाँ से निकल कर किसी सुरक्षित स्थान पर चले जायें।

तबासि : सरदार उठो। तुम सिंघा का सामना नहीं कर सकते हो। तुम घायल हो और बहुत खून बह रहा है।

सरदार उठो और जाओ–जाओ।...तीव्र स्वर में कहता है।

निरन्तर कहने पर जग्गा सरदार खड़े होते हुए कहते है।

जग्गा : मैं इस तरह युद्ध से भाग नहीं सकता। पीठ दिखाना जग्गा को आता नहीं। मैं कहीं नहीं जाऊँगा...मुँह से खून और लार को झटकते हुए कहता है।

तबासि : सरदार यहाँ कौन से युद्ध नियम का पालन हो रहा है तुम्हारी पीठ पर धोखे से प्रहार किया गया। एक के साथ पाँच–पाँच ने युद्ध किया। ये युद्ध छल एवम् कपट पर आधारित है, इसलिए हमें भी पहले ये सोचना है कि अपनी जान कैसे बचाई जाये। यदि तुम जीवित रहोगे तो समूह तथा जंगल के दूसरे जीव भी सुरक्षित रहेंगे.. .सिंघा को निरन्तर छकाते हुए कहता है।

जग्गा : परन्तु मैं तुम्हें अकेला नहीं छोड़ सकता।

तबासि : सरदार मेरी चिंता मत करो मेरे पास बचने के बहुत उपाय हैं। मैं अधिक घायल भी नहीं हूँ। तुम शीघ्र जाओ, मैं अधिक देर तक सिंघा को नहीं रोक सकता।

जग्गा सरदार भारी मन से झाड़ियों से जंगल की ओर लड़खड़ाते हुए जाने लगे। उन्हें जाता देख सिंघा, जग्गा सरदार पर लपका परन्तु मैंने उसकी पिछली दाई टाँग को फुर्ती से अपने जबड़ों में दबोच लिया। मेरी पकड़ इतनी मजबूत थी कि सिंघा पीड़ा से कराह उठा परन्तु कई प्रयासों के पश्चात् भी अपनी टाँग को मेरी पकड़ से नहीं छुड़ा पाया। सिंघा जिस दिशा में घूमता मैं भी उसी दिशा में घूम जाता और इसी बीच जग्गा सरदार झाड़ियों से जंगल में जाते हुए हमारी आँखों से ओझल हो गए। सिंघा ने घायल शाका को देखा और कहा।

सिंघा : जाओ और जग्गा को पकड़ो वो घायल है अधिक दूर नहीं गया होगा।

परन्तु जग्गा सरदार के प्रहारों से घायल शाका की उनके पीछे अकेले जाने की हिम्मत नहीं हुई। सिंघा के बार–बार कहने पर भी वह कभी झाड़ियों की ओर तो कभी सिंघा की ओर देखता। ये देख सिंघा क्रोध से तिलमिला उठा।

सिंघा : अरे मूर्ख तो इस बिल्ले पर हमला कर जिसने मेरी टाँग पकड़ रखी है।

ये सुन शाका मेरी ओर बढ़ा, उसे आता देख मैं अपनी पकड़ ढीली कर जैसे ही मुड़ा तो सिंघा के एक प्रहार ने मुझे हवा में उड़ा दिया और मैं दूर जाकर गिरा। सिंघा क्रोध से लड़खड़ाते हुए मेरी ओर बढ़ा परन्तु इससे पहले वो मुझ तक पहुँच पाता मैं स्वयं को सँभालते हुए एक मजबूत वृक्ष पर काफी ऊपर चढ़ गया।

सिंघा क्रोधित लाल आँखों से मुझे घूरता रहा। तभी दूसरे लकड़बघ्घे भी वहाँ पहुँच गए।

सिंघा : जाओ...शीघ्र जाओ जग्गा को ढूँढ़ो और उसे खत्म कर दो। वो किसी भी हाल में बचना नहीं चाहिए। उसे खत्म किये बिना आये तो मैं तुम्हें खत्म कर दूँगा।

शाका अपने लकड़बघ्घे साथियों के साथ जग्गा सरदार को ढूँढ़ने निकल पड़ा और कुछ देर पश्चात् सिंघा भी उनके पीछे चल पड़ा। इस चिन्ता में कि कहीं जग्गा सरदार उन राक्षसों को मिल गए तो क्या होगा यही सोचते हुए मैं भी वृक्षों की सहायता से उनका पीछा करने लगा। काफी देर खोजने के पश्चात् शाका सहित सारे लकड़बघ्घे सिंघा के पास लौट कर उसे पूरी जानकारी देते हैं।

शाका : सरकार हमने जग्गा को जंगल के कोने–कोने में ढूँढ़ लिया परन्तु वो कहीं नजर नहीं आया।

सिंघा : क्या मतलब! उसे आसमान खा गया या जमीन निगल गयी। वो यहीं जंगल में छिपा बैठा है।

लकड़बघ्घा 1 : सरकार मुझे तो लगता है कि जग्गा इस नदी में गिर गया और डूब कर मर गया हो।

शाका : नहीं–नहीं जग्गा इस नदी में नहीं डूब सकता। वो अगर चाहे तो एक छलांग में इस नदी को पार कर सकता है।

लकड़बघ्घा 2 : सरकार सही फरमाया परन्तु जग्गा अभी बहुत घायल है। उसमें इतनी शक्ति नहीं कि वह तेजी से दौड़ कर आये

और एक ऊँची व लम्बी छलांग लगाकर इस गहरी एवम् चौड़ी नदी को पार कर ले। हो सकता है कि उसने ये मूर्खता की हो और डूब कर मर गया हो!

शाका : शायद तुम ठीक कह रहे हो।

सिंघा : अरे मूर्खों, मूर्खता तो तुम लोग कर रहे हो। घायल अवस्था में जग्गा तो क्या कोई मूर्ख भी इस नदी को छलांग लगाकर पार करने की नहीं सोचेगा...गुस्से में तिलमिलाते हुए कहता है।

शाका : सरकार तो आप ही बताएं कि अब हम क्या करें?

सिंघा : मुझे पूर्ण विश्वास है कि जग्गा जीवित है। यदि हम उसे शीघ्र न ढूँढ़ पाये तो उसके घाव भर जायेंगे और वो पहले जैसा स्वस्थ हो जायेगा। अभी रात्रि काफी हो गयी है। उसे ढूँढ़ने की योजना कल प्रातः बनायेंगे। अभी यहाँ से निकलते हैं।

सिंघा के पीछे–पीछे शाका सहित सभी लकड़बघ्घे पूँछ हिलाते एवम् विचित्र स्वर निकालते हुए चल पड़े।

मैं इस सोच में पड़ गया कि यदि जग्गा सरदार जीवित है तो कहाँ हैं? इस जंगल में वो सुरक्षित स्थान कहाँ हो सकता है? ये सोचते–सोचते मुझे वृक्ष के तने पर ही नींद आ गयी।

अगली सुबह जब मेरी नींद खुली तो मैं खाली पेट ही जग्गा सरदार की खोज पर निकल पड़ा। भूख से अधिक मुझे जग्गा सरदार की चिन्ता थी। मैंने सरदार को जंगल के कोने–कोने में ढूँढ़ा। दिन को ढूँढ़ा तो कभी रात्रि को ढूँढ़ा परन्तु जग्गा सरदार का कोई नामोनिशान नहीं था। अब ताची, बिजली तथा भेड़िये भी जग्गा सरदार की खोज में निराश और हताश होते जा रहे थे। लगभग तीन मास पश्चात...

बिजली : मैं तुम्हारे पिता के अन्तिम दर्शन भी न कर पायी। न जाने किस हाल में हैं वो जीवित या मृत? कहते ही रोने लगती है।

ताची : चिन्ता मत करो माँ। मुझे, पूर्ण विश्वास है कि पिताजी जीवित हैं। यदि वो अपने पैरों पर चलकर वहाँ से निकले हैं तो वो जीवित ही होंगे।

भेड़िया सदस्य 1 : यदि जग्गा सरदार जीवित होते तो अवश्य ही भेड़िया समूह में लौट आते। उन्हें ढूँढ़ते–ढूँढ़ते आज तीन मास हो गये हैं।

भेड़िया सदस्य 2 : ये सही कह रहा है। लकड़बघ्घों के हमले बढ़ते जा रहे हैं। हमें नये सरदार की आवश्यकता है, जो समूह के बारे में सोचे तथा हम पर हो रहे निरन्तर हमलों से बचने की योजना बनाये।

दूसरे भेड़िये भी हाँ–हाँ में, इस बात का समर्थन करने लगते हैं। भेड़िया सदस्यों के बढ़ रहे नारों से दुःखी होकर बिजली दूर जाकर एक वृक्ष के नीचे बैठ जाती है और ताची अपना सिर नीचे झुका लेता है।

इस शोर और नये नेता की माँग के बीच एक वृद्ध भेड़िया सामने आकर सबसे शान्त होने की प्रार्थना कर कुछ सुनने को कहता है।

वृद्ध भेड़िया : सब शान्त हो जाओ और ध्यान से सुनो। नये नेता की माँग अनुचित नहीं है। किसी भी समूह अथवा समुदाय को ऐसे नेतृत्व की आवश्यकता होती है जो समूह को सही दिशा में ले जाये। नेता की अनुपस्थिति में समूह में बिखराव अथवा विद्रोह की स्थिति पैदा हो जाती है।

तबासि : बाबा, तो क्या हम जग्गा सरदार को ढूँढ़ना बन्द कर दें?

वृद्ध भेड़िया : नहीं, मैंने ऐसा नहीं कहा।

भेड़िया सदस्य 2 : तो क्या हम भेड़िया समूह को बिना नेता के ही रहने दें!

वृद्ध भेड़िया : नहीं–नहीं मैंने ऐसा भी नहीं कहा।

भेडिया सदस्य 1 : बाबा, तो आखिर आप कहना क्या चाहते हो?

वृद्ध भेड़िया : जग्गा की जुदाई के दुःख में हम सब मस्तिष्क से बेचैन हो गये हैं तथा शान्त होकर सोचने की बजाय शीघ्रता में निर्णय करने लगे हैं। हम सब ये भूल गये कि जग्गा जो हमारा नेता है, वह फुर्तीला एवम् बलवान होने के साथ–साथ बहुत अधिक बुद्धिमान भी है। यदि वह जीवित है तो उसने अपने तक पहुँचने के लिए कोई न कोई सुराग अवश्य छोड़े होंगे। वो सुराग या पहेली इस जंगल में ही कहीं न कहीं है। हमें शान्त मस्तिष्क से उन पहेलियों को खोजना होगा क्योंकि वे पहेलियाँ ही हमें जग्गा तक ले जा सकती हैं। इसलिए अगले दो सप्ताह हमें केवल उन पहेलियों को ही खोजना है।

सदस्य भेड़िया : यदि दो सप्ताह पश्चात् भी हमें जग्गा सरदार का कोई सुराग नहीं मिलता तो क्या?

वृद्ध भेड़िया : तो इस भेड़ियों के समूह का नेतृत्व ताची के कन्धों पर आ जायेगा।

बिजली : परन्तु ताची अभी इस जिम्मेदारी के लिए पूर्ण वयस्क नहीं है।

वृद्ध भेड़िया : बिजली, कर्तव्य एवम् जिम्मेदारी किसी भी जीव को वयस्क बना देती है और वैसे भी ताची अब इतना छोटा नहीं रहा। ये भी अपने पिता जग्गा जैसा फुर्तीला एवम् बलवान है, जहाँ तक बात परिपक्वता एवम् अनुभव की है, वो भी समय के साथ आ ही जायेगी। कहता हुआ ताची के पास जाकर पूछता है। क्या तुम सहमत हो...ताची?

ताची : बाबा, आप ठीक कह रहे हो। हम अगले दो सप्ताह तक उन पहेलियों को ढूँढ़ेगे तथा उनकी सहायता से जग्गा सरदार तक पहुँचने का प्रयास करेंगे। यदि दो सप्ताह पश्चात् भी हमें सफलता नहीं मिलती तो भेड़िया समूह एक नये नेतृत्व के साथ दूसरी चुनौतियों का सामना करेगा...भीगी आँखों सहित ऊँचे स्वर में कहता है।

मैं, ताची, बिजली तथा भेड़िया समूह एक बार पुनः जग्गा सरदार की खोज में लग गये। भेड़िया समूह एक ओर जग्गा सरदार की खोज

करता तो दूसरी ओर इस बात का भी ध्यान रखता कि कहीं लकड़बघ्घों से सामना न हो जाये। इस भय के चलते कई भेड़ियों ने तो जग्गा सरदार की खोज करना ही बन्द कर दिया। लगभग एक सप्ताह बाद मैं, ताची और बिजली ही जग्गा सरदार की खोज कर रहे थे।

एक दिन जग्गा सरदार की खोज में, मैं पूर्व दिशा की ओर गया जो जंगल की सीमा रेखा पर स्थित है। मीठे पानी का झरना वहाँ से थोड़ी दूरी पर ही था। झरने की एक धार का पानी जंगल सीमा को पार करता हुआ समीप के मनुष्यों से बसे गाँव की ओर जा रहा था।

जग्गा सरदार को ढूँढ़ते–ढूँढ़ते मैं थक हुआ और बहुत प्यासा भी था। मैंने उस झरने से आ रहे जल को पीना चाहा परन्तु झरने का जल वहाँ पर फैलाव और धीमी गति से बह रहा था। मैंनें वहाँ पर मिट्टी में थोड़ा–सा खड्डा बनाया और उस खड्डे को जल से भरने की प्रतीक्षा में एक वृक्ष पर जाकर बैठ गया।

वृक्ष पर बैठा–बैठा मैं उस खड्डे को निहार रहा था। जल खड्डे के मुख तक पहुँच कर चमकने लगा। इससे पहले मैं नीचे उतरता मेरा ध्यान खड्डे से थोड़ी दूर बाईं ओर कुछ पत्थरों पर गया जो झरने के जल से बनी दल–दली मिट्टी पर रखे हुए थे। विचित्र बात ये थी कि वे सभी पत्थर एक ही श्रृंखला में थे। पहले मुझे ये लगा कि ये पत्थर किसी मनुष्य ने रखे होंगे ताकि दलदली मिट्टी को सरलता से पार कर सकें परन्तु मनुष्य कभी इस ओर आते नहीं देखे गये थे और न ही कोई ऐसी निशानी मिल रही थी जिससे ये प्रतीत हो कि मनुष्य यहाँ आते हों। जंगल का वो क्षेत्र बहुत घना एवम् छोटी घास–फूँस से भरा था। मैंने उस वृक्ष पर बैठे–बैठे जंगल की सीमा रेखा पर स्थित घनी झाड़ियों पर नजर घुमाई।

मेरी आँखों में चमक एवम् मन में हर्ष उत्पन्न हो रहा था क्योंकि मैं समझ गया था कि ये पहेली अवश्य ही जग्गा सरदार की बनाई हुई है। वृक्ष से तुरन्त नीचे उतरकर मैंने उस दलदल पर रखे पत्थरों को सूँघा फिर छलांग लगाते हुए झाड़ियों की ओर चल पड़ा।

मैं आतुरता से एक–एक कर सभी झाड़ियों को देखने लगा परन्तु कहीं कुछ नहीं मिला। मैं पुनः हताश होकर इधर–उधर देखने लगा कि तभी मेरी नजर एक घनी झाड़ी पर पड़ी जो जंगल की सीमा के पार मनुष्य की बस्ती की ओर थी। मैं उत्सुकता में उस झाड़ी की ओर गया। सँभलते कदमों के साथ मैंने झाड़ी के अन्दर देखा। वहाँ कुछ सफेद पंखों के साथ खून के निशान थे। मैं हैरान और परेशान हो गया। अधिक पड़ताल के लिए उन पंखों एवम् खून को सूँघने लगा। मैं पड़ताल कर ही रहा था कि तभी पीछे से आवाज आयी।

"आखिर तुमने मुझे ढूँढ़ ही लिया।"

मैंने तेजी से पीछे मुड़कर देखा तो मेरी खुशी का ठिकाना नहीं था। जग्गा सरदार मेरे सामने खड़े थे, बिलकुल ठीक बस थोड़ा सा लंगड़ा रहे थे। जग्गा सरदार को जीवित एवम् कुशल देख मैं निशब्द हो गया, मानो शब्द जल रूप में मेरी आँखों से निकल रहे थे। मुझे भावुक होता देख जग्गा सरदार मेरे पास आये।

जग्गा : तबासि, देखो मैं सच में जीवित हूँ और स्वस्थ भी। केवल पैर का घाव अभी भरा नहीं है इसे थोड़ा समय और लगेगा। सिंघा द्वारा दिया ये घाव बहुत गहरा एवम् भीषण था।

तबासि : हमें क्षमा कर दो। हम आपको ढूँढ़ नहीं पाये। न जाने आपने ये तीन माह बिना किसी की सहायता के कैसे बिताये होंगे। यदि हमने आपको सही समय पर ढूँढ़ लिया होता तो आपको इस तरह छिप कर एकान्त में इतनी कठिनाई में नहीं रहना पड़ता। काश! कि हम इस पहेली को पहले समझ पाते।

जग्गा : हाँ। ये पहेली मैंने तुम सब के लिए छोड़ी थी। मुझे विश्वास था कि कोई न कोई इस पहेली को बूझ कर अवश्य ही मुझ तक पहुँच जायेगा। मैंने कई बार भेड़ियों की आवाजें सुनी परन्तु वे सब यहाँ घुर्राते हुए निकल जाते थे।

तबासि : परन्तु आप भोजन की व्यवस्था कैसे करते थे? आपका एक पैर अभी भी घायल है?

जग्गा : तुमने ठीक सोचा। दलदली मिट्टी पर पत्थरों की श्रृंखला में लगाने का दूसरा कारण मेरा भोजन के लिए उसको पार कर जाने का था। ताकि दलदली मिट्टी पर मेरे पैरों के निशान न छप जायें, क्योंकि मैं अभी छलांग लगाने में असमर्थ हूँ।

तबासि : समझ गया। उस दलदली मिट्टी के उस ओर शिकार के लिए बहुत से छोटे जानवर हैं जैसे जंगली मुर्गी, खरगोश इत्यादि... परन्तु इस अवस्था में शिकार की सफलता बहुत कम रहती होगी तो क्या काफी दिन आपने भूखे रह कर गुजारे?

इससे पहले कि जग्गा सरदार इस प्रश्न का उत्तर देते मुझे किसी जानवर के कदमों की आहट सुनाई दी। कदमों की आहट एक से अधिक जानवरों की थी परन्तु कुछ विचित्र भी।

मैंने तेजी से जंगल की ओर सिर मोड़कर देखा तो कुछ नजर नहीं आया परन्तु कदमों की आहट तीव्रता के साथ करीब आती जा रही थी। मैंने जैसे ही सिर मनुष्य बस्ती की ओर घुमाया तो मैंने एक काले रंग के घने बालों वाली कुत्तिया को हमारी ओर आते देखा। जिसकी बड़ी–बड़ी आँखें और लम्बी मोटी पूँछ थी। उसके बाल घने होने के साथ–साथ चमकदार थे और आँखें सोने की तरह चमक रही थीं। उसके गले पर बँधा पट्टा बता रहा था कि वो मनुष्यों के साथ रह रही एक पालतू कुत्तिया थी। उसने अपने मुँह में एक जंगली मुर्गा भी दबोच रखा था। उसे देख मैं धीमे स्वर में घुर्राया। मुझे घुर्राता देख वो वहीं खड़ी हो गयी। उसके पीछे से पत्तों की चटकने की आवाज अब भी आ रही थी। मुझे संदेह हुआ कि ये कुतिया अकेले नहीं है इसके साथी इसके पीछे आ रहे हैं या कोई मनुष्य। मैं घुर्राते हुए उसकी ओर लपका ताकि ये देख सकूँ कि इसके पीछे कौन और कितने साथी हैं परन्तु मुझे उस ओर आता देख उसने अपने मुख में दबा रखे मुर्गे को धरती पर छोड़कर मेरे सामने आ गयी और जोर से भौंकने लगी। उसे मुझ पर भौंकता देख मेरा क्रोध बढ़ने लगा।

मुझे क्रोध में आता देख जग्गा सरदार ने मुझे आवाज लगाई।

जग्गा : तबासि, रुक जाओ वो शत्रु नहीं है, मित्र है।

मैंने घुर्राहट कम करत हुये जग्गा सरदार की ओर देखा तो उस पालतू कुतिया ने भी भौंकना बन्द कर दिया।

जग्गा : हाँ–हाँ ये शत्रु नहीं मित्र है इससे हमें कोई खतरा नहीं है।

इसी असंमजस की स्थिति के बीच एक छोटा–सा पिल्ला उस कुतिया के पीछे से होता हुआ मेरे सामने से जग्गा सरदार की ओर गया और उन्हें चाटने लगा। जग्गा सरदार भी उसे प्यार से दुलार करने लगे। उन दोनों को इस तरह खेलता और प्यार करता देख मैं हैरान परन्तु शान्त था। कुछ क्षण प्यार एवम् दुलार के पश्चात जग्गा सरदार मेरे पास आये और कहा।

जग्गा : तुम पूछ रहे थे कि, क्या मैंने कई दिन और रातें भूखे रह कर गुजारीं? मुझे भूखे भी रहना पड़ता और शायद भोजन की कमी और इन घावों के कारण मैं मर भी जाता, यदि ज्वाला मेरे लिए भोजन तथा मेरे घावों के लिए जंगल से औषधि वाले पौधे न लाती। ज्वाला की निष्ठा से भरी सेवा ने मुझे नया जीवन दिया।

मुझे केवल इतना याद है कि सिंघा के प्रहार ने मुझे बहुत घायल कर दिया था और तुम्हारे कहने पर मैं वहाँ से निकल कर कोई सुरक्षित स्थान ढूँढ़ रहा था। लकड़बघ्घे मेरे पीछे पड़े थे। भागते–भागते मेरा पैर फिसला और मैं लुढ़कता हुआ जंगल की सीमा रेखा से बाहर आ गया और इन झाड़ियों में छिप गया। मुझे विश्वास था कि लकड़बघ्घे जंगल की सीमा रेखा पार नहीं करेंगे। धीरे–धीरे उनके घुर्राने की आवाजें कम होने लगीं और मेरी आँख कब लगी मुझे पता ही नहीं चला।

लगभग दो दिन पश्चात् जब मेरी आँख खुली तो शरीर पीड़ा से पूर्ण था। अपने पैरों पर खड़े होने का बल भी नहीं था। मैंने धरती पर लेटे हुए ही सिर घुमाया तो पाया पास में ही भोजन तथा मनुष्यों

के टूटे हुए बर्तन में जल भरा हुआ है। बिना देर लगाये मैं जल पीने लगा, तभी झाड़ियों के आस–पास कुछ आवाज होने लगी और मैंने ज्वाला को देखा। इसे देख शत्रु समझ मैं भी घुर्राने लगा परन्तु मेरी शरीर की पीड़ा मेरी घुर्राहट की शक्ति को कम कर रही थी। मुझे घुर्राते देख ज्वाला बोली।

ज्वाला : अधिक हिलो–डुलो नहीं। मैंने कुछ औषधि वाली पत्तियाँ तुम्हारे घावों पर लगा दी हैं। अभी तुम्हें केवल विश्राम की आवश्यकता है।

जग्गा : तुम कौन हो और यहाँ कैसे?...पीड़ा भरे स्वर में पूछता है।

ज्वाला : मेरा नाम ज्वाला है मैं यहाँ से दूर नीचे मनुष्यों के साथ रहती हूँ। कभी–कभी लकड़ियों के लिए उनके साथ यहाँ आती रहती हूँ परन्तु जब मैंने तुम्हें इस हाल में देखा तो मुझसे रहा नहीं गया, इसलिए भोजन एवम् जल की व्यवस्था की। तुम्हें ये घाव कैसे लगे?

फिर मैंने उसे सब बताया जो मेरे साथ घटा था। ज्वाला ने सब सुनने के बाद मुझे वचन दिया कि जब तक मैं पूर्ण रूप स्वस्थ नहीं हो जाता वह यहाँ आकर मेरे लिए भोजन एवम् औषधियाँ लाती रहेगी। सच कहूँ तो ज्वाला ने बिजली के समान ही मेरा ध्यान रखा है। यदि ज्वाला न होती तो आज मैं जीवित नहीं होता।

तबासि : सरदार सच में ज्वाला ने आपकी कठिन समय में सेवा की है। इसके लिए भेड़िया समूह हमेशा इनका ऋणी रहेगा परन्तु ये छोटा पिल्ला कौन है और आप से इतने प्रेम के साथ खेल क्यों कर रहा है? (हैरानी से पूछते हुए।)

जग्गा : ये मेरा पुत्र है।

तबासि : आपका पुत्र!

जग्गा : मेरा और ज्वाला, हम दोनों का पुत्र।

तबासि : ओह! मैं सब समझ गया। मैं तभी सोचूँ ये आप से तथा आप इससे इतना प्यार क्यों कर रहे हो। सरदार इसका जोश बिल्कुल आप जैसा ही है, जरा देखो, इतना छोटा है परन्तु आप जैसा ही निडर है।

छोटे पिल्ले को उछलकूद करते देख जग्गा, तबासि संग ज्वाला भी हँसने लगती है।

जग्गा : हाँ ये अभी केवल एक मास ही का है और पिछले एक सप्ताह से अपनी माँ के साथ यहाँ मुझसे मिलने आ रहा है।

तबासि : परन्तु इसका नाम क्या है?

जग्गा : अभी तो कुछ नहीं सोचा परन्तु इसका जोश एवम् साहस देख मैं इसका नाम अपने मित्र बाघा के नाम जैसा ही कुछ रखूँगा।

तबासि : सरदार, आपने ठीक कहा परन्तु अब आपको भेड़िया समूह में लौटना होगा...कुछ गम्भीर स्वर में कहता है।

ज्वाला : परन्तु अभी ये पूर्ण रूप से स्वस्थ भी नहीं हुए हैं। इनके कुछ घाव अभी भी ताजा हैं।

तबासि : सरदार, ईश्वर की कृपा है कि अभी तक लकड़बघ्घे आप को ढूँढ़ नहीं पाये। मैंने स्वयं उनको कई बार यहाँ आपको ढूँढ़ते देखा है। आपका यहाँ अकेला रहना सुरक्षित नहीं। आपको भेड़िया समूह की सुरक्षा में लौटना ही होगा।

जग्गा : तबासि, समूह में सब कुछ ठीक है न। कहीं तुम मुझसे कुछ छिपा तो नहीं रहे हो। मुझे बताओ क्या बात है?

तबासि : सरदार, आपके यूँ अचानक गायब होने के बाद भेड़िया समूह में बिखराव एवम् विद्रोह की स्थिति पैदा हो गयी है। प्रत्येक सप्ताह किसी न किसी भेड़िये के मौत की खबर मिलती है। इससे भेड़िया समूह में भय का वातावरण भी उत्पन्न हो गया है।

जग्गा : तब तो मुझे समूह में लौटना ही होगा। यदि विलम्ब किया तो समस्या अधिक बढ़ जायेगी।

तबासि : सरदार, आप यहीं ठहरिए मैं दूसरे भेड़ियों को भी बुला लाता हूँ। वे भी आपकी खोज में यही पास में घूम रहे होंगे।

जग्गा : ठीक है शीघ्र जाओ।

मैं, जग्गा सरदार, तुम्हारी माता और तुम्हें वहाँ छोड़ समूह के दूसरे भेड़ियों को बुलाने के लिए निकल पड़ा परन्तु मैं इस बात से अनजान था कि लकड़बघ्घे मुझ पर नजर रखे हुए थे।

शाका : सिंघा, सरकार ने सही कहा था कि यदि जग्गा जीवित है और उस तक पहुँचना है, तो इस बिल्ले पर नजर रखो क्योंकि सबसे पहले ये ही जग्गा तक पहुँचेगा। वृक्ष की आड़ में छिपकर तबासि को जाते हुए देख मन में कहता है।

लकड़बघ्घा 1 : चलो जग्गा को खत्म कर देते हैं फिर भेड़ियों का सारा क्षेत्र हमारा हो जायेगा और हम जब चाहे वहाँ शिकार करेंगे।

शाका : मुँह बन्द कर मूर्ख, पहले उस बिल्ले को जाने दे। कहीं वो लौट आया तो तेरा सपना टूट जायेगा।

लकड़बघ्घा 2 : सरकार, हम सिंघा तक खबर पहुँचा देते हैं।

शाका : हाँ, अब कही तुमने सही बात। शीघ्र जाओ और सिंघा तक ये खबर पहुँचाओ कि जग्गा मिल गया है।

लकड़बघ्घा 2 : परन्तु सरदार मैं अकेला कैसे जाऊँ, यदि मार्ग में मुझे भेड़िये मिल गये तो! डरते हुए कहता है।

शाका : यदि तुम शीघ्र नहीं गये तो मैं तुम्हें मार डालूँगा...दबे स्वर में क्रोधित होते हुए कहता है।

उधर दूसरी तरफ काफी देर ढूँढ़ने पर मुझे दो भेड़िये मिले। मैंने उन्हें रोका।

तबासि : रुको–रुको तुम कहाँ जा रहे हो और बाकी भेड़िये साथी कहाँ हैं?

भेड़िया सदस्य : हम शिकार की खोज में निकले थे परन्तु कुछ अधिक आगे निकल आये। बाकी सदस्य पीछे रह गये हैं शायद!

तबासि : ध्यान से सुनो 'जग्गा सरदार' मिल गये है धीमे स्वर में कहता है।

भेड़िया सदस्य : क्या सच में मिल गये हैं। कहाँ है 'जग्गा सरदार'?

तबासि : वे जहाँ भी हैं सुरक्षित हैं। ये बताओ दूसरा दल कहाँ है?

भेड़िया सदस्य : दूसरा भेड़िया दल दक्षिण दिशा में गया था।

तबासि : ठीक है, तुम अपने दल को लेकर पूर्व दिशा की ओर आओ, जहाँ जंगल की सीमा समाप्त होती है। दक्षिण दिशा वाले दल को लेने मैं जाता हूँ। हमें जग्गा सरदार को यहाँ से सुरक्षित ले जाना है। दोनों भेड़िये अपने दल को लेने के लिए चल पड़ते हैं।

उन्हें जाता देख मैं भी दक्षिण दिशा की ओर मुड़कर जैसे ही चलने लगा तो मुझे कुछ आवाजें सुनाई दीं। मैंने एक वृक्ष पर चढ़ कर दक्षिण दिशा की ओर देखा परन्तु कोई नजर नहीं आया परन्तु जैसे ही मैंने नीचे उतरने का सोचा तो आवाजें फिर से आने लगीं। मै सिर घुमाकर प्रत्येक दिशा में देखने लगा। अचानक मेरी नजर एक लकड़बघ्घे पर गई जो पूर्व दिशा की ओर जा रहा था जहाँ पर 'जग्गा सरदार', ज्वाला और तुम थे।

मैं शीघ्र वृक्ष से नीचे उतर कर उसी दिशा में पूर्ण शक्ति से भागा। तुम सबकी सुरक्षा को लेकर मन में भय बढ़ने लगा था। जैसे ही मैं उस स्थान पर पहुँचा जहाँ तुम सबको छोड़ कर गया था तो मेरी आँखें खुली की खुली रह गयीं।

तीन लकड़बघ्घे पहले से घायल 'जग्गा सरदार' को अपने प्रहारों से पुनः घायल कर रहे थे और दो लकड़बघ्घे तुम्हारी माँ पर हमला कर उसे रोके हुए थे। तुम अपनी घायल माँ की टाँगों के ठीक नीचे थे। एक लकड़बघ्घा तुम्हारी माँ पर हमला करता तो दूसरा मौका पाते ही तुमको काटता।

ये घिनौना खेल देख मैंनें भी घुर्राते हुए छलांग मारकर तुम्हारी माँ और तुम पर हमले कर रहे लकड़बघ्घों में से एक को अपने पंजों से

घायल कर तुम दोनों को अपने पीछे कर लिया। मुझे क्रोध से घुर्राता देख शाका मेरी ओर आया और बोला।

शाका : मुझे तुम्हारा धन्यवाद करना है।

मैं थोड़ा चौंका!

शाका : हाँ, तुम्हारा ही धन्यवाद करना है क्योंकि तुम्हारी सहायता से ही हम जग्गा तक पहुँच पाये। सिंघा ने ठीक कहा था कि यदि हम तुम नजर रखें तो जग्गा भी मिल जायेगा।

तबासि : कमीने, आज तू मुझसे नहीं बचेगा।

शाका : मेरी छोड़ो, पहले अपने घायल 'जग्गा सरदार' को बचा लो, देखो, मेरे साथी कैसे उसे घायल करते जा रहे हैं मुझे तो डर है कि कहीं वो मर न जाये।

मैं जग्गा सरदार पर हो रहे चौतरफा हमलों से बचाने के लिए उस ओर लपका तो इधर खड़े लकड़बघ्घे ने तुम्हारी माँ पर हमला तेज कर दिया, जिससे तुम अपनी माँ की सुरक्षित टाँगों से निकल खुले में आ गये।

ये देख शाका तुम्हें तंग करने लगा कभी तुम्हें गिराता, कभी पटकता तो कभी हवा में उछालता और फिर सूँघने लगता कि तुम जीवित हो या मृत। इसी बीच तुमने एक पंजा उसकी नाक में मार दिया, जिससे वो तिलमिला उठा और फिर तुम्हें बुरी तरह काटने लगा। अपने को बचाने के लिए तुमने अपने चारों पैर ऊपर कर रक्षात्मक स्थिति ली परन्तु तुम इतने छोटे थे कि शाका को नहीं रोक पाये। उस कायर ने तुम्हारे अगली टाँगों के बीच छाती पर जोर से काटा जिससे तुम्हारा माँस छिल गया और तुम जोर से चिल्लाए।

तुम्हारे पीड़ा भरे स्वर ने घायल जग्गा सरदार में क्रोधित ऊर्जा का संचार किया जिसके फलस्वरूप उन्होंने पूर्ण शक्ति से छलांग लगाते हुए शाका पर प्रहार कर उसे दूर धकेल दिया।

जग्गा सरदार ने तुम्हें देखा, जांचा और फिर गिरते हुए शाका की ओर लपके। उनकी आँखों में क्रोध की अग्नि धधक रही थी। जग्गा सरदार शाका के पिछले बाएँ पैर पर अपने दाँतों से इतनी जोर से काटा कि उसकी हड्डी चटकने की आवाज आयी। हड्डी चटकते ही शाका का पीड़ा स्वर तुमसे भी तीव्र था।

जग्गा : कायर, एक छोटे से बच्चे पर प्रहार करता है, मेरे पुत्र पर प्रहार करता है। मैं तेरी जान ले लूँगा। (कहते ही धरती पर पड़े शाका की गर्दन पर पीछे से अपने दाँत गड़ा देता है। शाका अपने हाथ पैर छटपटाता रह जाता है।)

शाका को छटपटाता देख दूसरे लकड़बघ्घे भयभीत हो गए कि तभी एक भीषण प्रहार ने जग्गा को दूर हवा में उड़ा दिया और वो ठीक ज्वाला के पास जाकर गिरा। ये प्रहार सिंघा का था जो अब घुर्राते हुए जग्गा सरदार की ओर बढ़ रहा था। जग्गा सरदार ने अपनी ओर आ रहे सिंघा को देखा और फिर ज्वाला से कहा।

जग्गा : ज्वाला, तुम मेरे पुत्र को शीघ्र यहाँ से मनुष्यों की बस्ती की ओर ले जाओ।

ज्वाला : परन्तु आप!

जग्गा : तुम शीघ्र जाओ, नहीं तो ये राक्षस तुम्हें और हमारे पुत्र को भी खत्म कर देंगे।

ज्वाला रोते हुए तुम्हें अपने साथ लेकर मनुष्य बस्ती की ओर चल पड़ी। उस ओर खड़ा लकड़बघ्घा जैसे ही तुम्हारी ओर लपका तो जग्गा सरदार ने उसकी अगली टाँगों को अपने अगले पंजे से फँसाकर गिरा दिया और धरती पर गिरते ही उसकी गर्दन को अपने जबड़ों में दबोच लिया। लकड़बघ्घा छटपटाता रह गया परन्तु जग्गा सरदार की पकड़ ढीली नहीं हुई।

तभी पीछे से आ रहे सिंघा ने भी अपने पैने एवम् बड़े दाँत जग्गा सरदार की छाती में घुसा दिये। ये देख मैं भी एक बार फिर से सिंघा

की पिछली टाँगों पर अपने दाँतों से हमला करने लगा परन्तु इस बार सिंघा अपने दाँत जग्गा सरदार की छाती में घुसाता रहता है। मुझे स्वयं पर वार करता देख सिंघा ने लकड़बघ्घों से कहा, जाओ उन दोनों का पीछा करो और खत्म कर दो। इन दोनों को मैं देख लूँगा।

ये सुनते ही तीनों लकड़बघ्घे ज्वाला और तुम्हारे पीछे चल पड़े, उन्हें जाता देख जग्गा सरदार ने मुझे भी उस ओर जाने को कहा।

जग्गा : तबासि तुम मेरी चिंता मत करो। जाओ और उनकी रक्षा करो। शीघ्र जाओ, समय नष्ट न करो।

ये सुन मैं भी उस ओर चल पड़ा। ढलान से नीचे उतरते हुए मैंने एक बार जग्गा सरदार को देखा। सिंघा बार–बार अपने दाँतों से उन पर वार कर रहा था परन्तु उनकी नजरें मुझ पर ही थीं। जग्गा सरदार को वहाँ मरता छोड़ मैं ढलान से नीचे उतरा लेकिन एक बार फिर देखने की चाह में ऊपर आया तो पाया जग्गा सरदार की आँखें बन्द हो चुकी थीं, शायद उन्हें ये तसल्ली हो गई थी, कि मैं तुम्हारी सुरक्षा के लिये चल पड़ा हूँ। मन को पक्का कर मैं पूरी शक्ति से ढलान से नीचे की ओर भागने लगा। एक ऊँचें पत्थर पर रुककर मैं देखने लगा कि तुम सब किधर हो। पहले मुझे लकड़बघ्घे दिखे फिर ज्वाला और तुम। मैं भी उस दिशा में भागा।

लकड़बघ्घे तुम्हारे काफी करीब पहुँच गये थे। तुम्हारे कारण तुम्हारी माँ को भी धीरे–धीरे भागना पड़ रहा था। अचानक तुम्हारा पैर किसी पत्थर से टकराया और तुम लुढ़कते हुए एक समतल खेत पर पहुँच गये। तुम्हारी माँ तुम्हें देखने वहाँ पहुँची तो पाया कि लकड़बघ्घों ने तुम्हें घेर लिया है।

लकड़बघ्घा 3 : खत्म कर दो, इसको और इस पिल्ले को।

सभी लकड़बघ्घे राक्षसों की तरह तुम्हारी माँ पर टूट पड़े। लकड़बघ्घों के हमलों से तुम्हें बचाती हुई तुम्हारी माँ स्वयं घायल होती जा रही थी। तीन लकड़बघ्घे और तुम्हारी अकेली माँ। शायद तुम्हें बचाने का लक्ष्य ही उसे ये साहस दे रहा था कि वह अकेले उन

राक्षसों से लोहा ले सके। अचानक एक घातक प्रहार ने तुम्हारी माँ को धरती पर गिरा दिया जिस कारण तुम फिर एक बार खुले में आ गये परन्तु तुम्हारा साहस भी कम नहीं था। अपने पंजे को उठा और घुर्रा कर तुम भी उन्हें चुनौती दे रहे थे।

इससे पहले कि वे राक्षस तुम्हें कोई हानि पहुँचाते मैं एक लम्बी छलांग मारता हुआ तुम्हारे तथा उन लकड़बघ्घों के बीच आ गया। मैंने ज्वाला की ओर देखा और कहा।

तबासि : ज्वाला, तुम दोनों शीघ्र निकलो इन राक्षसों को मैं देखता हूँ।

ज्वाला पुनः साहस कर उठी और तुम्हें लेकर बस्ती की ओर चल पड़ी। मैं इधर तीनों का मार्ग रोके खड़ा था, जैसे ही कोई आगे बढ़ता मैं उस पर लपकता। अचानक तीनों मुझ पर टूट पड़े और घमासान हाथापाई हो गयी। मौका पाकर एक लकड़बघ्घा मुझे चकमा देता हुआ तुम्हारे पीछे दौड़ पड़ा। मैं भी उसकी ओर दौड़ा और एक ऊँची छलांग मारकर ठीक उसके गले पर वार किया जिससे उसका दम वहीं निकल गया परन्तु दो लकड़बघ्घे मुझे पीछे छोड़ तुम्हारे पीछे चल पड़े थे।

उन्हें तुम्हारे पीछे जाता देख मैं पुनः पूर्ण शक्ति से दौड़ा। मनुष्य बस्ती बस कुछ ही दूरी पर थी परन्तु सबसे आगे चल रहे लकड़बघ्घे ने तुम्हारी माँ पर पुनः हमला किया जिससे तुम्हारी माँ ढलान से लुढ़कती हुई तुम्हारे साथ सीधा मनुष्य बस्ती में पहुँच गयी और तुम्हारे पीछे लकड़बघ्घा भी। इससे पहले कि दूसरा लकड़बघ्घा भी अपने साथी की सहायता के लिए नीचे उतरता उसे मेरी छलांग के धक्के ने दूसरी तरफ खाई में धकेल दिया।

नीचे पहुँचकर तुम्हारी माँ तुम्हें खोजते हुए जोर–जोर से भौंकने लगी। तुम एक झाड़ी में फँस गये थे। इससे पहले कि तुम्हारी माँ तुम्हें निकालने जाती लकड़बघ्घे ने तुम्हारी घायल माँ पर फिर से हमला कर दिया। तुम्हारी माँ ने डट कर उसका सामना किया। मैंने सोचा नीचे जाकर इस लकड़बघ्घे को भी खत्म कर देता हूँ परन्तु

इससे पहले मैं नीचे उतरता तुम्हारी माँ के निरन्तर भौंकने से वहाँ रह रहे मनुष्य उठ कर इकट्ठे हो गये। मनुष्यों को आता देख लकड़बघ्घा भड़क गया और डंडा दिखा रही एक वृद्ध महिला पर हमला कर उसे घायल कर दिया। मनुष्यों की संख्या बढ़ती देख लकड़बघ्घा वापिस जंगल की ओर चल पड़ा। तुम्हारी माँ मनुष्यों को उस झाड़ी की ओर ले गयी जहाँ तुम फँस गये थे, चोटिल परन्तु जीवित थे। मनुष्यों ने तुम्हें उस कँटीली झाड़ी से निकाला तथा तुम्हारी घायल माँ के साथ तुम्हें बस्ती की ओर ले गये।

मुझे तुम्हारी माँ की चिन्ता हो रही थी। वह बहुत घायल थी, यदि वो न होती तो आज तुम भी जीवित न होते। तुम्हारी माँ एक बहादुर योद्धा थी। अब मुझे इन्तजार था उस अन्तिम लकड़बघ्घे का जो इस बात से बेखबर था कि मैं ऊपर उसकी प्रतीक्षा कर रहा हूँ।

जब वो ऊपर पहुँचा तो अचानक मुझे सामने देखकर घबरा गया। उसके शरीर में खून से अधिक पसीना गिरने लगा। उसने भागने का प्रयास किया परन्तु उसका प्रयास मेरे क्रोध के सामने बहुत छोटा था। भागने का प्रयास कर रहे उस लकड़बघ्घे को मैंने एक लम्बी छलांग लगाकर दबोचा और उसे भी उसके साथियों के साथ नर्क भेज दिया।

जब मैं वापिस जग्गा सरदार के पास लौटा तो वहाँ बिजली और ताची सहित दूसरे भेड़िए भी थे। सिंघा, शाका तथा दूसरे लकडबघ्घे जग्गा सरदार को वहाँ मरता छोड़ जा चुके थे। बिजली, जग्गा सरदार के पास बैठी रो रही थी और जग्गा सरदार खून से लथपथ अपनी अन्तिम साँसें ले रहे थे। शायद उन्हें मेरी ही प्रतीक्षा थी।

मुझे आता देख जग्गा सरदार ने थोड़ा सिर उठा के पूछा।

जग्गा : क्या वो ठीक है? पीड़ा से करहाते हुए...

तबासि : हाँ, सरदार वो अब सुरक्षित हैं (भावुक होते हुए)। ये सुन जग्गा सरदार ने निश्चिंत्ता से आँखें बन्द कर एक लम्बी साँस ली और फिर कहा...

जग्गा : मुझे वचन दो, तुम ताची और इस भेड़िये समूह के साथ रहोगे। इन्हें तुम्हारी आवश्यकता है, मुझे वचन दो...आँखों को बड़ा कर कहता है...

तबासि : हाँ–हाँ सरदार मैं वचन देता हूँ कि मैं हमेशा इनके साथ रह कर इनकी रक्षा करूँगा। जब तक मेरे शरीर में प्राण हैं तब तक मैं एक ढाल की भाँति प्रत्येक प्रहार से इनकी रक्षा करूँगा। वह भावुकता सहित बुलन्द स्वर में कहता है।

ये सुन जग्गा सरदार ने आँखों को बन्द कर, अपने ऊपर उठे हुए सिर को सीधे कान के बल धरती पर गिरने दिया। काफी देर से थमे आँसू छलक पड़े। जीवन में दूसरी बार किसी को खोने की पीड़ा का अनुभव हुआ। पूरा भेड़िया समूह शोक लिप्त था परन्तु बिजली की पीड़ा को कोई नहीं समझ सकता था।

बिजली : ये क्या हो गया आपको। अब आपके बिना मैं कैसे जीवित रहूँगी। काश! आपके साथ मेरे भी प्राण निकल जाते...(फूट–फूट के रोते हुए कहती है।)

वृद्ध भेड़िया : बिजली, जीवन और मृत्यु तो उस ऊपरवाले के हाथ में है। इस पर हमारा कोई वश नहीं। हमें तो जग्गा पर गर्व है कि जब तक जग्गा जीवित था उसने समूह तथा जंगल के दूसरे जीवों की रक्षा की। वो भेड़िया समूह के सरदार होने के साथ–साथ दूसरे जीव–जन्तुओं के लिए एक मसीहा भी था परन्तु अब हमें दूसरा मसीहा जाने कब मिलेगा?

तबासि : यदि ऊपर वाले ने एक मसीहा हमसे छीना है तो दूसरा मसीहा भी भेजेगा...ताची की ओर जाते हुए कहता है...फिर खाई की ओर जाकर पूर्ण चन्द्रमा को निहारता हुए मन में कहता है...क्योंकि मैं जानता हूँ कि दूसरा मसीहा जन्म ले चुका है और उसे आना ही होगा इस अधूरे अध्याय को पूरा करने।

तबासि यादों से बाहर आता है और अपनी भीगी आँखों को झटकते हुए मुड़कर बाघू के समीप जाता है।

तबासि : बाघू, कितना विचित्र है! जग्गा सरदार ने तुम्हारा नाम बाघा के नाम जैसा रखने का सोचा था और देखो इस जंगल और हमसे दूर रहने के बाद भी तुम्हारा नाम बाघा के नाम जैसा ही रखा गया...बाघू। मुझे पूर्ण विश्वास था कि तुम एक दिन अवश्य आओगे और अपने पिता की ही भांति एक बार पुनः इस जंगल में शान्ति का वातावरण स्थापित करोगे।

बाघू अपने सिर को झुकाकर पिछली टाँगों के सहारे बैठे–बैठे अपनी आँखों को बन्द किये शान्त मुद्रा में वहीं जमा रहा।

तबासि : क्या हुआ बाघू? तुम ठीक तो हो? या तुम्हें मेरी बताई बातों पर विश्वास नहीं हो रहा है।

बाघू अपने सिर को उठा कर चार कदम आगे चलता है, फिर कहता है।

बाघू : अब मुझे समझ में आ रहा है कि मैं नींद से अचानक क्यों जाग जाता था? क्यों मैं सपनों में भागता रहता था? क्यों किसी पर हो रहे अत्याचार एवम् अन्याय को मैं बर्दाश्त नहीं कर सकता।

गोटी, टीगो तथा दूसरे कुत्ते भी बाघू को भावुक होता देख स्वयं भी भावुक हो जाते हैं।

बाघू : मेरे पिता के मृत शरीर का क्या किया?

तबासि : उनके मृत शरीर को उसी स्थान पर खड्डा खोद कर वहीं धरती को समर्पित कर दिया। मैं जब भी अकेलापन अनुभव करता हूँ तो वहीं चला जाता हूँ।

बाघू : क्या तुम मुझे वहाँ ले चल सकते हो। मुझे उस स्थान को देखना है जहाँ उन्होंने अपने प्राण त्यागे थे।

तबासि : हाँ–हाँ क्यों नहीं, चलो मेरे–पीछे–पीछे आओ। मैं तुम्हें उस स्थान पर ले चलता हूँ। मुझे भी काफी समय हो गया है उस स्थान पर गए।

तबासि के पीछे बाघू तथा उनके पीछे गोटी, टीगो सहित दूसरे कुत्ते भी उस ओर चल पड़े। काफी चलने के बाद तबासि उस स्थान पर पहुँचता है।

बाघू तबासि के पीछे–पीछे जैसे ही उस स्थान के समीप पहुँचा तो उसकी टूटी–फूटी यादें उसकी आँखों के सामने आने लगीं। जिनको याद कर वो भावुक हो उठा।

तबासि : बाघू, इधर आओ, 'जग्गा सरदार' यानी तुम्हारे पिता यहाँ विश्राम कर रहे हैं।

बाघू उस स्थान को ध्यान से देखता है, भीगी आँखों को बन्द कर, अपने माथे को उस मिट्टी पर रख कुछ क्षण शान्त रहता है।

बाघू को शान्त बैठा देख टीगो तबासि से पूछता है।

टीगो : आपका नाम तबासि किसने रखा? बड़ा विचित्र नाम है।

तबासि : मेरी माँ ने, इस नाम को तेंदूए, बाघा तथा सिंघा के नामों से मिलकर बनाया है। मेरी माँ को लगता था कि मुझमें इन तीनों के गुण हैं, वैसे प्रत्येक माँ को अपना पुत्र सबसे अच्छा और श्रेष्ठ लगता है। कहता हुआ शान्त बैठे बाघू के पास जाता है।

टीगो : समझ गया...तेंदूए का **'त'**, बाघा का **'बा'** और सिंघा का **'सि'**...त–बा–सि, तबासि। गोटी एवम् स्वयं को समझाते हुए

.तबासि : बाघू उठो, अब हमें चलना होगा।

बाघू : परन्तु कहाँ?

तबासि : भेड़िया समूह की ओर। तुम्हें अब वहीं रहना है।

गोटी : भेड़ियों के साथ रहना होगा। कहीं भेड़ियों ने हम पर हमला कर दिया तो!

तबासि : तुम्हें कुछ नहीं होगा। बस तुम हमारे पीछे–पीछे रहना। किसी को घूरना नहीं। एक बार तुम्हारा उनसे परिचय करा दूँ तो फिर कोई तुम पर हमला नहीं करेगा।

टीगो : आप सच कह रहे हो न! वैसे मैं भेड़ियों से डरता नहीं हूँ पर बिना कारण लड़ना ठीक नहीं।

तबासि : ठीक है मैं भेड़ियों को समझा दूँगा कि वे तुमको परेशान न करें नहीं तो तुम्हें क्रोध आ जायेगा।

टीगो : अरे–अरे, मेरा वो मतलब नहीं था। देखो ऐसा कुछ मत कहना बस इतना...

आधी हँसी भरते हुए तबासि भेड़िये समूह की ओर चल पड़ा। पीछे–पीछे बाघू, गोटी तथा टीगो सहित दूसरे कुत्ते भी चल पड़ते हैं। दूसरे साथी कुत्ते पूरे रास्ते टीगो को सताते रहे। कभी एक कुत्ता कहता कि वो भेड़ियों को बता देंगे कि टीगो को बहुत क्रोध आता है, तो दूसरा कहता कि भेड़ियों को सलाह देगा कि वे टीगो से न उलझें नहीं तो उनकी शामत आ जायेगी। टीगो उन सबको यही समझाता रहा कि उसका वो मतलब नहीं था, जो उन्होंने समझा और अन्त में टीगो उन सबसे वचन लेने लगा कि कोई भी कुछ नहीं कहेगा।

सूर्य की पहली एवम् कोमल किरणों के साथ तबासि के पीछे बाघू, गोटी तथा टीगो सहित दूसरे शहरी कुत्ते भी भेड़िए क्षेत्र में प्रवेश करते हैं। उन्हें आता देख सभी भेड़िए हरकत में आ जाते हैं। कोई घूरता है तो कोई दबे स्वर घुर्राता है परन्तु तबासि को आगे चलता देख कोई हमला करने का साहस नहीं करता। सभी भेड़िए उनके पीछे चलने लगे।

बाघू : क्या ये भेड़िए यही रहते हैं? चलते हुए पूछता है।

तबासि : हाँ, ये सब यही रहते हैं। क्यों क्या हुआ...चलते हुए कहता है।

बाघू : ये स्थान काफी खुला–खुला है, सुरक्षा की दृष्टि से ठीक नहीं। कोई भी शत्रु सरलता से इन पर नजर रख सकता है।

तबासि : तुमने ठीक सोचा। वास्तव में ये भेड़ियों का मुख्य क्षेत्र नहीं है। जो मुख्य क्षेत्र था वहाँ पर अब लकड़बघ्घों ने कब्जा कर

लिया। उस क्षेत्र को बचाते हुए ही भेड़ियों का नया सरदार ताची यानि तुम्हारा भाई बहुत घायल हो गया था। अब ये सारे भेड़िये अपनी जान बचाने के लिए एक स्थान से दूसरे स्थान घूमकर खानाबदोशों का–सा जीवन व्यतीत कर रहे हैं।

टीगो : अरे! ये भेड़िए हमारे पीछे–पीछे क्यों आ रहे हैं...पीछे देखते हुए कहता है।

गोटी : टीगो, पीछे मत देखो। यदि उनकी आँखों में आँख डालोगे तो वे तुम पर हमला कर देंगे।

तबासि : कहीं इनको ये पता तो नहीं चल गया है कि तुम इनसे नहीं डरते।

टीगो : ये किसने कहा? तुमने कहा होगा। मैं ऐसा क्यों कहूँगा भला।

तबासि को आता देख बिजली सहित दूसरे भेड़िए खड़े हो जाते हैं तथा विश्राम कर रहा ताची भी लड़खड़ाते हुए वहाँ पहुँचता है।

बिजली : तबासि, ये सब कौन हैं और यहाँ क्या कर रहे हैं?

तबासि : ये सब भेड़िए समूह में शामिल होकर इस समूह को संख्या बल एवम् शक्ति देंगे।

भेड़िया सदस्य : ये कुत्ते हम भेड़ियों को शक्ति देंगे। ध्यान से देखो इन्हें, ये तो जंगली भी नहीं हैं। हँसते हुए कहता है।

बिजली : मैं समझती हूँ कि तुम्हें भेड़िए समूह की कितनी चिन्ता है, ताची के पिता की मृत्यु के बाद तुमने समय–समय पर इस समूह की रक्षा की। यदि तुम लकड़बघ्घों के पिछले हमले में समय पर नहीं पहुँचते तो आज ताची हमारे बीच जीवित नहीं होता ...उस भयानक पल को याद करती है और भीगी आँखों को बन्द कर लेती है।

तबासि : मेरा विश्वास करो और ध्यान से देखो इनको, इनमें तुम्हें आशा की किरण नजर आयेगी। बिजली की ओर जाकर उसके साथ खड़ा होकर कहता है।

बिजली और ताची सहित सभी भेड़िए उनकी ओर देखने लगते हैं। बिजली और वृद्ध भेड़िया बाघू को देख चौंक कर समान भाव में एक साथ पूछते हैं...ये कौन है?

तबासि : ठीक पहचाना। यही है वो आशा की किरण जिसकी प्रतीक्षा मुझे और इस भेड़िए समूह को थी।

इससे पहले कि तबासि कुछ और बताता कि एक भेड़िया सदस्य क्रोध में सामने आता है।

भेड़िया सदस्य : ये शहरी कुत्ते भेड़ियों के लिए आशा की किरण हैं ये लकड़बघ्घों से लड़ने में हमारी सहायता करेंगे। अभी बताता हूँ कि कितने शक्तिशाली हैं ये शहरी कुत्ते...घुर्राते हुए गोटी पर लपकता है।

किन्तु तभी फुर्ती से बाघू, गोटी के आगे खड़ा होकर घुर्राते हुए भेड़िये को घूरने लगता है। बाघू को घूरता देख भेड़िया क्रोधित होकर अधिक शक्ति से घुर्राने लगता है उसे घुर्राता देख बाघू भी घुर्राना प्रारंभ करता है।

बाघू की धीमे से तीव्र होती घुर्राहट ने शान्त वायु में कम्पन पैदा कर सबको चकित कर दिया। हमला कर रहा भेड़िया स्वतः ही दो कदम पीछे हुआ और चकित आँखों से उसे देखने लगा। घुर्राते हुए बाघू के दोनों कान ध्वज की तरह खड़े, पूँछ तनी तथा शरीर तिरछा तना हुआ था। वह तिरछी नजरों से निरन्तर घुर्राता हुआ गोटी पर हमला करने वाले भेड़िये को घूर रहा था।

बिजली : ये कौन है? ऐसी घुर्राहट एक कुत्ते की नहीं हो सकती।

तबासि : ये वही है जिसको लकड़बघ्घों के हमलों से बचाने के लिये मैं कुछ समय पूर्व मनुष्य बस्ती की ओर गया था...हाँ, यही है जग्गा सरदार का दूसरा पुत्र..."बाघू"।

ये सुन सब चकित रह जाते हैं।

बिजली बाघू के समीप जाकर उसे अच्छी तरह निहारती है। कुछ स्मरण कर कहती है...

बिजली : हाँ, उस दिन जब मैं ताची के पिता के समीप बैठी रो रही थी। मैंने उनसे पूछा था कि तुम्हें छोड़कर तबासि कहाँ चला गया, तो उन्होंने मुझे बताया था कि तबासि उनके पुत्र को बचाने गया है। तब मुझे लगा था कि अधिक घायल होने के कारण वो सामने खड़े ताची को नहीं पहचान पा रहे। मुझे क्या पता था कि वो इस पुत्र के बारे में बता रहे थे।

वृद्ध भेड़िया : वहीं आँखें, जोश, साहस तथा वही निडरता। ये सब गुण जग्गा सरदार में भी थे परन्तु हम कैसे विश्वास करें कि यही जग्गा सरदार का दूसरा पुत्र है।

तब तबासि बिजली, ताची तथा वृद्ध भेड़िए सहित सभी भेड़ियों को उस दिन की घटना के बारे में बताता है। सब ध्यान से उस घटना को सुनते हैं।

सारा घटना क्रम सुनने के पश्चात् ताची, बाघू के समीप जाता है।

ताची : बाघू, मेरे छोटे भाई, तुम्हारा भेड़िया समूह में स्वागत है। क्या हुआ यदि हमारी माँ एक नहीं किन्तु हमारे शरीर में बहने वाला रक्त तो एक ही है।...ये कहते हुए बाघू के गले लगता है।

बिजली : बेटा, मुझे तुम्हारी माँ के लिए दुःख है। वह निश्चित ही एक बहादुर योद्धा थीं। उनका बलिदान व्यर्थ नहीं गया। तुम्हें जीवित देखकर मैं बहुत खुश हूँ।

तबासि : अब बातें बहुत हो गयीं। इन सब ने कल रात से कुछ नहीं खाया है और ये सब बहुत थके हुये भी हैं। पहले कुछ भोजन पानी करा दो फिर बातें करते रहना।

बिजली : हाँ–हाँ क्यों नहीं। बाघू और तुम सब भी मेरे साथ इधर आओ। हमारे पास कुछ ताजी मुर्गियाँ हैं, इन्हें खाकर अपनी भूख मिटा लो फिर विश्राम कर लेना...कहते हुए अन्दर गुफा में ले जाती है पर गुफा के अंदर पहुंचकर टीगो मुर्गियों को देखकर चौक जाता है।

टीगो : अरे! ये तो कच्ची मुर्गियाँ हैं। इन्हें बताओ कि हम कच्चा माँस नहीं खाते। धीरे से गोटी के कान में कहता है।

गोटी : अबे, तू शहर में नहीं जंगल में है, जो मिल रहा है, चुपचाप खा ले। देख, बाकी कुत्ते भी तो खा रहे हैं।

टीगो भी आधे मन से उस कच्चे माँस को खाने लगता है। बिजली और वृद्ध भेड़िया तबासि के समीप जाते हैं।

बिजली : तबासि, ताची अभी घायल है और समूह को एक नेता चाहिए। क्या बाघू इस समूह का नेता बनेगा?

वृद्ध भेड़िया : क्यों नहीं। ताची ने भी लगभग इसी आयु में इस जिम्मेदारी को सम्भाला था। तुम्हारी जानकारी के लिए बता दूँ कि भेड़ियों की तुलना में कुत्तों के बच्चे जन्म भी शीघ्र लेते हैं और वयस्क भी शीघ्र हो जाते हैं। बाघू अब एक युवा कुत्ता है जो कुछ समय बाद एक वयस्क भेड़िया भी बन जायेगा।

तबासि : बाबा, आपने ठीक कहा परन्तु समूह की कमान सँभालने से पहले उसे इस जंगल के नियम तथा यहाँ जीने का ढंग समझना होगा। बाघू को वो शिक्षा एवम् ज्ञान लेने की आवश्यकता है जिसकी सहायता से वह प्रत्येक कठिन चुनौतियों का सामना कर सके।

ये कहते ही तबासि उस ओर चल पड़ता है जहाँ बाघू और उसके साथी भोजन के लिए गये थे। उसके पीछे–पीछे बिजली और वृद्ध भेड़िया भी चल पड़ते हैं परन्तु उनकी बातें सुन रहे कुछ युवा एवम् व्यस्क भेड़िये क्रोधित हो उठते हैं।

तारु : एक कुत्ता भेड़ियों का सरदार बनेगा, ये कभी नहीं होगा।

सदस्य भेड़िया : क्या हुआ, यदि वो जग्गा सरदार का पुत्र है, किन्तु वो पूर्ण भेड़िया तो नहीं है। केवल घुर्राने मात्र से कोई भेड़िया नहीं बन जाता।

तारु : यदि ताची घायल है और समूह को कोई नया भेड़िया सरदार चाहिए तो हम क्यों नहीं। यदि उसे भेड़ियों का सरदार बनाना है तो

उसे ये साबित करना होगा कि वो हमसे अधिक शक्तिशाली एवम् बुद्धि मान है...कहता हुआ दूसरी ओर चल पड़ता है और पीछे–पीछे दूसरे भेड़िए साथी भी।

बाघू, गोटी तथा टीगो सहित दूसरे कुत्ते भी अब बिना किसी भय के भेड़िए समूह के साथ रहने लगे। वे सारे वहीं दूसरे भेड़ियों के साथ खेलते एवम् मस्ती करते और कभी–कभी उनके साथ शिकार पर भी जाते परन्तु युवा वयस्क भेड़िए बाघू तथा उसके साथियों को पसन्द नहीं करते थे। वे बाघू, गोटी तथा टीगो सहित दूसरे कुत्तों के साथ खेलना और शिकार करना अपना अपमान समझते थे। लगभग दो सप्ताह बाद जब एक दिन बाघू तथा दूसरे साथी, अन्य भेड़ियों के साथ हमेशा की तरह खेल रहे थे तभी एक भेड़िए ने कहा...

भेड़िया : बाघू, खेल बहुत हुआ, चलो, असली खेल खेलने चलते हैं।

बाघू : कौन–सा असली खेल?

भेड़िया : मुझे पता चला है कि नदी किनारे बहुत सारी जंगली मुर्गियाँ देखी गयी हैं। आज उनके शिकार पर चलते हैं।

गोटी : अरे! नहीं भई। वे जंगली मुर्गियाँ बहुत तेज और फुर्तीली होती हैं। हाथ में आती ही नहीं।

भेड़िया 2 : तभी तो कह रहा हूँ कि खेल और व्यायाम के साथ–साथ कुछ शिकार भी हो जायेगा।

टीगो : यदि इतनी मेहनत के बाद भी मुर्गियाँ हाथ नहीं आयीं तो!

भेड़िया 1 : तो फिर हम नदी से मछली पकड़ लेंगे और नदी में नहा धो कर तरो ताजा भी हो जायेंगे। आजकल गर्मी भी बहुत है।

बाघू : ये सही कह रहा है। हमें कभी–कभी समूह से बाहर जाकर भी खेलना चाहिए। चलो इसी बहाने शिकार का अभ्यास भी हो जायेगा।

गोटी सहित दूसरे कुत्ते भी भेड़ियों के साथ नदी किनारे की ओर चल पड़ते हैं। टीगो भी उन्हें समझाते–समझाते उनके पीछे चल पड़ता

है। नदी पर पहुँचने से पूर्व ही भेड़ियों को जंगली मुर्गियाँ नजर आ जाती हैं।

भेड़िया 1 : बाघू वो देखो, वो रही जंगली मुर्गियाँ, देखो कितनी सारी हैं।

भेड़िया 2 : मेरे तो मुँह में पानी आ रहा है।

बाघू : शोर नहीं। शान्त रहो, उन्हें यदि हमारी भनक भी लग गयी तो वे सारी भाग जायेंगी। हमें चुपचाप उनके समीप पहुँचना होगा।

टीगो : परन्तु पास पहुँचेगें कैसे? झाड़ियाँ तो यहीं तक हैं। जहाँ वो सारी मुर्गियाँ पानी पी रही है वहाँ तो रेतीला और खुला मैदान है। जैसे ही हम झाड़ियों से बाहर निकलेंगे वो हमें देख लेंगी और उड़ कर नदी के पार चली जायेंगी।

गोटी : बाघू, ये ठीक कह रहा है।

कुत्ता : हाँ बाघू, टीगो ठीक ही कह रहा है हम बेकार ही मेहनत करेंगे।

टीगो : शुक्र है तुम सबने मेरी कोई बात तो मानी, अब चलो यहाँ से चलते हैं।

बाघू : नहीं, रुको, अब यहाँ आये हैं तो प्रयास करके ही वापस जायेंगे। ध्यान से सुनो, मैं उन दूर–दूर पड़े छोटे–मध्यम पत्थरों के सहारे मुर्गियों तक पहुँचने का प्रयास करूँगा और तुम सब इस ओर रेत पर पड़े बड़े पत्थरों के पीछे छिप कर उन तक पहुँचोगे। समीप पहुँचकर हम उनका, हमारी ओर आने की प्रतीक्षा करेंगे। जैसे ही वो हमारे समीप पहुँचेंगीं, हम उन्हें पकड़ लेंगे।

भेड़िया : उत्तम, ये तो हमने सोचा ही नहीं! सच में बाघू तुम बहुत समझदार हो।

टीगो : मैं भी वही बताने वाला था...पर इससे पहले कि वह अपनी बात पूरी कर पाता सभी बाघू की बताई योजना अनुसार पत्थरों की ओर चल पड़ते हैं और टीगो बड़बड़ाता रह जाता है।

बाघू मुर्गियों पर नजर रखता हुआ बाईं ओर से आगे बढ़ा और झाड़ियों के समीप वाले पत्थर के पीछे छिप गया। जैसे ही मुर्गियाँ दाने चुगने या पानी पीने लगतीं वह अवसर पाते ही एक लम्बी छलांग मार दूसरे पत्थर के पीछे छिप जाता। दूसरी ओर भेड़िए व बाकी कुत्ते श्रृंखला में पड़े बड़े पत्थरों के सहारे आगे बढ़ने लगे। अब जंगली मुर्गियाँ दाईं और बाईं ओर से घिर गयीं परन्तु इससे पहले कि बाघू तथा भेड़िए जंगली मुर्गियों को पकड़ते, टीगो को जोर से छीकें आ गयी।

टीगो : आं–छी–आं–छी–आं–छी।

छींक की आवाज सुन जंगली मुर्गियाँ सचेत हो गयीं और उड़ कर नदी के उस पार चली गयीं। मुर्गियों को उड़ता देख सभी टीगो को क्रोध से देखने लगे।

टीगो : अरे, मैं तुम्हें बताना भूल गया कि मुझे सुबह से ही जुकाम था।

गोटी : टीगो तुम हमेशा बना बनाया काम बिगाड़ देते हो?

भेड़िया : अब हम कभी शिकार पर तुम्हें साथ लेकर नहीं आयेंगे।

बाघू : चलो कोई बात नहीं, हम कहीं और चलकर शिकार ढूँढ़ते हैं।

भेड़िया सदस्य : हाँ, उस ओर चलते हैं, शायद उस ओर भी कुछ मुर्गियाँ हो सकती हैं।

बाघू सहित सभी उस दिशा में चल पड़ते हैं परन्तु उस ओर पहुँच कर उन्हें कुछ आवाजें आने लगीं। बाघू नजर घुमाता है तो पाता है कि नदी के पार कुछ भेड़िए दूसरे भेड़ियों को सता रहे हैं।

बाघू : ये युवा भेड़िये तो हमारे समूह के लग रहे हैं परन्तु वे दूसरे भेड़ियो को तंग क्यों कर रहे हैं?

भेड़िया 1 : हाँ, ये युवा वयस्क भेड़िये तारू तथा उसके मित्र हमारे समूह के ही हैं। जिन दो भेड़ियों को वे तंग कर रहे हैं वो बिन्दिया चाची और उनकी बेटी तितली हैं। तारू और उसके मित्र बार–बार उन्हें तंग करने वहाँ चले जाते हैं।

बाघू : बिन्दिया चाची और तितली! ये कौन हैं पहले कभी इनको समूह में देखा नहीं।

भेड़िया 2 : बाघू, बिन्दिया चाची, भूरा चाचा की पत्नी हैं जिन्होंने जग्गा सरदार के साथ विश्वासघात किया और तितली उनकी बेटी।

बाघू : परन्तु ये दोनों समूह से बाहर क्यों रहती हैं। नदी के उस पार रहने से उन्हें लकड़बघ्घों से जान का खतरा है।

भेड़िया 1 : तुम्हारे पिता के गायब होने के पश्चात् भेड़िया समूह में अधिकतर भेड़ियों ने इन दोनों को भी दोषी माना और इन दोनों को समूह से बाहर निकाल दिया, विवश होकर इन दोनों को नदी के उस पार जाना पड़ा।

बाघू : उस ओर जाने का मार्ग कहाँ से है?

भेड़िया : दूर उस तरफ नदी का पानी छिछला है जहाँ से नदी पार कर सकते हैं। वहीं से इन युवा वयस्क भेड़ियों ने भी नदी पार की है।

बाघू : वहाँ जाने में बहुत समय लगेगा, क्या कोई दूसरा मार्ग नहीं?

भेड़िया : नहीं, इधर से नदी बहुत गहरी है और डूबने का भी खतरा है।

गोटी : बाघू, देखो इस ओर नदी की चौड़ाई कम है। तुम यहाँ से जा सकते हो।

भेड़िया : परन्तु बाघू इस गहरी नदी को कैसे पार करेगा यहाँ तो कोई पुल भी नहीं है।

गोटी : तुम देखते जाओ बस।

बाघू नदी से झाड़ियों की ओर जाता है। एक नजर नदी को देखकर लम्बी साँस भरते हुए पूरी शक्ति से नदी की ओर दौड़ने लगता है। नदी के किनारे पर एक पत्थर को प्लेटफार्म की तरह उपयोग कर एक ऊँची एवम् लम्बी छलांग लगाता है। बाघू की यह छलांग नदी की चौड़ाई को छोटा कर देती है और वह दूसरी ओर सरलता से पहुँच जाता है।

भेड़िए बाघू की इस छलांग को देखकर चकित रह जाते हैं, फिर नदी के उस भाग की ओर चल पड़ते हैं जहाँ से नदी का पानी छिछला है ताकि वे सभी सरलता से नदी पार कर उस ओर बाघू की सहायता के लिए जा सकें।

इधर तारू सहित उसके मित्र बिन्दिया और उसकी बेटी तितली को सता रहे थे।

तारू : अरे बिन्दिया चाची कितनी बार कहा है हमें देखकर घबराया मत करो, हम तो यहाँ तुम्हारी सहायता के लिए आते हैं।

बिन्दिया : तारू मैं कहती हूँ चले जाओ यहाँ से। हमें तुम्हारी कोई सहायता नहीं चाहिए...क्रोध से कहती है।

तारू : अरे चाची वृद्ध अवस्था में इतना जोश एवम् क्रोध अच्छा नहीं होता। एक बार फिर से मेरे प्रस्ताव पर विचार करना। मैं तुम्हें विश्वास दिलाता हूँ कि तुम दोनों एक बार फिर से भेड़िया समूह में शामिल हो जाओगे...तितली के समीप जाकर उसके कान में कहता है।

तितली : सुना नहीं तुमने, क्या कहा मेरी माँ ने, चले जाओ यहाँ से। हमें तुम्हारे किसी प्रस्ताव में रुचि नहीं है।

भेड़िया : तारू, इसे तो अपनी माँ से भी अधिक क्रोध आता है। हमें आँखें दिखा रही है।

तारू : मैं भी तो बिन्दिया चाची को वही समझा रहा था कि जोश एवम् क्रोध युवाओं को ही शोभा देता है। देखो, तितली क्रोध में कितनी सुन्दर लगती है। बिन्दिया की ओर जाते हुए कहता है।

तितली : तारू मुझे कमजोर न समझना। मैं भूरा की पुत्री हूँ। तुम जैसे भेड़ियों से निपटना बहुत अच्छी तरह जानती हूँ।

भेड़िया : बहुत हुआ तारू, हमारे बार–बार समझाने पर भी तितली और उसकी माँ हमें चुनौती दे रही हैं। मैं, आज इन दोनों को सबक सिखा कर ही रहूँगा। कहते ही तितली पर छलांग मारता है।

तितली छलांग से बचती दूसरी ओर कूद जाती है परन्तु भेड़िया सीधा पत्थर से टकराकर आंशिक घायल होकर पीड़ा से कराह उठता

है। तितली घुर्राते हुए तारू तथा उसके दूसरे मित्रों को घूरने लगती है।

तारू : बस, तितली तुमने अभी तक मेरा अच्छा रूप ही देखा है परन्तु आज मैं तुम्हें अपना भयानक रूप भी दिखाऊँगा। मैं आज तुम्हारी माँ यानी बिन्दिया चाची को मारकर तुम्हें इस क्षेत्र में अकेला कर दूँगा और तुम्हें अन्तिम अवसर दूँगा मेरे प्रस्ताव पर सोचने का ...कहते ही बिन्दिया पर तीव्र छलांग लगाता है परन्तु इससे पूर्व वह बिन्दिया को घायल कर पाता एक मध्यम धक्का उसे दूर धरती पर धकेल देता है।

तारू सँभलते हुए उठकर देखता है तो पाता है कि बाघू, तितली और बिन्दिया के ठीक आगे खड़ा है।

बाघू : तारू, जीवन और मृत्यु तो ऊपर वाले के हाथों में है तुम क्यों उसके कार्य में दखल देते हो।

तारू : तू कहाँ से आ गया। चलो अच्छा ही हुआ पहले तुझे खत्म कर दूँ क्योंकि जब से तू भेड़िये समूह में आया है मुझे एक आँख नहीं भाया। यदि उनको तेरा मृत शरीर नदी के इस ओर मिला तो उन्हें लगेगा कि तेरी मृत्यु का कारण कोई लकड़बघ्घा है...क्रोध एवम् ईर्ष्या भरे स्वर में कहता है।

बाघू : ठीक कहा तुमने, तुम्हारी मृत्यु पर भी उन्हें ठीक ऐसा ही लगेगा।

ये सुनते ही तारू क्रोधित होकर बाघू पर झपट पड़ता है। दोनों में भीषण मलयुद्ध प्रारम्भ हो जाता है। बाघू बड़े ही सहज भाव से तारू को टक्कर दे रहा था। ऐसा प्रतीत नहीं हो रहा था कि बाघू, तारू के प्रहारों से विचलित हो रहा हो। किन्तु दूसरी ओर तारू अधिक क्रोधित एवम् आक्रमक लग रहा था। इस भीषण मलयुद्ध में तारू कई बार मुँह के बल गिरा परन्तु बाघू ने तारू पर जान लेवा प्रहार नहीं किया। तारू को बार–बार नीचे गिरता देख उसके मित्र भी उसकी सहायता के लिए बाघू पर प्रहार करने लगे। बाघू अभी भी बड़े सहज भाव से उनसे बचने के साथ–साथ उन पर प्रहार भी करता रहा।

तितली ने चाहा कि वह बाघू की सहायता करे परन्तु बिन्दिया ने रोक लिया। इसी बीच बाघू का पैर पीछे एक पत्थर से टकराया और वह मुँह के बल पीछे गिर गया। अवसर पाते ही तारू ने बाघू की गर्दन को निशाना बनाते हुए उस पर छलांग लगा दी परन्तु उससे पहले ही बाघू ने गजब की फुर्ती दिखाई और लुढ़ककर दूसरी ओर निकल गया। तारू के पैने दाँत आपस में ही कटकटाते रह गये।

बाघू की फुर्ती देख तितली और बिन्दिया बहुत प्रभावित हुईं।

तारू जैसे ही सँभलकर पुनः प्रहार के लिए खड़ा हुआ तो अपने सामने तबासि को देख रुक गया।

तबासि : बस, बहुत हुआ। घुर्राना बन्द करो और भेड़िया समूह की ओर लौट जाओ।...आँखों को बड़ा करते हुए कहता है।

तारू : परन्तु, तबासि पहले इसने मुझे उकसाया था। मैं इसे नहीं छोड़ूँगा। क्रोधित आँखों से बाघू को घूरते हुए कहता है।

तितली : नहीं–नहीं तबासि, पहले तारू और इसके मित्रों ने हमें तंग किया और हम पर जानलेवा हमला किया। बाघू ने तो इनसे हमारी रक्षा की है।

तारू : तबासि ये झूठ बोल रही है।

तबासि : कौन झूठ बोल रहा है और कौन सच, ये मैं अच्छी तरह समझ गया हूँ। अब तुम्हारी भलाई इसी में है कि तुम अपने मित्रों के साथ यहाँ से चले जाओ।

तारू अपने क्रोध को पीता हुआ अपने मित्रों के साथ वहाँ से चला जाता है। इसी बीच टीगो, गोटी तथा दूसरे कुत्ते सहित बाकी भेड़िये भी वहाँ पहुँचते हैं और बाघू को घायल देख हैरान हो जाते हैं।

गोटी : क्या हुआ बाघू ये घाव कैसे?

टीगो : क्या इन भेड़ियों ने तुम पर हमला किया?

बाघू : कुछ नहीं हुआ। ये घाव मामूली हैं मैं एकदम ठीक हूँ...कहते हुए एक वृक्ष के नीचे जाकर बैठ जाता है।

तबासि : बाघू, मुझे पता है तुम्हारी मंशा इनकी रक्षा करनी थी परन्तु जोश में होश भी रखना आवश्यक होता है। तुम युवा हो परन्तु वे सभी वयस्क हैं। युवा और वयस्क में बहुत अन्तर होता है। बाघू की ओर जाते हुए...

बाघू : युवा और वयस्क में क्या अन्तर होता है। क्या हुआ यदि वे वयस्क हैं, मैं उनसे नहीं डरता। दूसरी तरफ जाते हुए कहता है।

तबासि : युवा और वयस्क में अन्तर होता है। "बाघू, युवा में जोश होता है परन्तु वयस्क में जोश के साथ–साथ अनुभव और क्रूरता भी होती है। युवा को केवल प्रारम्भ का पता होता है परन्तु वयस्क एवम् अनुभवी को प्रारम्भ के साथ परिणाम का भी ज्ञान होता है। तारू के कई बार गिरने पर भी तुमने उस पर जानलेवा प्रहार नहीं किया परन्तु तुम्हारे एक बार गिरने पर ही वह तुम पर टूट पड़ा। यदि तुम्हारे स्थान पर कोई और होता तो उसकी गर्दन तारू के जबड़ों में होती, फिर उसकी मृत्यु निश्चित थी।

गोटी : बाघू, तबासि बिलकुल ठीक कह रहे हैं। हम ये भूल जाते हैं कि ये जंगल है शहर नहीं।

तबासि : तुम सब मेरे छोटे भाई जैसे हो। जब तक मैं जीवित हूँ कोई तुम्हारा बाल भी बाँका नहीं कर सकता परन्तु संकट को निमंत्रण देना उचित नहीं।

बाघू : आप ठीक कह रहे हो। आगे से मैं इस बात का ध्यान रखूँगा।

तबासि : बहुत अच्छे। हाँ, अब तुम सब समूह में लौट जाओ और भोजन करके शीघ्र सो जाना, क्योंकि कल सुबह मेरे साथ चलना है।

टीगो : क्यों? कल सुबह कहाँ जाना है?

गोटी : शिकार पर जाना है और कहाँ?

तबासि : वो तुम सबको कल सुबह पता चल जायेगा, अभी जाओ।

बाघू कुछ सोचता है फिर समूह की ओर चल पड़ता है। पीछे–पीछे गोटी, टीगो तथा दूसरे कुत्ते सहित भेड़िए भी समूह की ओर चल पड़ते हैं।

उन्हें जाता देख बिन्दिया तबासि के समीप आती है।

बिन्दिया : तबासि, कौन है ये युवा, बाघू? पहले कभी इसे भेड़िए समूह में नहीं देखा। पूर्ण भेड़िया भी नहीं लगता किन्तु तेवर, जोश और साहस भेड़ियों जैसे ही हैं। इसे लड़ते देखा तो किसी की याद आ गयी।

तबासि : आपने शायद ठीक से देखा नहीं। यही है 'जग्गा सरदार' का दूसरा पुत्र "बाघू" और भेड़ियों का नया रखवाला।

बिन्दिया : जग्गा सरदार का दूसरा पुत्र?

फिर तबासि बिन्दिया को पूरी कहानी सुनाता है। बिन्दिया सहित तितली भी उस कहानी को सुन हैरान हो जाती है।

यादों से लौटते हुए तबासि बिन्दिया को कहता है।

बिन्दिया तुम्हें ये जान कर हैरानी होगी कि अपनी माँ की कोख में बाघू का अस्तित्व तितली के पश्चात् हुआ परन्तु बाघू का जन्म तितली से एक माह पूर्व था। उसे ये भी पता है कि तितली के पिता के कारण उसके पिता की मृत्यु हुई।

बिन्दिया : ईश्वर बाघू को शक्ति, साहस और दीर्घ आयु दे ताकि भेड़ियों के साथ जंगल में रहने वाले दूसरे जीव एक बार पुनः शान्ति से रह सकें।

तबासि : मुझे भी यही आशा है, कहता हुआ भेड़िये समूह की ओर चल पड़ता है।

तबासि को जाता देख बिन्दिया और तितली उसी ओर देखने लगीं परन्तु तितली बाघू के आने, तारू से लड़ने तथा उसके जाने के दृश्यों का स्मरण कर खो जाती है।

सूर्य की कोमल किरणों के साथ नया दिन आरम्भ होता है। तबासि के पीछे बाघू, गोटी तथा टीगो सहित दूसरे कुत्ते एक अनजान स्थान की ओर जा रहे थे। वे सभी आश्चर्य मुद्रा में एक–दूसरे के मुख को देख रहे थे परन्तु कोई भी तबासि से प्रश्न नहीं पूछ रहा था कि वह उन सबको कहाँ ले जा रहा है। कुछ देर चलने के पश्चात् बाघू अचानक रुक कर तबासि से परेशान मुद्रा में पूछता है।

बाघू : क्या आप हमें बतायेंगे कि आखिर हम कहाँ जा रहे हैं?

गोटी : हाँ, मैं भी वही पूछना चाहता था।

टीगो : इस कंटीले और चढ़ाई वाले मार्ग पर चलते–चलते मेरे शरीर में पानी की कमी हो गयी है।

तबासि : बस हम पहुँच ही गये हैं। इस चोटी पर पहुँचते ही तुम सबको सब समझ आ जायेगा।

बाघू के पीछे सभी उस चोटी पर चढ़ने लगे जहाँ पर तबासि पहले से खड़ा था। चोटी पर पहुँचते ही सबकी नजर दो मुख्य द्वारों पर पड़ती है, जिस पर कुछ लिखा था। टीगो और गोटी दोनों आगे बढ़कर मुख्य द्वार पर लिखा पढ़ते हैं।

टीगो : पूर्व दिशा में, **"सावधान विद्यालय"** में आपका स्वागत है।

गोटी : पश्चिम दिशा में, **"विश्राम विद्यालय"** में आपका स्वागत है।

बाघू : "सावधान विद्यालय" और "विश्राम विद्यालय"! आप हमें यहाँ क्यों लेकर आये हैं?

तबासि : बाघू, शहर और जंगल के जीवन में अन्तर होता है। अब तुम शहर में नहीं हो, इसलिए जंगल में जीने के ढंग तुम्हें तथा तुम्हारे साथियों को सीखना होगा, साथ–साथ तुम सबको कुछ युद्ध कौशल सीखने की भी आवश्यकता है। इस ज्ञान के बिना जंगल में जीवित रहना सरल नहीं है।

बाघू : परन्तु ये सब हमको सिखायेगा कौन?

गोटी : हाँ, यहाँ तो कोई नजर नहीं आ रहा है।

तबासि : गुरु 'भालूका' जो सावधान विद्यालय के गुरु हैं और गुरु 'भालूचा' जो विश्राम विद्यालय के गुरु हैं।

टीगो : लगता है दोनों गुरुओं को भालूओं से बहुत लगाव है तभी तो अपने नाम भी भालू जैसे ही रखे है एक 'भालूका' तो दूसरा 'भालूचा'।

तबासि : वे दोनों असल में भालू ही हैं। तेज, बलवान और निडर। यहाँ तक कि सिंघा और बाघा भी इनसे लड़ाई मोल नहीं लेते। किसी समय में दोनों बहुत अच्छे मित्र थे परन्तु आज एक–दूसरे को देखते हैं तो क्रोधित हो जाते हैं, जैसे कोई शत्रु को देख कर होता है।

बाघू : दोनों अच्छे मित्र थे, तो शत्रु कैसे बन गये?

तबासि : बहुत समय पहले की बात है जब दोनों युवा थे और एक साथ ही रहते थे। एक दिन जब ये दोनों साथ–साथ जंगल का भ्रमण कर रहे थे तो दोनों ने सिंघा को एक हिरन के बच्चे को तंग करते देखा। हिरन की माँ दूर से सब देख रही थी परन्तु सिंघा के पास जाने का साहस नहीं कर पायी। उस समय सिंघा अपने युवा जोश में इस तरह की हरकतें अकारण ही करता रहता था परन्तु जब 'भालूचा' और 'भालूका' ने यह देखा तो उनसे रहा नहीं गया और दोनों ने जाकर सिंघा को रोकना चाहा।...कहता हुआ यादों में खो जाता है

भालूचा : सिंघा तुम्हें ये शोभा नहीं देता कि तुम अकारण ही किसी निर्बल को तंग करो।

भालूका : हिरन का ये बच्चा बहुत छोटा है यदि तुम इसी तरह इसे अपने पंजों से गिराते और उठाते रहे तो ये अकारण ही मर जायेगा।

ये सुन सिंघा क्रोधित होकर तेज स्वर में घुर्राया और हिरन के बच्चे को दूर फेंक दिया। बच्चे का सौभाग्य था कि वह धरती पर गिरा परन्तु उसे चोट नहीं आयी और वह भाग कर अपनी माँ के पास चला गया।

सिंघा : तुम दोनों भालूओं ने मेरे खेल में बाधा डाली है। इसका दण्ड तुम दोनों को भुगतना होगा।

भालूका : देखो सिंघा हमने तुम्हें केवल बच्चे को छोड़ने को कहा था, ताकि उसे अकारण कोई हानि न हो।

भालूचा : ये ठीक कह रहा है, हमारा तुमसे कोई लड़ाई का इरादा नहीं था।

सिंघा : तुम दोनों कौन होते हो मुझे समझाने वाले। क्या तुम नहीं जानते कि मैं इस जंगल का राजा हूँ।

भालूका : राजा हो तो, तो राजा का कर्तव्य भी निभाओ। प्रजा पर अत्याचार ठीक नहीं होता।

सिंघा : तुम दोनों मेरे क्रोध को अधिक हवा दे रहे हो। अब पहले, मैं तुम दोनों को सबक सिखा देता हूँ फिर बाकी प्रजा को भी देख लूँगा।...कहते ही भालूचा पर झपटता है जो सुस्त प्रतीत हो रहा था परन्तु सिंघा को अपनी ओर आता देख भालूचा अपना शक्तिशाली पंजा उसकी छाती पर मारकर लुढ़कता हुआ दूसरी ओर चला गया। पंजे का प्रहार सटीक एवम् भीषण था जिससे सिंघा लहुलुहान हो गया। इससे पहले वो सँभलता भालूका ने अपनी तेजी और फुर्ती से निरन्तर प्रहारों की वर्षा उस पर कर दी जिससे चौंककर सिंघा वहाँ से भाग गया।

ये दृश्य हिरन तथा उसके बच्चे के साथ जंगल में रहने वाले प्रत्येक जीव ने देखा और दोनों को बधाई दी परन्तु वृक्ष पर बैठे एक बन्दर ने यह कह दिया कि सिंघा भालूका के कारण यहाँ से भागा है। दूसरे कुछ जीवों ने भी उस बन्दर की हाँ में हाँ मिला दी।

बन्दर : यदि भालूका ने फुर्ती न दिखाई होती तो सिंघा भालूचा को खत्म कर देता।

लंगूर : हाँ–हाँ भालूचा तो सुस्त बैठा था। शायद डर गया था सिंघा से।

भैंस : काश! भालूका जैसी तेजी एवम् फुर्ती मुझमें भी होती।

ये सुन भालूचा बहुत अधिक आहत हुआ उसे लगा कि किसी ने उसके सटीक प्रहार की प्रशंसा नहीं की, जिसके कारण सिंघा लहुलुहान हो गया था। अभी वह यह सब सोच ही रहा था कि भालूका ने भी उसे कह दिया।

भालूका : देखो सब क्या कह रहे हैं मेरी तेजी एवम् फुर्ती के कारण तुम्हारी जान बच गयी, नहीं तो आज तुम्हारी ये सुस्ती तुम्हें ले डूबती।

ये सुन भालूचा बहुत क्रोधित हुआ। उसने भालूका से मित्रता तोड़ कर यहाँ अपना विद्यालय खोल दिया जिसका नाम उसने "विश्राम विद्यालय" रखा फिर कुछ युवा जीव भी उसके विद्यालय में आने लगे। ये देख भालूका ने भी उसी स्थान पर अपना विद्यालय खोल दिया जिसका नाम उसने "सावधान विद्यालय" रखा।

तबासि यादों से बाहर आते हुए कहता है।

तबासि : उस दिन से आज तक दोनों उसी स्थान में रह कर अपने–अपने विद्यालय चलाते हैं परन्तु एक दूसरे से बात नहीं करते हैं। यदि कोई विद्यार्थी दूसरे विद्यालय में शिक्षा ग्रहण करता है तो उसे अपने विद्यालय में प्रवेश नहीं करने देते।

टीगो : यदि गुरु भालूका को ये पता चल जाये कि मैं गुरु भालूचा के विद्यालय में शिक्षा ग्रहण कर रहा हूँ तो वे मेरी पिटाई तो नहीं करेंगे?

तबासि : डरो नहीं, वे ऐसा कभी नहीं करेंगे।

गोटी : परन्तु ये शिक्षा एवम् ज्ञान तो आप भी हमें दे सकते थे, जिससे हम इस जंगल में जीवित रहने के ढंग सीखने के साथ युद्ध कौशल भी सीख जाते।

तबासि : तुमने ठीक कहा, मैं तुम्हें व्यवहारिक ज्ञान देता रहूँगा परन्तु यदि किसी विद्यालय के अनुशासन में रहकर ज्ञान प्राप्त किया जाए तो परिणाम अधिक अच्छे होते हैं।

बाघू : शायद आप ठीक कह रहे हो। हमने अभी तक कोई ज्ञान किसी विद्यालय के अनुशासन पूर्ण वातावरण में प्राप्त नहीं किया। आप बतायें हमें क्या करना है?

तबासि : शाबाश, तो पहले हम गुरु भालूका के विद्यालय में चलते हैं उनका विद्यालय प्रातःकाल में शुरू हो जाता है।

सभी तबासि के पीछे–पीछे "सावधान विद्यालय" के प्रवेश द्वार से भीतर चल पड़े। भीतर पहुँचने पर तबासि इशारे से सभी को योग मुद्रा में बैठे गुरु भालूका की ओर देखने को कहता है तथा आपस में खुस–फुस कर रहे कुत्तों व भेड़ियों को अपनी आँख दिखाकर शान्त रहने का इशारा भी करता है।

गुरु भालूका को एक पैर के सहारे योग मुद्रा में खड़ा देख बाघू प्रभावित होते हुए आगे चला जाता है, जिसके कारण गुरु भालूका का ध्यान भंग होते ही वे सतर्क होकर अचानक ही हमले की मुद्रा में आ जाते हैं।

गुरु भालूका : कौन हो तुम? इस जंगल में नये लगते हो और यहाँ क्या कर रहे हो...क्रोधित स्वर में कहता है।

तबासि : गुरुजी, ये सब मेरे साथ ही यहाँ आये हैं।...आगे निकलकर कहता है।

गुरु भालूका : तबासि, क्या तुम इन सबको यहाँ लेकर आये हो? परन्तु क्यों? आश्चर्य से पूछता है।

तबासि : गुरुजी, मैं चाहता हूँ कि ये सब आपके विद्यालय में शिक्षा ग्रहण करें, जैसे आपने हमें शिक्षा देकर योग्य बनाया है। ये सभी इस जंगल में नये हैं।

गुरु भालूका : तबासि तुम भली प्रकार से जानते हो कि मैं अजनबियों को शिक्षा नहीं देता। हाँ, इन भेड़ियों को कल भेज देना।

तबासि : परन्तु, गुरुजी मेरी बात तो सुनो...

गुरु भालूका : नहीं, मुझे कुछ नहीं सुनना। आज मेरे विद्यालय का अवकाश है। जाओ और मुझे योगाभ्यास करने दो...कहते हुए पुनः दूसरे पैर पर खड़े होकर आँख बन्द कर लेते हैं।

तबासि : गुरुजी मैं बहुत आशा से इन बच्चों को आपके पास लेकर आया था, यदि आप एक बार...सामने से कहता है।

गुरु भालूका : तबासि तुम मेरे क्रोध को बढ़ा रहे हो। आँखों को खोलते हुए क्रोधित स्वर में कहते हैं।

तबासि निराश होकर सिर झुका लेता है। तबासि को निराश देख गोटी, टीगो सहित दूसरे कुत्ते एवम् भेड़िए वापस जाने लगे परन्तु बाघू गुरु भालूका की ओर जाकर सभ्य स्वर में कहता है।

बाघू : गुरु जी, ये सही है कि शिक्षक का अधिकार विद्यार्थी से अधिक होता है परन्तु अधिकार के साथ–साथ शिक्षक के कुछ कर्तव्य भी होते हैं। अधिकारों के बल पर अपने कर्तव्यों से बचना आपको शोभा नहीं देता। सुना है कि ज्ञान बाँटने से बढ़ता है परन्तु आपकी बातें सुन कर ये प्रतीत होता है कि आप अपना ज्ञान का वितरण सीमित रखना चाहते हैं और सीमित क्षेत्र में वितरित ज्ञान धीरे–धीरे लुप्त हो जाता है।

बाघू की बातें सुन गुरु भालूका अपने उठे हुए पैर को धरती पर रखते हुए बाघू से कहते हैं।

गुरु भालूका : तुम बातें तो बहुत बड़ी एवम् अच्छी करते हो, चलो देखते हैं तुममें सीखने की कितनी इच्छा है।...प्रभावित स्वर में कहते हैं।

ये सुन तबासि के मुख में भी चमक आ जाती है। वह वापस जा रहे टीगो, गोटी सहित दूसरे कुत्तों एवम् भेड़ियों को रुकने को कहता है।

गुरु भालूका, बाघू सहित सबको एक खींची रेखा के पीछे खड़े होने को कहते हैं।

गुरु भालूका : इस विद्यालय में उस विद्यार्थी के लिए कोई स्थान नहीं जो तेज और चौंक्कना नहीं है। सुस्त और आलसी कोई दूसरा

विद्यालय चुन सकते हैं...कहता हुआ अपनी कमर पर हाथ रख सीना फुला लेता है।

खींची हुई रेखा के एक छोर पर खड़ा होकर सबको निहारता है, कुछ सोचता है, फिर कड़क स्वर में कहता है।

गुरु भालूका : सावधान।

टीगो : अरे गुरुजी अपने विद्यालय का नाम इतनी जोर से क्यों ले रहे हैं...गोटी के कान में धीरे से कहता है।

गोटी : अरे मूर्ख, वे हमें सावधान होने के लिए कह रहे है। ध्यान से सुनो कि वे क्या कह रहे हैं?

गुरु भालूका : अब ध्यान से सुनो, मेरे ताली बजाते ही तुम सबको इस पहाड़ी से ठीक नीचे बह रही नदी तक जाना है और नदी से मछली पकड़ कर वापस इस पहाड़ी पर लौटकर इस सीमा रेखा तक पहुँचना है। ध्यान रहे तुम सभी में वो पाँच जो पहले मछली पकड़ कर इस सीमा रेखा तक पहुँचेंगे, उन्हीं को इस विद्यालय में प्रवेश मिलेगा...समझे!

बाघू : हम समझ गये गुरु जी।

गुरु भालूका : परन्तु, बाघू को एक के स्थान पर चार मछलियाँ पकड़कर यहाँ तक पहुँचना होगा।

ये सुनकर सभी चौंक जाते है।

तबासि : किन्तु गुरुजी दूसरी मछली पकड़ने में अधिक समय लग जायेगा। बाघू का चार मछलियों को यहाँ तक लाना बहुत कठिन है।

गुरु भालूका : यदि परीक्षा दे सकते हो तो हाँ बोलो, नहीं तो आप सभी जा सकते हो। मेरा समय नष्ट न करो...कहते हुए मुँह फेर लेता है।

बाघू : मैं तैयार हूँ। गुरुजी की परीक्षा के अनुसार मैं चार मछली लेकर ही ऊपर लौटूँगा।

गुरु भालूका : तो ठीक है, तैयार हो जाओ। कहते ही ताली बजा देता है।

ताली के स्वर को सुनते ही बाघू, गोटी, टीगो, भेड़िए तथा दूसरे कुत्ते पहाड़ी से नीचे नदी की ओर दौड़ने लगते हैं। बाघू कुछ ही क्षणों में बढ़त लेता हुआ सबसे आगे निकल जाता है। पहाड़ी की ढलान से नीचे नदी तक पहुँच कर बाघू शीघ्रता से मछली पकड़ना आरम्भ कर देता है परन्तु कई प्रयासों के बाद एक मछली उसके हाथ लगती है जिसे वह नदी से दूर एक पत्थर के समीप रख देता है। वह पीछे मुड़ कर देखता है तो पाता है गोटी, टीगो तथा दूसरे साथी भी नदी पर पहुँच कर मछली पकड़ रहे है। ये देख वह अधिक तीव्रता से प्रयास करने लगता है और सौभाग्य से एक मछली फिर उसके जबड़ों में आ जाती है। वह इस मछली को भी पहली पकड़ी हुई मछली के साथ रख देता है।

उधर दूसरे साथियों के भी सफलता के स्वर सुनाई देते हैं।

गोटी : लो पकड़ ली मैंने!

भेड़िया : मैंने भी!

कुत्ता (टॉमी) : अरे! मैंने भी पकड़ ली।

टीगो : हुर्रे! मैंने भी मछली पकड़ ली।

फिर लगभग सभी एक–एक मछली पकड़ लेते हैं।

उधर बाघू अपनी दो बची हुई मछलियों के लिये प्रयास करता जा रहा था परन्तु मछली उसकी पकड़ में नहीं आ रही थी। गोटी, टीगो सहित दूसरे भेड़िए तथा कुत्ते अपनी–अपनी मछली मुँह में दबोचे "सावधान विद्यालय" के लिए भाग लेते हैं।

उन्हें भागता देख बाघू ने पुनः नदी के पानी की ओर देखा, एकाग्रता बनाई फिर अपने अगले पंजों व मुख से एक साथ वार कर दो मछलियों को एक साथ पकड़ लिया। पहले मुख में दबोची मछली को

बाहर फेंका और फिर पंजों में दबोची मछली को मुख से पकड़ बाहर ले आया परन्तु तब तक उसके दूसरे साथी चढ़ाई पर पहुँच गये थे।

उसने तुरन्त उन पकड़ी हुई मछलियों को मुँह से पकड़ने का प्रयास किया परन्तु वे उसके मुख से फिसल जाती हैं। कई बार के प्रयासों ने उसे हताश कर दिया, फिर अचानक उसे एक उपाय सूझा और उसने रेत में एक छोटा खड्ढा खोदा जिसमें एक–एक कर सभी मछलियाँ मुँह के बल डाल दीं। मछलियों की पतली पूँछ अब ऊपर की ओर उठ गयी जिसे उसने सरलता से अपने जबड़ों में दाईं व बाईं ओर से पकड़ कर तीव्रता से "सावधान विद्यालय" की ओर भागने लगा।

विद्यालय में पहाड़ी के छोर पर खड़े गुरु भालूका और तबासि सबके आने की प्रतीक्षा कर रहे थे परन्तु पहाड़ी से ऊपर आने वालों में बाघू की अनुपस्थिति तबासि को चिन्तित कर गयी।

तबासि : गुरु जी मुझे लगता है मैंने जो आपको अभी बाघू के बारे में बताया वो मुझे पहले ही बता देना चाहिए था। शायद मुझे बताने में देर हो गयी। यदि वह पहले पाँच में नहीं पहुँचा तो आप से शिक्षा प्राप्त नहीं कर पायेगा। इस कठिन परीक्षा का कारण मैं ही हूँ।

गुरु भालूका : तबासि, तुमसे कोई भूल नहीं हुई। व्यर्थ में स्वयं को दोष मत दो। यदि बाघू सच में 'जग्गा सरदार' का पुत्र है तो वह इस परीक्षा को अवश्य उत्तीर्ण करेगा। कैसे करेगा, यह उस पर छोड़ दो...कहता हुआ, पहाड़ी के छोर पर आगे जाते हुए कहता है। तभी गुरु भालूका की नजर ऊपर आ रहे बाघू पर पड़ती है। वो देखो तबासि, बाघू आ रहा है।

तबासि ने पहाड़ी के छोर पर आगे जाकर देखा तो पाया कि बाघू तीव्रता से ऊपर की ओर भाग रहा है परन्तु ये सुनिश्चित नहीं हो पा रहा था कि वे शर्त के अनुसार चार मछलियाँ लेकर आ रहा है या

नहीं और फिर वह भी दूसरों की ही तरह वृक्षों एवम् झाड़ियों के नीचे आँखों से ओझल हो गया।

चढ़ाई पर चढ़ रहे गोटी, टीगो सहित भेड़िये तथा दूसरे कुत्ते लगभग आधी से अधिक चढ़ाई पार कर काफी थक चुके थे, जिस कारण उनकी गति धीमी हो गयी थी।

सबसे आगे दो भेड़िए, उनके पीछे गोटी, फिर दो भेड़िए, फिर टीगो सहित दूसरे कुत्ते थे। बाघू अभी आधी चढ़ाई पर भी नहीं पहुँचा था। टीगो ने तेज स्वर में सबको रुकने को कहा...

टीगो : रुको, रुक जाओ, भाईयों हमें थोड़ी–सी साँस ले लेनी चाहिए। जो जहाँ पर है वही बैठकर साँस ले लो, बाघू अभी बहुत नीचे है। यदि हम ऐसे ही भागते रहे तो हाँफ–हाँफ कर मर जायेंगे। गोटी को आँख मारते हुए कहता है।

गोटी : हाँ, तुम ठीक कहते हो। बस दो मोड़ बाद चढ़ाई समाप्त होते ही समतल मैदान आ जायेगा। समझो, हम सब पहुँच ही गये।

आगे चल रहे दोनों भेड़िए एक दूसरे को देखते हैं फिर हाँफते हुए बैठ जाते हैं।

भेड़िया (नाटू) : ठीक है थोड़ा रुक कर साँसें ले लेते हैं।

भेड़िया 2 (टानू) : परन्तु ध्यान रहे, जो जहाँ है उसे वही रुकना होगा, गुरु भालूका के विद्यालय में शिक्षा प्राप्त करना बड़े सौभाग्य की बात है और मैं इस अवसर को खोना नहीं चाहता।

परन्तु टीगो के साथ का कुत्ता जो गोटी और दो भेड़ियों के पीछे था इस विचार से असहमत होते हुए आगे बढ़ने लगा।

कुत्ता (टॉमी) : तुम सबको रुकना है तो रुको। मैं तो चलता जाऊँगा, कहते ही छोटे मार्ग से आगे चल रहे भेड़ियों के पास पहुँच जाता है।

टीगो : अरे, तुम ये क्या कर रहे हो। हमने ये कहा था कि जो जहाँ पर है वो वहीं पर बैठा रहेगा।

कुत्ता : तुमने कहा था तो तुम बैठो रहो मैं तो नहीं रुकूँगा। आखिर मुझे भी तो गुरु भालूका से शिक्षा लेनी है। तभी उसकी नजर ऊपर आ रहे बाघू पर पड़ती है।

भेड़िया : तुम ये गलत कर रहे हो।

कुत्ता (टॉमी) : तुम भी भागो वो देखो बाघू आ रहा है।

बाघू को तीव्रता से ऊपर आता देख सभी ऊपर की ओर भागने लगते हैं। ऊपर मैदान में गुरु भालूका एवम् तबासि अपनी आँखें उस मार्ग में खड़े वृक्ष पर जमा देते हैं, जहाँ से ढलान शुरू होती है। उस ढलान से सबसे पहले टॉमी ऊपर आता है फिर नाटू, फिर टानू फिर गोटी के बाद दो अन्य भेड़िए तथा अन्त में बाकी बचे कुत्ते। सब मुँह में मछली दबोचे भागे आ रहे थे परन्तु बाघू को न पाकर तबासि चिन्तित हो जाता है।

तबासि : शायद उसकी मछली गिर गयी होगी या वो मछली पकड़ ही न पाया हो कहते हुए निराशा में सिर झुका लेता है।

गुरु भालूका : नहीं तबासि तुम व्यर्थ में निराश हो रहे हो, वो देखो बाघू आ गया और मछली लेकर आ रहा है।

ढलान से ऊपर आते हुए बाघू ने जैसे ही मोड़ पर खड़े वृक्ष को पार किया तो उसकी गति में तिगुनी तेजी आ गयी जिसके अदृश्य कम्पन ने उस वृक्ष पर बैठे पक्षियों को एक साथ आकाश में उड़ा दिया। बाघू इतनी तीव्र गति से भाग रहा था कि शान्त व धीमी गति से बह रही वायु उसके शरीर के बालों को तूफान की भाँति उड़ा रही थी।

उसने अपनी तीव्रगति के बल पर पहले, सबसे पीछे भाग रहे कुत्तों को पछाड़ा, फिर टीगो को, फिर भेड़ियों को, फिर गोटी को और आखिर में टानू (भेड़िये) को एक लम्बी छलांग के सहारे पछाड़ते हुए टॉमी तथा नाटू के बाद तीसरे स्थान पर रहा। निरन्तर दौड़ ने बाघू को बुरी तरह से थका दिया और वह अपने मुँह में चारों मछलियों को

दबाए वही बैठ कर लम्बी–लम्बी साँसें लेने लगा। उसके बाकी साथी भी थकावट के साथ वहीं पस्त हो गये। उन्हें थका एवम् पस्त होता देख गुरु भालूका तबासि सहित उनके पास गये।

गुरु भालूका : इस परीक्षा को पास कर तुम पाँचों ने यह प्रमाणित किया है कि तुम पाँचों मेरे "सावधान विद्यालय" में शिक्षा ग्रहण करने योग्य हो। बाघू तुम्हारी परीक्षा दूसरों की अपेक्षा अधिक कठिन थी परन्तु तुम्हारी लगन एवम् संकल्प को देखकर मुझे गर्व है कि तुम मेरे शिष्य बनोगे।

तबासि : तो गुरुजी, क्या ये पाँचों कल प्रातः से इस विद्यालय में शिक्षा के लिए आना प्रारम्भ कर दें?

गुरु भालूका : निःसंदेह। अब इन पाँचों से अगली मुलाकात कल प्रातः ही होगी। कहते हुए निकल जाते हैं।

तबासि : बाघू, बधाई हो। सावधान विद्यालय में तुम्हें प्रवेश मिल गया। मैं तो इस शंका में था कि तुम कैसे इस कठिन परीक्षा/चुनौती को उत्तीर्ण करोगे परन्तु तुमने ये करके दिखाया।

बाघू : मेरे साथ बाकी चारों भी बधाई के पात्र हैं इनको भी सावधान विद्यालय में प्रवेश मिल गया परन्तु मुझे दूसरों के लिए खेद है।

टीगो : बाघू खेद मत करो, मुझे इस परीक्षा में पीछे रहकर अच्छा अनुभव हो रहा है।

गोटी : अच्छा अनुभव परन्तु क्यों?

टीगो : जो गुरु केवल प्रवेश से पहले इतनी कठिन परीक्षा लेते हों, जरा सोचो वे विद्यालय में प्रवेश के उपरान्त कितनी भयानक परीक्षाएँ लेते होंगे?

टीगो की इस बात को सुन सब एक–दूसरे को देखकर हँसने लगते हैं। तबासि भी मन्द–मन्द मुस्कराने लगता है, फिर अपनी हँसी को विराम देते हुए कहता है।

तबासि : वैसे टीगो जिनको सावधान विद्यालय में प्रवेश नहीं मिला, उनके पास एक अवसर अभी और है।

टीगो : कैसा अवसर?

तबासि : हाँ, अवसर है "विश्राम विद्यालय" में प्रवेश का।

टीगो : ये तो गुरु भालूचा पर निर्भर करता है परन्तु ध्यान रहे, उन्हें इस बात का पता न चलने पाये कि हम पहले सावधान विद्यालय गये थे। वरना वे हमें अपने विद्यालय में प्रवेश नहीं देंगे। समझे।

समझ गये...सब एक साथ एक स्वर में कहते हैं।

तबासि : ठीक है...अब तुम सब किसी घने वृक्ष के नीचे बैठ कर विश्राम कर लो तथा जो मछलियाँ लाये हो उन्हें खा भी लो। मैं गुरु भालूका से मिलकर अभी आता हूँ।

सब घने वृक्ष की छाया में बैठने के लिए चल पड़ते हैं।

गोटी : वो देखो, कितना विशाल एवम् घना वृक्ष है चलो सब उस वृक्ष की छाया में बैठकर विश्राम करते हैं और मछलियाँ भी वहीं खा लेंगे।

दूसरे सदस्य भी उत्साहित होकर बाघू सहित उस वृक्ष की ओर चल पड़ते हैं। वृक्ष के नीचे पहुँचने पर सभी वृक्ष की घनी छाया एवम् ठण्डी वायु में आनन्द का अनुभव करते हैं।

टीगो : वाह! इस वृक्ष के नीचे कितना अच्छा अनुभव हो रहा है। इस घनी छाया एवम् शीतल वायु में विश्राम करके मेरी थकावट दूर हो जायेगी। अच्छा हुआ मेरा प्रवेश सावधान विद्यालय में नहीं हुआ। मुझे तो विश्राम में ही आनन्द मिलता है। सावधान के पश्चात् विश्राम भी अवश्य चाहिए, नहीं तो शरीर नष्ट हो जाता है। मैं तो विश्राम विद्यालय में ही प्रवेश लूँगा।

टीगो अपने आप से बातें करता जा रहा था और बाघू के साथ बाकी सभी टीगो को बड़बड़ाता हुआ देख रहे थे। स्वयं को विश्राम देते हुए, किसी ने सिर को अपने जबड़े के सहारे धरती पर रखा था तो किसी ने वृक्ष के सहारे परन्तु अपनी आँखों को दाएँ–बाएँ अथवा

बाएँ से दाएँ घुमाकर वो चुपचाप टीगो को देख रहे थे। केवल बाघू बिना किसी सहारे कान खड़े कर बैठा हुआ था।

तभी अचानक उसे कुछ आवाज सुनाई दी। वह चौकन्ना होकर खड़ा हो गया। उसे हरकत में आता देख टीगो ने बड़बड़ाना बन्द किया तो बाकी सब भी खड़े हो गये। बाघू उस दिशा में जाने लगा जहाँ से आवाज आ रही थी।

गोटी : बाघू, ध्यान से, आगे खतरा हो सकता है। धीरे से कहता है।

बाघू बड़े ही सधे हुए कदमों के साथ आगे बढ़ रहा था, इससे पहले कि वह हमले के लिए तैयार होता उसे वृक्ष के पीछे से बिन्दिया और तितली नजर आती हैं। वह अपनी घुर्राहट को कम करता हुआ उनकी ओर जाता है।

टीगो : अरे यार, ये तो तितली है। चलो भाईयों आओ विश्राम करें। अरे! हाँ, मैं तुमको बता रहा था विश्राम के बारे में...

अब सभी अपनी आँखों को विश्राम देते हुए बन्द कर लेते हैं फिर टीगो वैसे ही बड़बड़ाता रहता है। बाघू को आता देख बिन्दिया और तितली दोनों रुक जाते हैं।

बाघू : आप दोनों यहाँ क्या कर रहे हो?

तितली : हम यही रहते हैं। गुरु भालूका एवम् गुरु भालूचा के विद्यालय के समीप।

बिन्दिया : हाँ, बेटा इस स्थान पर हमें सुरक्षा मिलती है। गुरु भालूका एवम् गुरु भालूचा के भय के कारण यहाँ लकड़बघ्घे व दूसरे राक्षसी जानवर नहीं आते। तितली भी यहीं शिक्षा प्राप्त कर रही है।

बाघू : अब समझ में आया कि भेड़िया समूह से दूर रहकर भी आप दोनों अभी तक जीवित कैसे हो।

बिन्दिया : उस दिन तुमने हमारी सहायता की। मैं तुम्हारा धन्यवाद भी नहीं कर पायी। यदि तुम समय पर न आते तो हम आज जीवित नहीं होते।

बाघू : मुझे धन्यवाद तब कहना जब मैं पुनः आप दोनों को समूह में शामिल कर पाऊँ। मेरे पिता ने आपके पति अर्थात तितली के पिता को वचन दिया था कि वह आपकी रक्षा करेंगे। अब वे नहीं रहे परन्तु उनका दिया वचन अब मेरा वचन है।

बिन्दिया : पुत्र, क्या तुम्हें ये पता है कि मेरे पति अर्थात तितली के पिता ने तुम्हारे पिता के साथ विश्वासघात किया था। क्या तुम एक विश्वासघाती मित्र की पत्नी व बेटी की रक्षा करोगे? क्या ये उचित है? तुम्हें भेड़िये समूह का समर्थन नहीं मिलेगा।

बाघू : कुछ सोचकर कहता है...विश्वासघात आपके पति ने किया था जिसका दण्ड उन्हें मिल गया। इस विश्वासघात में आप दोनों का कोई दोष नहीं। तितली का तो उस समय जन्म भी नहीं हुआ था, तो वह दोषी कैसे हो सकती है।

तितली : बाघू, तुमने ठीक कहा कि उस समय मेरा जन्म भी नहीं हुआ था इसलिए मैं दोषी नहीं हो सकती। यदि मेरी माँ दोषी हुई तो क्या तुम उन्हें दण्ड दोगे? कहती हुई बाघू के सामने आ जाती है। दोनों एक दूसरे को बिना पलक झपकाए देखते हैं, फिर बाघू पलक झपकाते हुए कहता है।

बाघू : यदि तुम्हारी माँ दोषी होती तो हमारी माँ उनको अवश्य ही दण्डित करतीं। तुम दोनों का अब तक जीवित होना ही तुम्हारे निर्दोष होने का प्रमाण है। कहता हुआ अपने साथियों की ओर लौट जाता है।

बाघू को जाता देख तितली पुनः उन पलों में खो जाती है जो क्षणभर पहले घटित हुए थे, तभी पीछे से तबासि वहाँ पहुँचता है।

तबासि : क्या हुआ बिन्दिया, बाघू ने कुछ किया क्या?

बिन्दिया : ये बिलकुल अपने पिता की तरह है। अब मुझे पूर्ण विश्वास हो गया है कि भेड़िये समूह के संकट के दिन खत्म होने वाले हैं।

तबासि : मुझे भी ...पूर्ण विश्वास भरे स्वर में कहता है फिर बाघू के पीछे चल पड़ता है।

सूर्य की किरणों की तीव्रता कम होते ही तबासि, बाघू, गोटी, तथा दूसरे भेड़िये व कुत्तों के साथ "विश्राम विद्यालय" की ओर चल पड़ता है। कुछ दूर चलते वे सब विश्राम विद्यालय के मुख्य द्वार पर पहुँच जाते हैं, जो पतले वृक्षों एवम् बेलों से बना हुआ प्रतीत हो रहा था।

तबासि : लो, ये है "विश्राम विद्यालय" जिनको सावधान विद्यालय में प्रवेश नहीं मिला वे सभी एक बार पुनः प्रयास कर सकते हैं। बाकी यहीं बैठ कर हमारी प्रतीक्षा करो।

टीगो : चलो भई देखते हैं, इस विद्यालय में प्रवेश की परीक्षा क्या है, यदि गुरु भालूचा ने भी नदी से मछली मँगवाई तो मैं साफ मना कर दूँगा...कहते हुए प्रवेश द्वार की ओर बढ़ता है।

जिन सदस्यों को प्रवेश नहीं मिला वे भी फुसफुसाते हुए टीगो के पीछे–पीछे चल पड़ते हैं परन्तु उनके पीछे बाघू तथा गोटी को आता देख तबासि चौंक कर पूछता है।

तबासि : बाघू, तुम्हें तो सावधान विद्यालय में प्रवेश मिल चुका है फिर तुम क्यों इस विद्यालय के भीतर जा रहे हो।

बाघू : आप सही कह रहे हो परन्तु मैं गुरु भालूचा द्वारा ली जाने वाली प्रवेश परीक्षा में भी भाग लेना चाहता हूँ।

तबासि : परन्तु क्यों?

बाघू : ताकि मैं यह निर्णय ले सकूँ कि कौन–सा विद्यालय अधिक उत्तम है।

तबासि : और तुम गोटी।

गोटी : हाँ, मैं भी यही देखना चाहता हूँ। चौंकते हुए।

तबासि : ठीक है, यदि तुमने अधिक उत्तम विद्यालय का चुनाव करना है तो आ जाओ परन्तु ध्यान रहे, शिक्षक एवम् विद्यालय के उत्तम होने के साथ–साथ विद्यार्थी का भी उत्तम होना आवश्यक होता है। कहते हुए विश्राम विद्यालय के भीतर चले जाते हैं।

बाकी सदस्य बाहर ही उनकी प्रतीक्षा करते हैं। भीतर पहुँचकर, तबासि गुरु भालूचा को ढूँढ़ने लगता है परन्तु वे कहीं नजर नहीं आते।

तबासि : गुरु–भालूचा, गुरु–भालूचा–ऊँचे स्वर में।

टीगो : अरे! यहाँ तो कोई भी नहीं। वाह! मजा आ गया। मैं तो इसी विद्यालय में शिक्षा प्राप्त करूँगा जहाँ कोई गुरु ही नहीं है।... खुशी में बड़बड़ाता है।

गोटी : टीगो अपना मुँह बन्द रखो...कहते ही इधर–उधर देखने लगता है कि तभी अचानक उसकी नजर किसी सोते हुए जीव पर पड़ती है। वह ऊँचे स्वर में चिल्लाता है, वो देखो वहाँ कोई सो रहा है।

तबासि सहित सभी उस ओर चल पड़ते हैं। समीप पहुँचकर तबासि गुरु भालूचा को पहचान लेता है।

तबासि : अरे! ये ही तो हैं 'गुरु भालूचा'। इन्होंने इस तरह अपने आपको सूखे पत्तों एवम् झाड़ियों से ढँका हुआ है कि मैं पहचान ही नहीं पाया।

बाघू : 'गुरु भालूचा'–'गुरु भालूचा'

तबासि उठाने का प्रयत्न करता है।

गोटी : मैंने सुना है कि भालू जब सोते हैं तो कई महीनों के बाद ही उठते हैं।

भेड़िया सदस्य : नहीं...तुमने जो सुना है वो सही नहीं है।

टीगो : अरे यार, कौन सही है या नहीं छोड़ो। मैं तो कहता हूँ हमें भी यहीं इनके साथ कुछ देर सो लेना चाहिए...बोलो क्या कहते हो?

कोई हाँ कहता तो कोई ना। कोई कुछ कहता तो कोई कुछ। इस शोर शराबे ने 'गुरु भालूचा' की नींद को भंग कर उन्हें नींद से जागने पर विवश कर दिया।

तबासि : चुप हो जाओ तुम सब। गुरु भालूचा की नींद इस शोर शराबे से टूट गयी है।

सभी चुप होकर नींद से जागते हुए 'गुरु भालूचा' को देखने लगे। तबासि को देख गुरु भालूचा कहते है।

गुरु भालूचा : अरे क्या शोर मचा रखा है, तबासि ये सब कौन हैं? कहते हुए आँखें पुनः बन्द कर लेते हैं।

तबासि : गुरु भालूचा आप की निन्द्रा भंग करने के लिए क्षमा चाहता हूँ। क्या आप दोबारा सो गये?

गुरु भालूचा : मैं सब सुन रहा हूँ, तबासि। कहते रहो क्या कहना चाहते हो।...बन्द आँखों सहित दूसरी ओर मुख कर लेते हैं।

तबासि : 'गुरु भालूचा' मेरे साथ आये ये सभी आपके विद्यालय में प्रवेश चाहते हैं। यदि आप इन पर कृपा करें तो ये किसी लायक बन सकते हैं।

गुरु भालूचा : तबासि, तुम्हें पता है जब मैं निन्द्रा में होता हूँ तो मुझे केवल एकान्त चाहिए। व्यर्थ में अपना और मेरा मूल्यवान समय नष्ट न करो। चले जाओ। उबासी लेते हुए कहते हैं।

तबासि : परन्तु 'गुरु भालूचा' मेरी बात तो सुनिए।

गुरु भालूचा : तबासि, बार–बार विनती कर तुम मेरी नींद भंग कर रहे हो। तुम भली प्रकार इस बात से परिचित हो यदि मुझे क्रोध आ गया तो परिणाम क्या होगा। आलस भरे स्वर में कहता है।

तबासि : गुरुजी यदि इन बच्चों की शिक्षा के लिए मुझे आपके क्रोध का सामना करना पड़े तो मैं तैयार हूँ आप जो चाहे मुझे दण्ड दें परन्तु इन बच्चों को एक अवसर तो दें।

परन्तु गुरु भालूचा, तबासि को अनसुना कर लम्बे खर्राटे लेने लगते हैं। ये देख सब चौंक जाते हैं। तबासि की लाचारी और 'गुरु भालूचा' की अनेदखी से बाघू का क्रोध फूट पड़ता है।

बाघू : क्या यही दिखाने के लिए आप हमें इस "विश्राम विद्यालय" लेकर आये थे। तबासि से पूछता है।

- क्या ये वहीं 'विश्राम विद्यालय' है जिसकी आपने प्रशंसा की थी और कहा था कि यहाँ शिक्षा प्राप्त करना सौभाग्य की बात है।
- क्या ये वही 'विश्राम विद्यालय' है जहाँ पर शिक्षा प्राप्त कर हम इस जंगल की चुनौतियों का सामना कर सकेंगे? और
- क्या ये वही 'विश्राम विद्यालय' है, जहाँ पर मेरे पिता एवम् आप ने शिक्षा प्राप्त कर स्वयं को अजेय योद्धा बनाया।

नहीं–नहीं, निःसंदेह वो विश्राम विद्यालय कोई दूसरा है। यहाँ तो कण–कण में आलस एवम् सुस्ती विराजमान है। जिस विद्यालय के गुरु आपके कई बार प्रार्थना करने पर भी आँखें नहीं खोलते तथा जो स्वयं निन्द्रा, आलस एवम् धीमेपन की पकड़ में हों वो दूसरों को शिक्षा क्या देंगे। मेरे विचार में हमें यहाँ से चलना चाहिए...क्रोधित एवम् बेचैन स्वर में कहता है।

गोटी, टीगो, भेड़ियों, कुत्तों सहित 'गुरु भालूचा' भी बन्द आँखें किये सब सुन रहे थे।

तबासि : बाघू चुप हो जाओ तुम 'गुरु भालूचा' के बारे में कुछ नहीं जानते।

बाघू : आप सही कह रहे है परन्तु जो मैं अपनी आँखों से स्वयं देख रहा हूँ उस पर विश्वास कैसे न करूँ।

'गुरु भालूचा' आँखों को खोल तबासि एवम् बाघू की ओर पलटते हुए अपने सिर को दाँयी हथेली एवम् कोहनी के सहारे रख कर दोनों को निहारने लगे, फिर खड़े उठ कर तबासि की ओर बढ़ते हुए कहते हैं।

गुरु भालूचा : तबासि, क्या नाम बताया था इस पिल्ले ने अपना 'बाघू'। ये बातें तो बहुत अच्छी करता है। इसकी बातें सुन मुझे लगता है कि सबको एक अवसर तो अवश्य देना चाहिए परन्तु इन सब को मेरी दी गयी परीक्षा को उत्तीर्ण करना होगा।

बाघू : हम किसी भी प्रकार की परीक्षा के लिए तैयार हैं। उत्साहपूर्ण स्वर में कहता है।

गुरु भालूचा : तो ठीक है, मैं उस पत्थर पर जाकर बैठ जाता हूँ। जो कोई भी मछली को मुँह में दबाकर मुझ तक पहले पहुँचेगा वही इस विश्राम विद्यालय में प्रवेश प्राप्त कर सकेगा परन्तु ध्यान रहे केवल पहले पाँच ही इस परीक्षा में उत्तीर्ण माने जायेंगे।

टीगो : क्या हमें फिर से मछली पकड़ने नदी तक जाना होगा?

ये कहते ही तबासि, बाघू, गोटी सहित सभी चौंक कर घबरा जाते हैं।

गुरु भालूचा : क्या मतलब?

अपनी भूल को सुधारते हुए टीगो कहता है।

टीगो : मेरा मतलब क्या हमें मछलियाँ नदी से लानी हैं गुरु जी?

गुरु भालूचा : नहीं, मछलियाँ उस वृक्ष के साथ बने छोटे से जलकुण्ड में हैं। तुम सब उस जल कुण्ड से एक–एक मछली मुँह में दबाकर उस रेखा के पीछे खड़े हो जाओ परन्तु ध्यान रहे तुम सब में कोई भी मुझ तक भागकर अथवा चल कर नहीं आयेगा।

गोटी : भाग कर नहीं आयेगा तो हम आप तक कैसे पहुँचेगे?

टीगो : मुझे तो ये लगा कि आप हमसे छोटी परन्तु तीव्र दौड़ लगवाओगे। जिसमें बाघू के पश्चात् दूसरे स्थान पर मैं ही आता।

तबासि : गुरु भालूचा परन्तु बिना पैरों पर चले या दौड़े ये आप तक कैसे पहुँचेंगे?

गुरु भालूचा : तबासि, ये सोचना तुम्हारा कार्य नहीं। कैसे भी चाहे धरती पर रगड़ कर या घिसट कर।

टीगो : मैं समझ गया कि मछली को पकड़ कर आप तक किस तरह पहुँचना है। पैरों को मोड़ कर बैठ जाता है फिर घिसट कर आगे तथा पीछे जाने लगता है, फिर जैसे ही खड़ा होता है तो अपनी छाती एवम् पेट पर जलन का अनुभव करता है।

टीगो : गुरुजी, इस मार्ग की धरती जरा कठोर प्रतीत हो रही है क्या हम उस मार्ग से मछली पकड़ कर आप तक आयें, जहाँ पर हरी–हरी घास उगी हुई है।

गुरु भालूचा : बिलकुल नहीं। यदि परीक्षा देनी है तो मछली मुँह में दबोचकर खींची रेखा के पीछे पहुँच जाओ परन्तु ध्यान रहे मछली मुँह से नहीं गिरनी चाहिए।

सब घबराते हुए जलकुण्ड से मछली को मुँह में दबोच कर खींची रेखा के पीछे जाने लगते हैं। बाघू भी उनके साथ जाने लगा कि तभी गुरु भालूचा उसे आवाज लगाते हैं।

गुरु भालूचा : बाघू, तुम रुक जाओ। तुम्हें इस मार्ग से नहीं उस मार्ग से मछली मुँह में दबोच कर मुझ तक पहुँचना है। जाओ, उस मार्ग पर खींची रेखा के पीछे जाकर खड़े हो जाओ।

बाघू उस मार्ग की ओर देखता है तो पाता है कि उस मार्ग में अधिक नुकीले एवम् पैने छोटे–बड़े पत्थर हैं जो धरती में धँसे हुए है। ये देख सब चौंक जाते हैं परन्तु बाघू उस ओर चल पड़ता है।

तबासि : गुरुजी, इस तरह तो बाघू घायल हो सकता है।

गुरु भालूचा : बाघू ने कहा था कि इसके पिता ने भी यहाँ शिक्षा प्राप्त की थी। ये किसका पुत्र है। क्या नाम है इसके पिता का?

तबासि : इसके पिता का नाम है जग्गा सरदार।

तबासि संक्षेप में गुरु भालूचा को घटित घटनाओं से अवगत कराता है। ये सुन गुरु भालूचा चौंक कर कुछ सोचते हैं फिर मुस्कराते हुए कहते हैं।

गुरु भालूचा : तबासि तुम्हारी सुनाई कहानी कितनी सच्ची अथवा काल्पनिक है, वो इस परीक्षा के परिणाम पर निर्भर करता है। यदि बाघू सच में 'जग्गा सरदार' का पुत्र है तो इसे यह परीक्षा पास करनी होगी। कहते हुए उस बड़े पत्थर पर जाकर लेट जाते हैं फिर ताली बजाते ही आँखें बन्द कर लेते हैं।

ताली की गूँज सुनते ही टीगो, गोटी सहित दूसरे भेड़िए और कुत्ते मुँह में मछली पकड़ कर उस कठोर धरती पर घिसटने लगते हैं। सभी टीगो का अनुसरण करते हुए उसके पीछे चलने लगे परन्तु धरती पर घिसटने के कारण छाती एवम् पेट पर हो रही तीव्र जलन से वे रुक कर पीड़ा से कराहने लगे। उनकी चलने की गति, जलन एवम् पीड़ा से प्रभावित होने लगी। उधर बाघू ने भी यह प्रयास करना चाहा परन्तु धरती पर धँसे नुकीले एवम् पैने पत्थर उसे प्रत्येक प्रयास पर जलन एवम् पीड़ा के साथ–साथ घायल भी कर रहे थे जिसके परिणामस्वरूप उसकी छाती से खून भी टपकने लगा था।

गुरु भालूचा उस पत्थर पर बैठे हँसते हुए सब देख रहे थे परन्तु तबासि पत्थर के नीचे खड़ा बेचैन था।

बाघू ने गहरी साँस भरी, आँखें बन्द कर कुछ क्षण के लिए ध्यान लगाया फिर अचानक मुँह में मछली की पकड़ को मजबूत कर उन नुकीले एवम् पैने पत्थरों पर गुरु भालूचा की विपरीत दिशा में मुँह करते हुए लेटकर सिर को उठा लिया।

उसे ऐसा करता देख तबासि को चिन्ता हुई कि कहीं बाघू घायल होने से बेहोश तो नहीं हो गया है परन्तु जैसे ही वह बाघू की ओर बढ़ने लगा, बाघू ने अपने सिर को ऊपर उठाकर पीठ और मुड़े हुए पैरों की सहायता से उन नुकीले एवम् पैने पत्थरों पर लुढ़कने लगा। इस तरह लुढ़कने से उसने अपने घायल होने की सम्भावना बहुत कम कर दी और लुढ़कते हुए वह टीगो, गोटी तथा दूसरे साथियों से आगे भी निकल गया। बाघू को इस तरह लुढ़कता देख टीगो, गोटी तथा अन्य भेड़िये सहित कुत्ते भी उसका अनुसरण करने लगे।

लुढ़कते हुए सबसे पहले बाघू ठीक उस बड़े पत्थर के नीचे पहुँचा जिस पर गुरु भालूचा बैठे थे। बाघू के पहुँचते ही तबासि ने उसके घावों को जाँचा। टीगो के पीछे एक–एक कर सभी उस पत्थर के नीचे पहुँच गये। गोटी सबसे पीछे रह कर अन्त में पहुँचा।

'गुरु भालूचा' बड़े पत्थर से नीचे उतर कर बाघू के पास गये। उसके घावों को देखा फिर उसके साथ–साथ दूसरे उत्तीर्ण साथियों को बधाई दी।

गुरु भालूचा : इस परीक्षा में उत्तीर्ण होने पर सभी बधाई के हकदार हैं। कल से इस विश्राम विद्यालय के द्वार तुम्हारे लिए खुले हैं। बाघू तुमने कठिन परीक्षा को अपने बुद्धि बल से सरल बना दिया। मुझे आशा है कि अब तुम समझ गये होगे कि गति से धीमा अथवा सुस्त जीव, लाचार अथवा कमजोर नहीं होता। वह अपनी बुद्धि बल से नये उपाय खोज कर उस कमी को पूरा कर देता है। शारीरिक बल के साथ–साथ बुद्धि बल भी आवश्यक होता है।

बाघू : गुरु भालूचा, आपकी इस परीक्षा ने मेरे दिल में सभी जीवों के लिए सम्मान को बढ़ा दिया है। यदि मेरी किसी बात से आपको बुरा लगा हो तो मुझे क्षमा कर देना...कहते हुए सिर झुका लेता है।

'गुरु भालूचा' झुके हुए सिर पर अपना हाथ फेरते हुए विश्राम के लिए निकल जाते हैं। बाघू कुछ कदम उनके पीछे चलता है फिर रुक जाता है। तबासि बाघू के समीप आकर पूछता है।

तबासि : बाघू, तो तुमने किस विद्यालय में शिक्षा ग्रहण करने का निर्णय लिया। "सावधान विद्यालय" या "विश्राम विद्यालय"।

बाघू : दोनों विद्यालयों में...कुछ क्षण सोच कर बोलता है। मैं सुबह को 'सावधान विद्यालय' में शिक्षा ग्रहण करूँगा और दोपहर के बाद 'विश्राम विद्यालय' में।

तबासि : परन्तु दोनों में क्यों?

बाघू : गुरु भालूका और गुरु भालूचा दोनों भिन्न हैं परन्तु आवश्यक एवम् अद्‌भुत गुणों के धनी हैं। सिंघा से टक्कर लेने के लिए मुझे इन सारे गुणों की आवश्यकता होगी। कहता हुआ अपने मित्रों के पास चला जाता है।

तबासि : अपने पिता ही की तरह तुमने भी दोनों विद्यालयों को चुन कर मेरी आशाओं को बढ़ा दिया है। मन में कहता है।

एक–एक कर दिन बीतने लगे और इन गुजरते दिनों के साथ–साथ बाघू तथा उसके साथियों का युद्ध कौशल एवम् ज्ञान उनके गुरुओं के निरीक्षण में निखरने लगा।

बाघू एकमात्र ऐसा शिष्य बना जो 'गुरु भालूका' और 'गुरु भालूचा' से एक साथ शिक्षा ग्रहण कर रहा था। उसका प्रयास, लगन और परिश्रम निश्चित रूप से सबसे अधिक एवम् कठिन था परन्तु उसके फलस्वरूप उसे प्राप्त होने वाला युद्ध कौशल एवम् ज्ञान भी दूसरों से अधिक था। वह 'गुरु भालूका' एवम् 'गुरु भालूचा' द्वारा दी जाने वाली शिक्षा एवम् निर्देशों को ध्यान से सुनता उनका अनुसरण एवम् अभ्यास करता फिर गुरुओं द्वारा पूछे जाने पर उनके समक्ष प्रस्तुत करता। तितली भी गुरु भालूका के विद्यालय में शिक्षा प्राप्त कर रही थी और वह भी बाघू की लगन, परिश्रम एवम् एकाग्रता से प्रभावित होने लगी थी। बाघू एवम् तितली दोनों साथ में अभ्यास करते फिर उसके पश्चात् विश्राम के समय वे एक–दूसरे के साथ समय व्यतीत करते। गोटी एवम् टीगो इस घनिष्ट हो रही मित्रता पर नजर रखे हुए थे और अवसर मिलते ही बाघू को चिढ़ाते भी थे।

इधर बाघू, गोटी, टीगो तथा दूसरे साथी शिक्षा प्राप्त कर रहे थे तो उधर तबासि, भेड़िए समूह को ढाल रूपी रक्षा प्रदान कर रहा था। वह लकड़बघ्घों के खोजी दलों पर नजर रखता तथा आवश्यकता पड़ने पर उनसे दो–दो हाथ भी करता था। ताची भी धीरे–धीरे स्वस्थ होता जा रहा था। वह भी अब पहले के भाँति तबासि के साथ क्षेत्र की सीमा पर गश्त लगाने लगा, यद्यपि उसके घाव अभी पूर्ण रूप से भरे नहीं थे।

बाघू से दूर शहर में 'तिलु' जो अब लगभग आठ वर्ष का हो गया था, बाघू की जुदाई से आहत एक नीरस जीवन जीने लगा। वह सुबह उठता ब्रश करता, स्नान के पश्चात् स्कूल को तैयार होता, नाश्ता करता फिर स्कूल के लिए निकल जाता। स्कूल से लौटता भोजन करता फिर अपने कमरे में जाकर बाघू की यादों में खो जाता। उसके मित्र उसे खेलने के लिए बुलाते परन्तु वह अपने कमरे में ही अकेला बैठा रहता। उसकी यह दशा देख उसके माता–पिता को चिन्ता हुई कि बाघू की जुदाई से आहत उनका पुत्र इसी तरह गुमसुम रहा तो इसके परिणाम गम्भीर हो सकते हैं।

एक दिन जब तिलु अपने कमरे में बैठा हुआ था तो उसका मित्र नरू वहाँ आया और उसके कमरे का दरवाजा खटखटाने लगा।

नरू : तिलु, दरवाजो खोलो, मैं नरू।

बार–बार खटखटाने पर भी तिलु दरवाजा नहीं खोलता। वह अपने बेड पर लेटकर अपने कानों को तकिए से ढक लेता है। काफी देर निरन्तर खटखटाने की आवाज पर तिलु जोर से चिल्लाता है।

तिलु : नरू, चले जाओ। मुझे तुम्हारे साथ खेलने नहीं जाना। मुझे परेशान मत करो।

नरू : तिलु, मुझे तुम्हें एक जरूरी बात बतानी है। प्लीज दरवाजा खोलो।

तिलु : परन्तु मुझे किसी से कोई बात नहीं करनी।

नरू : तिलु, देखो यदि तुमने दरवाजा नहीं खोला तो बाद में बहुत पछताओगे। फिर मुझे दोष मत देना। इसलिए कहता हूँ दरवाजा खोलो जल्दी खोलो...निरन्तर खटखटाता रहता है।

नरू के निरन्तर दरवाजा खटखटाने से तंग आकर तिलु तकिए को कान से हटाकर दरवाजे पर फेंकता है, फिर दरवाजे पर पहुँचकर तकिए को लात मारते हुए दरवाजा खोल कर जोर से कहता है।

तिलु : क्या हुआ? क्यों बार–बार दरवाजा खटखटा रहे हो? तुमने सुना नहीं, मुझे तुम्हारे साथ खेलने नहीं जाना।

नरू : देखो तिलु, मैं जानता हूँ कि बाघू के जाने से तुम्हें बहुत दुःख हुआ है परन्तु इस तरह अकेले रहने से वो नहीं लौटेगा।

तिलु : बस यही थी तुम्हारी जरूरी बात। चलो, अब जाओ यहाँ से। कहते हुए पूरा दरवाजा खोलकर उसे बाहर का रास्ता दिखाता है।

नरू : अरे नहीं, जो बात मैं तुम्हें बताने आया था वो ये है कि हमारे वार्षिक परीक्षा तीन महीने बाद है जिसे हमें अच्छे अंकों से पास करना है।

तिलु : तुम मेरी चिन्ता मत करो, मेरे अंक भले ही कम क्यों न हो मैं परीक्षा पास कर लूँगा।

नरू : नहीं, यदि तुमने परीक्षा अच्छे अंकों से उत्तीर्ण नहीं की तो तुम पिकनिक पर नहीं जा पाओगे।

तिलु : ये तो और भी अच्छा है मुझे वैसे भी किसी पिकनिक पर नहीं जाना, तुम अब जाओ और मुझे अकेला छोड़ दो।

नरू : परन्तु इस बार हमारे स्कूल का पिकनिक स्पाट वही जंगल है जहाँ पर बाघू, गोटी और टीगो सहित दूसरे कुत्तों को छोड़ा गया था। हमें जंगल सफारी के लिए जंगल के अन्दर भी ले जायेंगे। मैंने सुना है जब मनुष्य जंगल में जाते हैं तो जंगली जानवर भी बाहर निकल आते हैं। यदि बाघू, गोटी, टीगो जीवित हैं तो वे तीनों हमें जरूर दिखेंगे। मुझे तो पूर्ण विश्वास है कि बाघू ने अपने आप को जंगल के अनुरूप ढाल लिया होगा...तिलु के गोल चक्कर लगाते हुए कहता है।

तिलु : क्या तुम सच कह रहे हो नरू?

नरू : हाँ, आज ही स्कूल के नोटिस बोर्ड पर यह नोटिस लगाया गया है परन्तु स्कूल के प्राईमेरी Section से केवल वे बीस बच्चे ही जायेंगे जिनके अंक अपनी कक्षा में सबसे अधिक होंगे।

तिलु : यदि तुम सच कह रहे हो, तो इस बार अपनी कक्षा में सबसे अधिक अंक मेरे ही आयेंगे नरू।

ये सुन नरू खुशी से हँसने लगता है और खिड़की पर खड़े तिलु के माता–पिता खुशी से रोने लगते हैं।

तिलु, अब पहले की ही भाँति चुस्त एवम् तेज प्रतीत होने लगा। उसका सम्पूर्ण ध्यान वार्षिक परीक्षा पर केन्द्रित था जिसके परिणामस्वरूप उसे वह अवसर मिलने वाला था जिसकी उसे प्रतीक्षा थी। उसे पूर्ण विश्वास था कि बाघू तथा उसके मित्र जीवित हैं। वह प्रातः शीघ्र उठता, नहाता, विद्यालय जाता, मित्रों के साथ खेलता, फिर अपनी परीक्षा की तैयारी करता। तिलु की दिनचर्या अब नीरसता को त्याग उमंग से भर गयी थी। इस उमंग को देख तिलु के माता–पिता के साथ उसके दादा–दादी भी बहुत खुश थे।

उधर जंगल में बाघू तथा उसके मित्रों की शिक्षा भी लगभग पूर्ण हो चुकी थी। बाघू ने अपने दोनों गुरुओं द्वारा दी जाने वाली शिक्षा एवम् निर्देशों का नियमानुसार पालन कर उन्हें प्रभावित किया तथा उनकी बधाई एवम् प्रशंसा का पात्र बना।

सावधान विद्यालय...

गुरु भालूका : आज तुम सबका इस विद्यालय में अन्तिम दिन है। मुझे आशा है कि यहाँ प्राप्त शिक्षा एवम् ज्ञान तुम्हें जंगल की चुनौतियों का सामना करने में सहायता करेगी। तुम सबने बड़ी लगन एवम् निष्ठा से इस विद्यालय में शिक्षा प्राप्त की है परन्तु बाघू ने प्रत्येक परीक्षा को अपने बुद्धिबल एवम् चुस्ती फुर्ती से उत्तीर्ण किया है। इस सावधान विद्यालय में कभी भी ऐसा विद्यार्थी नहीं आया। मुझे गर्व है कि बाघू मेरा शिष्य बना और मुझे विश्वास है कि भेड़िया समूह अब पुनः नई ऊर्जा के साथ संगठित होकर वर्तमान चुनौतियों का सामना करेगा और जंगल में शान्ति एवम् सन्तुलन पुनः स्थापित होगा।

ये सुन तबासि की आँखें नम तथा मन हर्ष से फूल जाता है। गोटी, टीगो सहित बाकी साथी भी खुशी से उछलने लगते हैं।

विश्राम विद्यालय......

गुरु भालूचा : इस विद्यालय में शिक्षा लेने की इच्छा कम ही जीव करते हैं, वो इसलिए कि उन्हें लगता है कि यहाँ कुछ विशेष सीखने को नहीं मिलेगा। विश्राम विद्यालय का अर्थ आलस एवम् नीरसता समझकर वे मुख्य द्वार से ही लौट जाते हैं परन्तु बाघू एवम् उसके मित्रों ने यहाँ शिक्षा प्राप्त कर ये साबित किया है कि धीमे एवम् कमजोर जीव से भी शिक्षा एवम् ज्ञान प्राप्त किया जा सकता है। चुस्ती, फुर्ती, तेजी होना बुरा नहीं है परन्तु कभी–कभी ऐसी परिस्थितियाँ आती हैं जहाँ चुस्ती, फुर्ती और तेजी काम नहीं आती। उन परिस्थितियों में आपको बुद्धि कौशल एवम् समस्याओं को हल करने के लिए नये उपाय एवम् तरीकों की आवश्यकता होती है। मुझे ये कहते हुए गर्व हो रहा है कि बाघू का अद्भुत बुद्धि कौशल भेड़िया समूह के साथ–साथ जंगल के लिए बहुत लाभकारी सिद्ध होगा। मुझे लगता है कि भेड़िया समूह को अपना नेता और जंगल के जीवों को अपना रक्षक मिल गया है।

ये सुन गोटी, टीगो तथा अन्य साथी खुशी में पुनः उछल कर बाघू को बधाई देते हैं। तबासि बाघू के समीप जाकर उसे बधाई देता है।

तबासि : बाघू बधाई हो। तुमने दोनों गुरुओं का विश्वास जीतकर मेरे और भेड़िया समूह के विश्वास को अधिक मजबूत किया है। इस खुशी को व्यक्त करने के लिए मेरे पास शब्द नहीं हैं यदि आज तुम्हारे पिता जीवित होते तो वे भी इसी तरह खुशी के आँसुओं से नहा रहे होते।

बाघू : ये सब आपके विश्वास का ही फल है जो मैं दोनों गुरुओं की प्रशंसा एवम् बधाई का पात्र बना। आपके एवम् भेड़िया समूह के विश्वास का ऋण तो आज उतर गया परन्तु मेरे पिता के बलिदान का ऋण अभी उतरना शेष है। दो कदम आगे निकल कर कहता है।

तबासि : वो भी शीघ्र उतर जायेगा बाघू। अच्छा अब तुम अपने मित्रों के साथ समूह की ओर निकल जाओ। वहाँ बिजली, ताची सहित सभी तुम सबकी प्रतीक्षा में हैं। मैं भी अपने क्षेत्र की सीमा का

चक्कर लगाकर वही पहुँचता हूँ...कहते हुए सीमा के निरीक्षण को चल पड़ता है।

अवसर पाते ही तितली बाघू के समीप जा कर उसे बधाई देती है।

तितली : बाघू, मैंने तुम्हारे पिता जग्गा सरदार को तो नहीं देखा पर अपनी माँ से कई बार उनके बारे में सुना है। मैं जब–जब तुम्हें देखती हूँ तो उन कहानियों में मुझे तुम ही नजर आते हो। कहती हुई सिर झुका लेती है।

बाघू : बहुत अच्छे, प्रशंसा करना कोई तुमसे सीखे...कहते ही दोनों हँसने लगते हैं।

इधर गोटी तथा टीगो भी वृक्ष के पीछे से इन पर नजर रखे हुए थे।

गोटी : बहुत तेज है ये तितली। एक तीर से दो शिकार करती है। प्रशंसा भी कर दी और अपने मन की बात भी कह दी।

टीगो : अरे भाई, हम क्या कर सकते हैं जब शिकार स्वयं शिकारी से मित्रता कर ले। चलो हम तो समूह की ओर चलें, ये तो अभी लम्बी बातें करेंगे। "हम तो घर की ओर जा रहे हैं जिसको चलना है हमारे साथ चलो, जिसको नहीं चलना वो यही बातें करता रहे"...ऊँचे स्वर में चिल्लाता हुआ समूह की ओर निकल पड़ता है, पीछे–पीछे बाकी सब भी चल पड़े। बाघू एवम् तितली भी हँसते हुए उनके पीछे चल पड़ते हैं।

गोटी, टीगो सहित बाकी साथी आगे–आगे तथा इनके लगभग 100 कदम ठीक पीछे बाघू और तितली बातें करते हुए चल रहे थे। आगे चल रहे सभी कुत्ते एवम् भेड़िए एक दूसरे की अच्छाई एवम् बुराई करने में लगे थे। कोई कहता मैंने परीक्षा अच्छे से उत्तीर्ण की तो कोई अपने तरीके एवम् उपाय को उत्तम बताता। इस नोक–झोंक में उनका रास्ता भी कट रहा था कि तभी उन सब का ध्यान कुछ आवाजों पर केन्द्रित होता है, जो धीमे से तीव्र होती जा रही थीं। बाघू और तितली भी सचेत होकर उन आवाजों पर ध्यान केंद्रित करते है जैसे कोई भागता हुआ उनकी ओर ही आ रहा हो। शायद कोई भेड़िया परन्तु वो

स्वर एवम् कदमों की आवाज किसी मित्र की नहीं थी। बाघू सबको शान्त रहने का इशारा करते हुए उनको वहीं बैठ जाने को कहता है।

तीव्र हो रही कदमों की आवाजें अचानक सबका ध्यान अपने दाईं ओर की झाड़ियों पर केन्द्रित करती हैं जो उनसे 20 कदमों की दूरी पर थीं। कुछ जानवर बड़ी तेजी से भागे जा रहे थे। गोटी, टीगो तथा अन्य साथियों ने उन्हें देखने की कोशिश की परन्तु झाड़िया घनी होने के कारण वे कुछ भी ठीक से देख नहीं पाए, लेकिन झाड़ियों की दरारों और कुछ बड़े छिद्रों ने ये निश्चित कर दिया था कि झाड़ियों के दूसरी तरफ लकड़बघ्घे भाग रहे थे परन्तु उनकी संख्या का कोई अनुमान नहीं था जिस कारण सबकी पूँछ एवम् कान खड़े हो गये थे। बाघू आँखें बन्द किये कुछ सोच रहा था कि तभी तितली उसे हल्का धक्का देती है।

तितली : बाघू, आँखें खोलो, तुम क्या कर रहे हो। उस ओर लकड़बघ्घे हैं। हमें क्या करना है?

बाघू : घबराओ नहीं, उनकी संख्या अधिक नहीं है शायद तीन या फिर चार है! लेकिन क्या इन्हें हमारी गन्ध नहीं मिली?

तितली : चलो शीघ्र यहाँ से निकलते हैं। क्या पता वे फिर लौट आयें।

गोटी और टीगो भी उन्हें आगे चलने को कहते हैं परन्तु जैसे ही बाघू एक कदम आगे बढ़ता है तो उसे किसी का पीड़ा से भरा स्वर सुनाई देता है।

बाघू : ये पीड़ा से भरा स्वर तो किसी बच्चे का है।

तितली : हाँ ये स्वर तो भेड़िया शिशु का है, जो केवल एक मास का होगा।...स्वर सुनते ही सभी भेड़िये साथी बाघू और तितली के समीप पहुँचते हैं।

बाघू : क्या ये स्वर भेड़िया शिशु का है? इसका अर्थ हुआ कि वे राक्षस भेड़ियों के शिशु को अपने मुँह में दबोचे भाग रहे थे, तभी उनको

हमारी गन्ध नहीं मिली ...घबराओ नहीं उन्हें कुछ नहीं होगा ...कहते ही उन लकड़बघ्घों के पीछे दौड़ पड़ता है।

इससे पहले बाकी कुछ समझ पाते बाघू उन्हीं झाड़ियों में गायब हो जाता है। सब एक–दूसरे के मुख देखते रह जाते हैं।

तितली : हम उसे इस तरह अकेले नहीं छोड़ सकते। कहते ही ...बाघू के पीछे दौड़ पड़ती है।

फिर गोटी, टीगो सहित सभी साथी भी उस ओर दौड़ पड़ते हैं।

बाघू की रफ्तार से उठने वाली धूल ने आगे भाग रहे लकड़बघ्घों का ध्यान खींचा जिससे उनकी रफ्तार में कमी आयी और बाघू उन राक्षसों के सीमा पार करने से पहले ही उनके सामने पर्वत के समान खड़ा हो गया। उसे सामने खड़ा देख लकड़बघ्घों ने चौंक कर घिसटते हुए किसी तरह अपने–आप को रोका। तीन अवयस्क लकड़बघ्घे जिनमें से दो लकड़बघ्घों ने एक–एक भेड़िया शिशु को अपने मुँह में दबोच रखा था। वे बच्चे पीड़ा से कराहने लगे क्योंकि बाघू को देख लकड़बघ्घे क्रोध से घुर्रा रहे थे। उनकी पीड़ा सुन बाघू ने अपनी घुर्राहट से अपना परिचय दिया।

बाघू : इन बच्चों को छोड़ दो और चुपचाप यहाँ से चले जाओ।

लकड़बघ्घा : तुम हमारा रास्ता छोड़ दो और यहाँ से चुपचाप चले जाओ नहीं तो आज इन बच्चों के स्थान पर तुम्हारी मृत्यु निश्चित है।

बाघू : तो ठीक है, पहले इन बच्चों को छोड़ो फिर ये तय करते हैं कि क्या निश्चित है।

भेड़िया शिशु को मुँह में दबोचे एक लकड़बघ्घा तीसरे लकड़बघ्घे को हमले का संकेत करता है। संकेत पाते ही वह सीधे बाघू पर छलांग लगा देता है परन्तु पहले से ही तैयार बाघू उसके नीचे से लुढ़कता हुआ ठीक उसके पीछे पहुँचकर उसकी पूँछ को अपने दाँतों में दबोच लेता है। लकड़बघ्घा जिस दिशा एवम् कोण में मुड़ता तो बाघू भी उसकी पूँछ पकड़े उसी कोण में मुड़ जाता। एक तेज झटके द्वारा बाघू

ने उसकी पूँछ को उसके शरीर से अलग कर दिया और उस पीड़ा में लकड़बघ्घा चीख पड़ा। अपने साथी को असहाय स्थिति में देख दोनों लकड़बघ्घे भेड़िया शिशुओं को धरती पर पटक कर उसकी सहायता के लिए बाघू पर लपके। बाघू उन्हें आता देख घुर्राने लगा, उसकी घुर्राहट जग्गा सरदार जैसी ही प्रतीत हो रही थी। पहले धीरे–धीरे फिर तीव्र और फिर बहुत तीव्र। उसकी घुर्राहट सुन लकड़बघ्घे असमंजस एवम् भय सहित मजबूरी में उसकी ओर हमले के लिए बढ़ने लगे। तीनों अवयस्क लकड़बघ्घों ने कभी किसी भेड़िये को उन पर इस बहादुरी से घुर्राते नहीं देखा था परन्तु इससे पहले कि वे बाघू पर हमला कर पाते उन्हें कुछ आवाजें सुनाई दीं।

बाघू चिन्ता मत करो हम आ गये है...गोटी, टीगो, दूसरे भेड़िये तथा कुत्ते बाघू की ओर भागते हुए चिल्लाते हैं।

उनको आता देख दोनों भेड़िया शिशु उनकी ओर दौड़ते हैं तथा इन अवयस्क लकड़बघ्घों को भी वहाँ से भागने का बहाना मिल जाता है।

लकड़बघ्घा 1 : ओह! तो इन साथियों के बल पर ये इतना दम दिखा रहा था।

लकड़बघ्घा 2 : चलो, अभी चलते हैं इसे फिर कभी देख लेंगे... कहते ही तीनों वहाँ से भाग जाते हैं।

गोटी, टीगो और तितली सहित सभी बाघू तक पहुँचते हैं। कुछ भेड़िये उन शिशुओं की जाँच करते हुए उनके घावों को चाटने लगते हैं।

गोटी : बाघू, तुम ठीक तो हो न?

बाघू : हाँ मैं ठीक हूँ। इन बच्चों को देख लो कहीं अधिक घायल तो नहीं हुए।

कहते ही दोनों शिशु बाघू के पास आकर उसे चाटने लगते हैं।

टीगो : यदि ये लकड़बघ्घे थोड़ी देर और रुक जाते तो मैं आज इनको वो सबक सिखाता कि ये जीवन भर नहीं भूलते।

गोटी : हाँ, तभी तुम सब से पीछे भाग रहे थे।

टीगो : अरे! मैं तो पीछे इसलिए था कि यदि कोई लकड़बघ्घा पीछे से हमला कर दे तो तुम्हारी रक्षा कर सकूँ।

ये सुन सब मुँह बन्द कर हँसने लगते हैं।

बाघू : चलो, हमें शीघ्र ही अब समूह की ओर चलना चाहिए। वहाँ सब इन शिशुओं को लेकर चिंतित होंगे।

तितली, दोनों भेड़िया शिशुओं को अपने साथ लेकर समूह की ओर चल पड़ी और पीछे–पीछे बाकी सब भी।

उधर भेड़िये समूह में दो मादा भेड़ियों का रो–रो कर बुरा हाल था। बिजली सहित अन्य मादा भेड़िया उन्हें सान्त्वना दे रही थीं।

बिजली : घबराओ नहीं बहन, वे दोनों ठीक होंगे ताची तथा बाकी भेड़िए उनकी खोज में निकल चुके हैं, वे शीघ्र ही आ जायेंगे।

न जाने मेरा बच्चा कैसा होगा...एक भेड़िया माँ रोते हुए कहती है।

उन राक्षसों को मेरे छोटे बच्चे पर भी दया नहीं आयी...दूसरी भेड़िया माँ रोते हुए कहती है।

इसी बीच ताची दूसरे भेड़ियों के साथ समूह में लौटता है परन्तु मुख पर निराशा का भाव ये बता रहा था कि वे बच्चों को नहीं ढूँढ़ पाये।

बिजली : ताची क्या हुआ? क्या तुम्हें वे दोनों बच्चे मिले?

ताची : नहीं माँ। हम दो दलों में बँट गये। एक दल ने उत्तर दिशा में ढूँढ़ा और दूसरे दल ने दक्षिण में परन्तु उनका कोई सुराग नहीं मिला। न जाने वे राक्षस किस मार्ग से उन बच्चों को ले गये हैं।

बिजली भी निराशा में अपने सिर को झुका लेती है। तभी तबासि वहाँ पहुँच कर मातम का माहौल देख बिजली से पूछता है।

तबासि : क्या हुआ? सब शान्त क्यों हो? और ये दोनों क्यों रो रही हैं?

बिजली : इन दोनों के एक माह के बच्चे खेलते हुए समूह की सुरक्षा से बाहर निकल गये और लकड़बघ्घे अवसर पाते ही उनको अपने जबड़ों में दबोच कर भाग गये।

तबासि : कितने लकड़बघ्घे थे?

भेड़िया सदस्य : वे तीन थे, मैंने उनको देखा था।

तबासि : मैंने पूर्व दिशा में तीन लकड़बघ्घे देखे तो थे परन्तु उनके जबड़े तो खाली थे तथा उनमें से एक पीड़ा से चीख भी रहा था।

तभी टीगो जोर से चिल्लाता है।

टीगो : अरे! वह लकड़बघ्घा चीखेगा नहीं तो क्या करेगा मेरे मित्र बाघू ने उसकी पूँछ जो उखाड़ दी थी।...बिजली, तबासि व ताची सहित सब उस ओर देखते हैं तो पाते हैं कि दोनों भेड़िया शिशु तितली के साथ समूह की ही ओर आ ही रहे हैं।

शिशुओं को आता देख उनकी माँ रोना बन्द कर देती हैं तथा शिशुओं के समीप आते ही उनको एवम् उनके घावों को चाटने लगती हैं।

बिजली : बाघू क्या तुमने इन शिशुओं को बचाया?

बाघू : उन लकड़बघ्घों का दुर्भाग्य था कि हम उनके रास्ते में पड़ गये।

तबासि : बाघू तुम्हें कहीं चोट तो नहीं आयी?

बाघू : वे तीनों अवयस्क लकड़बघ्घे थे। उन्हें तो ठीक से लड़ना भी नहीं आता था। वे तो थोड़े से खेल में ही घबरा गये।

दोनों शिशुओं की माँ बाघू के समीप जाती हैं।

पहली माँ : इन बच्चों को बचाकर तुमने हमें नया जीवन दिया है।

दूसरी माँ : ये सही कह रही है, इन बच्चों के जीवन की रक्षा कर हम तुम्हारे ऋणी बन गये हैं हमारा लाख–लाख धन्यवाद स्वीकार करो।

बाघू : धन्यवाद की आवश्यकता नहीं। समूह में छोटे–बड़े और बूढ़ों की रक्षा करना मेरा कर्तव्य है। यदि मेरे स्थान पर कोई दूसरा भेड़िया होता तो वह भी यही करता।

वृद्ध भेड़िया : ताची घायल होने के बावजूद भी बच्चों की खोज में निकल गया और तुमने भी अपने कर्तव्य से मुँह नहीं मोड़ा। तुम दोनों जग्गा सरदार जैसे ही निडर एवम् न्यायप्रिय हो। मुझे तुम दोनों पर गर्व है। बुलन्द स्वर में कहता है।

बिजली, तबासि सहित सम्पूर्ण समूह की आँखों की चमक इस बात का समर्थन कर रही थी।

फिर कुछ रुक कर वृद्ध भेड़िया कहता है।

वृद्ध भेड़िया : निःसंदेह ताची ने समूह का नेता बनने के पश्चात् अपने कर्तव्यों का सही से पालन किया और कई बार समूह को ढाल रूपी सुरक्षा भी दी परन्तु ताची के घायल होने के पश्चात् शत्रुओं का दुस्साहस बढ़ गया है। उन तक ये सूचना पहुँच चुकी है, कि इस समूह का नेता घायल है। ताची के घावों को भरने में अभी समय लगेगा। (कहते ही कुछ सोचने लगता है।)

तबासि : आप कहना क्या चाहते हैं?

वृद्ध भेड़िया : ताची को अब पूर्ण विश्राम की आवश्यकता है जिससे उसके घाव शीघ्र भर जायें और तब तक भेड़िया समूह का नेतृत्व बाघू को करना चाहिए। मुझे बाघू में वे सारे गुण नजर आते हैं जो एक समूह के मुखिया में होने चाहिए...आप सब इस बारे में क्या सोचते हैं? सबसे पूछता है।

ये सुन बिजली, ताची, तबासि, तितली, गोटी तथा टीगो सहित सारा समूह समर्थन में सिर हिला कर "हाँ यही उचित होगा" कहते हैं।

तबासि : आपने मेरे मन की बात कह दी।

बिजली : यह एक अच्छा प्रस्ताव है।

ताची : मुझे विश्वास है कि बाघू एक महान नेतृत्व प्रदान करेगा और समूह को सुरक्षा भी।

"हाँ ये सही है।" "ठीक है।" "अगला 'सरदार' बाघू ही होगा" के विभिन्न समर्थन स्वर वहाँ के वातावरण में गूँजने लगे कि तभी एक तीव्र

एवम् क्रोध से भरे विपरीत स्वर ने उस समर्थन के वातावरण की गुंजन को भेद कर अचानक उस वातावरण को शान्त करा दिया। सब ने मुड़ कर देखा तो तारू अपने मित्रों के साथ क्रोध में सीना ताने खड़ा था।

तारू : बन्द करो इन समर्थन के स्वरों को। इन स्वरों को सुन–सुन कर मैं पक चुका हूँ। क्रोधित स्वर में कहता है।

वृद्ध भेड़िया : तारू, क्या तुम इस प्रस्ताव से सहमत नहीं? सम्पूर्ण समूह ये चाहता है कि बाघू को इस समूह का नेता बनाया जाये।

तारू : मैं तो उस समय भी सहमत नहीं था जब आप सबने ताची को इस समूह का नेता बनाया था। ताची और मैंने एक साथ शिक्षा प्राप्त की। हम दोनों लगभग एक जैसे ही थे परन्तु बिना किसी परीक्षा व प्रतियोगिता के आप सबने ताची को वरीयता दी। केवल इसलिए कि वह 'जग्गा सरदार' का पुत्र है...ऊँचे स्वर में कहता है।

ताची : तारू, मेरे मित्र, तुमने मुझे कहा होता तो मैं तुम्हें इस समूह का नेता बना देता।

तारू : ताची तुम्हें भली भाँति पता है कि मैं भीख में कुछ नहीं लेता।

बिजली : बाघू ने आज लकड़बघ्घों से लोहा लेकर दो भेड़िया शिशुओं के जीवन की रक्षा की है। जो इस बात का प्रमाण है कि उसमें भेडिया समूह के सरदार वाले सभी गुण हैं।

तारू : मैंने सब सुन लिया है। दो–तीन अवयस्क लकड़बघ्घों को छकाना कोई बड़ी बात नहीं, जिसे इतना बढ़ा–चढ़ा कर बताया जा रहा है।

तबासि : क्या तुमने कभी किसी वयस्क या अवयस्क लकड़बघ्घों का सामना या दो–दो हाथ किये हैं।

तारू : अभी तक कोई ऐसा अवसर नहीं आया...चिढ़े एवम् दबे स्वर में कहता है।

तबासि : अवसरों की प्रतीक्षा नहीं, खोज करनी होती है, तारू, और खोज करने के लिए साहस एवम् प्रतिभा का होना आवश्यक है। तारू

के चक्कर काटते हुए कहता और उसके सामने खड़ा हो जाता है।

तारू : तुमने सही कहा तबासि, आज मैं भी उसी अवसर की खोज करता हुआ ही यहाँ खड़ा हूँ...तबासि के चक्कर काटते हुए कहता है।

तबासि : क्या मतलब? मैं समझा नहीं!

तारू : मतलब ये कि, यदि बाघू को इस समूह का सरदार बनना है तो उसे मुझसे प्रतियोगिता करनी होगी। जो कोई भी उस प्रतियोगिता में सफल होगा वही इस भेड़िया समुदाय का मुखिया बनेगा। बोलो बाघू, क्या कहते हो। उकसाने वाले स्वर में कहता है।

बाघू : तारू, वैसे मुझे कोई लालसा नहीं कि मैं इस भेड़िया समूह का मुखिया/सरदार बनूँ परन्तु तुम्हारी प्रत्येक चुनौती एवम् प्रतियोगिता के लिए मैं तैयार हूँ।

वृद्ध भेड़िया : तारू ठीक कह रहा है यदि वह अधिक योग्य है तो उसे ही इस समूह का मुखिया होना चाहिए। बोलो तारू, तुम किस प्रतियोगिता में बाघू को जाँचना चाहते हो।

1. लम्बी दौड़ प्रतियोगिता।
2. तीव्र दौड़ प्रतियोगिता।
3. ऊँची कूद प्रतियोगिता।
4. मल युद्ध प्रतियोगिता या
5. नदी कूद प्रतियोगिता।

कुछ क्षण चुप रहने के बाद तारू कहता है...............................

"डगमग सेतु प्रतियोगिता"

वृद्ध भेड़िया : 'डगमग सेतु प्रतियोगिता" कहते ही आँखें भौंहों के साथ माथे पर चढ़ जाती हैं।

तबासि : तारू तुम जानते हो कि तुम क्या कह रहे हो...अचरज भरे स्वर में...

तारू : भली भाँति जानता हूँ कि मैं क्या कह रहा हूँ...विश्वासपूर्ण स्वर में।

तबासि : इस प्रतियोगिता में जान का खतरा बहुत अधिक है। एक भूल तुम दोनों में से किसी की भी जान ले सकती है।

ताची : तारू, हम दोनों ने इस प्रतियोगिता का अभ्यास कई बार साथ में किया है परन्तु बाघू को इसकी न कोई जानकारी है न अभ्यास। वह कैसे इस प्रतियोगिता में भाग ले सकता है? ये उचित नहीं।

तारू : ताची, बाघू इस प्रतियोगिता के लिए हाँ कह चुका है। यदि वह इस प्रतियोगिता में भाग नहीं लेना चाहता तो मुझसे तथा सम्पूर्ण समूह से क्षमा माँगे और इस समूह से दूर चला जाये।

बाघू : तारू मैं अपनी बात पर अटल हूँ। मैं तुम्हारी प्रत्येक चुनौती को स्वीकार करता हूँ। विश्वासपूर्ण स्वर में कहता है।

तारू : तो ठीक है। आज से ठीक दो दिन बाद हम उस स्थान पर मिलेंगे जहाँ से ये प्रतियोगिता आरम्भ होती है। उस स्थान का पता तुम्हें ताची या तबासि बता देंगे। अभी मैं चलता हूँ...कहते ही अपने मित्रों के साथ निकल पड़ता है।

तारू मित्र : तारू, इस बाघू ने तो प्रतियोगिता के लिए हाँ कर दी। तुम्हें क्या लगता है क्या ये दो दिन बाद प्रतियोगिता के लिए आयेगा?

तारू : मुझे पूर्ण विश्वास है कि ताची और तबासि बाघू को प्रतियोगिता के खतरों से अवगत करा देंगे, जिसे सुनकर उसे बुखार आ जायेगा...हा–हा–हा जोर से हँसता है उसके साथ उसके साथी भी जोर से हँसने लगते हैं।

उनके जाते ही तबासि बाघू के समीप जाता है।

तबासि : बाघू तुम्हें शीघ्रता में हाँ नहीं कहना चाहिए था। ये प्रतियोगिता नहीं मौत का खेल है। तुम्हारे पिता 'जग्गा सरदार' ही इस प्रतियोगिता को उत्तीर्ण कर पाये थे, उनके सभी साथी मारे गये थे।

वृद्ध भेड़िया : तबासि ठीक कह रहा है बाघू, और तब से अब तक इस प्रतियोगिता में किसी ने भाग नहीं लिया।

बाघू : आखिर ऐसा क्या है इस प्रतियोगिता में जो आप सब घबरा रहे हो। यदि तारू इस प्रतियोगिता में भाग लेने से नहीं घबरा रहा तो मुझे भी नहीं घबराना चाहिए। तुम मुझे एक बार उस स्थान को दिखा देना फिर मैं अनुमान लगा लूँगा कि मैं इस प्रतियोगिता के योग्य हूँ या नहीं...ठीक है न।

तबासि : चलो ठीक है। इस विषय पर कल बात करते हैं अभी विश्राम कर लो तुम काफी थक गये हो।

चिन्तित तबासि समूह के बाहर वृक्षों की ओर निकल पड़ता है तथा बाघू बाकी साथियों के साथ समूह की ओर। पूरी रात बाघू खुली आँखों में ही निकाल देता है, सुबह जाकर उसकी आँख लगती है।

अगली सुबह बाघू की आँख देर से खुलती है। अंगड़ाई लेकर जैसे ही वह चलता है तो सामने गोटी, तितली और टीगो को पाता है।

बाघू : अरे तुम दोनों यहाँ क्या कर रहे हो?

गोटी : तुम्हारे उठने की प्रतीक्षा। क्या हुआ रात को नींद नहीं आयी?

टीगो : नींद आयेगी कैसे? बिना सोचे समझे प्रतियोगिता के लिए हाँ जो कह दिया। माना तुम हम सब से तेज एवम् बुद्धिमान हो परन्तु प्रतियोगिता में भाग लेने से पहले किसी से विचार–विमर्श तो कर लेते।

बाघू : मुझे पता है कि तुम्हें मेरी चिन्ता है परन्तु घबराओ नहीं मुझे कुछ नहीं होगा। यदि तारू नहीं डरता तो मुझे भी नहीं डरना चाहिए।

तितली : बाघू, तारू तुम्हारी तरह ईमानदार नहीं उसने इसमें भी कोई छल अवश्य सोच रखा होगा।

बाघू : अरे! तितली तुम भी इनके साथ सुर में सुर मिलाने लगीं.. .कहता हुआ झरने के पानी को पीकर अपना मुँह धोता है।

फिर झरने के शान्त जल में अपना प्रतिबिम्ब देखता रहता है कि तभी उसे तबासि का भी प्रतिबिम्ब नजर आता है जो ठीक झरने के ऊपर एक बड़े पत्थर पर बैठा था।

बाघू : अरे, तबासि आप कब आये?

तबासि : बस अभी, जब तुम अपना मुँह धो रहे थे। चलो तैयार हो जाओ। तुम्हें इस प्रतियोगिता के बारे में कुछ से लेकर बहुत कुछ बताना है।

बाघू : मैं तैयार हूँ।

तबासि : तो ठीक है मेरे पीछे–पीछे आ जाओ।

बाघू सहित गोटी, टीगो और तितली तबासि के पीछे चल पड़ते हैं। कुछ देर चलने के बाद तबासि उन्हें एक चट्टान पर रोककर दूर पठार की ओर संकेत करता है जो तीव्र झरने के जल के कारण दो भागों में बँटा दिख रहा था।

टीगो : वाह, कितना सुन्दर दृश्य है!

गोटी : झरने का जल कितना मन मोहक लग रहा है। इस जल की ठंडक मैं यहाँ तक अनुभव कर रहा हूँ।

तबासि : दूर से देखने में ये सुन्दर ही लगता है, चलो थोड़ा समीप चलते हैं।

थोड़ी देर चलने के पश्चात् तबासि सहित सब उस चढ़ाई पर पहुँचते हैं जो पठार पर जाने का एक मात्र किन्तु संकरा एवम् सीधी चढ़ाई वाला मार्ग था। झरने से जल गिरने की ध्वनि इतनी तीव्र एवम् भीषण थी जो उसके बल का परिचय दे रही थी। तबासि सबसे पहले उस स्थान पर पहुँचता है फिर बाघू परन्तु गोटी, टीगो और तितली बड़ी कठिनाई से उस पठार पर पहुँच पाते हैं।

इतने विशाल जल प्रवाह का आकाश जैसी ऊँचाई से धरती की गहराई में गिरने का वह दृश्य अचरज के साथ–साथ भयभीत भी कर रहा था।

तबासि : "जलवायु पर्वत" में तुम सबका स्वागत है। बुलन्द स्वर से कहते हुए शीश झुका कर नमन करता है।

बाघू : अद्भुत, अकल्पनीय! दूर से देखने में ये एक आम झरना लग रहा था परन्तु समीप आने पर मुझे यहाँ कई शक्तियों का अनुभव हो रहा है। झरने को देखते हुए आसपास के ऊँचे वृक्षों पर नजर फिराता है।

गोटी : सच में यहाँ भय का अनुभव हो रहा है।

टीगो : मुझ से तो कुछ बोला भी नहीं जा रहा है...मन में कहता हुआ अपने पैर कँपकँपाता है।

तितली : यह दृश्य सच में भय पैदा करने वाला है। जो निरन्तर ये अनुभव करा रहा है कि इसके समक्ष हम कुछ भी नहीं।

तबासि : सही सोचा तुम सभी ने। यह स्थान कमजोर दिल वालों के लिए उचित नहीं।

बाघू : "जल वायु पर्वत" यही नाम बताया आपने इस स्थान का?

तबासि : हाँ "जल वायु पर्वत"। इस स्थान पर केवल तीन शक्तियों का राज है। अभी तुम केवल एक ही शक्ति को देख रहे हो और वो है जल शक्ति परन्तु दो अन्य शक्तियाँ हैं जो इस स्थान पर अपनी मनमानी करती हैं।

तितली : वे शक्तियाँ कौन–सी हैं?

तबासि : वे शक्तियाँ है, वायु एवम् पर्वत।

टीगो : वायु एवम् पर्वत?

तबासि : हाँ, ये पठार सदा स्थिर नहीं रहते। इन पर्वतों के नीचे निरन्तर कम्पन होता रहता है। जब कम्पन के बल में वृद्धि होती है तो ये पठार भी बहुत तीव्र कम्पन करने लगते हैं। वायु शक्ति यहाँ किसी नियम का पालन नहीं करती। इस स्थान की भौगोलिक संरचना ऐसी है कि जब वायु अपनी शक्ति का प्रदर्शन करती है तो वो पूर्व से पश्चिम या उत्तर से दक्षिण अथवा इसके विपरीत कैसे भी बह सकती है। इस वायु प्रवाह की गति इतनी तीव्र होती है कि वे बड़े से बड़े वृक्षों को भी जड़ से उखाड़ दे परन्तु शुक्र है कि अभी ये दोनों शक्तियाँ शान्त हैं।

बाघू : मैं इस "जल वायु पर्वत" को नमन करता हूँ। कहते ही अपना सिर झुका लेता है।

बाघू के साथ–साथ गोटी, टीगो एवम् तितली भी अपना सिर झुका लेते हैं। सिर उठा कर बाघू तबासि से पूछता है।

बाघू : तबासि परन्तु मुझे किस चुनौती का सामना करना है।

तबासि : मेरे पीछे आओ...कहता हुआ एक बड़े पत्थर पर चढ़ता है और पीछे–पीछे बाघू सहित बाकी भी उस पत्थर पर चढ़ जाते हैं। तबासि सिर के इशारे से उस बड़े वृक्ष को देखने को कहता है जो तीव्र झरने के उछाल मारते हुए जल प्रवाह के कारण दो भागों में बँटे हुए पठार पर्वत पर सेतु रूपी पड़ा था।

तबासि : देखो, वो है 'डगमग सेतु' एक विशाल वृक्ष जो तीव्र झरने के कारण दो भागों में बँटे हुए पठार को जोड़ता है तथा जो इन तीनों शक्तियों के कारण हमेशा हिलता–डुलता रहता है। जब तीनों शक्तियों में से कोई अपनी शक्ति का अधिक प्रदर्शन करती है तो इस विशाल वृक्ष ('डगमग सेतु') को सीधे गहरी खाई में जाना पड़ता है और इसका स्थान इस जैसा ही कोई लम्बा एवम् विशाल वृक्ष ले लेता है जो ऊपर की पहाड़ियों से उखड़ कर यहाँ इन बड़े पत्थरों पर अटक जाते हैं।

टीगो : तो बाघू को केवल इस हिलते हुए वृक्ष को पार करना है?

तबासि : नहीं टीगो। केवल इतना नहीं। कहता हुआ खाई के ओर समीप जाकर रुक जाता है।

गोटी : तबासि आप बताइए बाघू को इस प्रतियोगिता में और क्या करना होगा। बाघू भी गोटी के साथ तबासि की ओर बढ़ता है।

तबासि : बाघू, इस प्रतियोगिता का आरम्भ उसी स्थान से होगा जहाँ तुम तारू से पहली बार मिले थे, नदी के पार। कहते हुए खाई के समीप बढ़ता है, फिर रुककर बाघू को खाई के दूसरी ओर के घने

जंगल को देखने को कहता है। बाघू, प्रतियोगिता के प्रारम्भ होते ही पहले तुम्हें उस नदी को पार करना है लेकिन ध्यान रहे उस नदी को तैर कर ही पार करना है। नदी पार करते ही तुम्हें सीधी चढ़ाई चढ़नी है जो तुम दोनों को उस समतल मैदान पर ले आयेगी जहाँ तुम्हें तीव्र गति से भागना होगा। समतल मैदान के खत्म होते ही घने जंगल तुम्हारे सामने होंगे, वहाँ कंटीली झाड़ियों, पथरीले एवम् उबड़ खाबड़ रास्तों से अपने पैरों को बचाते हुए तुम्हें खाई के उस ओर दिख रहे घने जंगल में प्रवेश के लिए सीधी, तीखी एवम् थका देने वाली चढ़ाई करनी होगी। उस चढ़ाई में यदि किसी का पैर फिसला तो वह सीधे नीचे गिर कर घायल हो सकता है।

टीगो : यदि तुम्हारा पैर नहीं फिसला तो तुम खाई के उस ओर के जंगलों में पहुँच जाओगे और वहाँ से भागते हुए इस 'डगमग सेतु' पर चढ़ कर इसे पार करते ही भेड़िया समूह का सरदार बन जाओगे।

बाघू : टीगो, तुम जरा चुप रहोगे।

तबासि : नही ये इतना सरल नहीं, खाई के उस ओर के जंगल में किसी समय पर भेड़ियों का राज था परन्तु जग्गा सरदार की मृत्यु के पश्चात् सिंघा की सहायता से लकड़बघ्घों ने वहाँ खूनी खेल खेला और एक–एक कर भेड़ियों को खत्म करने लगे। बचे हुए भेड़ियों ने स्वयं एवम् परिवार की सुरक्षा के लिए उस स्थान को छोड़ दिया और खाई के इस ओर वाले जंगल में रहने लगे।

बाघू : तो क्या अब खाई के उस ओर के जंगल में कोई भेड़िया नहीं रहता।

तबासि : नहीं, वो अब लकड़बघ्घों का क्षेत्र है 'दिव्य जल' वाला झरना भी उसी क्षेत्र में है। इसलिए वे राक्षस किसी दूसरे शिकारी जानवर को उस क्षेत्र में घुसने नहीं देते। यदि कोई ऐसा करता है तो सिंघा का नाम ले कर उसे भयभीत किया जाता है। अनदेखी करने वाले को सिंघा के आदेश पर मृत्यु दण्ड दिया जाता है। सिंघा पूरी तरह से लकड़बघ्घों के मायाजाल में फँस चुका है।

बाघू : क्या आपने उस दिन के बाद कभी सिंघा को देखा?

तबासि : नहीं सिंघा को तो नहीं परन्तु शाका को एक दिन देखा था, नदी के किनारे शायद किसी भेड़िये की ताक पर था। वह पहले से अधिक युवा एवम् तगड़ा प्रतीत हो रहा था। मुझे संदेह है कि सिंघा की छत्रछाया में उसने भी 'दिव्य जल' की कुछ मात्रा पी ली है।

तितली : इसका मतलब इस प्रतियोगिता में बाघू की जान को खतरा है।

तबासि : हाँ, बहुत बड़ा खतरा है। जंगल में प्रवेश करने के कुछ क्षणों के भीतर ही उन्हें तुम्हारी भनक लग जायेगी। यदि तुमने समय रहते उस 'डगमग सेतु' को पार नहीं किया तो तुम दोनों या कोई एक सैकड़ों लकड़बघ्घों से घिर जाओगे फिर तब तुम दोनों या किसी एक की मृत्यु निश्चित है।

तितली : तारू ने एक तीर से दो शिकार किये हैं। उसे इस प्रतियोगिता के अभ्यास के साथ उन मार्गों का ज्ञान भी है जिनसे होता हुआ वह 'डगमग सेतु' तक पहुँचकर उसे पार करेगा और भेड़िया समूह का मुखिया बनेगा और बाघू को लकड़बघ्घों के बीच मरने के लिए छोड़ देगा। मैं इस प्रतियोगिता को नहीं होने दूँगी...क्रोधित स्वर में कहती है।

बाघू : तितली शान्त हो जाओ। मेरा विश्वास करो मुझे कुछ नहीं होगा...कहते हुए तबासि की ओर मुड़ता है।

तबासि : बाघू, तुम्हारा आत्मविश्वास मेरी चिन्ता कम कर देता है। कल हम सब तुम्हारा खाई के इस ओर आने की प्रतीक्षा करेगे। ईश्वर तुम्हें विजयी बनाये...बुलन्द स्वर में कहता है।

रात्रि को बाघू, ताची और तबासि को कल की प्रतियोगिता की रणनीति बनाता देख तितली चिन्ता से घिरी जा रही थी। इस चिन्ता के कारण उसे पूरी रात नींद नहीं आयी, जैसे मानो उसे लग रहा था कि यदि वह जागती रहे तो सूर्य नहीं निकलेगा परन्तु सूर्य के निकलने से कुछ घंटे पूर्व ही उसकी आँख लग गयी।

प्रकृति का नियम एवम् समय का पहिया किसी के लिए नहीं थमता और इसी नियम का अनुपालन करते हुए सूर्य पुनः चमकता हुआ नये दिन का प्रारम्भ अपनी कोमल किरणों के साथ करता है।

बिजली, ताची, तबासि, बाघू एवम् तारू सहित सभी वयस्क एवम् अवयस्क भेड़िये नदी के छोर पर पहुँच गये थे। तारू अपने मित्रों से प्रतियोगिता की योजना को लेकर सूचनाएँ ले रहा था तो उधर बाघू, तबासि और ताची से प्रतियोगिता की कठिनाइयों को समझ रहा था।

भेड़िया 1 : तारू, मेरे मित्र मुझे पूर्ण विश्वास है कि तुम ही इस प्रतियोगिता में विजयी बनोगे।

भेड़िया 2 : मित्र, मुझे तो संदेह है कि यह बाघू कहीं लकड़बघ्घों का शिकार न बन जाये। हमें कुछ प्रार्थना इस के लिए भी करनी चाहिए। यह कहते हुए तारू सहित सब हँसने लगते हैं।

ताची : बाघू, तुम इनकी बातों में ध्यान मत दो। बस हमने जो योजना बनाई है तुम्हें उसका पालन करना होगा। कहते हुए तारू की ओर चल पड़ता है।

तारू के समीप पहुँच कर ताची उसे प्रतियोगिता के लिए शुभकामनाएँ देता है।

ताची : तारू, मेरे मित्र मुझे इस बात का ज्ञान है कि इस प्रतियोगिता का तुम्हें अनुभव एवम् अभ्यास है। शायद तुम यह प्रतियोगिता जीत भी जाओ, उसके लिए मेरी शुभ कामनाएँ तुम्हारे साथ हैं परन्तु मेरी तुमसे एक विनती है कि यदि बाघू किसी मुसीबत में फँस जाये तो उसे वहाँ अकेला मत छोड़ना।

तारू : ताची, यदि इस प्रतियोगिता की चुनौतियाँ एवम् कठिनाईयाँ तुमने बाघू को ठीक से समझा दी होंती तो शायद वह आज यहाँ इस प्रतियोगिता के लिए नहीं आता। देखो! कैसे तन कर खड़ा होकर तबासि को सुन रहा है। मैं इसकी सारी अकड़ निकाल दूँगा। घमण्ड से भरे स्वर में कहता है।

दोनों उस ओर देखते हैं तो पाते हैं तबासि बाघू को समझा रहा है।

तबासि : बाघू, जैसे बताया है उसी के अनुसार तुम्हें इस प्रतियोगिता की रणनीति समझकर उस 'डगमग सेतु' तक पहुँचना है। मैं तुम दोनों का पीछा करता रहूँगा और ठीक लकड़बघ्घों की क्षेत्र सीमा के पास एक स्थान पर रुक जाऊँगा, जहाँ से 'डगमग सेतु' नजर आता है। तुम्हारे 'डगमग सेतु' पर चढ़ते ही ताची मुझे संकेत कर देगा। यदि तुम समय रहते 'डगमग सेतु' तक नहीं पहुँच पाते तो घबराना नहीं वहीं दौड़ते रहना मैं तुम्हारी सहायता के लिए वहाँ पहुँच जाऊँगा, इतने सारे लकड़बघ्घों को देखकर तुम साहस मत खोना, मेरी प्रतीक्षा करना मैं अवश्य आऊँगा, मुझ पर विश्वास है न? संदेह से भरे स्वर में कहता है।

बाघू : अपने आप से भी अधिक। विश्वास से भरे स्वर में कहता है।

तबासि : बाघू, एक आवश्यक जानकारी। मुझे पता है कि तुम अच्छी एवम् लम्बी छलांग लगाते हो परन्तु उस खाई को छलांग लगा कर पार करने का प्रयास मत करना। खाई की चौड़ाई देखने में कम लगती है परन्तु खाई की चौड़ाई उस उफनती नदी से लगभग दुगनी है जिसे तुमने लगभग पार कर ही लिया था। उस खाई को छलांग से पार करने का अर्थ है मृत्यु को निमन्त्रण देना।

बाघू : समझ गया, आप घबराइए नहीं...कहता हुआ तारू की ओर बढ़ता है जो उस खींची रेखा पर खड़ा था, जहाँ से 'डगमग सेतु प्रतियोगिता' प्रारम्भ होनी थी।

तारू : आओ बाघू बहुत साहस है तुममें जो इस प्रतियोगिता में भाग लिया। आज तुम्हें पता चलेगा कि जंगल कितना भयानक होता है।

बाघू ने तारू की बातों को अनसुना कर एक नजर भेड़िये समूह पर डाली शायद किसी को ढूँढ़ रहा हो फिर अपने मन को एकाग्र किया और वृद्ध भेड़िये द्वारा सिर को आकाश की ओर कर तीव्र लम्बी

गुँजा देने वाले स्वर के साथ ही तारू सहित 'डगमग सेतु' के लिए दौड़ पड़ा।

तारू एवम् बाघू के निकल जाने के कुछ क्षण पश्चात् ही तितली वहाँ भागती हुई पहुँची और बाघू को नदी में तैरता देख भावुक हो उठी। गोटी, टीगो तथा दूसरे भेड़िये सदस्य बाघू को प्रोत्साहित करने लगे तो तारू के मित्र तारू को।

तबासि : ताची, तुम सभी को खाई के उस ओर ले जाओ। मैं इन दोनों के पीछे जाता हूँ। ताची मैं तुम्हारे संकेत की प्रतीक्षा करूँगा।

बिजली : तबासि, बाघू का ध्यान रखना। स्वर लाचार भाव से भरे थे।

तबासि : जब तक मैं जीवित हूँ बाघू को कुछ नहीं होने दूँगा। आँखों के नम होने से पूर्व ही तबासि, तारू और बाघू के पीछे दौड़ पड़ता है।

उधर तारू नदी को बाघू से पहले तैर कर पार कर तुरन्त खड़ी चढ़ाई पर चढ़ने लगता है। तारू जोश से पूर्ण था। ऐसा प्रतीत हो रहा था कि न जाने कब से उसे इस अवसर या प्रतियोगिता की प्रतीक्षा थी।

बाघू के नदी पार करते ही तारू खड़ी चढ़ाई पर चढ़ कर समतल मैदान में पहुँच गया। बाघू भी तीव्रता से उस चढ़ाई पर चढ़ने लगा जैसे ही वह समतल मैदान पर पहुँचा तो उसे तारू दूर भागता हुआ नजर आया। बिना किसी देरी के बाघू ने लम्बी साँस भरी और तारू के पीछे–पीछे दौड़ पड़ा। बाघू इतनी तीव्र गति से दौड़ रहा था कि उसके शरीर के गीले बाल तीव्रता से सूखने लगे परन्तु इससे पहले कि वह तारू को पकड़ पाता, तारू घने जंगल में प्रवेश कर चुका था।

जंगल के पथरीले एवम् उबड़–खाबड़ रास्ते तथा कटीली झाड़ियाँ तारू की गति को प्रभावित नहीं कर रही थी, क्योंकि उसके पास इसका अनुभव एवम् अभ्यास दोनों थे। वही दूसरी ओर बाघू की गति इन सभी कठिनाईयों से प्रभावित हो रही थी। बाघू की गति भले ही

पथरीले एवम् कटीली झाड़ियों से प्रभावित हो रही थी परन्तु उसकी आँखे निरन्तर तारू पर टिकी हुई थीं। तारू, बाघू से दूर परन्तु उसके नजर की पकड़ में था।

इन दोनों के पीछे–पीछे तबासि भी लकड़बघ्घों की सीमा की ओर बढ़ रहा था। वह कभी वृक्ष से तो कभी ऊँची चट्टान से उन पर नजर बनाये रखे हुए था।

घने जंगल के अन्तिम छोर पर पहुँचने से पहले तारू ने पीछे मुड़कर देखा तो पाया बाघू काफी पीछे था...वह मंद–मंद मुस्कराया और कहने लगा कि यदि यह इसी गति से भागता रहा तो लकड़बघ्घों के हाथों से नहीं बचेगा...कहते ही उस तीखी एवम् खड़ी चढ़ाई पर चढ़ने लगता है, जो लकड़बघ्घों की सीमा वाले जंगल से ठीक पहले थीं।

तारू के मुड़ते ही बाघू अपनी गति को बढ़ाते हुए घने जंगल के अन्तिम छोर तक पहुँचता है। वहाँ पहुँचकर वह अपने बाई ओर बड़ी चट्टान पर खडे तबासि को देखता है जो वहीं पर खड़ा रहकर ताची के संकेत की प्रतीक्षा करेगा।

एक लम्बी साँस भरकर बाघू उस सीधी एवम् तीखी चढ़ाई को सावधानी से चढ़ने लगता है। चढ़ाई चढ़ते–चढ़ते बाघू, तारू पर नजर बनाये हुए था, चूँकि तारू और बाघू के बीच दूरी अधिक थी इसलिए तारू उस अन्तिम चढ़ाई को पार कर लकड़बघ्घों तथा सिंघा के क्षेत्र में प्रवेश करते ही बाघू की नजरों से ओझिल हो गया।

कुछ क्षण पश्चात् ही बाघू भी अपनी गति में अद्भुत वृद्धि कर समतल भूमि पर पहुँचता है जो भयानक शान्ति से लिप्त थी। जंगल एकदम शान्त था मानो पक्षी भी सिंघा की आज्ञा बिना चहचहाते न हों।

बाघू चारों ओर देखता है परन्तु उसे तारू कहीं नजर नहीं आता। वह इस सोच में पड़ जाता है कि किस दिशा से जाना है। तभी उसकी दृष्टि मिट्टी में छपे तारू के पंजों पर जाती है। वह उन पंजों के सहारे आगे बढ़ने लगता है परन्तु कुछ क्षण पश्चात् वह पंजों के निशान हरी

घास के आते ही लुप्त हो जाते हैं। बाघू के समक्ष अब एक घना जंगल था जो विचित्र स्वरों से उसका स्वागत कर रहा था।

बाघू कुछ क्षण विचारने के पश्चात् पंजों का अनुमान लगाते हुए जंगल में प्रवेश कर जाता है। बाघू के जंगल में प्रवेश करते ही तारू एक वृक्ष के पीछे से निकल कर कहता है।

तारू : मैं समझ गया था कि तुम तीव्र गति से क्यों नहीं भाग रहे थे। ताची और तबासि ने तुम्हें बताया होगा कि तारू के पीछे–पीछे ही रहना ताकि तुम्हें मार्ग ढूँढ़ने में कोई परेशानी न हो परन्तु अब यही तरकीब तुम्हें तुम्हारी मृत्यु के समीप ले जा रही है। क्योंकि तुम स्वयं ही सिंघा तथा लकड़बघ्घों का भोजन बनने जा रहे हो। इतराते एवम् खुश होते स्वयं से कहते हुए, मंद–मंद हँसता है फिर दूसरे मार्ग से 'डगमग सेतु' की ओर दौड़ पड़ता है।

उधर जंगल के भीतर बाघू कुछ देर दौड़ने के पश्चात् रुक कर कुछ सोचता है फिर स्वयं से कहता है।

बाघू : शायद ये मार्ग ठीक नहीं, जंगल अधिक घना होता जा रहा है। मुझे कोई दूसरा मार्ग ढूँढ़ना चाहिए। अवश्य ही तारू ने छल से मुझे गलत मार्ग में भेज दिया है परन्तु जैसे ही वह मुड़ता है तो दो वयस्क लकड़बघ्घों को अपने समक्ष पाता है।

लकड़बघ्घा 1 : तेरा इतना साहस कि तू हमारे क्षेत्र में घूम रहा है। क्या तुझे मृत्यु से भय नहीं लगता है।

बाघू : मृत्यु का भय तो सभी को होता है मुझे भी है परन्तु मुझे तुमसे भय नहीं लगता।

लकड़बघ्घा 2 : अरे मूर्ख, हम ही तो तेरी मृत्यु हैं कहते ही बाघू पर झपटता है।

बाघू : देखो मुझे तुमसे कोई लड़ाई नहीं करनी मुझे तो केवल 'डगमग सेतु' की प्रतियोगिता को पूरी करना है।

लकड़बघ्घा 1 : क्या? 'डगमग सेतु' प्रतियोगिता? क्या तुम उस सेतु को पार कर सकते हो?

लकड़बघ्घा 2 : उस खाई में व्यर्थ गिरने से अच्छा है कि तुम हमारा भोजन बन जाओ...कहते ही पुनः उस पर छलांग लगाता है परन्तु इस बार बाघू ठीक जग्गा सरदार की तरह स्वयं को बचाते हुए अपने पैने दाँतों से उसकी अगली टाँगों के समीप छाती का माँस नोच लेता है। माँस के छिलने पर लकड़बघ्घा पीड़ा से कराह उठता है। उसकी पीड़ा का स्वर साथी लकड़बघ्घे को चकित तथा जंगल में दूसरे लकड़बघ्घों को सावधान कर देता है।

उस स्वर को सुन तारू भी घबराकर थम जाता है।

तारू : लगता है, बाघू ने किसी लकड़बघ्घे को घायल कर दिया है। उसकी इस पीड़ा भरे स्वर को सुनकर दूसरे लकड़बघ्घे सचेत हो गये होंगे। बाघू की मृत्यु तो निश्चित है। इससे पहले वे मुझ तक पहुँचे मुझे उस 'डगमग सेतु' तक पहुँचना होगा। एक बार उस सेतु पर चढ़ जाऊँ तो लकड़बघ्घों से बच सकता हूँ। स्वयं से कहता हुआ तीव्रता से भागने लगता है।

उधर बाघू घने जंगल से बाहर निकलने का मार्ग खोजने लगता है कि तभी एक–एक कर चार लकड़बघ्घे झाड़ियों से निकल कर उसके सामने आ जाते हैं।

बाघू बिना किसी देरी किये उनसे विपरीत दिशा में भागने लगा और वे चारों लकड़बघ्घे भी उसका पीछा करने लगे। जंगल से परिचित होने के कारण वे छोटे एवम् गुप्त मार्गों की सहायता से कभी उसके सामने आ जाते तो कभी दाएँ और फिर कभी बाएँ से हमला करते परन्तु बाघू की चुस्ती, फुर्ती एवम् तीव्रता उनके प्रत्येक वार को विफल बना रही थी।

इधर तारू जंगल के बाहरी 'मार्ग से 'डगमग सेतु' की ओर तीव्रता से दौड़ रहा था कि तभी एक तेज धक्का उसे हवा में उछालता हुआ

धरती पर पटक देता है। तारू सँभलते हुए फुर्ती से खड़ा होता है तो पाता है कि उसके मार्ग में दो वयस्क लकड़बघ्घे खड़े हैं।

लकड़बघ्घा 1 : रुको, कहाँ भागे जा रहे हो, थोड़ा विश्राम कर लो।

तारू : देखो, मैं तुमसे लड़ाई नहीं चाहता, मुझे जाने दो...उसके स्वर में घबराहट झलक रही थी।

लकड़बघ्घा 2 : हमने किसी लकड़बघ्घे की पीड़ा से भरी चीख सुनी थी। कहीं तुमने किसी लकड़बग्घे पर हमला तो नहीं किया?

तारू : नहीं–नहीं वो हमला मैंने नहीं किया। मैं तो यहाँ 'डगमग सेतु' प्रतियोगिता के लिए दूसरे भेड़िए के साथ आया हूँ शायद बाघू ने हमला किया हो।

लकड़बघ्घा 1 : बाघू! ये बाघू कौन है?

तारू : बाघू एक शहरी पालतू कुत्ता है जो स्वयं को भेड़िया और जग्गा सरदार का पुत्र भी कहता है।

लकड़बघ्घा 2 : क्या बकते हो! जग्गा का पुत्र तो ताची है, जो घायल है। वो इस 'डगमग सेतु' को कैसे पार कर सकता है?

तारू : नहीं, ये जग्गा सरदार का दूसरा पुत्र है जिसका नाम 'बाघू' है। भेड़िया समूह का अगला मुखिया कौन बनेगा वह इस 'डगमग सेतु' प्रतियोगिता का परिणाम ही तय करेगा।

लकड़बघ्घा 1 : ओह! तो भेड़िया समूह एक बार फिर से मुखिया की खोज में लगा है।

तारू : देखो मैंने तुम्हें सब कुछ बता दिया है अब मुझे जाने दो। यदि बाघू पहले 'डगमग सेतु' पार कर लेगा तो भेड़िया समूह का मुखिया बन जायेगा।

लकड़बघ्घा 2 : अच्छा! और यदि तुम भेड़िया समूह के सरदार बन गये तो तुम लकड़बघ्घों से अपने समूह की रक्षा करोगे।

तारू : नहीं–नहीं यदि मैं सरदार बना तो मैं ऐसा कुछ नहीं करूँगा। देखो मैंने तुम्हें सच–सच बता दिया मेरा विश्वास करो।

लकड़बघ्घा 2 : विश्वास करें, तुम पर! जो अपने समूह का नहीं हुआ वो हमारा कैसे होगा? वर्तमान में तुम दोनों ने ही भेड़िया समूह का सरदार बनने के लिए इस प्रतियोगिता का चयन किया है। यदि हम एक सम्भावित भेडिया सरदार को खत्म कर दें तो भविष्य में हमारा सिरदर्द भी कम हो जायेगा...हा–हा–हा जोर से हँसने लगता है।

अपनी मूर्खता पर तारू सिर झुका लेता है।

तारू उनके इरादों को भाँप उन्हें हँसता हुआ देख मौका पाकर 'डगमग सेतु' की ओर भागता है परन्तु दो छलांग बाद फिर एक धक्का उसे धरती पर गिरा देता है। तारू संभलकर जैसे ही खड़ा होता है तो पाता है कि एक अन्य लकड़बघ्घा भी उसके सामने खड़ा घूर रहा है। तारू अब तीन लकड़बघ्घों के बीच फँस चुका था। प्रतियोगिता को जीतने से अधिक जीवन को बचाने की चिन्ता उसके मुख पर झलक रही थी। चिन्ता में पड़े तारू को देख एक लकड़बघ्घे ने अचानक उसकी पिछली टाँग पर हमला कर उसका माँस नोच डाला। तारू पीड़ा से कराह उठा। उसका पीड़ा भरा स्वर जंगल के भीतर लकड़बघ्घों को चकमा दे रहे बाघू के साथ–साथ लकड़बघ्घों की सीमा पर खड़े तबासि तथा 'डगमग सेतु' के पार ताची, बिजली, तितली, गोटी, टीगो सहित दूसरे सभी भेड़िए समूह ने भी सुनी, जिसने सबको भयभीत कर दिया।

इस हमले के पश्चात् तारू बिना समय नष्ट किये 'डगमग सेतु' की ओर पूरी शक्ति से भागने लगा और तीनों लकड़बघ्घे उसका पीछा करने लगे। तारू का घाव उसकी गति को प्रभावित कर रहा था, वह यह जान चुका था कि यदि वह समय पर 'डगमग सेतु' पर नहीं पहुँच पाया तो उसकी मृत्यु निश्चित है।

तबासि सहायता के लिए सीमा क्षेत्र से जंगल के भीतर जाने के लिए भागा परन्तु लकड़बघ्घों की सीमा पर पहुँचते ही उसने पाया कि जंगल की सीमा पर लकड़बघ्घों की भीड़ थी जो अन्दर गये भेड़ियों

को वापिस जाने से रोकने के लिए खड़ी थी। ये देख तबासि चिन्तित हो गया।

तबासि : इस मार्ग को लकड़बघ्घों ने पूरी तरह घेर लिया है मुझे अब दूसरी ओर से 'डगमग सेतु' को पार करके तारू और बाघू की सहायता करनी होगी। मन में कहता हुआ उस ओर दौड़ पड़ता है।

उधर तारू भागते–2 'डगमग सेतु' के समीप पहुँचते ही एक पत्थर से ठोकर खाकर गिर जाता है। सँभलकर उठता है तो पाता है उसके तथा 'डगमग सेतु' के बीच तीन लकड़बघ्घे खड़े हैं।

लकड़बघ्घा 1 : क्यों व्यर्थ में इतना प्रयास कर रहा है तारू तुझे तो पता था कि इस क्षेत्र में आने का अर्थ है कि मृत्यु के समीप जाना, फिर भी यहाँ चला आया। अब आया है तो मृत्यु को समीप से देख भी ले...कहता हुआ उस पर छलांग लगाकर उसे अपने पंजों से पुनः घायल कर देता है। एक–एक कर तीनों लकड़बघ्घे उस पर पंजे एवम् दाँतों से वार करने लगे। वे तारू के दाँतों एवम् पंजों से बचते हुए उसे निरन्तर घायल एवम् कमजोर करने लगे। असहाय तारू केवल उनके प्रहारों से बचने का प्रयास मात्र ही कर रहा था।

तारू को कमजोर पड़ता देख एक लकड़बघ्घे ने इस खेल को खत्म करने का संकेत किया। संकेत पाते ही तीसरा लकड़बघ्घा धीरे से असहाय पड़े तारू के पीछे गया परन्तु इससे पहले कि वह तारू पर अन्तिम प्रहार करता उसे बाईं ओर से उड़ती हुई धूल नजर आयी। इससे पहले वह कुछ समझ पाता बाघू अपनी छलांग द्वारा धूल से आगे निकलकर तारू के पीछे खड़े लकड़बघ्घे की गर्दन पर अपने दाँत गड़ा कर तब तक नहीं छोड़ता जब तक उसके प्राण निकल नहीं जाते। लकड़बघ्घे की अन्तिम झटपटाहट और बाघू की भयानक घुर्राहट को देख एवम् सुनकर साथी लकड़बघ्घे सुन्न पड़ जाते हैं। इतने में वे दो लकड़बघ्घे भी वहाँ पहुँचते हैं जो बाघू का पीछा कर रहे थे। बाघू धरती में पड़े लकड़बघ्घे की मृत्यु को सुनिश्चित कर अपनी पकड़ को

ढीली करता है तथा पुनः धीरे–धीरे घुर्राता हुआ तन के खड़ा हो जाता है। बाघू, तारू की ओर देखते हुए कहता है।

बाघू : तारू, उठो और 'डगमग सेतु' पर चढ़ जाओ...कहते ही उस लकड़बघ्घे पर छपटता है जो 'डगमग सेतु' के मार्ग पर खड़ा था।

तारू : परन्तु बाघू तुम? लंगड़ाते हुए कहता है।

बाघू : तुम मेरी चिन्ता मत करो। तुम घायल हो, तुम्हारा पहले सेतु पार करना आवश्यक है।

तारू : मैं तुम्हें अकेला नहीं छोड़ सकता।

बाघू : हम दोनों एक साथ नहीं जा सकते। मैं इन राक्षसों को रोकता हूँ तुम निकल जाओ।

सेतु के दूसरी ओर से सब चिल्लाने लगते हैं...शीघ्र सेतु पर चढ़ जाओ–चढ़ जाओ।

बाघू : तारू शीघ्र जाओ, समय नष्ट न करो।

तारू उस 'डगमग सेतु' पर चढ़ जाता है। डगमग सेतु अपने नाम के स्वरूप निरन्तर हिल रहा था परन्तु तारू का अभ्यास उसे उस सेतु पर बनाये रखता है। देखते ही देखते तारू सेतु पार कर भेड़िये समूह की सुरक्षा में पहुँच जाता है। तभी तबासि वहाँ पहुँचता है।

तबासि : बाघू कहाँ है...तारू को असहाय एवम् घायल अवस्था में देखते हुए पूछता है।

तारू : तबासि, बाघू को बचा लो उसने मुझे बचाने के लिए अपने प्राण दाँव पर लगा दिये। वे राक्षस उसे जीवित नहीं छोड़ेंगे।

बिजली : तबासि, बाघू को किसी भी तरह सुरक्षित यहाँ ले आओ।

तितली : यदि बाघू को कुछ हुआ तो इसका दोषी तारू ही होगा। ये सब तारू की जिद्द के कारण ही हुआ है।

तबासि जैसे ही 'डगमग सेतु' की ओर उसे पार करने के लिए बढ़ता है तभी 'जल वायु पर्वत' अपनी शक्ति का प्रदर्शन प्रारम्भ कर देता है। पठार पर कम्पन बढने लगा जिस कारण 'डगमग सेतु' हिलने के साथ–साथ उछलने भी लगता है। इस स्थिति में तबासि के बढ़ते हुए कदम रुक जाते हैं। अपने आप को सहायता न करने की असहाय स्थिति में पाकर तबासि तीव्र स्वर में घुर्राता है।

दूसरी ओर बाघू एक–एक कर लकड़बघ्घों से घिरता जा रहा था। लकड़बघ्घों का संख्या बल लकड़बघ्घों को बाघू पर प्रहार करने का बल देने लगा। इससे पहले की लकड़बघ्घे बाघू पर प्रहार करते बाघू एक लकड़बघ्घे के ऊपर छलांग लगाता हुआ पुनः जंगल की ओर भागता है। ये देख सभी लकड़बघ्घे बाघू के पीछे उसे पकड़ने के लिए दौड़ पड़ते हैं। बाघू को पुनः जंगल की ओर जाते देख टीगो और गोटी चिन्तित हो जाते हैं।

टीगो : अरे बाघू फिर से जंगल की ओर जा रहा है। वहाँ तो दूसरे लकड़बघ्घों के साथ सिंघा भी होगा।

गोटी : शायद वह उसी मार्ग से वापिस आने की सोच रहा है जहाँ से उसने और तारू ने उनकी सीमा में प्रवेश किया था।

तबासि : उस मार्ग पर पहले से ही लकड़बघ्घों ने पहरा लगा रखा है। बाघू का वहाँ से निकलना असम्भव है...कहते हुए पत्थर पर पंजे को पटकता है।

ये सुन तितली फूट–फूट कर रोने लगी। तितली को रोता देख बिजली उसे सान्त्वना देने लगती है।

उधर बाघू भी गोटी की सोच के अनुरूप उस सीमा क्षेत्र की ओर भागता है जहाँ से उसने प्रवेश किया था। मार्ग में प्रत्येक दिशा से लकड़बघ्घे उस पर हमला कर रहे थे। बाघू लकड़बघ्घों के प्रहारों से स्वयं को बचाने के साथ–साथ लकड़बघ्घों पर प्रहार भी कर रहा था। जो कोई लकबग्घा उसके प्रहार से घायल होता वह पुनः भागने की स्थिति में स्वयं को नहीं पाता।

लकड़बघ्घों के प्रहारों से बचते तथा अपने प्रहारों से उन्हें घायल करते हुए बाघू जैसे ही लकड़बघ्घों की अन्तिम सीमा क्षेत्र रेखा पर पहुँचा तो पाया की लकड़बघ्घे वहाँ तीन पंक्तियों में खड़े हैं जिसमें प्रत्येक पंक्ति दूसरी पंक्ति से लगभग बीस कदमों की दूरी पर है जिसका अर्थ यह हुआ कि यदि वह छलांग लगाकर बच निकलने की कोशिश करता है, तो आखिरी पंक्ति के लकड़बघ्घों की पकड़ में आ सकता है।

बाघू कुछ क्षण एक ऊँचे पत्थर से उन पंक्तियों को देख कर कुछ सोचता है। इतनी देर में उसके पीछा कर रहे लकड़बघ्घे वहाँ पहुँचते हैं।

लकड़बघ्घा 1 : अब कहाँ जायेगा बच्चे। आगे और पीछे, दोनों स्थान पर मृत्यु तेरी प्रतीक्षा कर रही है।

बाघू : मूर्ख! यदि मैं चाहूँ तो इसी मार्ग से वापिस जा सकता हूँ परन्तु मैंने इस प्रतियोगिता को पूरा करने का वचन दिया था। इसलिए मैं उस 'डगमग सेतु' से ही उस ओर जाऊँगा।

लकड़बघ्घा 2 : परन्तु कैसे?

ये सुनते ही बाघू उस लकड़बघ्घे पर छलांग लगाते हुए उसे घायल कर पुनः 'डगमग सेतु' की ओर भागने लगा। लगभग सारे लकड़बघ्घे फिर उसे पकड़ने उस के पीछे दौड़ पड़े। बाघू के दौड़ने की गति इतनी तीव्र थी कि जंगल में पड़ी सूखी पत्तियाँ उसके साथ आ रही वायु से झूल रही थीं। खाई के दूसरी ओर खड़ा गोटी बाघू की आहट को पहचान कर जोर से चिल्लाता है।

गोटी : मुझे लगता है कि बाघू इसी ओर आ रहा है। वो देखो वह तीव्रता से दौड़ता हुआ इधर ही आ रहा है।

टीगो : क्या वह इस 'डगमग सेतु' को छलांग मारकर पार करने की सोच रहा है?

ये सुन सब चौंक जाते हैं, तभी तबासि आगे निकलकर ऊँचे स्वर में चिल्लाता है।

तबासि : बाघू, छलांग मत लगाना खाई बहुत चौड़ी है...छलांग मत लगाना।

तबासि की आवाज बाघू तक पहुँचती है तो घिसटता हुआ अपने आप को ठीक 'डगमग सेतु' के समीप रोक कर खाई की ओर देखता है।

तबासि : बाघू 'डगमग सेतु' पर चढ़ जाओ। शीघ्र चढ़ जाओ।

इससे पहले कि बाघू 'डगमग सेतु' पर चढ़ता, जलवायु पर्वत में पुनः कम्पन प्रारम्भ हो जाता है। दूर खड़े लकड़बघ्घे जोर–जोर से हँसने/ठहाके मारने लगते हैं।

लकड़बघ्घा 1 : बेचारा फँस गया। आखिर जाये तो जाये कहाँ?

लकड़बघ्घा 2 : सही कहा तुमने, पीछे कुआँ तो आगे खाई।

ये कहते ही सब धीरे–धीरे बाघू की ओर बढ़ने लगे। कम्पन का बल अब 'डगमग सेतु' को हिलाने के साथ–साथ थोड़ा–2 उछालने भी लगा। लकड़बघ्घों को अपनी ओर आता देख बाघू उस 'डगमग सेतु' पर चढ़ कर धीरे–धीरे आगे बढ़ने लगा। हिलते एवम् उछलते हुए सेतु पर चलने में बाघू को बहुत कठिनाई आ रही थी परन्तु उसने अपनी एकाग्रता का परिचय देते हुए 'डगमग सेतु' के हिलने एवम् उछाल के साथ अपने को भी मिला लिया। 'डगमग सेतु' जब–2 हिलता तो वह भी उसके साथ विपरीत दिशा में हिलता तथा जब–2 सेतु कम्पन से उछलता तो वह भी उछलता। बाघू के द्वारा सधे हुए कदमों से बढ़ना तबासि को आश्चर्य चकित कर गया और वह उन पलों में खो गया जब उसने बाघू को खेल–2 में पेड़ पर चलना सिखाया था। तबासि को विश्वास न था कि बाघू ने खेल में दिये ज्ञान को इतना महत्व दिया होगा।

बाघू ने अपनी एकाग्रता एवम् कौशल से 'डगमग सेतु' को लगभग आधा पार कर लिया। भेड़िया समूह उसे अपनी ओर आता देख बहुत उत्साहित एवम् खुश हो रहे थे जबकि लकड़बघ्घों का क्रोध बढ़ता

जा रहा था। वे क्रोध में एक दूसरे पर दोष मढ़ते हुए आपस में लड़ाई कर रहे थे। ताची, तबासि, बिजली, तितली, गोटी, टीगो सहित सभी भेड़िया समूह शान्ति से बाघू के एक–2 नपे–तुले कदमों तथा उचित समय पर ली गयी उछाल को देख कर उसके ठीक–ठाक इस ओर पहुँचने की प्रार्थना कर रहा था परन्तु प्रकृति ने इस परीक्षा का स्तर अधिक बढ़ा दिया। जलवायु पर्वत के निरन्तर कम्पन से उछल रहे 'डगमग सेतु' (वृक्ष) में ठीक खाई के दूसरे छोर से कुछ पहले दरार आ गयी तथा प्रत्येक उछाल के साथ वो दरार बढ़ने लगी। 'डगमग सेतु' के अचानक चटकने के स्वर को सुनकर भेड़िया समूह घबरा गया।

बाघू जिस तरह आगे बढ़ रहा था उसी तरह पीछे जाने लगा। उसे पीछे जाता देख भेडिया समूह सहित सभी जीव घबरा गये और लकड़बघ्घे फिर से ठहाके मारने लगे। उन ठहाकों को अनसुना कर बाघू सात–आठ कदम पीछे आकर उसी स्थान पर सेतु के साथ उछलने लगा तथा एकाग्र होकर उस पल की प्रतीक्षा करने लगा जिस पल में सेतु कुछ क्षण (लगभग तीन श्वास) के लिए स्थिर होता है।

जैसे ही वो क्षण आया बाघू लम्बी साँस लेते हुए 'डगमग सेतु' पर तीव्रता से दौड़ा और ठीक सेतु दरार से पहले वायु में खाई के उस ओर छलांग लगा दी जहाँ भेड़िया समूह उसकी प्रतीक्षा कर रहा था। वह उड़ता हुआ ठीक तबासि पर गिरा जो सबसे आगे खड़ा था। कुछ क्षण पश्चात् 'डगमग सेतु' भी टूट कर गहरी खाई में गिर गया।

तबासि : बाघू तुमने कमाल कर दिया। मुझे तुम पर गर्व है...उसके स्वर खुशी एवम् जोश से भरे थे।

बिजली : तुम्हें कहीं चोट तो नहीं लगी। मेरा तो मन ही बैठा जा रहा था। तुम्हें ठीक–ठाक देखकर अब शान्ति मिली है...रोते हुए।

ताची : बाघू, तुम अद्भुत हो मेरे भाई, तुम जैसा कोई भी नहीं है...कहते हुए आँखों में चमक आ जाती है।

तारू : मुझे क्षमा कर दो बाघू। यदि आज तुम्हें कुछ हो जाता तो मैं जीवन भर अपने आप को क्षमा नहीं कर पाता। शर्म से सिर झुका लेता है।

बाघू : तारू तुमने ठीक कहा था कि ये प्रतियोगिता तुम ही जीतोगे। देखो तुमने ही 'डगमग सेतु' को पहले पार किया।

तारू : बाघू, मैं अपनी जिद्द पर शर्मिन्दा हूँ। आज मुझे पता चल गया कि भेड़िया समूह का मुखिया बनने का अधिकार केवल तुमको ही है। मैं तो ताची से भी बहुत पीछे हूँ। पुनः सिर को झुकाते हुए कहता है।

ताची : तारू मेरे मित्र मन छोटा मत करो। तुम्हारी जिद्द ही तुम्हारी शत्रु थी और आज वो भी चली गयी। अब हम पुनः भेड़िया शक्ति को संजोयेंगे जो बिखर गयी थी।...ताची की इस बात पर सभी ने सिर हिलाकर समर्थन किया।

खाई के दूसरी ओर क्रोधित एवम् थके हुए लकड़बघ्घे हाँफते हुए सिंघा एवम् शाका को ये खबर देने चल पड़े। सिंघा और शाका की ओर जाने वाले मार्ग पर वे निरन्तर एक–दूसरे को कोस रहे थे। खाली हाथ लौटने पर सिंघा एवम् शाका का क्रोध भी उन्हें भयभीत कर रहा था परन्तु उन तक यह सूचना देना आवश्यक था कि दो भेड़ियों ने 'डगमग सेतु' उनके क्षेत्र से पार किया है।

सिंघा की गुफा के समीप पहुँचकर सब इकट्ठे हो जाते हैं परन्तु भीतर जाकर सूचना देने का साहस किसी का नहीं होता, तब वे थोड़ा साहस दिखाकर बाहर से ही आवाज लगाते हैं।

लकड़बघ्घा 1 : सरकार–सरकार।...भय से कांपते हुए...

लकड़बघ्घा 2 : अरे, तुम इतने धीरे स्वर में पुकार रहे हो कि उन तक आवाज ही नहीं जा रही होगी। कहते ही ऊँचे स्वर में कहता है। सरकार की जय हो–सरकार की जय हो, परन्तु कोई बाहर नहीं आता।

लकड़बघ्घा 3 : चलो भई अन्दर जाकर देखते हैं। शायद सिंघा सरकार और शाका भीतर वाली गुफा में बैठे हों।

वे धीमें कदमों से गुफा में प्रवेश करते हुए भीतर वाली गुफा की ओर जाने लगे। गुफा के भीतर चलते हुए लकड़बघ्घे धीरे–धीरे शान्त हो जाते हैं।

लकड़बघ्घा 1 : अरे! भाई जो मैं सोच रहा हूँ क्या तुम भी वही सोच रहे हो...गुफा को सूँघते हुए।

लकड़बघ्घा 2 : हाँ! मुझे भी कुछ विचित्र अनुभव हो रहा है।

लकड़बघ्घा 3 : अरे मूर्ख ये विचित्र नहीं जाना–पहचाना अनुभव है। गुफा के भीतर निहारते हुए कहता है।

लकड़बघ्घा 4 : तुम बिलकुल ठीक कह रहे हो। मुझे भी यह गंध जानी पहचानी प्रतीत हो रही है, जैसे ये गुफा किसी लकड़बघ्घे की हो।

एक–दूसरे से बातें करते हुए सब भीतर वाली गुफा में जैसे ही प्रवेश करते हैं तो सिंघा की विशाल घुर्राहट सुन सब पुनः भयभीत हो कर एक दूसरे से सट जाते हैं। इससे पहले वे सब कुछ समझ पाते सामने शाका खड़ा नजर आता है।

शाका : मूर्खों तुम सब यहाँ क्या कर रहे हो?...क्रोधित स्वर से पूछता है।

लकड़बघ्घा 1 : सरकार वो–वो, हम–हम।

शाका : ये वो–वो हम–हम क्या लगा रखा है। साफ–साफ कहो जो कहना चाहते हो।

लकड़बघ्घा 2 : सरकार, दो भेड़िये हमारे क्षेत्र में आये और हमसे बच कर निकल गये। घबराते हुए कहता है।

शाका : क्या बकते हो, दो भेड़िये हमारे क्षेत्र में आये और इतने लकड़बघ्घों के होते हुए बच के निकल गये। वे अवश्य ही 'दिव्य जल' की जासूसी के लिए यहाँ आये होंगे।

लकड़बघ्घा 3 : नहीं, सरकार वे 'दिव्य जल' के लिए नहीं आये थे।

शाका : क्या? 'दिव्य जल' की जासूसी के लिए नहीं आये तो फिर किस लिए आये थे...पुनः ऊँचे स्वर में पूछता है।

लकड़बघ्घा 2 : सरकार वे भेड़िए 'डगमग सेतु' प्रतियोगिता के लिए इस क्षेत्र में आये थे।

शाका : ओह! अब समझ आया। ताची के घायल होने के पश्चात् भेड़िया समूह को एक युवा सरदार की आवश्यकता है परन्तु वे दोनों भेड़िए कौन थे जिन्हें मृत्यु का भय नहीं था।

लकड़बघ्घा 1 : सरकार एक तो तारू था। डरते हुए।

शाका : ओह! तारू वह यहीं खेला और बड़ा हुआ, लगभग ताची जैसा ही था। उसकी सरदार बनने के चाहत ने उसका मृत्यु भय कम किया होगा...बेचारा, उसकी विवशता मैं समझ सकता हूँ। हँसते हुए कहता है परन्तु दूसरा कौन था? जिसे मृत्यु का भय नहीं था।

लकड़बघ्घा 1 : सरकार वो–वो–वो–वो हकलाते हुए।

शाका : फिर से वही...वो–वो, मूर्ख मुझे बताओ कि दूसरा भेड़िया कौन था जिसने इतना साहस दिखाया...क्रोधित स्वर में चिल्लाता है।

लकड़बघ्घा 2 : सरकार, उस दूसरे भेड़िए का नाम है 'बाघू'

शाका : 'बाघू'। ये कौन है? भेड़िया? तेंदूआ? या कोई दूसरा जानवर? कौन है ये बाघू...क्रोधित स्वर में पूछता है।

लकड़बघ्घा 2 : सरकार, गुप्तचरों से सूचना मिली है कि ये 'जग्गा सरदार' का पुत्र है।

शाका : जग्गा का पुत्र तो ताची है और वह बेचारा तो घायल है।

लकड़बघ्घा 2 : सरकार, बाघू 'जग्गा सरदार' का दूसरा पुत्र है। जो आधा कुत्ता और आधा भेड़िया है।

शाका : क्या कहा तुमने, आधा कुत्ता और आधा भेड़िया ओह समझ गया। ये पिल्ला वही है जो उस कुतिया के साथ घायल जग्गा

की देखभाल के लिए आता था। उस क्षण को याद करते हुए मुड़कर कहता है...मैं तो समझ रहा था कि घायल कुतिया और उसका पिल्ला मर चुके होंगे परन्तु कोई बात नहीं जो मृत्यु तब टल गयी थी अब पूर्ण हो जायेगी। उसकी मृत्यु ही उसे यहाँ लेकर आयी है।

लकड़बघ्घा 2 : सरकार, बाघू दूसरे भेड़ियों से अलग है। उसकी घुर्राहट किसी बाघ की ही भाँति दमदार एवम् भयभीत करने वाली है। उसका प्रत्येक प्रहार सधा हुआ एवम् अचूक है। उसमें चीते की गति एवम् कुत्तों व भेड़ियों जैसा निरन्तर बिना थके दौड़ने का कौशल है। ये सारे गुण बहुत कम भेड़ियों में होते हैं। कभी–कभी तो ऐसा लगता है कि वह 'जग्गा सरदार' से भी अधिक बलवान, बुद्धिमान एवम् गुणवान है।

ये सुनते ही शाका अचानक उस लकड़बघ्घे की गर्दन पर अपने दाँत गढ़ा कर तब तक अपनी पकड़ ढीली नहीं करता जब तक उसकी छटपटाहट बन्द नहीं हो जाती। दूसरे लकड़बघ्घे शाका का ये रूप देख भयभीत होकर भय से काँपने लगते हैं।

शाका : तुम सभी सोच रहे होंगे कि मैंने इसको क्यों मारा...उनकी ओर सिर घुमाकर कहता है। ये मूर्ख बार–बार उस जग्गा को 'जग्गा सरदार' कह रहा था। जब इसने तीसरी बार ऐसा कहा तो मैं अपने क्रोध को रोक नहीं पाया। मेरे समक्ष मेरे शत्रु को सम्मान मुझे पसन्द नहीं। ऊँचे स्वर में कहता है।

लकड़बघ्घा 3 : सरकार हमारे लिए क्या हुक्म है...हकलाते हुए।

शाका : शीघ्र जाकर सभी लकड़बघ्घों को मेरा ये आदेश दो कि अपनी आँखें एवम् कान खुले रखें। इस क्षेत्र की चौकसी बढ़ा दें। मुझे पूर्ण विश्वास है कि भेड़ियों के मस्तिष्क में कुछ तो खिचड़ी पक रही है।...फिर मुड़कर दाईं ओर दो कदम चलकर मन में सोचता है कहीं भेड़ियों की नजर 'दिव्य जल' पर तो नहीं है, तभी तो इस मृत्यु रूपी प्रतियोगिता का साहस कर अपना नया सरदार चुना परन्तु मैं कभी दोबारा इन भेड़ियों का साम्राज्य नही बनने दूँगा। इस जंगल

में केवल सिंघा का ही राज होगा...कहते हुए भीतर गुफा में सिंघा के पास चला जाता है।

उधर भेड़िया समूह में प्रत्येक सदस्य खुशी से झूम रहा था। नन्हें भेड़िये सदस्य दूसरे भेड़ियों को उत्साहित देख अज्ञानता में ही सही परन्तु खूब उछल–कूद कर रहे थे। प्रत्येक भेड़िये के मुख से एक ही स्वर निकल रहा था...'बाघू–बाघू, बाघू–बाघू' और क्यों न हो आखिर बाघू ने लकड़बघ्घों को उनके कब्जे वाले क्षेत्र में ही धूल चटाई थी। इस पल की प्रतीक्षा काफी समय से थी कि भेड़िये कुछ ऐसा करें जिससे दूसरे जंगली जीव–जन्तुओं का भी भय खत्म होने के साथ मनोबल भी बढ़े, इसलिए भेड़ियों के साथ कई दूसरे जंगली जानवर भी 'बाघू–बाघू, बाघू–बाघू' चिल्ला रहे थे।

इस उत्साहपूर्ण दृश्य को देख एक विशाल समतल रूपी पत्थर पर खड़े बाघू, ताची, तितली, तारू, वृद्ध भेड़िया सहित बिजली और तबासि भी भावुक हो गये।

इस उत्साह पूर्ण वातावरण में वृद्ध भेड़िया दो कदम आगे बढ़कर उत्साहित भेड़ियों तथा दूसरे जानवरों को देखता है। उसे सामने खड़ा देख सभी धीरे–धीरे शान्त हो जाते हैं। सबके शान्त होने पर वृद्ध भेड़िया कहना प्रारम्भ करता है।

वृद्ध भेड़िया : मेरे प्यारे बच्चों और इस जंगल के निवासियों, मैं इस भेड़िया समूह का सबसे वृद्ध भेड़िया हूँ। अपने जीवन में, इस जंगल में रहते हुए मैंने बहुत उतार–चढ़ाव देखे। इस जंगल में सद्भाव एवम् सन्तुलन बनाने के प्रयास में हमने कई लड़ाइयाँ लड़ीं। कई जीतीं तो कई में हार भी मिली। इस प्रयास में मेरी आयु के कई साथी मारे गये तथा बचे हुए साथियों ने अपनी स्वाभाविक मृत्यु प्राप्त की। कभी–कभी मैं सोचता था कि अवश्य ही मैंने पिछले जन्मों में कोई पाप किया होगा जो मुझे मृत्यु नहीं आ रही। फिर इस भेड़िया समूह को जग्गा मिला जो मेरी आँखों के सामने बड़ा हुआ और एक महान योद्धा बना। वह एक अद्भुत भेड़िया था जो बाद में इस समूह का सरदार बना जिसे

ये जंगल और यहाँ के निवासी 'जग्गा सरदार' के नाम से जानते थे। उसने अपनी शक्ति एवम् ज्ञान को इस जंगल और यहाँ के निवासियों की भलाई में लगाया। लकड़बघ्घों तथा दूसरे शिकारी राक्षसों से लोहा लेकर यहाँ सन्तुलन का वातावरण बनाये रखा। जग्गा के कारण इस जंगल में भेड़ियों का साम्राज्य कई वर्षों तक चला, जिसका लाभ प्रत्येक निवासी को मिला। 'जग्गा सरदार' ने "इतिहास रचा था"...'इतिहास'।

सब शान्ति से सुनते रहते हैं।

मेरे बच्चों, मैंने इतिहास रचते हुए देखा है अपनी इन आँखों से परन्तु इतिहास की पुनरावृत्ति! ये मैंने कभी नहीं सोचा था। आज बाघू ने अपने साहस, धैर्य, बुद्धिमत्ता एवम् शक्ति की जो झलक दिखाई है तथा लकड़बघ्घों को उन्हीं के क्षेत्र में पटखनी देते हुए तारू के साथ स्वयं को सुरक्षित निकाला है इससे मुझे पूर्ण विश्वास हो गया है कि इतिहास एक बार फिर से दोहराया जायेगा। भेड़ियों का साम्राज्य इस जंगल में पुनः सन्तुलन, सद्भाव एवम् भय रहित वातावरण स्थापित करेगा।।

कुछ क्षण शान्त रहने के पश्चात् वृद्ध भेड़िया ऊँचे स्वर में कहता है..."हमें हमारा नया सरदार मिल गया है। जिसका नाम है...'बाघू'।"

ये कहते ही वातावरण में एक ही शब्द/नाम गूँजने लगा बाघू–बाघू, बाघू–बाघू। तितली, गोटी, टीगो, तारू सभी बाघू–बाघू के इस स्वर को और अधिक बल दिये जा रहे थे तो कुछ भेड़िये अपने स्वाभाविक स्वर से अभिवादन कर रहे थे।

तबासि आगे निकलकर इस उत्साह पूर्ण वातावरण को शान्त करने का संकेत करता है।

तबासि : बाघू को मेरी बहुत सारी शुभकामनाएँ परन्तु ध्यान रहे पद के साथ कुछ आवश्यक कर्तव्य एवम् जवाबदेही भी मिलती है। ये सत्य है कि बाघू ने लकड़बघ्घों को धूल चटा दी परन्तु इस उत्साह में हमें अपने मुख्य उद्देश्य से नजरें नहीं हटानी चाहिए।

टीगो : कौन–सा मुख्य उद्देश्य है?

तबासि : 'दिव्य जल' की रक्षा। हम सबका एक ही उद्देश्य है कि लकड़बघ्घों से उस "दिव्य–जल" की रक्षा करना। इस 'दिव्य जल' की रक्षा में 'जग्गा सरदार' ने अपने प्राण दे दिये। यदि उस समय ये 'दिव्य जल' सिंघा और शाका के हाथों लग जाता तो हम सब आज जीवित नहीं होते। हम सबकी जीवन की रक्षा 'जग्गा सरदार' ने अपने प्राणों को देकर की है। हमारी सबसे बड़ी चुनौती ये है कि 'दिव्य जल' जिस स्थान पर है वो स्थान आज लकड़बघ्घों के कब्जे में है। यदि 'जग्गा सरदार' जीवित होते तो आज वो हमारा क्षेत्र हमारे पास ही होता।

बाघू : तबासि आप बतायें कि 'दिव्य जल' पुनः कब धरती पर गिरेगा।

तबासि : 'दिव्य जल' प्रत्येक तीन वर्ष पश्चात् पूर्ण चन्द्रमा की रात जब चन्द्रमा का प्रतिबिम्ब ठीक उस भगोने रूपी पत्ती के नीचे बने जलकुण्ड के मध्य में आता है, तब गिरता है। अपने अन्तिम नौवें वर्ष में वो पौधा स्वतः टूट जाता है और उस पौधे को पुनः उसी रूप प्राप्त करने में नौ वर्ष लग जाते हैं। इसका अर्थ ये हुआ कि 'दिव्य जल' को अपने भगोने रूपी पत्तियों में इकट्ठा करने वाला पौधा अपने अन्तिम वर्ष में है।

बाघू : उस पूर्ण चन्द्रमा रात्रि में अभी कितना समय है।

तबासि : केवल पन्द्रह दिन और चौदह रातें।

ये सुन बाघू चार कदम आगे निकल कर नीचे खड़े भेड़ियों तथा दूसरे जीव–जन्तुओं को देखता है, फिर बुलन्द स्वर में कहता है।

बाघू : मैं बाघू, इस भेड़िये समूह का नया सरदार, आज आप सबको ये वचन देता हूँ कि 'दिव्य जल' की रक्षा ही अब मेरा मुख्य उद्देश्य होगा। आने वाले अगले पन्द्रह दिन और चौदह रातें हम सब मिलकर युद्ध का अभ्यास करेंगे और नई युद्ध योजनाएँ बनायेंगे। हम इतने सशक्त बनेंगे कि एक–2 भेड़िया चार–2 लकड़बग्घों पर भारी पड़ेगा।

हमारी एकता की शक्ति, सिंघा और शाका के बल पर भारी पड़ेगी। इस एकता की शक्ति से मिलने वाली ऊर्जा के बल पर मैं 'दिव्य जल' की एक बूँद भी सिंघा और शाका के हाथ नहीं लगने दूँगा चाहे मेरे प्राण ही क्यों ना चले जायें...ये मेरा अटल वचन है...कहते ही आकाश में बिजली के जोर से कड़कने के साथ भारी वर्षा होने लगती है।

इधर बाघू, तबासि, ताची सहित सभी भेड़िया समूह युद्ध के अभ्यास में लग जाते हैं। जंगल का प्रत्येक जीव–जन्तु इस युद्ध की तैयारी कर रहे बाघू, तबासि, ताची, सहित अन्य भेड़ियों को अपना भरसक सहयोग प्रदान करने लगे।

- मुर्गा अपनी तेज बांग से सभी को समय पर उठा रहा था।
- चिड़िया छोटी बेरी पंजों में दबाए आकाश से, नीचे खड़े भेड़ियों पर गिरा रही थी जिसे भेड़िये दाएँ अथवा बाएँ ओर छलांग लगाकर पकड़ते हुए अभ्यास कर रहे थे।
- बन्दर और खरगोश उनकी चुस्ती एवम् फुर्ती बढ़ाने के लिए उनके आगे–आगे भाग रहे थे।
- हाथी, भैंस तथा बड़े सींग वाले हिरन उनके दौड़ने के मार्ग में एक बाधा स्वरूप बैठ जाते ताकि भेड़िये ऊँची छलांग का अभ्यास कर सकें।
- निरन्तर अभ्यास से थके भेड़ियों के मुख पर बड़े पक्षी जैसे कबूतर, मैना, कौआ, बाज अपने पंखों में भरे जल को छिटकते तथा अधिक थके भेड़ियों को हाथियों द्वारा पूर्ण जल से स्नान कराया जाता।
- बन्दर लचीली टहनियों को हिलाकर भेड़ियों को शीतल वायु से राहत देते तो उदबिलाऊ उनके लिए ढेर सारी मछलियों का प्रबन्ध करते।

इस गठबन्धन एवम् सहयोग की खबर सिंघा और शाका तक भी पहुँची जिसे सुनकर वे तिलमिला उठे।

उधर शहर में तिलु और नरू स्कूल की ओर बड़े ही उत्साह से जा रहे थे क्योंकि आज उनकी परीक्षा का परिणाम आने वाला था जिसके फलस्वरूप उन्हें जंगल सफारी का अवसर मिलेगा।

नरू : क्या हुआ तिलु तुम बहुत खुश लग रहे हो?

तिलु : हाँ, खुश तो हूँ परन्तु अन्दर से थोड़ी घबराहट भी है। मेरे पिछली दोनों तिमाही परीक्षा में अच्छे अंक नहीं हैं।

नरू : घबराओ नहीं, मुझे विश्वास है कि तुम उस लिस्ट में अपना स्थान बना लोगे। आखिर तुमने इतनी मेहनत जो की है।

दोनों स्कूल में प्रवेश करते हैं तो पाते हैं बहुत से बच्चे रो रहे हैं तो कुछ निराश बैठे हुए है।

तिलु : नरू ये सब रो क्यों रहे हैं? क्या ये सब फेल हो गये हैं?

नरू : मुझे भी कुछ समझ में नहीं आ रहा है! क्या इतने सारे बच्चे फेल हो गये! अब तो मुझे भी घबराहट हो रही है।

इतने में उनकी बगल में एक अन्य बच्चा भी चलने लगा जिसे देखकर नरू चौंक जाता है।

नरू : अरे, पाई तुम भी आ गये।

पाई : आखिर क्या सोच रहे हो तुम दोनों?

तिलु : इन सबको रोता देख घबराहट हो रही है। क्या ये सब फेल हो गये हैं?

पाई : अरे नहीं। ये सब पास हो गये हैं परन्तु इनका नाम उस लिस्ट में नहीं है जिन बच्चों ने जंगल सफारी के लिए जाना है। इसलिए रो रहे हैं।

तिलु : पाई, क्या तुम्हारा नाम उस लिस्ट में है।

पाई : हाँ मेरा नाम तो आठवें स्थान पर है...खुश होते हुए कहता है।

नरू : और मेरा नाम?

पाई : तुम्हारा नाम पन्द्रहवें स्थान पर है।

नरू : क्या सच कह रहे हो, वाह मजा आ गया अब मैं भी जंगल सफारी के लिए जाऊँगा। उछलते हुए कहता है।

दोनों को खुशी मनाते देख तिलु चुपचाप चलता रहता है। नरू, तिलु को अकेला आगे जाता देख पाई से पूछता है।

नरू : क्या तिलु का नाम उस लिस्ट में है?

पाई : चलो, वही चलकर देख लेते हैं।

उन दोनों से पहले पहुँचकर तिलु अपना नाम पहले बीस बच्चों में ढूँढ़ने लगा परन्तु अपना नाम उस लिस्ट में ना पाकर निराश होते हुए स्कूल की सीढ़ियों पर जाकर बैठ जाता है।

नरू : क्या हुआ तिलु? क्या तुम्हारा नाम लिस्ट में नहीं है।

तिलु : नहीं, कहते ही सिर झुका लेता है।

ये सुन पाई मंद–मंद मुस्काने लगा उसे हँसता देख नरू को क्रोध आ जाता है।

नरू : तुम्हें शर्म नहीं आती, वह निराश है और तुम हँस रहे हो।

पाई : अरे! इसका नाम बाईसवें स्थान पर है...हँसते हुए कहता है।

नरू : बस करो हँसना, बहुत हुआ।

पाई : अरे! मेरी पूरी बात तो सुनो। पाँच बच्चों का नाम रिजर्व लिस्ट में रखा था कि यदि पहले बीस बच्चों में कोई बच्चा किसी कारण से नहीं जा पाये तो इस रिजर्व लिस्ट से बच्चे पहले बीस बच्चों में शामिल कर लिये जायेंगे।

नरू : तो क्या कुछ बच्चे नहीं जा रहे?

पाई : हाँ! तीन बच्चे बीमार हैं उन्हें बुखार है और डॉक्टर ने उन्हें विश्राम करने को कहा है।

ये सुनते ही तिलु झुके हुए सिर को ऊपर उठाकर पाई के समीप जाता है।

तिलु : तुम सच कह रहे हो न?

पाई : हाँ भई, हाँ। मैं अभी–अभी प्रिसिंपल के आफिस से ही आ रहा हूँ। शायद कुछ देर बाद वे यहाँ पर दूसरी लिस्ट भी लगा दें।

तभी उसके पीछे स्कूल का चपरासी एक नई लिस्ट नोटिस बोर्ड पर लगाने लगता है। उसके जाते ही तिलु नई लिस्ट में अपना नाम उन्नीसवें स्थान पर पाकर खुशी से झूम उठता है।

तिलु : हुर्रे! मजा आ गया, मैं तुम्हें बता नहीं सकता कि मैं कितना खुश हूँ...खुशी एवम् उत्साह भरे स्वर में कहता है।

तीनों मित्र एक दूसरे के गले लगकर अगले सोमवार की प्रतीक्षा में आँखें खुशी से बन्द कर लेते हैं।

उधर शाका की आँखें क्रोध से लाल एवम् अग्नि के समान धधक रही थीं। अपनी क्रोधित आँखों से वह एक चट्टान पर खड़ा अपने साथी लकड़बघ्घों को देख रहा था। उसे क्रोधित देख, समीप खड़े लकड़बघ्घे भय से काँप रहे थे। कुछ समय क्रोधित आँखों से घूरने के पश्चात् वह दो कदम आगे निकल कर कहता है...

शाका : मैंने सुना है कि दो भेड़ियों के 'डगमग सेतु' पार करने पर भेड़िया समूह में नया उत्साह और साहस आ गया है। जो भेड़िया समूह हम लकड़बघ्घों से छिपे–छिपे भाग रहे थे, आज वे अपनी छाती तान कर खड़े हैं। ये उत्साह एवम् साहस ठीक उस दिन से पहले जब सिंघा और मैं 'दिव्य जल' को प्राप्त करने से कुछ ही कदम दूर हों, अच्छे संकेत नहीं है। भेड़ियों के इस उत्साह एवम् साहस का कारण, यहाँ खड़े इन मूर्खों की लापरवाही है। इस लापरवाही का एक ही दण्ड है और वो है मृत्यु...कहते ही एक–2 कर सभी की गर्दन पर अपने दाँत गढ़ा देता है। तीनों लकड़बघ्घे तड़पते हुए दम तोड़ देते हैं।

शाका अपने सिर को झटकते हुए खड़ा होता है, फिर ऊँचे एवम् क्रोधित स्वर में कहता है।

शाका : आज से ठीक चार दिन बाद वो क्षण आने वाला है। जब 'दिव्य जल' मेरे पास होगा। इसलिए इस क्षेत्र की चौकसी बढ़ा दो

कोई भी अपरिचित जीव विशेषकर कोई भेड़िया इस क्षेत्र में प्रवेश न कर पाये। एक बार 'दिव्य जल' हाथ आ जाये तो इन भेड़ियों को ढूँढ़–ढूँढ़ कर मृत्यु के घाट उतार दूँगा, फिर इस जंगल में हमें आँखें दिखाने वाला कोई नहीं होगा...कहते ही हँसने के साथ–2 विचित्र रूप से घुर्राने लगा।

कुछ समय बाद...

लकड़बघ्घा 1 : अरे यार, शाका कुछ समय से बदला–बदला लग रहा है। कभी कहता है 'दिव्य जल' सिंघा को चाहिए तो कभी कहता है सिंघा और मुझे चाहिए फिर कभी कहता है केवल मुझे चाहिए।

लकड़बघ्घा 2 : हाँ, तुम ठीक कहते हो, सबसे पहले तो कहता था कि 'दिव्य जल' को हम सब लकड़बघ्घे थोड़ा–थोड़ा चखेंगे परन्तु अब ऐसी कोई बात नहीं करता। जब से सिंघा की अनुपस्थिति में इसने 'दिव्य जल' की कुछ बूँदें चखी हैं, ये कुछ बदल–सा गया है।

लकड़बघ्घा 1 : अरे सुना है "दिव्य जल" को झेल पाना इतना सरल नहीं है।

लकड़बघ्घा 3 : अरे तुम दोनों क्या बात कर रहे हो चलो शीघ्र चलो हमें इस क्षेत्र की घेराबन्दी करनी है।

दोनों लकड़बघ्घे इस तीसरे लकड़बघ्घे से भी वही बात करते हुए चल पड़ते हैं।

इधर भेड़िया समूह भी एक स्थान पर एकत्रित होकर फुसफुसाहट करते हुए उस ऊँचे पत्थर की ओर देखकर बाघू के बोलने की प्रतीक्षा कर रहा था। कुछ क्षण शान्त रहने के बाद तबासि का संकेत पाते ही बाघू दो कदम आगे निकल कर आता है, उसे आगे आता देख सभी शान्त होकर उसकी ओर देखने लगते हैं।

बाघू : मित्रों और साथियों, हमें इस दिन, इस पल की कभी कामना या प्रतीक्षा नहीं थी परन्तु अब, जब वो पल हमारे सामने आने ही वाला है तो हमें पीछे नहीं हटना। हमें पूरी शक्ति से इस निर्णायक दिन का

सामना करते हुए उस 'दिव्य जल' की रक्षा करनी है और किसी भी हाल में लकड़बघ्घों को उस तक नहीं पहुँचने देना है।

कुछ क्षण रुक कर पुनः कहता है।

मैं जानता हूँ कि यहाँ उपस्थित प्रत्येक भेड़िया या अन्य जीव उस 'दिव्य जल' की रक्षा में अपना सहयोग देना चाहता है परन्तु लकड़बघ्घों के क्षेत्र में जाना जहाँ केवल सैकड़ों लकड़बघ्घे ही लकड़बघ्घे हैं इतना सरल नहीं है। मृत्यु किसी भी पल आ सकती है जिसका अनुभव मैंने और तारू ने कुछ दिन पहले किया था।

इसलिए तबासि, ताची तथा तारू से परामर्श करने के पश्चात् हमने यह तय किया है कि केवल दस से पन्द्रह सबसे निपुण भेड़िये ही हमारे साथ लकड़बघ्घों के क्षेत्र में प्रवेश करेंगे। बाकी बचे हुए सदस्य यहीं रुककर समूह को सुरक्षा प्रदान करेंगे। समूह का सरदार होने के नाते मैं सब को ये विश्वास दिलाता हूँ कि जब तक मैं जीवित हूँ तब तक किसी को कुछ नहीं होने दूँगा परन्तु यदि कोई अनहोनी होती है तो ताची अथवा तारू में से किसी एक को अपना सरदार मानकर समूह में एकता बनाये रखना...बुलन्द स्वर में कहता है।

ये सुन तबासि सहित बाकी सभी भावुक हो जाते हैं परन्तु बिजली, बिन्दिया तथा तितली अपने आँसुओं को रोक नहीं पाती। तभी तबासि दो कदम आगे निकल कर बुलन्द स्वर में कहता है।

तबासि : और जब तक मैं जीवित हूँ, मैं भेड़िया समूह के सरदार को कुछ नहीं होने दूँगा। बाघू की ओर देखते हुए कहता है।

बाघू : तारू, तुम उन भेड़ियों के नाम बताओ जिनको हमने इस कार्य के लिए चुना है।

तारू आगे बढ़कर उन सदस्यों का नाम लेना आरम्भ करता है।

1. कूचा
2. धानी
3. मालू

4. बल्ली

5. चीमा

6. भोटी और

7. सूचना एवम् सुरक्षा दल

गोटी : बाघू, क्या मैं और टीगो तुम्हारे साथ नहीं जायेंगे? आश्चर्य से पूछता है।

बाघू : नहीं, गोटी वहाँ तुम्हारी जान को खतरा है।

गोटी : परन्तु मैं तुम्हें इस तरह अकेले नहीं छोड़ सकता। एक बार पुनः विचार करो। मुझे और टीगो को भी अपने साथ ले चलो। हम आये एक साथ थे और जब तक जीवित हैं, एक साथ ही रहेंगे।

टीगो : 'अबे क्या कह रहा है...बार–बार मेरा नाम लिये जा रहा है। जब उसने साफ–साफ बता दिया है कि वहाँ खतरा है फिर भी इसकी समझ में आता ही नहीं, मूर्ख। मन में कहते हुए' परन्तु मुख में भाव गोटी के समान ही था।

तबासि : गोटी मैं तुम्हारी भावनाओ को समझता हूँ परन्तु यदि हम अधिक संख्या में गये तो लकड़बघ्घों को भनक लग जायेगी जिस कारण हम अपनी योजना में सफल नहीं हो पायेंगे।

वृद्ध भेड़िया : तबासि परन्तु तुम लोगों की योजना क्या है?

तबासि : हमारी योजना का पहला महत्वपूर्ण कार्य ये है कि हम पहले किसी तरह सिंघा की गुफा तक पहुँचें फिर उस पर एक साथ हमला कर उसे घायल कर दें।

वृद्ध भेड़िया : और फिर उसके बाद।

बाघू : यदि एक बार सिंघा घायल हो गया तो वह उस झरने तक नहीं पहुँच पायेगा। तब हम शाका और उसके साथी लकड़बघ्घों से निपट लेंगे।

वृद्ध भेड़िया : योजना तो अच्छी है परन्तु ध्यान रहे जो सिंघा के पंजे की पकड़ में आया उसकी मृत्यु निश्चित है।

तबासि : इसलिए उस पर पहला प्रहार मैं करूँगा जो भीषण होगा। यदि मेरा वार ठीक जगह पर हुआ तो वह कुछ क्षण के लिए विचलित होकर घबरा जायेगा।

बाघू : बस हमें वही क्षण चाहिए सिंघा का काम तमाम करने के लिए...क्रोधित स्वर में कहता है।

तभी एक भेड़िया वहां भागते हुए पहुँच कर तारू के कान में कुछ कहता है। उस खबर को सुनकर तारू के मुख एवम् आँखों में चमक आ जाती है।

बाघू : क्या हुआ तारू इस भेड़िये ने तुम्हें क्या बताया है।

तारू : एक अच्छी खबर है 'डगमग सेतु' अधिक चौड़ा हो गया है।

ताची : क्या सच में, तारू, ये केवल अच्छी नहीं बहुत अच्छी खबर है।

बाघू : मैं कुछ समझा नहीं!

तबासि : बाघू, इनका मतलब ये है कि ऊपर पहाड़ी से टूट कर आये एक से अधिक विशाल वृक्षों ने 'डगमग सेतु' का रूप ले लिया है। अब अनुभवहीन भेड़ियो को भी सेतु पार करने में कोई कठिनाई नहीं होगी।

बाघू : अरे! वाह, ये तो सच में बहुत अच्छी खबर है।

गोटी : बाघू अब तो मुझे और टीगो को अपने साथ ले चलो, मेरा मन तुम्हें अकेले छोड़ने का नहीं कर रहा।

टीगो : हाँ–हाँ बाघू हमें भी ले चलो...गोटी को मन में कोसते हुए कहता है।

बाघू सोच में पड़ जाता है।

तबासि : बाघू यदि ये दोनों इतना कह रहे है तो इन्हें भी आने दो...दोनों का पक्ष लेते हुए कहता है।

बाघू : ठीक है परन्तु गोटी तुम्हें इस बात का क्या ध्यान रखना होगा कि टीगो कोई ऐसा काम न करे जिससे हम सब मुश्किल में पड़ जायें...कहते हुए बाघू एक कदम आगे बढ़ कर ऊँचे स्वर में कहता है। साथियों कमर कस लो और छाती तान लो, हम सब कल आधी रात को सिंघा और लकड़बघ्घों के क्षेत्र में प्रवेश करेंगे। जब वे थककर चूर होंगे और नींद उन्हें ललचा रही होगी।

उधर शहर में–

अगले दिन प्रातः विद्यालय में जंगल सफारी को जाने वाली बस खड़ी थी। जिसका निरीक्षण विद्यालय के खेल अध्यापक के साथ दो अन्य सह अध्यापक भी कर रहे थे। बस का ड्राईवर और हैल्पर टायरों में हवा एवम् फ्यूल की जाँच कर रहे थे ताकि जंगल सफारी में कोई रुकावट न हो। कुछ बच्चे सीढ़ियों पर बैठे प्रतीक्षा कर रहे थे तो कुछ विद्यालय पहुँच ही रहे थे।

खेल अध्यापक : अरे भई, टायरों की हवा और पैट्रोल चैक कर लेना। यदि कोई कमी है तो यहीं पूरी कर लो और स्टेपनी रखना मत भूलना...हाँ।

ड्राईवर : जी सर, हमने सब चैक कर लिया है, हमारी बस तैयार हैं चलने के लिए।

खेल अध्यापक : यदि बस तैयार है तो इन बच्चों को बस में बैठने के लिए कहो। ये सब काफी समय से बस में बैठने की प्रतीक्षा कर रहे हैं।

हैल्पर के संकेत करते ही बच्चे भागते हुए बस में एक–2 कर चढ़ने लगे और अपनी मनपसन्द सीट पर बैठ गये। दो सीटें खाली देख सह–अध्यापक, खेल अध्यापक से पूछता है...

सह अध्यापक : महोदय, ये दो सीट खाली है क्या कोई अन्य बच्चे भी बीमार पड़ गये हैं?

इससे पहले खेल अध्यापक कुछ कहते, पाई ऊँचे स्वर में कहता है।

पाई : वो देखिए सर, तिलु और नरू भागते हुए आ रहे हैं।

तिलु और नरू भागते हुए बस की सीढ़ियों पर पहुँचते हैं तो पाते हैं कि खेल अध्यापक वही खड़े हैं। कुछ देर उन्हें देखने के बाद खेल अध्यापक उनसे पूछते हैं।

खेल अध्यापक : तिलु और नरू तुम दोनों देर से क्यों आये। हम सब जाने ही वाले थे।

तिलु : सर, सड़क पर एक छोटा कुत्ते का पिल्ला घायल पड़ा था। शायद उसे किसी कार से थोड़ी चोट लग गयी थी और वो बार–बार सड़क की ओर भाग रहा था। हमने उसे तब तक पकड़े रखा जब तक उसकी माँ नहीं आ गयी।

खेल अध्यापक : अच्छा, तो तुम्हें जानवरों से बहुत प्यार है। तुम दोनों ने बहुत अच्छा काम किया है परन्तु ध्यान रहे जंगल में बहुत से जंगली और खूँखार जानवर रहते हैं। वहाँ किसी की सहायता के लिए मत चले जाना। हँसते हुए दोनों को ऊपर आने देते हैं।

तिलु और नरू एक दूसरे की ओर देखते हुए अन्तिम पंक्ति की दो खाली सीटों पर बैठ जाते हैं जिसके ठीक आगे पाई बैठा था।

हैल्पर पुनः सभी बच्चों की गिनती करता है और फिर सीटी बजाकर ड्राइवर को बस चलाने का संकेत देता है। विद्यालय के क्रीड़ा स्थल से धूल उड़ाती बस पक्की सड़क (हाइवे) पर पहुँचती है और बच्चों के उत्साह एवम् उमंग गीतों के साथ मध्यम गति एवम् संगीतमय हार्न द्वारा तालमेल बिठाते हुए जंगल की ओर चल पड़ती है।

लगभग दो घंटे निरन्तर चलते रहने के पश्चात् जंगल सफारी बस एक गेस्ट हाऊस पर रुकती है। ड्राइवर के इंजन बन्द करते ही हैल्पर बस का दरवाजा खोलते हुए सबको उतरने को कहता है।

हैल्पर : चलो बच्चों, सब खड़े हो जाओ हम गेस्ट हाऊस पर पहुँच गये हैं।

चपरासी एक–2 कर सभी सीट पर जाता है और नींद में बेसुध बच्चों को जगाकर उतरने को कहता है परन्तु जैसे ही तिलु के समीप पहुँचता है तो पाता है कि नरू, तिलु के कन्धे पर सिर रखकर सो रहा है।

चपरासी : अरे वाह! तुम जगे हुए हो। क्या तुम्हें नींद नहीं आयी?

तिलु : नहीं, मैं यहाँ सोने के लिए नहीं आया हूँ। कहते ही नरू के गाल–थपथपाते हुए उसे जगाता है और उठ कर बस के दरवाजे की ओर चल पड़ता है।

उसके पीछे–पीछे नरू आँखों को मलता हुआ पूछता है...क्या हम पहुँच गये?

चपरासी तिलु को देखता रह जाता है।

बस से नीचे उतर कर सभी बच्चे एक पंक्ति में खड़े होकर अपने खेल अध्यापक की ओर देखते हैं जो उनके समक्ष सह–अध्यापक सहित खड़े थे।

खेल अध्यापक : बच्चों। आप सभी सफर में थक गये होंगे और भूख भी लग रही होगी। मेरे पीछे जो गेस्ट हाउस दिख रहा है, हम सब यही ठहरेंगे। प्रत्येक बच्चा गेस्ट हाउस के स्वागत कक्ष (रिसेप्शन) पर अपना नाम बताकर अपने कमरे की चाबी लेगा। प्रत्येक कमरे में दो बच्चों के रुकने की व्यवस्था है। आपकी सहायता के लिए सह–अध्यापक आपके साथ स्वागत कक्ष पर ही रहेंगे। अपने कमरे में जाओ, फ्रैश हो कर ठीक आधे घंटे बाद गेस्ट हाउस के रेस्तरां में पहुँचो, भरपेट भोजन करो और फिर एक घंटे के विश्राम के बाद हम जंगल की ओर जायेंगे जो यहाँ से लगभग एक किलोमीटर दूर है। रात को सुरक्षित स्थान पर टेंट लगाकर वही सो जायेंगे। अगली सुबह हम गाड़ियों में बैठकर जंगल के अन्दर जायेंगे...ठीक है, समझ गये न।

जी सर...सभी बच्चे एक स्वर में कहते हैं।

घटना क्रम लगभग उसी तरह घटित होने लगा जिस तरह खेल

अध्यापक ने बताया था। जंगल की सीमा पर लगे टेंटों के समीप पहुँचकर, सारे बच्चे जंगल के जीव जैसे हिरन, खरगोश, जंगली भैंस, हाथी, भालू आदि को देखकर बड़े आनन्दित होते हैं परन्तु ढलते हुए सूर्य की लालिमा के फैलते ही खेल–अध्यापक और सह–अध्यापक के निर्देशानुसार अपने टेंटों में जाकर अगली सुबह की प्रतीक्षा में सो जाते हैं परन्तु तिलु की बाघू से मिलने की बेचैनी उसे सोने नहीं देती। वह अपनी नींद से भरी आँखों से जबरन सूर्य की लालिमा को टेंट की खिड़की से निहारता रहा।

इधर जंगल में ढलते सूर्य की लालिमा को तितली भी निरन्तर निहारते हुए भावुकता में रो रही थी कि तभी उसे खोजते हुए बाघू वहाँ पहुँचता है और उसे देखकर पूछता है।

बाघू : तितली, तुम यहाँ क्या कर रही हो मैंने तुम्हें कहाँ–कहाँ नहीं ढूँढ़ा।

छलांग मार कर तितली के सामने आता है तो उसे रोता हुआ पाता है।

बाघू : अरे! तितली तुम रो क्यों रही हो?

तितली : बाघू, मुझे डर लग रहा है। चिन्ता हो रही है परन्तु तुम नहीं समझ पाओगे।

बाघू : तितली तुम्हारे मन के भाव को मैं समझ सकता हूँ परन्तु इस जंगल के भविष्य के लिए हमें कुछ न कुछ तो करना ही होगा, आज नहीं तो कल और आने वाले कल के लिए हमारे पास समय ही नहीं है।

तितली : बाघू मुझे वचन दो कि तुम जीवित लौटेगे, भावुकता से भरे स्वर में कहती है।

बाघू कुछ क्षण तितली की नम आँखों को निहार कर कहता है...

बाघू : तितली मैं तुम्हें वचन देता हूँ कि चाहे मैं जीवित लौटूँ या ना लौटूँ परन्तु इस निर्जीव पड़े जंगल में जीवन अवश्य लौटेगा।

सूर्य की लालिमा पहाड़ों में विलुप्त होते ही बाघू भावुकता को दबाए वहाँ से निकल जाता हैऔर तितली अपनी नम आँखों को बन्द कर सिर झुका लेती है।

जंगल हमेशा की तरह रात्रि के विभिन्न एवम् विचित्र स्वरों से भर जाता है। समय अपनी गति से चलता रहता है इस बात से बेखबर कि उसके किसी पल को किसी विशेष कार्य के लिए चुना गया है और उस पल का चुनाव करने वाले अब किसी नियोजित स्थान पर एक–एक कर इकट्ठा हो रहे है।

तबासि सूर्य ढलते ही नियोजित स्थान पर पहुँचकर एक ऊँचे वृक्ष पर बैठकर सबकी प्रतीक्षा करने लगता है। प्रतीक्षा में बैठा तबासि कुछ क्षण आँखें बन्द कर आज सुबह की घटना का स्मरण करता है जब वह बाघू को किसी विशेष कार्य के लिए अपने साथ ले गया था।

प्रातः सूर्य की तीव्र होती जा रही किरणों के साथ–साथ बाघू भी तीव्रता से तबासि के पीछे–पीछे किसी अपरिचित स्थान की ओर बढ़ रहा था। बाघू से आगे चल रहा तबासि एकदम शान्त परन्तु सचेत था। उसकी आँखें, कान एवम् नाक किसी भी सूक्ष्म गतिविधि का गम्भीरता से अध्ययन कर उसके मस्तिष्क तक सूचना पहुँचा रही थीं। सूचनाओं के आधार पर मस्तिष्क द्वारा भेजे गए निर्देश तबासि की उठती एवम् झुकती पूँछ के साथ सधे हुए कदमों से भी प्रकट हो रहे थे। बाघू जो काफी देर से तबासि के पीछे–पीछे चल कर इन संकेतों का शान्ति से अनुसरण कर रहा था, अचानक वह रुककर धीमे स्वर में पूछता है...

बाघू : तबासि, आप बतायेंगे कि हम कहाँ जा रहे हैं?

तबासि, बाघू को शान्त रहने का संकेत करता है परन्तु बाघू पुनः उसी प्रश्न को दोहराता है।

बाघू : नहीं, बहुत हुआ। आपको बताना ही होगा कि आपने मुझे प्रातः अकेले क्यों बुलाया और इस तरह छिपते–छिपाते हम कहाँ जा रहे हैं?

तबासि : हम जा रहे हैं अन्तिम परन्तु आवश्यक सहायता के लिए। यदि वो सहायता हमें मिल गयी तो इस युद्ध में हमारी विजय निश्चित है।...पलटकर बाघू से कहता है।

बाघू : अन्तिम परन्तु आवश्यक सहायता! मैं कुछ समझा नहीं।

तबासि : बाघू, निसंदेह तुम निडर, साहसी एवम् बुद्धिमान हो! इन सभी गुणों के बल पर तुम सिंघा का सामना तो कर सकते हो परन्तु उसकी विशाल शक्तिशाली भुजाओं, लम्बे एवम् तीव्र पंजों तथा मजबूत जबड़ों का सामना नहीं कर पाओगे। उसकी काया अद्‌भुत, विशाल एवम् भयभीत करने वाली है।

बाघू : परन्तु हमने सिंघा को घायल कर मृत्यु दण्ड देने की जो योजना बनाई है, उसका क्या?

तबासि : हाँ, हमने जो योजना बनाई है यदि वो काम कर गयी तो सिंघा की मृत्यु निश्चित समझो परन्तु यदि वो योजना विफल हुई तो हम सब मारे जायेंगे। मेरा अनुभव ये कहता है कि यदि युद्ध बड़ा हो तो किसी एक योजना पर आश्रित होना उचित नहीं।

बाघू : तो, वो दूसरी योजना क्या है?

तबासि : योजना नहीं। एक प्रयास, उस अन्तिम एवम् आवश्यक सहायता को प्राप्त करने का जो इस युद्ध में हमारी विजय को सुनिश्चित कर देगा।

बाघू : फिर से वही अन्तिम एवम् आवश्यक सहायता। आखिर कौन देगा हमें अन्तिम एवम् आवश्यक सहायता? कौन है जो सिंघा का सामना करेगा? कौन है वो?

तबासि : बाघा। आँखों को बड़ा करते हुए कहता है।

बाघू : बाघा! ये बाघा कौन है?

तबासि : बाघा, एक विशाल बाघ है, जो इस जंगल में रहता तो है परन्तु यहाँ के निवासियों को कभी–कभार ही नजर आता है। मुझ जैसे वृक्षों पर चलने वाले तेंदूए को भी उनके दर्शन दुर्लभ हैं।

बाघू : क्या वो सिंघा का सामना कर सकते हैं।

तबासि : हाँ, बाघा सिंघा के ही समान विशाल एवम् बलवान है। यदि बाघा इस युद्ध में हमारी सहायता करते है तो हमें सिंघा से भयभीत होने की आवश्यकता नहीं होगी।

बाघू : तो, क्या वो हमारी सहायता करेंगे?

तबासि : वही प्रयास करने के लिए तो मैं तुम्हें यहाँ लेकर आया हूँ। तुम यही रुको मैं आगे देखकर आता हूँ।...कहता हुआ धरती में छपे पंजों के निशान का पीछा करते हुए घनी झाड़ियों में गायब हो जाता है।

तबासि के आँखों से ओझिल होने पर बाघू जैसे ही किसी सुरक्षित स्थान पर बैठने के लिए मुड़ता है तो अपने सतर्क कानों में विचित्र स्वर को सुन कर फुर्ती से झुकते हुए अपनी विपरीत दिशा की ओर लुढ़कता हुआ पुनः अपनी चारों टाँगों पर खड़ा होकर घुर्राने लगता है। कुछ क्षण का विलम्ब उसकी मृत्यु का कारण बन सकती था क्योंकि ये प्रहार स्वयं बाघा द्वारा किया गया था।

बाघा : कौन हो तुम? अपनी पहचान बताओ।

बाघू : आप कौन है? और मुझ पर प्रहार क्यों किया?

बाघा : जो पूछता हूँ शीघ्र बताओ नहीं तो परिणाम उचित नहीं होगा।

बाघू घुर्राहते हुए बाघा को घूरता रहता है। बाघू की घुर्राहट बाघा के क्रोध को अधिक तीव्र कर देती है जिसके फलस्वरूप बाघा बिना किसी विलम्ब के बाघू पर टूट पड़ता है। उसके घुर्राहट में भयभीत करने वाली ध्वनि तथा प्रहार में वज्र के भाँति बल था। बाघू की फुर्ती एवम् तीव्रता उसे बाघा के प्रहारों से सुरक्षा तो दे रही थी परन्तु निरन्तर हो रहे तीव्र प्रहारों ने उसे शीघ्र थका भी दिया था। निरन्तर प्रहार करने की ये विशिष्ट शैली बाघू के लिए नयी थी जिसने बाघू को पूर्ण रूप से हैरान कर दिया था। बाघा के प्रहारों से स्वयं को केवल

सुरक्षित रखने का कोई अनुचित प्रयास एवम् विलम्ब उसे मृत्युलोक पहुँचा देता। निरन्तर हो रहे बलशाली प्रहारों से जूझ रहा बाघू एक पत्थर से ठोकर खाते हुए धरती पर गिर गया और उठने का प्रयास करने लगा। बाघा, धरती पर गिरे बाघू के समीप जाता है जिसे देख थका हुआ बाघू स्वयं को अपने पैरों पर खड़ा करते हुए अपनी घुर्राहट को भी मजबूत करता है। जिसे सुन कर बाघा कहता है।

बाधा : चलो, अब बताओ कौन हो तुम?

बाघू : बाघू, बाघू नाम है मेरा।...लम्बी साँसें भरते हुए।

बाघा : बाघू, हाँ, हाँ, हाँ। ये तो मेरे जैसा नाम है अपना नाम बताओ।

बाघू : मैंने कहा न, मेरा नाम बाघू है।...लम्बी साँस भरते हुए।

बाघा : अच्छा! तो ये बताओ इस क्षेत्र में क्या कर रहे हो।

बाघू : आप को ही ढूँढ़ रहा था।...मध्यम साँसे भरते हुए।

बाघा : मुझे ढूँढ़ रहे थे? परन्तु क्यों?

बाघू : क्योंकि हमें आपकी सहायता की आवश्यकता है।...गहरी साँस लेते हुए कहता है।

बाघा : यदि तुम्हें मेरी सहायता की आवश्यकता थी तो मुझे बताया क्यों नहीं?

इससे पूर्व बाघू कुछ कहता तबासि वहाँ लौटकर बाघा को आवाज लगाता है।

तबासि : बाघा, बाघू मेरे साथ यहाँ आया है।

बाघू को छोड़ बाघा तबासि की ओर जाते हुए कहता है।

बाघा : तुम इसे मेरे पास क्यों लेकर आये हो?

तबासि : ये तो यहाँ आना ही नहीं चाहता था परन्तु मैं इसे अपने साथ यहाँ ले आया। मैंने दूर वृक्ष से देखा कि आप किस तरह बाघू के साथ खेल रहे थे, शायद उसकी परीक्षा ले रहे थे।

बाघा : ये कौन है? और तुम इसे मेरे पास क्यों लेकर आये हो।...बाघू की ओर देखते हुए पूछता है।

तबासि, बाघा को भूत में घटित सभी घटनाओं का विवरण क्रमबद्ध श्रृंखला में बताता है जिसे सुनकर बाघा हैरान होने के साथ–साथ क्रोधित भी हो जाता है। पूरा विवरण सुनने के पश्चात् बाघा, तबासि सहित बाघू की ओर चल पड़ता है जो धरती पर बैठ कर अपनी हृदय गति को शान्त कर रहा था। समीप पहुँच कर बाघा, तबासि से कहता है।

बाघा : तबासि तुमने कहा कि मैं बाघू के साथ खेल कर उसकी परीक्षा ले रहा था परन्तु तुमने दूसरी परीक्षा नहीं देखी।

तबासि : दूसरी परीक्षा! मैं कुछ समझा नहीं।

बाघा : हाँ, दूसरी परीक्षा, जो बाघू ले रहा था।

तबासि : परन्तु बाघू किसकी परीक्षा ले रहा था?

बाघा : मेरी, तुमने कहा था कि बाघू यहाँ आना नहीं चाहता था। तुम इसे यहाँ लेकर आये। क्योंकि तुम्हें मेरी सहायता की आवश्यकता थी।

तबासि : हाँ परन्तु ...

बाघा : बाघू चाहता तो यहाँ से भाग सकता था परन्तु भागने के स्थान पर ये डटा रहा और मेरे प्रहारों से बचता रहा। मेरे प्रहारों से बार–बार बच पाना इतना सरल नहीं, भले ही वो खेल में क्यों न किये गये हों। यद्यपि मेरी पकड़ में आने पर मैं उसे हानि नहीं पहुँचाता परन्तु बाघू की फुर्ती एवम् युद्ध कौशल ने मुझे प्रभावित किया।

ये सुन तबासि प्रसन्न होकर बाघू की ओर देखता है जो अब अपनी चारों टाँगों पर तन कर खड़ा था।

तबासि : बाघू, तुमने सुना बाघा तुमसे प्रभावित है इसका अर्थ ये हुआ कि अब इस युद्ध में बाघा भी हमारे साथ है।

बाघा : नहीं तबासि, मैंने ये नहीं कहा कि मैं तुम सबका साथ दूँगा।

तबासि : परन्तु, अभी आपने कहा कि.....

बाघा : मैंने ये कहा कि मैं बाघू से प्रभावित हूँ, इसका ये अर्थ नहीं है कि मैं तुम सबके लिए सिंघा और लकड़बघ्घों से युद्ध करूँगा।

तबासि : परन्तु आपकी सहायता के बिना सिंघा और लकड़बघ्घों की फौज पर विजय पाना कठिन होगा।

बाघा : कठिन है परन्तु असम्भव नहीं।

बाघू : तो क्या आप भी यही सोचते है कि ये युद्ध हमें स्वयं लड़ना चाहिए।

बाघा : निसंदेह। ये युद्ध भेड़ियों के सम्मान का है इसलिए इसका नेतृत्व भी तुम्हें ही करना होगा। वैसे भी तुम्हारे पिता जग्गा सरदार एवम् ईश्वर की कृपा से तुम्हें मेरा नाम तो मिल ही चुका है और जंगल के सभी जीव भी तुम्हारे साथ हैं जिससे आधा युद्ध तो तुम जीत ही चुके हो। आगे बढ़ो क्या पता कुछ अन्य नाम एवम् दूसरे जीव तुम्हारी प्रतीक्षा कर रहे हों। यदि फिर भी तुम्हें लगता है कि मेरी सहायता के बिना ये कठिन होगा तो मैं तुम सबका साथ दूँगा। अपने मित्र जग्गा के पुत्र के लिए इतना तो मैं कर ही सकता हूँ।

कुछ क्षण शान्त रहकर बाघू, तबासि की ओर देखते हुए कहता है।

बाघू : आपने सही कहा ये युद्ध हमारे सम्मान का भी है इसलिए हमें स्वयं इसका नेतृत्व करना चाहिए। मैं, सिंघा और शाका को पराजित कर पुनः उस सम्मान को भेड़िया समूह को दूँगा जो वे खो चुके है।...बुलन्द स्वर में कहता है।

आंशिक रूप से चिन्तित सिर झुकाए तबासि से बाघा शान्त भाव से कहता है।

बाघा : तबासि मेरा विश्वास करो, विजय तुम्हारी प्रतीक्षा कर रही है। आगे बढ़ो और थाम लो उसे। अब मैं चलता हूँ। मुझे अब अपनी नियमित सीमा गश्त पर जाना है जो अब बहुत लम्बी हो चुकी है।

तबासि के आँखें खोलते ही बाकी सदस्य भी एक–एक कर नियोजित स्थान पर पहुँचने लगते हैं। सबसे पहले बाघू, ताची फिर तारू, गोटी, टीगो फिर कूचा, धानी, चीमा, बल्ली, भोटी तथा अन्त में मालू वहाँ पहुँचता है।

बाघू : तारू, क्या तुमने युवा भेड़ियों को हमारे क्षेत्र की सीमाओं पर चौकसी के लिए तैनात कर दिया है।

तारू : हाँ, बाघू हमारी प्रत्येक सीमा पर पाँच–पाँच युवा भेड़िये पहरा दे रहे हैं। जो शत्रुओं को सीमा पर रोक देंगे।

कूचा : बाघू, क्यों न हम प्रत्येक सीमा से एक–एक और युवा भेड़ियों को अपने साथ ले चलें।

भोटी : हाँ, इससे हमारी शक्ति अधिक बढ़ जायेगी।

बाघू : तुम सही कह रहे हो, चार भेड़ियों के आ जाने से हमारी शक्ति तो बढ़ जायेगी परन्तु मित्रों कोई भी युद्ध केवल शक्ति से नहीं जीता जाता, बुद्धि का भी उपयोग आवश्यक है। हम जितने अधिक संख्या में उनके क्षेत्र में प्रवेश करेंगे उतना शीघ्र ही उनकी नजरों में आ जायेंगे। हमारा संख्या बल सिंघा के समक्ष कुछ भी नहीं है। सिंघा का एक मामूली प्रहार हमारे लिए घातक हो सकता है, और वैसे भी अपनी शक्ति बढ़ाने के लिए हम समूह का सुरक्षा घेरा कम नहीं कर सकते।...सबको समझाते हुए कहता है।

ताची : तुम बिलकुल ठीक कह रहे हो बाघू। यदि हम सफल नहीं हुए और कहीं लकड़बघ्घे हम पर पलटवार करते हैं तो वो युवा भेड़िये उनको सीमाओं पर रोके रखेंगे, जब तक उनको सहायता न मिलती।

टीगो : यहाँ भी खतरा है और वहाँ भी खतरा है, कुछ समझ नहीं आ रहा।...मन में कहता है।

गोटी : टीगो, तुमने कुछ कहा क्या?

टीगो : नहीं, वो मैं यह कह रहा था कि बाघू सही कह रहा है। चौंकते हुए कहता है।

धानी, मालू सहित बाकी सभी सहमति में सिर हिलाते हैं।

तारू : हम सब तो आ गये परन्तु तबासि अभी तक नहीं आये।

मैं यहीं हूँ। एक स्वर गूँजता है जिसके सुनते ही सब इधर–उधर देखते हैं परन्तु कोई नजर नहीं आता, तभी तबासि वृक्ष से छलांग मारकर धरती पर आता है।

तबासि : मैं रात को यहाँ इस विशाल वृक्ष पर ही सो गया था और अभी काफी समय से तुम्हारी बातें सुन रहा था। तुम सबका दृढ़ निश्चय एवम् उत्साह देखकर मुझे पूर्ण विश्वास है कि विजय हमारी ही होगी।

बाघू : सुबह की घटना से चिन्तित तो नहीं हो।

तबासि : हाँ, सुबह अवश्य था परन्तु अब नहीं हूँ।

गोटी : कौन–सी घटना!

तबासि : कुछ नहीं, अब हमें अपनी योजना के बारे में सोचना चाहिए।

ताची : तो फिर विलम्ब किस बात का है सूर्य की लालिमा से पूर्व हमें उनकी सीमा में प्रवेश करना है।

बाघू : मित्रों, याद रहे। ये युद्ध हमारे वर्तमान के साथ–साथ हमारे भविष्य के लिए भी है, इसलिए हम अन्तिम साँस तक लड़ते रहेंगे...कहते ही लकड़बघ्घों की सीमा की ओर दौड़ पड़ता है, और उसके पीछे तबासि, ताची, तारू, गोटी, टीगो सहित सभी सदस्य भी दौड़ पड़ते हैं।

बाघू के नेतृत्व में सब उसके पीछे–पीछे जंगल के घुप्प अन्धेरे में लकड़बघ्घे के क्षेत्र की ओर बढ़ने लगे। तबासि कभी धरती पर तो कभी वृक्ष पर चढ़कर सबको खतरे से अवगत कराता रहता। टीगो एकमात्र ऐसा सदस्य था जो सबसे पीछे चल रहा था। शायद उसे नींद के झटके आ रहे थे। एक तेज ठोकर से टीगो धरती पर गिर कर बेसुध वहीं सो जाता है। टीगो की दूरी दूसरे सदस्यों से अधिक होने के कारण किसी को उसकी अनुपस्थिति का पता ही नहीं चलता और वे खड़ी चढ़ाई से लकड़बघ्घों की सीमा में प्रवेश करने लगते हैं।

उधर टेंट में तिलु एक झटके के साथ खड़ा हो कर अपने हाथ को जोर से झटकता है। एक कीड़ा टेंट से टकराते हुए धरती पर गिरकर टेंट से बाहर भाग जाता है। तिलु अपनी अँगुली को देखता है जो खून से लाल हो गयी थी। अपना हाथ पानी से धोकर वह पुनः लेटकर अँगुली चूसते हुए टेंट की खिड़की से सूर्य की लालिमा को निहारने लगता है कि तभी अचानक उसके हाथ की घड़ी का अलार्म बजता है।

ट्रीं–ट्रीं–ट्रीं–ट्रीं–2

वह अलार्म को बन्द कर बिस्तर से तुरन्त उठ जाता है और नरू को जगाने का प्रयास करता है।

तिलु : नरू, उठो सुबह हो गयी है, धीरे से कहता है।

नरू : तिलु, मुझे सोने दो। अभी बाहर बहुत अन्धेरा है। एक आँख से टेंट की खिड़की से बाहर देखते हुए कहता है।

तिलु : अरे मुझे सु–सु जाना है उठो यार।

नरू : अरे! तुम यहीं कर लो, मुझे अन्धेरे में बाहर डर लगता है। अपना मुँह पलटते हुए कहता है...

तिलु कई प्रयास करता है परन्तु नरू टस से मस नहीं होता। तिलु अपने बैग से टार्च निकालकर उसे ऑन कर टेंट से बाहर देखता है तो पाता है कि बाकी बच्चे भी अपने टेन्टों में आराम से सो रहे हैं।

वह साहस कर टेंट से बाहर निकलकर टार्च की सहायता से टेंटों से दूर जाने लगता है। थोड़ी दूर जाने के बाद उचित स्थान देखकर वह अपनी लघुशंका को विश्राम देने लगता है। पहले से ही डरे तिलु की नजर किसी जीव पर पड़ती है जो उसकी बगल में दबाए टॉर्च की रोशनी की सीध में था।

अपनी लघुशंका को पूर्ण विश्राम से पूर्व रोक कर वह वापस भागता है परन्तु अचानक रुक कर पुनः उसी स्थान पर जाकर टार्च की रोशनी उस जीव पर सिर से पाँव तक डालता है तो पाता है कि एक काले रंग का बड़ा पूँछ कटा कुत्ता सो रहा है। तिलु पूर्ण विश्वास से कहता है।...ये टीगो ही होगा।

पलटकर अपने टेंट की ओर देखता है तो सबको सोता हुआ पाकर धीरे से टीगो को पुकारने लगता है।

तिलु : टीगो–टीगो–2...धीरे से पुकारता है।

टीगो वैसे ही सोता रहता है। टीगो को सोता देख तिलु ढलान से धीरे से नीचे उतरकर टीगो को दोनों हाथों से जगाने का प्रयास करता है।

तिलु : टीगो उठो–टीगो उठो, जल्दी उठो। निरन्तर प्रयास करता है।

तिलु का निरन्तर प्रयास टीगो की गहरी नींद को तोड़ देता है और आँख खुलते ही टीगो तिलु को सामने देख डरकर घिसटता हुआ पीछे जाता है।

तिलु : टीगो डरो नहीं रुक जाओ...धीरे स्वर में।

टीगो : कौन हो तुम? मेरा नाम कैसे जानते हो? डरते हुए।

तिलु : अरे तुमने मुझे नहीं पहचाना। मैं तिलु हूँ। अपने मुख पर टार्च की रोशनी डालते हुए कहता है।

टीगो आँखों को झपकाते एवम् मसलते हुए उसका चेहरा देखता है और उसे पहचानते ही खुश हो जाता है।

टीगो : अरे हाँ। तुम तो तिलु हो। मैंने तुम्हें पहचाना ही नहीं। पहले से काफी बड़े जो हो गये हो।

तिलु : टीगो तुम भी तो पहले से बहुत बड़े हो गये हो। देखो, फिर भी मैंने तुम्हें पहचान लिया।

टीगो : हमें तो निगम के कर्मचारियों ने इस जंगल में छोड़ दिया था परन्तु तुम कैसे इस जंगल में आये?

तिलु : मैं, अपने मित्रों के साथ स्कूल से जंगल सफारी पर आया हूँ। मुझे लगा इसी बहाने तुमसे, गोटी और बाघू से मिल पाऊँगा। देखो तुमसे तो मिल लिया परन्तु बाघू और गोटी कहाँ हैं। मुझे उनसे मिलने की बेचैनी हो रही है...उत्साहित स्वर में कहता है।

टीगो कुछ सोच में पड़ जाता है...

तिलु : क्या हुआ टीगो? तुम किस सोच में पड़ गये? बाघू और गोटी ठीक तो हैं।...डरते हुए पूछता है।

टीगो : तिलु हम तीनों जब से इस जंगल में आये हैं तब से एक दिन भी शहरों जैसा आराम का जीवन नहीं जिया। मुझे आज भी याद है वो दिन जब हमको निगम के कर्मचारियों ने पहाड़ी की तीखी ढलान से नीचे फेंका था...कहते हुए यादों में खो कर उसे पूरी कहानी बताने लगता है।

उधर बाघू के साथ बाकी भेड़िया सदस्य नये एवम् गुप्त मार्ग पर चलते हुए सीधी चढ़ाई पार कर सिंघा और लकड़बघ्घों की सीमा से ठीक पहले रुक जाते हैं। थका देने वाली चढ़ाई के बाद भी वे सब इस तरह साँस ले रहे थे जैसे टहलते हुए पहुँचे हों। एक का साँस लेने का शोर दूसरे तक नहीं पहुँच रहा था।

अपनी श्वांस पर नियन्त्रण रखते हुए बाघू ने वृक्ष पर चढ़े तबासि की ओर देखा जो वृक्ष से सिंघा तथा लकड़बघ्घों की सीमा के भीतर की स्थिति का निरीक्षण कर रहा था। नींद में लिप्त लकड़बघ्घों को देख आश्वस्त होने पर तबासि सबको सीमा में प्रवेश का संकेत कर स्वयं भी वृक्ष से कूद कर सबसे आगे चलता हुआ बाकी सदस्यों का नेतृत्व करने लगता है। ताची के संकेत पर तबासि सिंघा की गुफा की ओर सँभलते कदमों से चल पड़ता है और पीछे–पीछे बाघू सहित बाकी सदस्य भी उसका अनुसरण करते हुए गुफा की ओर बढ़ने लगते है।

भेड़ियों के निकलते ही दो लकड़बघ्घे अपनी नींद में लिप्त आँखों को खोलते हैं फिर एक–दूसरे को देखते हुए बिना किसी हलचल के उसी स्थिति में लेटे रहते हैं।

तबासि के पीछे–पीछे बाघू, ताची, तारू सहित बाकी सदस्य सिंघा की गुफा से ठीक पहले पड़ने वाली झाड़ियों से छिपकर वहाँ की स्थिति

को निहारते हैं और गुफा के मुख्य द्वार पर खड़े दो लकड़बघ्घों को पहरा देते हुए पाते हैं।

यद्यपि सूर्य अभी नहीं उगा था परन्तु अन्धेरे की चादर लुप्त हो चुकी थी। इसलिए छिपने के स्थान पर तबासि झाड़ियों से निकलकर सीधे दोनों लकड़बघ्घों की ओर चल कर उनसे पूछता है।

तबासि : अरे सुनो सिंघा यही रहता है क्या?

उसे अपनी ओर आता देख दोनों लकड़बघ्घे किंकर्तव्यमूढ़ स्थिति में एक–दूसरे की ओर देखते हैं, फिर सँभलते हुए तबासि पर हमला करते हैं।

तबासि उन लकड़बघ्घों के हमले से बचते हुए पहले एक को और फिर दूसरे लकड़बघ्घे को अपने पंजों के नीचे दबा कर एक ही प्रहार से दोनों को बेहोश कर देता है। बेहोश होते हुए एक लकड़बघ्घा धीमे स्वर में सहायता की पुकार लगाता है जिसे सुन कर गुफा की दूसरी ओर खड़े चार लकड़बघ्घे मुख्य द्वार पर पहुँचते हैं।

अपने साथियों पर तबासि को पंजा रखे देख वे क्रोधित होकर उस पर टूट पड़ते है और एक साथ उस पर छलांग लगाते हैं परन्तु इससे पहले कि वे चारों तबासि तक पहुँचते बाघू, ताची, तारू और कूचा झाड़ियों से बाहर निकल कर भागते हुए छलांग लगा कर सभी लकड़बघ्घों को हवा में ही जोर का धक्का देते हैं जिसके फलस्वरूप चारों लकड़बघ्घे चट्टान से टकरा कर धराशायी हो जाते हैं।

बाघू सूर्य की ओर देखता है जो धीरे–धीरे ऊपर बढ़ रहा था फिर तबासि के संकेत पर सभी गुफा में एक–एक कर प्रवेश करते हैं। गुफा के भीतर अन्धेरा था परन्तु छोटे–छोटे छिद्रों से आ रही सूर्य की किरणों ने गुफा को रोशनी से भर दिया था जो अब धीरे–धीरे बढ़ने के साथ–2 गुफा की भव्यता को भी दर्शा रही थी।

मालू : वाह! ये गुफा नहीं कोई महल लगता है। सिंघा तो सच में एक राजा का जीवन व्यतीत कर रहा है।

गोटी : मालू शान्त रहो...धीरे से कहता है।

बाघू के आँख दिखाते ही मालू शान्त हो जाता है। गुफा के भीतर दूसरे द्वार से तबासि के पीछे–पीछे सभी सधे हुए कदमों से चुपचाप एक–एक कर प्रवेश करते हैं। सिंघा की घुर्राहट, उबासि तथा पंजों से खुरचने के स्वर अब स्पष्ट रूप से सुनाई दे रहे थे।

तबासि और बाघू सहित सभी ने सिंघा का हिलता हुआ विशाल आयाल से भरा सिर एवम् लम्बी और मजबूत पूँछ देखी जो भयभीत करने के लिए काफी थी। बाघू पर इन सबका कोई प्रभाव नहीं पड़ा वह बिना किसी भय के आगे बढ़ने लगा परन्तु तभी तबासि ने उसे रोक कर उस चट्टान की ओर संकेत किया जिसके ठीक नीचे सिंघा बैठा हुआ था।

तबासि, सिंघा पर भीषण प्रहार के लिए उस चट्टान पर सावधानी से चढ़ने लगता है। बाघू सहित बाकी सभी चट्टान के पीछे छिप जाते हैं ताकि तबासि के भीषण प्रहार के पश्चात् चारों ओर से सिंघा पर टूट पड़ें और उसे इतना घायल कर दें कि वह चलने अथवा भागने में असमर्थ हो जाये और लकड़बघ्घों की सहायता न कर सके।

किसी वृक्ष की भाँति उस ऊँची चट्टान पर पहुँचकर तबासि चट्टान के पीछे अपने तैयार साथियों को देखता है, फिर चट्टान के आगे बैठे सिंघा के पिछले पैरों को निशाना बनाते हुए उस पर तीव्र छलांग लगा देता है परन्तु अचानक अपनी तीव्र छलांग की दिशा में परिवर्तन कर ठीक सिंघा के समक्ष सँभलते हुए पहुँचता है। तबासि को देख सिंघा कहता है।

सिंघा : तबासि तुम आ ही गये, मैं तुम्हारी काफी समय से प्रतीक्षा कर रहा था।

सिंघा का पीड़ा भरा स्वर सुनाई नहीं देने पर बाघू अपने साथियों सहित चट्टान के पीछे से निकल कर तबासि के पास पहुँचता है और तबासि को चकित देख उससे पूछता है।

बाघू : तबासि आप रुक क्यों गये? खत्म कर दो इस हत्यारे को जिसने मेरे पिता को मारा था।

तबासि सबको सिंघा के पिछले पैरों को देखने का संकेत करता है जैसे ही सब सिंघा के पिछले पैरों को देखते हैं वे सब भी चकित रह जाते हैं, क्योंकि सिंघा के पिछले पैरों का रंग काला एवम् गहरा नीला पड़ गया था।

सिंघा : ओह! तुम ही हो बाघू। मैंने तुम्हारे बारे में सुना था। तुम बिलकुल 'जग्गा सरदार' की तरह ही दिखते हो, वही तेज, बुलन्द स्वर और वही जोश। कहते हुए आँखें नम हो जाती हैं।

तबासि : सिंघा तुम्हारे कमर से नीचे का शरीर काला पड़ रहा है। तुम्हें क्या हुआ है?

बाघू : तबासि आप सिंघा पर दया न करना। ये इस के लायक नहीं।

ताची : बाघू ठीक कह रहा है तबासि, यदि ये घायल है तो हमें इसे खत्म कर देना चाहिए।

तबासि : रुको, शीघ्रता में किसी निर्णय पर नहीं पहुँचना चाहिए। पहले हमें ये पता करना चाहिए कि सिंघा की यह दशा हुई कैसे?

बाघू : परन्तु, कहते ही तबासि के संकेत पर क्रोध पीते हुए शान्त हो जाता है।

सिंघा : तबासि मत रोको। इन दोनों का क्रोधित होना स्वाभाविक है। 'जग्गा सरदार' भेड़िया समूह का सरदार होने के साथ बाघू और ताची का पिता भी था। मैं इनका दोषी हूँ। यदि मेरी मृत्यु इन दोनों के हाथों से हो तो मैं अपने को धन्य समझूँगा।

तबासि : सिंघा, निसंदेह दोषी तो तुम हो और तुम्हें दण्ड भी अवश्य मिलेगा परन्तु मेरी जिज्ञासा तुम्हारी इस स्थिति को लेकर है। तुम्हारी इस स्थिति का कारण कौन है?

सिंघा : मेरे कर्म, तबासि – भारी स्वर में कहता है।

उधर बाहर सूर्य पूर्ण तीव्रता से चमक रहा था। सूर्य की तीव्र किरणों से बचने के लिए तिलु और टीगो एक वृक्ष की छाँव में बैठे थे...टीगो की पूरी कहानी सुनने के पश्चात् तिलु चिन्तित हो जाता है, कुछ क्षण सोच–विचार करने के बाद टीगो से कहता है।

तिलु : टीगो, क्या तुम मुझे बाघू के पास ले चलोगे?

टीगो : तिलु, ये तुम क्या कह रहे हो। जहाँ बाघू गया है वहाँ खतरनाक लकड़बघ्घे हैं। यदि उन्हें हमारी भनक मिल गयी तो हमारी खैर नहीं। नहीं–नहीं हम वहाँ नहीं जा सकते। डरते हुए कहता है।

तिलु : तो ठीक है, तुम मुझे नहीं ले जाओगे तो मैं स्वयं वहाँ चला जाऊँगा, अकेले ही।

टीगो : अरे–अरे रुको। यदि तुम वहाँ गये और तुम्हें कुछ हो गया तो बाघू मुझे कभी क्षमा नहीं करेगा।...परेशान होते हुए कहता है।

तिलु : तो ठीक है, मुझे वहाँ ले चलो।

टीगो : अजीब मुसीबत है, जिसको देखो वहीं जाने की बात करता है। लगता है, मेरा अन्त समय समीप आ गया है (मन में कहते हुए)।

तिलु : टीगो क्या सोच रहे हो।

टीगो : मैं सोच रहा था कि हम वहाँ जाएंगे कैसे? बाघू और उसके साथी तो सूर्य निकलने से पहले ही उनकी सीमा में प्रवेश कर गये थे और मुझे उस मार्ग का भी ज्ञान नहीं जिस मार्ग से वे सब गये हैं।

तिलु : अरे! हाँ, ये तो मैंने सोचा ही नहीं ...सोच में पड़ जाता है।

तिलु को सोच में पड़ा देख...टीगो मन–मन ही खुश हो जाता है।

तिलु : एक उपाय है...मैं उनके कदमों के निशान देखता हूँ और तुम उनकी गन्ध के सहारे आगे बढ़ो।

टीगो : हाँ–हाँ तुमने ठीक कहा...ये मनुष्य कुछ अधिक ही दिमाग चलाते हैं...मन में कहता हुआ।

दोनों कदमों एवम् गन्ध के निशान को ढूँढ़ते हुए बाघू और उसके साथियों के पीछे चल पड़े। चलते–चलते वे उसी खड़ी चढ़ाई पर पहुँच जाते हैं, जहाँ से बाघू और उसके साथियों ने लकड़बघ्घों की सीमा में प्रवेश किया था।

इधर सिंघा की गुफा के भीतर सब शान्त होकर सिंघा की ओर देख रहे थे। सिंघा अपने अगले पैरों से खड़े होने का प्रयास करता है और पिछले पैरों को लगभग घिसटते हुए एक बड़े पत्थर के समीप जाकर कहता है।

सिंघा : बाघू, तुम विश्वास नहीं करोगे कि तुम्हें जीवित देखकर जितनी खुशी तबासि को हुई होगी उससे कहीं अधिक खुशी मुझे हुई है।...भावुकता भरे स्वर में कहता है।

जब तुम अपनी माँ के साथ मनुष्य बस्ती की ओर दौड़े तो तबासि भी तुम दोनों की रक्षा के लिए तुम्हारे पीछे चला गया था। तब मैं घायल 'जग्गा सरदार' पर भीषण प्रहार कर रहा था परन्तु प्रत्येक प्रहार पर वह पीड़ा से कराहने के स्थान पर मुझे कुछ बताने का प्रयास कर रहा था। कहते हुए यादों में खो जाता है।

सिंघा : विचित्र! मेरे प्रहारों से भी तुम्हें पीड़ा नहीं हो रही। क्या इतनी शक्ति है इस 'दिव्य जल' में?

जग्गा : सिंघा, मेरी बात सुनो।...पीड़ा सहते हुए।

सिंघा : बोलो, जग्गा तुम्हारी अन्तिम इच्छा क्या है? झुँझलाहट में पूछता है।

जग्गा : सिंघा, मेरा अन्त समय निकट हैं मैं तुम से इतना ही कहना चाहता हूँ कि 'दिव्य जल' को कभी शाका के हाथ नहीं लगने देना क्योंकि इस 'दिव्य जल' से मिलने वाली शक्ति एवम् ऊर्जा को तुम तो वश में कर सकते हो परन्तु शाका इस शक्ति एवम् ऊर्जा को वश में नहीं रख पायेगा।

यही कहते–कहते ही जग्गा ने अपनी अन्तिम साँस ली। जग्गा को मृत मान मैं, शाका के साथ उस झरने पर पहुँचा जहाँ 'दिव्य जल' वाला पौधा था। हमने उस स्थान पर अपना कब्जा कर लिया। एक–एक कर सभी भेड़िये उस स्थान को छोड़ कर वहाँ से भाग गये। मैं और शाका नियमित रूप से प्रतिदिन उस झरने के पास इस आस में जाते कि 'दिव्य जल' गिरे तो हम उसे ग्रहण कर सकें। 'दिव्य जल' को लेकर शाका की आतुरता साफ नजर आती थी। जब भी हम झरने के समीप जाते थे तो शाका बहुत उत्साहित हो जाता था। उसके मुख से केवल 'दिव्य जल'–'दिव्य जल' ही निकलता। शाका की इस हरकतों को देख मुझे जग्गा की बातें याद आने लगतीं।

"यदि 'दिव्य जल' शाका के हाथ लगा तो वह उसकी ऊर्जा एवम् शक्ति को काबू नहीं कर पायेगा।"

परन्तु मैंने इस बात पर अधिक ध्यान नहीं दिया। एक शाम जब मैं और शाका जंगल का चक्कर लगाते झरने के समीप पहुँचे तो झरने के ऊपर भगोने रूपी पौधों को झुका हुआ पाया और उसमें से बूँद–बूँदकर 'दिव्य– जल' धरती पर गिर रहा था। यह देख शाका बोला...

शाका : सरकार ये देखिए 'दिव्य जल' नीचे धरती पर गिर रहा है।...उत्साहित स्वर में कहता है।

सिंघा : शायद ये शेष 'दिव्य जल' है। शीघ्र धरती में छोटा खड्डा कर उसमें एक बड़ा पत्ता रखो।

शाका शीघ्रता से खड्डा खोद कर उसमें एक बड़ा पत्ता लगा देता है। 'दिव्य जल' की पहली बूँद उस पत्ते में गिरते ही शाका की आँखों में चमक और मुँह में पानी भर जाता है। वह खड्डा खोदने के दौरान अपने टूटे नाखून एवम् चोटिल पंजे की पीड़ा भी भूल जाता है।

सिंघा : शाका–शाका कहाँ ध्यान है! अपने साथियों से कहो कि आज रात कोई भेड़िया या कोई दूसरा जीव यहाँ नहीं आना चाहिए। जितना भी शेष 'दिव्य जल' है वह पूरी रात बूँद–बूँद गिर कर इस पत्ते

में इकट्ठा हो जायेगा और सुबह तक पीने लायक भी। मैं सुबह इस 'दिव्य जल' को पीकर देखूँगा कि इस 'दिव्य जल' में ऐसी कौन–सी शक्ति एवम् ऊर्जा है। हँसते...हुए कहता है।

शाका अपने साथियों को निर्देश देकर मेरे (सिंघा) साथ वहाँ से चला गया।

अगली सुबह जब मेरी आँख खुली तो मैंने शाका को आवाज लगाई परन्तु वह गायब था, मैं जैसे ही उठा तो शाका मुझे सामने से आता हुआ दिखा। उसके मुँह में वही पत्ता था जिसे कल 'दिव्य जल' एकत्रित करने के लिए वहाँ रखा था। उसने तुरन्त छोटा खड्डा खोद कर उसमें शेष 'दिव्य जल' से भरे पत्ते को उस खड्डे में रख मुझसे बोला।

शाका : सरकार, 'दिव्य जल' ग्रहण कर लीजिए।

सिंघा : परन्तु तुम इसे यहाँ क्यों ले आये?

शाका : सरकार जब मैं वहाँ पहुँचा तो मैंने देखा कुछ पक्षी इसे पीने का प्रयास कर रहे थे इसलिए मैं इस 'दिव्य जल' को यहाँ ले आया।...आँखें चुराते हुए कहता है।

सिंघा : परन्तु इसमें शेष 'दिव्य जल' की मात्रा बहुत अधिक लग रही है।

शाका : सरकार शीघ्र शेष 'दिव्य जल' पी लीजिए, पत्ते में छिद्र हो गये हैं कहीं शेष 'दिव्य जल' धरती में न समा जाये।

मैंने शेष 'दिव्य जल' पीने के लिए अपना सिर झुकाया तो मेरी नजर शाका के उस पंजे पर गयी जो कल रात खड्डा खोंदने पर घायल हो गया था परन्तु जो अब ठीक प्रतीत हो रहा था। 'दिव्य जल' पीने के बाद मैंने शाका से पूछा...

सिंघा : शाका इस 'दिव्य जल' का स्वाद तो साधारण जल जैसा ही है।

शाका : वो तो मुझे पता नहीं सरकार...मैं आपके भोजन का प्रबन्ध करता हूँ। कहता हुआ निकल जाता है।

शाका के जाते ही मैं शंकाओं से घिर गया। मेरे मस्तिष्क में बहुत से प्रश्न उठे, तो कभी जग्गा के अन्तिम शब्द गूँजने लगे। मैं परेशान होकर इधर से उधर चक्कर काट ही रहा था कि मेरे कुछ गुप्तचर वहाँ पहुँचे और मेरे कान में कुछ कहा। अपने गुप्तचरों की बातें सुनकर मेरे आँखों में क्रोध की अग्नि धधकने लगी। मैं सीधे उस झरने की ओर भागा। मार्ग में भागते हुए मुझे कुछ छोटे–बड़े जीव मृत पड़े मिले जिन्हें देखकर प्रत्यक्ष लग रहा था कि इनको अकारण ही मारा गया है।

जब मैं झरने पर पहुँचा तो वहाँ की दशा अधिक भयानक थी सभी लकड़बघ्घे प्रहरी धरती पर मृत पड़े थे। शेष 'दिव्य जल' के लिए रखा हुआ पत्ता उसी खड्डे में पड़ा था। मैं समझ गया ये कार्य किसी भेड़िये का नहीं बल्कि शाका का था।

जग्गा के अन्तिम शब्द अब निरन्तर मेरे कानों में गूँज रहे थे।

उधर लकड़बघ्घों की सीमा में प्रवेश कर टीगो एवम् तिलु लकड़बघ्घों से छिपते–छिपाते सावधानी से बाघू की खोज में आगे बढ़ते जा रहे थे। टीगो की घबराहट उसके काँपते हुए पैरों से प्रत्यक्ष दिख रही थी, शायद वह उन अपरिचित गंधों को पहचान रहा था जो आसपास होने का संकेत दे रही थी परन्तु तिलु की आँखें केवल बाघू को ही ढूँढ़ रही थी।

टीगो : अरे, तिलु तुमने मुझे कहा फँसा दिया मेरी नाक मुझे निरन्तर ये संकेत दे रही है कि हम खतरे की ओर बढ़ रहे हैं।

तिलु : टीगो, चुपचाप चलते रहो, अभी हमें किसी ने नहीं देखा। कहते हुए झुक कर कंटीली झाड़ियों से अपने आप को बचाते हुए टीगो के पीछे–पीछे चलता रहता है।

टीगो : अरे भाई मैं थक गया हूँ। सूर्य को देखो, सीधे सिर पर आग उगल रहा है यदि यूँ ही निरन्तर चलते रहे तो मुसीबत आने पर भाग नहीं पायेंगे। हम थोड़ा विश्राम कर लेते हैं...पीड़ा भरे स्वर में कहता है।

तिलु : ठीक है। हम उस विशाल वृक्ष के नीचे विश्राम कर लेते हैं। वहाँ पर नदी भी दिख रही है परन्तु जैसे ही वे दोनों पानी पीकर विश्राम के लिए बैठते हैं तो चार लकड़बघ्घों को अपने सामने पाते हैं।

इधर गुफा में तबासि, सिंघा के समीप जाकर पूछता है।

तबासि : परन्तु सिंघा तुम्हारे पैरों का रंग काला क्यों पड़ रहा है। क्या अब तुम चल नहीं सकते? या 'दिव्य जल' पीने के बाद शाका ने तुम्हें घायल कर दिया।

ये सुन बाघू सहित सभी साथी सिंघा की ओर देखने लगते हैं।

सिंघा : हाँ, ये सत्य है कि मात्र शेष 'दिव्य जल' ग्रहण करने के पश्चात् उसकी शक्ति दोगुनी हो चुकी थी परन्तु अभी उसमें इतना बल नहीं आया था कि वह मेरा सामना कर सकता। उसने बल के स्थान पर छल का प्रयोग किया।

बाघू : मैं कुछ समझा नहीं।

सिंघा अपने अगले पैरों पर खड़ा हुआ और पिछले बाएँ पैरों को हवा में उठा कर उस बड़े पत्थर के समीप गया जो कुछ थोड़ी दूरी पर पड़ा था। पत्थर को देखा फिर पलटकर बोला।

सिंघा : इस पत्थर को देख रहे हो कितना सुन्दर है। इसका आकार किसी राजा के मुकुट में लगे हीरे जैसा प्रतीत होता है। उसी भाँति ये पत्थर मेरे सिंहासन के ठीक ऊपर इस चट्टान पर प्राकृतिक रूप से अटका हुआ था। जब शाका को मैंने उसके द्वारा की अकारण हत्याओं के लिए दण्डित किया जिसमें उसकी एक आँख क्षतिग्रस्त हो गयी तो वह मेरे सामने समर्पण कर क्षमा माँगने लगा।

उसके निरन्तर क्षमा माँगने पर मेरा क्रोध शान्त हो गया और मैंने उसे मृत्यु दण्ड नहीं दिया। अपने घायल शरीर को लेकर वह पुनः मेरी सेवा में लग गया। पहले की भाँति वह मेरे लिए भोजन एवम् विश्राम की व्यवस्था में लग गया। मेरे द्वारा दिये उसके भीषण घाव भी अब चमत्कारी रूप से भरने लगे थे। उसके घावों की पीड़ा तो कम

हो रही थी परन्तु उसका क्रोध अन्दर–अन्दर बढ़ रहा था जिसको मैं समझ नहीं पाया। कहते हुए बड़े पत्थर के समीप बैठ गया, कुछ क्षण रुका, फिर बोला।

एक शाम जब शाका मेरे लिए भोजन की व्यवस्था कर रहा था तो मुझे लगा कि शाका को उसकी सेवा के लिए धन्यवाद करना चाहिए...उसके समीप जाकर मैंने कहा...

सिंघा : शाका, तुम बहुत बदल चुके हो। मुझे खुशी है कि मैंने तुम्हें मृत्यु दण्ड नहीं दिया।

शाका : सरकार सब भूल जाइए, मैं भी सब भूल चुका हूँ। मैंने आपके लिए जो भोजन की व्यवस्था की है उसका आनन्द लीजिए। हँसते हुए दो कदम पीछे जाता है।

मैं भी हँसते हुए भोजन ग्रहण करने लगा। आधा भोजन ग्रहण करते ही मेरा सिर घूमने लगा। मैं खड़ा हुआ और शाका की ओर देखा तो पाया वह धीरे–धीरे मुस्करा रहा है। उसने मेरे भोजन में नशीली जड़ी बूटियाँ मिला दी थीं जिसका असर अधिक होते ही मैं धरती पर गिर गया।

जब मुझे धीरे–धीरे होश आने लगा तो मेरे कानों में किसी पत्थर के रगड़ने की आवाजें आ रही थी। मैंने बेहोशी में इधर–उधर देखा पर कुछ दिखाई नहीं दिया परन्तु रगड़ने की आवाज निरन्तर आ रही थी। मैंने सिर उठाकर ऊपर देखा तो पाया शाका मेरे सिंहासन पर मुकुट की तरह रखे उस हीरे रूपी पत्थर को मेरे सिर पर गिराने का प्रयास कर रहा था। मैंने उठने का बहुत प्रयास किया परन्तु नशीली जड़ी–बूटियों का असर इतना अधिक था कि मेरा मस्तिष्क मेरे शरीर को निर्देश नहीं दे पा रहा था और निरन्तर आ रहे चक्कर के कारण मैं उठने से पहले ही गिर जाता था।

मुझे अपनी रक्षा का प्रयास करता देख शाका ने उस हीरे रूपी पत्थर को दूसरी ओर से धकेलना शुरू कर दिया। कुछ शक्तिशाली

प्रयासों के पश्चात् वह पत्थर चट्टान के ऊपर से गिरता हुआ ठीक मेरे पिछले बाएँ पैर को घायल कर लुढ़कते हुए थोड़ी दूर पर रुक गया।

पत्थर का वजन एवम् गति, दोनों का मिश्रण मेरे पिछले बाएँ पैर के लिए एक घातक प्रहार बना जिसने मेरे पिछले बाएँ पैर की हड्डी तोड़ने के साथ कई रक्त पहुँचाने वाली नसों को भी क्षतिग्रस्त कर दिया। इसलिए मेरे शरीर का निचला भाग काला पड़ता जा रहा है, शायद अब मैं अपनी मृत्यु की ओर बढ़ रहा हूँ।

ये सुन तबासि सहित सभी चौंक गये।

तबासि : तो भेड़ियों पर जो हमले हो रहे थे वो तुम नहीं शाका करवा रहा था।

सिंघा : हाँ, शाका मेरे नाम का प्रयोग कर इस जंगल में मृत्यु एवम् भय का खेल रहा है और बदनाम मैं हो रहा हूँ। आज मुझे अपनी इस दशा पर इतना क्रोध आ रहा है कि मैं तुम्हें बता नहीं सकता।

तबासि : अब समझ में आ रहा है कि बाघा ने ये क्यों कहा था कि मुझे लम्बी सीमा गश्त पर जाना है, क्योंकि काफी समय से तुम सीमा गश्त पर नहीं जा रहे हो। बाघा को ये ज्ञात था कि हमारा मुख्य शत्रु सिंघा नहीं शाका है।

तभी गुफा के भीतरी मुख्य द्वार पर खड़े बल्ली और धानी सतर्क होने का संकेत करते हैं।

धानी : बाघू, लगता है कोई आ रहा है। धीरे से कहता है।

बल्ली : ये तो लकड़बघ्घे हैं...चुपके से आगे चल रहे दो लकड़बघ्घों को देखते हुए कहता है।

तबासि : पत्थर के पीछे छिप जाओ और मेरे संकेत के लिए तैयार रहना।

आगे आ रहे लकड़बघ्घे गुफा में प्रवेश करते ही सिंघा की जय–जयकार करते हुए उसे नमन करते हैं।

सिंघा : ओह! घबराओ नहीं। ये तो मेरे विश्वास पात्र हैं मूचा एवम् लीमू। कहो, क्या कहना है।

मूचा : सरकार हमें हमारे क्षेत्र में कुछ संदिग्ध मिले हैं जिनको हमने पकड़ लिया है और आपके सामने पेश करना चाहते हैं।

सिंघा : कौन है? कहीं कोई भेड़िया तो नहीं।

लीमू : नहीं सरकार! भेड़िया नहीं, कोई शहरी कुत्ता लग रहा है और साथ में कोई मनुष्य का छोटा बच्चा भी है।

सिंघा : क्या कहा। शहरी कुत्ता और मनुष्य का बच्चा। शीघ्र अन्दर ले आओ।

पहले टीगो गुफा के भीतर प्रवेश करता है। उसे देख गोटी जोर से चिल्लाता है।

गोटी : टीगो...अरे ये तो टीगो है भागकर उस तक पहुँचता है।

गोटी की आवाज सुन सब बाहर निकल आते हैं और टीगो को देखकर बहुत खुश होते हैं।

गोटी : तुम कहाँ रह गये थे। हमें तुम्हारी बहुत चिन्ता हो रही थी।

टीगो : मुझे अब अधिक चिन्ता हो रही है...सिंघा की ओर देखता है मन में कहता है।

सिंघा : तबासि क्या ये भी तुम्हारा साथी है?

तबासि : हाँ, ये भी हमारे साथ चला था परन्तु पता नहीं आधे मार्ग में कहाँ गायब हो गया था।

टीगो, बिना बोले फटी आँखों से सबको बात करते देखने लगा परन्तु उसके मुख से कुछ नहीं निकला। फिर बाघू, टीगो के समीप जाकर उससे पूछता है।

बाघू : टीगो तुम चुप क्यों हो? सब ठीक तो है! तुम पीछे कहाँ रह गये थे? और तुम्हारे साथ कौन मनुष्य है?

टीगो : तुम स्वयं ही देख लो बाघू...कहता हुआ बाघू के साथ खड़ा होकर गुफा के द्वार की ओर देखने लगा। गोटी भी साथ खड़े होकर उस ओर देखता है।

लकड़बघ्घे को संकेत देते ही तीसरे लकड़बघ्घे के साथ तिलु गुफा में प्रवेश करता है। तिलु को अपने समक्ष देख बाघू कुछ क्षण के लिए चकित रह जाता है। उसकी चकित आँखें कब भावुकता के जल से भर जाती हैं उसे पता हीं नहीं चलता। उधर तिलु भी बाघू को देखकर अपने कदमों को धीरे–धीरे उसकी ओर बढ़ाता है। तिलु अपने प्रत्येक कदम के साथ अपनी चकित आँखों से उसका निरीक्षण करता हुआ आगे बढ़ता रहा।

तिलु कभी बाघू के कान देखता तो कभी उसके बाल, कभी उसके पैर देखता तो कभी उसकी आँखें, कभी उसकी नाक देखता तो कभी उसकी तनी हुई पूँछ। समीप पहुँचने पर तिलु ने जैसे ही उसकी छाती के घाव देखने का प्रयास किया तो बाघू स्वयं अपना अगला पैर उठा लेता है तिलु, बाघू के बचपन के घाव को देख उसके गले से लिपट कर आँखें बंद कर लेता है।

तिलु : बाघू, मुझे क्षमा कर दो। मेरे कारण ही तुम तीनों को इस जंगल में आकर इतने कष्ट सहने पड़े। जब से तुम गये हो मेरे लिए एक–एक दिन काटना कठिन हो गया था। मन में एक ही इच्छा थी कि एक बार तुम्हें देख लूँ कि तुम ठीक हो या नहीं। आँखों को नम होते हुए कहता है।

बाघू : तिलु, इसमें तुम्हारी कोई गलती नहीं थी, शायद यही सब घटित होना लिखा था। इस घटना के पश्चात् ही मुझे मेरे भूत का ज्ञान तथा भविष्य का उद्देश्य प्राप्त हुआ।

तिलु : हाँ, टीगो ने मुझे सब बता दिया है। टीगो की ओर देखते हुए कहता है परन्तु टीगो अब भी किसी सदमे में ही था।

गोटी : तिलु क्या तुम यहाँ इस जंगल में अकेले आये हो?

तिलु : नहीं, मैं अपने स्कूल के साथ जंगल सफारी के लिए यहाँ आया था। मैंने स्कूल कैम्प के पास सुबह–सुबह टीगो को देखा और उसके साथ यहाँ आ गया।

गोटी : तिलु ईश्वर का धन्यवाद करता हूँ कि इन लकड़बघ्घों ने तुम्हें चोट नहीं पहुँचाई।

बाघू : तिलु ये ठीक कह रहा है तुम्हें यहाँ ऐसे नहीं आना चाहिए था। यहाँ बहुत खतरा है।

तबासि : बाघू ने हम सबको तुम्हारे बारे में बताया था। केवल ये जानने के लिए कि बाघू ठीक है या नहीं तुम इस जंगल में उसे देखने चले आये बिना किसी भय के। ये दर्शाता है कि तुम सब एक–दूसरे से कितना प्यार करते हो। यदि बाघू को अपने अतीत का पता न चलता तो ये भी कब का इस जंगल से निकल कर शहर चला जाता।

ताची : हमें तो तुम्हारा एवम् तुम्हारे परिवार का धन्यवाद करना चाहिए जिसने घायल बाघू की देखभाल की और उसे नया जीवन दिया। आज वही बाघू इस जंगल के समस्त जीवों को नया जीवन देने का प्रयास कर रहा है।

सिंघा : ये तो अच्छा हुआ कि ये दोनों उन लकड़बघ्घों को मिले जो शाका के साथ नहीं हैं। यदि ये किसी दूसरे लकड़बघ्घों के हाथ लग जाते तो कहते–कहते रुक जाता है।

सिंघा के ये कहते ही टीगो के कान एवम् पूँछ खड़ी हो जाती है और उसकी जान में जान आती है। वह समीप खड़े गोटी से पूछता है।

टीगो : क्या सिंघा और ये लकड़बघ्घे हमारे साथ हैं।

गोटी : हाँ–हाँ ये सब हमारे साथ है। हमारा और इस जंगल का मुख्य शत्रु शाका है।

टीगो : ओह तो हम सुरक्षित हैं मुझे तो लग रहा था कि हम फँस गये। चलो, बच गये, लम्बी साँस लेते हुए कहता है।

ये नहीं सुधरेगा...गोटी मन में कहता है और सब मंद—मंद मुस्काने लगते हैं।

गुफा की रोशनी कम होते हुए देख सिंघा तबासि की ओर जाता है।

सिंघा : तबासि, सूर्य डूब रहा है शाम होने ही वाली है। अन्धेरा होने से पूर्व तुम सबको उस झरने तक पहुँचना होगा। मूचा एवम् लीमू तुम्हें गुप्त मार्ग से वहाँ तक पहुँचा देंगे। कहते हुए सोच में पड़ जाता है।

तबासि : क्या हुआ सिंघा किस सोच में पड़ गये?

सिंघा : मैं ये सोच रहा था कि शाका के पास लकड़बघ्घों की फौज है और तुम संख्या में बहुत कम हो। तुम सब कैसे शाका के संख्या बल से टकराओगे।

ये सुन बाघू सिंघा की ओर बढ़ कर बुलन्द स्वर में कहता है।

बाघू : यदि शाका के पास संख्या बल है तो हमारे पास उद्देश्य एवम् न्याय है। मुझे विश्वास है कि ये उद्देश्य एवम् न्याय शाका के संख्या बल पर भारी पड़ेगा और उसे अपने कर्मों का दण्ड अवश्य मिलेगा। कहता हुआ भेड़िये के भाँति सिर उठा कर घुर्राने लगता है। बाघू का आत्म—विश्वास देख सिंघा प्रसन्न हो उठा।

सिंघा : बाघू तुम्हारे मन में जंगल के जीवों के लिए इतनी चिन्ता एवम् प्रेम देख कर लगता है कि तुम सच में एक राजा हो जो अपनी प्रजा की रक्षा और उससे प्रेम करता है। तुम्हारी यही भावना देखकर आज मैं भी तुम्हें अपना नाम देता हूँ। आज तक तुमको ये सारे केवल बाघू के नाम जानते थे परन्तु आज के बाद तुम केवल बाघू नहीं बल्कि बाघूसिंघा कहलाओगे...**'बाघूसिंघा'** वह अपने बुलन्द स्वर में कहता है। ये सुन सब जोश से भर जाते हैं। जाओ, शाका पर विजय प्राप्त कर इस जंगल में पुनःशान्ति स्थापित कर दो...कहता हुआ मूचा एवम् लीमू को जाने का संकेत करता है।

सिंघा का संकेत पाते ही मूचा एवम् लीमू गुफा से बाहर निकलते हैं, फिर उनके पीछे एक–एक कर तबासि, बाघू, ताची, तिलु, तारू और बाकी साथी भी निकलने लगते हैं। सिंघा भी धीरे–धीरे उनके पीछे चल पड़ता है।

मूचा एवम् लीमू के ठीक पीछे चल रहा बाघू कुछ दूरी पर सबको रुकने को कहकर तबासि से पूछता है।

बाघू : क्या तिलु का हमारे साथ वहाँ जाना सुरक्षित होगा? मुझे डर है कि शाका, तिलु को हमारे साथ देखकर इस पर हमला न कर दे।

तारू : ये ठीक कह रहा है, तिलु का हमारे साथ वहाँ जाना सुरक्षित नहीं होगा।

ताची : यदि हम तिलु को अपने साथ आगे नहीं ले गये तो पीछे किसके भरोसे छोड़ेंगे। यहाँ भी प्रत्येक स्थान पर लकड़बघ्घे घूम रहे हैं।

भोटी : तबासि यदि तुम कहो तो मैं, बल्ली एवम् कूंचा तिलु को अपने साथ सीमा पार करा कर पुनः यहाँ लौट आयेंगे।

तिलु, गोटी तथा टीगो सहित बाकी सदस्य चुपचाप सुनते रहते हैं। तभी लीमू आगे बढ़कर कहता है।

लीमू : अब पीछे जाना उचित नहीं होगा। लकड़बघ्घों को तुम सबकी गंध मिल चुकी होगी और वे उसी गंध के सहारे धीरे–धीरे हमारे पीछे ही आ रहे होंगे। तुम सबकी भलाई इसी में है कि इस मार्ग से आगे बढ़कर शाका का मुकाबला करो और 'जल वायु पर्वत' के 'डगमग सेतु' से उस पार चले जाओ। तुम क्या कहते हो तबासि?

तबासि : ताची एवम् लीमू ठीक कह रहे हैं हमें तिलु को अकेला नहीं छोड़ना चाहिए बल्कि एक साथ ही रहना चाहिए। यदि हम दो समूह में बँटे तो हमारी शक्ति कम हो जायेगी। इसलिए हमें आगे ही बढ़ना होगा।

तिलु : मैं आप सब से क्षमा चाहता हूँ कि मेरे कारण आप सबकी योजना में बाधा आ रही है। कहता हुआ अपना सिर झुका लेता है।

तबासि : तिलु, अपना मन दुःखी मत करो हमें तो बस इस बात की चिन्ता है कि तुमको लकड़बघ्घों के हमले से कैसे बचाएं क्योंकि मनुष्य हमारी तरह इतने फुर्तीले नहीं होते। चूँकि अब तुम हमारे साथ हो और बाघू, गोटी एवम् टीगो के मित्र भी तो तुम्हारी सुरक्षा की चिन्ता होना स्वाभाविक है। तुम्हारा हमारे साथ चलना ही सुरक्षित होगा...कहते हुए लीमू एवम् मूचा को आगे बढ़ने का संकेत करता है।

सभी पुनः लीमू एवम् मूचा के पीछे–पीछे चलना प्रारम्भ कर देते हैं। यद्यपि वे सब लीमू एवम् मूचा के कदमों का अनुसरण कर रहे थे परन्तु उनके कान, आँख एवम् नाक किसी भी खतरे के लिए सतर्क थे। वे निरन्तर अपने मार्ग पर चलते हुए इन सभी इन्द्रियों का प्रयोग कर रहे थे।

"लगभग पाँच हजार चढ़ाई, ढलान एवम् समतल भूमि पर साधारण गति के कदमों, कुछ लघु दौड़ों तथा दस बारह छोटी एवम् लम्बी छलांगों के पश्चात् लीमू एवम् मूचा अपने पीछे आ रहे बाघू, तबासि, ताची, तारू तथा अन्य साथियों को थमने का संकेत करते हैं।"

बाघू संकेत पाकर थम जाता है और अपनी नाक की सीध में देख रहे लीमू से पूछता है।

बाघू : क्या हुआ लीमू? तुम दोनों रुक क्यों गये? क्या वो झरना आ गया?

लीमू : नहीं बाघू, झरना तो अभी दो सौ कदम की दूरी पर है परन्तु उसका अनुभव यही से हो रहा है। तुम सबको थोड़ा–सा विश्राम कर लेना चाहिए।

बल्ली : हम इतनी शीघ्र थकने वाले नहीं, लीमू हमें विश्राम की आवश्यकता नहीं। नाक को उठाते हुए कहता है।

धानी : तुम बिलकुल सही कह रहे हो बल्ली, मूचा एवम् लीमू तो हमें बच्चा समझ रहे हैं।

लीमू : नहीं, मेरा ये मतलब नहीं था कि तुम सब थक गये होंगे परन्तु कभी–कभी लम्बी छलांग से पूर्व गहरे श्वास एवम् धैर्य की आवश्यकता होती है ताकि ऊर्जा एवम् लक्ष्य में दूरी न बढ़ जाये।

मूचा : लीमू एकदम ठीक कह रहा है। हमारा साथ यहीं तक था। यहाँ से तुम सबको अकेले ही आगे बढ़ना होगा। इस छोटी पहाड़ी के शीर्ष पर पहुँचते ही तुमको वो झरना नजर आयेगा जिसका जल हमारी बाईं ओर से बह रहा है और नजर आयेंगे सैकड़ों लकड़बघ्घे। हम दूसरे मार्ग से वहाँ पर पहुँचेंगे ताकि शाका को संदेह न हो। हमें आशा है कि तुम सब जिस उद्देश्य के लिए यहाँ आये हो वो पूर्ण हो।

तबासि, लीमू एवम् मूचा को धन्यवाद करता हैं और वे दोनों एक गुप्त मार्ग से उस झरने की ओर चल पड़ते हैं। उनके जाते ही तबासि सबको समझाने लगता है।

तबासि : लीमू एवम् मूचा ने हमें गुप्त मार्ग द्वारा सबसे बचाते हुए यहाँ तक पहुँचा दिया परन्तु अब समय आ गया है कि जब हमको छिपने के स्थान पर सामने से प्रहार करना होगा। हमारी गन्ध के सहारे पीछे आ रहे लकड़बघ्घे किसी भी समय हम तक पहुँच सकते हैं तथा आगे खड़े शाका और उसके साथियों पर हम जब चाहे हमला कर सकते हैं। इससे पहले कि हमारे पीछे आ रहे लकड़बघ्घे हमें ढूँढ़ते हुए यहाँ तक पहुँचे, हमें आगे खड़े शत्रु पर ऐसा प्रहार करना होगा जिससे वे चौंक कर तितर–बितर हो जायें।

ये सुनकर बाघू आकाश की ओर देखता है। बाघू को काले पड़ चुके आकाश की ओर देखने पर ताची पूछता है।

ताची : क्या हुआ? क्या देख रहे हो बाघू?

बाघू : देख रहा हूँ 'राह' उस शीतल प्रकाश (चन्द्रमा) की जिसके मात्र प्रतिबिम्ब से आज यहाँ एक ऐसा युद्ध प्रारम्भ होने वाला है जिसके परिणाम की ऊष्मा इसकी शीतलता को भी प्रभावित कर देगी।...ताची की ओर देखते हुए कहता है।

टीगो : वो देखो, चन्द्रमा निकल आया।

तबासि : हमें शीघ्र इस अन्तिम पहाड़ी के शीर्ष पर पहुँचना होगा। कहते ही बाघू तथा दूसरे साथियों को संकेत देते हुए उस ओर दौड़ पड़ता है।

तबासि के पीछे–पीछे बाघू सहित सभी उस छोटी पहाड़ी पर चढ़ने के लिए दौड़ पड़ते हैं। तिलु भी गोटी एवम् टीगो के साथ धीरे–धीरे दौड़ कर पहाड़ी पर चढ़ने लगता है। धानी एवम् भोटी तिलु सबकी सुरक्षा कवच/ढाल बनकर सबसे पीछे चलते हुए पैरों के निशानों पर धूल उड़ाते जा रहे थे।

तबासि सबसे पहले उस अन्तिम पहाड़ी के शीर्ष पर पहुँचता है, उसके पीछे बाघू, ताची, तारू तथा एक–एक कर सभी पहुँच जाते हैं। पहाड़ी के शीर्ष से सब उस विशाल झरने को देखते हैं, जहाँ सैकड़ों लकड़बघ्घे पहले से पहरा दे रहे थे। झरने को खूँखार लकड़बघ्घों की सुरक्षा पंक्ति ने किसी कृत्रिम सीमा में बन्दी बना लिया था। उस स्थान पर लकड़बघ्घों के अतिरिक्त कोई दूसरा जीव नजर नहीं आ रहा था। उन खूँखार लकड़बघ्घों ने तो वहाँ दाना चुग रहे छोटे पक्षियों को भी नहीं छोड़ा था। धरती पर मृत पड़े पशु, पक्षी लकड़बघ्घों की राक्षसी प्रवृति को भयानक रूप से दर्शा रही थी और उस पर उनका अट्टहास एवम् हँसना अधिक पीड़ादायक था। इस पीड़ादायक एवम् अशान्ति से भरे वातावरण ने उस स्थान पर एक विचित्र–सी उदासी उत्पन्न कर दी थी जिसे देखकर मानो वो प्रचण्ड जल से पूर्ण झरना भी थोड़े से जल के साथ मंद गति से धरती पर गिर रहा था परन्तु इस पीड़ादायक वातावरण का सबसे तगड़े लकड़बघ्घे अर्थात शाका

पर कोई प्रभाव नहीं पड़ रहा था। वह भयानक रूप से हँसता हुआ केवल एक ही आदेश दे रहा था।

शाका : खत्म कर दो–खत्म कर दो, जो भी इस क्षेत्र या झरने के आस–पास आये उसे खत्म कर दो। हँसते हुए....एक बार 'दिव्य जल' प्राप्त कर लूँ फिर मैं इस पूर्ण जंगल पर राज करूँगा हा–हा–हा–हा...

शाका की भयानक एवम् घमण्डी हँसी के स्वर बाघू के कानों तक पहुँचते ही वह तिलमिला उठा और तबासि से कहता है।

बाघू : तबासि मुझसे शाका की हँसी नहीं सुनी जाती। हमें शीघ्र ही इन पर प्रहार कर चन्द्रमा के प्रतिबिम्ब से पूर्व उस जल कुण्ड तक पहुँचना होगा। इसलिए मैं पहले आक्रमण करता हूँ और मेरे प्रहार करते ही तुम सब भी उन पर टूट पड़ना।...जोश से भरे स्वर में कहता है।

तबासि : बाघू, रुको, अब हमें एक साथ प्रहार करते हुए लकड़बघ्घों की सुरक्षा पंक्ति को भेदना होगा। हम सबके एक साथ आक्रमण करने से उन्हें हमारी संख्या का भ्रम रहेगा। इसलिए मैं बाईं ओर तथा तुम दाईं ओर की पंक्ति पर एक साथ प्रहार करते हुए लकड़बघ्घों को घायल कर आगे बढ़ते रहेंगे। हमारे पीछे ताची, तारू, बल्ली, कूचा, भोटी सहित सभी उन घायल लकड़बघ्घों पर पुनः प्रहार कर उन्हें उठने योग्य नहीं छोड़ेंगे। ठीक है...समझ गये। सबकी ओर देखते हुए कहता है।

हाँ, हम समझ गये। सब एक साथ कहते हैं।

तबासि, तिलु की ओर देख कर कहता है।

तबासि : तिलु, तुम गोटी एवम् टीगो एक साथ रहना। तुम्हारी सुरक्षा के लिए मालू एवम् चीमा तुम्हारे साथ पीछे ही रहेंगे।

तिलु : ठीक है, मैं समझ गया। घबराते हुए गोटी एवम् टीगो की ओर देखता है।

टीगो : अरे! यार अब ऐसे मत देखो, मुझे अधिक घबराहट हो जाती है। जब मैंने तुम्हें बोला था कि यहाँ आने में खतरा है तब तुम

नहीं माने...कहाँ फँस गया टीगो अब तो ईश्वर ही तेरी रक्षा कर सकता है...घबराते हुए मन में कहता है।

ताची, तारू, कूचा, धानी, भोटी तथा बल्ली को योजना समझा कर तबासि एवम् बाघू उस अन्तिम पहाड़ी की ढलान से सँभल कर नीचे उतरने लगे। ढलान से नीचे समतल भूमि पर पहुँच कर दोनों एक दूसरे को देखते हैं फिर तबासि के संकेत पर दोनों बिजली की गति से लकड़बघ्घों की सुरक्षा पंक्ति की ओर दौड़ने लगे। तबासि बाएँ तो बाघू दाएँ ओर की सुरक्षा पंक्ति को भेदने पूर्ण शक्ति से दौड़ पड़ते हैं।

सुरक्षा पंक्ति में खड़े लकड़बघ्घे किसी अपरिचित गन्ध का अनुभव तो कर रहे थे परन्तु वायु की विपरीत गति उनका साथ नहीं दे रही थी। वे कभी बाएँ, कभी दाएँ तो कभी सामने देखते फिर एक दूसरे को देखने लगते कि तभी सूखे पत्तों को मसलने एवम् चटकने का तीव्र होता स्वर उनके कानों में पड़ता है परन्तु इससे पूर्व कि वे कुछ समझ पाते बाघू और तबासि घुप्प घनी एवम् अन्धेरी झाड़ियों से बिजली की गति के समान निकलते हुए सुरक्षा पंक्ति में खड़े अचम्भित लकड़बघ्घों पर प्रहार कर अपनी–2 नियोजित दिशाओं की ओर भागते हुए सभी को घायल करते रहते हैं। बाघू एवम् तबासि के प्रथम प्रहार से घायल लकड़बघ्घे जैसे ही उठने का प्रयास करते तो पीछे आ रहे ताची, तारू, धानी, कूचा, भोटी सहित दूसरे सभी उन पर पुनः प्रहार कर, उन्हें धराशायी कर देते हैं। इस घमासान में वातावरण धुँधला हो जाता है। अचानक हुए आक्रमण से लकड़बघ्घे भयभीत होकर तितर–बितर जाते हैं जिस कारण झरने पर बना उनका पहला कृत्रिम सबसे बड़ा सुरक्षा घेरा टूट जाता है और लकड़बघ्घों का दूसरा घेरा भ्रम की स्थिति में तीसरे तथा अन्तिम घेरे की ओर उलटे कदमों से चलने लगता है। यद्यपि वे अन्तिम घेरे की ओर बढ़ रहे थे परन्तु अब भी उनका मस्तिष्क आँखों द्वारा उस भ्रम को तोड़ने एवम् समझने का प्रयास कर रहा था।

उलटे कदमों से पीछे चलते लकड़बघ्घों की पंक्ति को चीरता हुआ शाका बाहर निकलता है और क्रोध में पलट कर घुर्राहते हुए पूछता है।

शाका : क्या हुआ मूर्खों? तुम सब पीछे क्यों लौट रहे हो?

लकड़बघ्घे शाका को कारण बताने के स्थान पर अब भी उसके पीछे उड़ रही धूल को बिना आँखें झपकाए निरन्तर देख रहे थे। शाका जिस लकड़बघ्घे की ओर देखता है तो यही करता हुआ पाता है। वह क्रोध एवम् झुँझलाहट के साथ तीव्रता से पीछे मुड़ता है और शान्त हो रही धूल को धरती पर गिरते देख ऊँचे स्वर में घुर्राता है।

शाका की घुर्राहट समाप्त होने से पूर्व तबासि शान्त हो रही धूल को चीरता हुआ दाहिने ओर से शाका तथा उसके साथियों के समक्ष अपने शरीर से धूल को झटकते हुए पहुँचता है। तबासि को देख कुछ लकड़बघ्घे घबराहट में दो कदम पीछे रखते हैं तो कुछ आधी घुर्राहट भरते हैं। शाका तबासि को देख दंग रह जाता है, फिर मंद–मंद मुस्कराते हुए कहता है।

शाका : ओह। तो ये तुम हो तबासि। तुम्हारे कारण ही मेरे लकड़बघ्घे साथी दुविधा में घबरा रहे थे। मैं तो ये भूल ही गया था कि तुम अभी जीवित हो और शायद वह अकेला ऐसा जीव जिसे सिंघा और शाका से भय नहीं लगता।...तबासि को घूरते हुए उसके पास बढ़ता है।

तबासि भी दो कदम शाका की ओर बढ़ने लगता है उसे आगे आता देख शाका वही थम जाता है और पीछे मुड़ कर अपने साथियों से अपनी दूरी का अनुमान लगाता है।

तबासि : ये सच है शाका कि तुम्हारा भय इस जंगल में अधिकतर जीवों पर है परन्तु इस जंगल में बहुत से ऐसे भी जीव हैं जो तुम से भयभीत नहीं हैं। बल्कि तुम से लोहा लेने का साहस रखते हैं...बुलन्द स्वर में कहता है।

शाका : हा–हा–हा– मंद–मंद मुस्काता है फिर अचानक क्रोधित स्वर में चिल्लाता है...'असम्भव' इस जंगल में ऐसा कोई जीव नहीं जिसके मन में मेरा भय न हो, यदि ऐसा कोई जीव होता तो वह आज

तुम्हारे साथ मेरे समक्ष खड़ा होता और तुम्हारी ही तरह मेरी आँख से आँख मिलाकर बात कर रहा होता।

तबासि अपने दाहिने ओर की शान्त हो रही धूल को देखता है तो धूल को चीरता हुआ शाका के बाईं ओर से एक घायल, लहुलुहान लकड़बघ्घा लड़खड़ाते हुए शाका के समीप पहुँचकर धरती पर गिर जाता है। उस घायल लकड़बघ्घे को देख शाका तिलमिला उठता है। वह पुनः अपनी बाईं ओर देखता है तो पाता है, कि धूल को चीरता हुआ एक भेड़िया अपने सिर एवम् शरीर से धूल झटकते हुए आगे बढ़ रहा है। शाका के पीछे खड़े कुछ लकडबघ्घे उसे पहचान कर भय से घबराते हुए एक स्वर में कहते है—बाघू। बाघू ठीक तबासि के समीप रुक कर एक भेड़िए के ही समान घुर्राहट भरने लगता है। उसकी घुर्राहट में क्रोध की अग्नि तथा आँखों में प्रतिशोध की ज्वाला धधक रही थी। बाघू को घुर्राता देख शाका दो कदम आगे बढ़कर उसे ठीक से निहारता है और फिर चार कदम पीछे लौटकर अपने चकित मन एवम् मस्तिष्क के मिश्रित भाव से बने शब्द को अपने खूँखार जबड़ों में रोक नहीं पाता और आँखों को बड़ा कर मंद स्वर में स्वयं से कहता है..."जग्गा"

शाका को चकित देख तबासि पूछता है...

तबासि : क्या हुआ शाका, तुम क्या देख रहे हो?

शाका : जग्गा जीवित है। नहीं ये नहीं हो सकता। कौन है? कौन है ये?

तबासि : यदि 'जग्गा सरदार' जीवित होते तो आज तुम मेरे समक्ष खड़े नहीं होते। ये 'जग्गा सरदार' नहीं उनका पुत्र 'बाघू' है जो अब भेड़ियों का सरदार, जंगल का रक्षक और तेरा काल बन कर आया है...बुलन्द स्वर में कहता है।

शाका : जग्गा नहीं जग्गा का पुत्र...दाएँ से बाएँ तथा बाएँ से दाएँ चलते हुए कहता है।

तबासि : हाँ। ये वही छोटा–सा भेड़िया है जिसे तुमने और तुम्हारे साथियों ने मारने का प्रयास किया था परन्तु इसकी माँ के साहस के समक्ष तुम्हारा दुस्साहस हार गया। दुर्भाग्य से वह तो नहीं बच पायी परन्तु वह अपने पुत्र को बचाने में सफल रही। अब वही छोटा–सा भेड़िया अपने पिता 'जग्गा सरदार' का अधूरा कार्य पूरा करने यहाँ आया है...शाका।

शाका : ओह तो ये वही छोटा–सा पिल्ला है...जग्गा का पुत्र...'बाघू' और ये किस अधूरे कार्य को पूरा करने यहाँ आया है।

बहुत देर से क्रोध को दबाए, बाघू अचानक सीना तान कर आगे बढ़ता है, और बुलन्द स्वर में कहता है।

बाघू : अधूरा कार्य इस 'दिव्य जल' की रक्षा, जो सम्पन्न होगा तुम्हारी और तुम्हारे साथियों की मृत्यु पर।

शाका : हा–हा–हा जिस 'दिव्य जल' की रक्षा भेड़ियों का सरदार जग्गा नहीं कर पाया। इस जंगल का राजा सिंघा नहीं कर पाया तथा तुम्हारे साथ खड़ा ये बाघड़ बिल्ला 'तबासि' नहीं कर पाया, तुम्हें लगता है कि तुम ये कर पाओगे। मुझे तो तुम्हारे साहस पर हँसी और तुम पर दया आ रही है, बाघू परन्तु इसमें तुम्हारा कोई दोष नहीं, शायद इस तबासि ने तुम्हें मेरे बारे में ठीक से बताया नहीं कि मैं बहुत चतुर, निर्दय और अब बहुत बलवान भी बन चुका हूँ।...कहते हुए पुनः हँसने लगता है।

इसी बीच बाघू एवम् तबासि के साथी ताची, तारू, भोटी, चीना, कूचा, धानी, भालू, बल्ली तथा टीगो और गोटी के साथ तिलु एक–एक कर उनके पीछे खड़े हो जाते हैं।

शाका अपनी हँसी को विराम देकर सबको घूरता हुआ एक तीव्र घुर्राहट भर कर तबासि से कहता है।

शाका : तबासि तो ये हैं वो सारे भेड़िये जो मुझसे नहीं डरते। तुम्हारे मन में अब तक जल रही साहस एवम् आशा की लौ के इन

स्रोतों को आज मैं ऐसी मृत्यु प्रदान करूँगा जिससे भविष्य में कोई इस लौ को पुनः प्रज्ज्वलित न कर सके। कहते ही अपने साथियों को हमले का संकेत कर ऊँचे स्वर में कहता है...खत्म कर दो सबको।

लकड़बघ्घों को अपनी ओर आता देख तबासि एवम् बाघू एक दमदार घुर्राहट भरते हुए अपने पीछे खड़े साथियों से कहते हैं...साथियों समय आ गया है।

तबासि : एक भीषण प्रहार का...

बाघू : अधर्म के संहार का...

कहते ही बाघू, शाका के समक्ष खड़ा होकर उसे चुनौती देता है तो तबासि सहित बाकी सभी दूसरे लकड़बघ्घों से भिड़ जाते हैं। तबासि एक समय में चार से पाँच लकड़बघ्घों का सामना करता है तो ताची एवम् तारू दो–दो लकड़बघ्घों से लोहा ले रहे थे। दूसरे भेड़ियों के साथ गोटी भी लकड़बघ्घों का डट के सामना कर रहा था परन्तु तिलु की सुरक्षा के नाम पर टीगो, धानी के साथ पीछे ही खड़ा भय से काँप रहा था। यदि कोई लकड़बघ्घा भेड़ियों की सुरक्षा पंक्ति तोड़ कर तिलु तक पहुँचने का प्रयास करता तो धानी उस पर टूट पड़ता।

बाघू की चुनौती से तिलमिला उठा शाका बाघू पर टूट पड़ा और उस पर अपने मजबूत खूँखार जबड़े एवम् अगले पंजों से प्रहार करने लगा। यद्यपि शाका की आयु लगभग 'जग्गा सरदार' जितनी ही थी परन्तु वह किसी युवा लकड़बघ्घे की भाँति जोश एवम् फुर्ती से प्रहार कर रहा था। यदि बाघू के स्थान पर कोई दूसरा भेड़िया होता तो अब तक वह शाका के जबड़े में फँस कर मृत्यु प्राप्त कर चुका होता। बाघू की फुर्ती, शाका के प्रहारों को व्यर्थ बना रही थी जिससे वह थक गया और क्रोधित होकर तिलमिला उठा।

क्रोधित शाका, पूर्ण शक्ति से बाघू की ओर दौड़ते हुए छलांग मार कर बाघू पर प्रहार करने का प्रयास करता है परन्तु बाघू अपनी बुद्धिमता का परिचय देता हुआ शाका से कम ऊँचाई की छलांग

लगा कर उसके छाती के माँस को चीरता हुआ दूसरी ओर सुरक्षित गिरता है।

बाघू के इस प्रहार से शाका पीड़ा से कराह उठा और घुर्राते हुए बाघू को घूरने लगा। उसे घूरते देख बाघू शाका से कहता है...

बाघू : क्या हुआ शाका? बहुत पीड़ा हो रही है ठीक ऐसी ही पीड़ा मुझे हुई थी जब तूने मेरी छाती का माँस नोचा था।

शाका : बाघू, जिस तरह जग्गा को मृत्युलोक पहुँचाया था उसी तरह तुझे भी तड़पा–तड़पा के मृत्युलोक पहुँचा दूँगा।...कहते ही बाघू पर पुनः झपटता है कि तभी एक लकड़बघ्घा शाका को रोकता है।

लकड़बघ्घा : सरकार, चन्द्रमा का प्रतिबिम्ब जलकुण्ड तक पहुँच चुका है और कुछ ही क्षण में मध्य में पहुँच जायेगा। आप जल कुण्ड की ओर जायें। हमारे दक्षिण दिशा के लकड़बघ्घे साथी यहाँ पहुँच चुके हैं और उत्तर के साथी भी पहुँचने ही वाले हैं हम इनको सँभाल लेंगे।

क्रोधित शाका अपनी पीड़ा को घुर्राहट में दबाए चन्द्रमा की ओर देख कर जलकुण्ड की ओर जाते हुए लकड़बघ्घों से कहता है।

शाका : यहाँ से कोई भी बचकर जीवित नहीं जाना चाहिए एक–एक को चुन–चुन कर मृत्युलोक पहुँचा दो परन्तु इस बाघू को जीवित रखना क्योंकि इसकी मृत्यु मेरे जबड़ों से ही होगी। कहता हुआ जलकुण्ड की ओर चला जाता है।

शाका के जाते ही दक्षिण दिशा से आये लकड़बघ्घे 7–8 की संख्या में बाघू की ओर तो 4–5 लकड़बघ्घे टीगो एवम् तिलु की ओर बढ़ते हैं। ये देख तबासि, बाघू की सहायता के लिए बढ़ता है परन्तु बाघू, तबासि को तिलु की सहायता करने का संकेत करता है।

चार से पाँच लकड़बघ्घों से घिरता धानी तिलु को अपने पीछे कर लेता है। टीगो अपनी ऊँचाई से लकड़बघ्घों को भयभीत करने का प्रयास कर रहा था परन्तु वे निरन्तर बढ़ते जा रहे थे कि तभी तबासि ठीक धानी और लकड़बघ्घों के बीच छलांग लगाकर पहुँच जाता है।

धानी : ओह! शुक्र है तबासि तुम आ गये। अब शीघ्र तिलु को किसी सुरक्षित स्थान पर पहुँचा दो ताकि मैं भी अपने हाथ खोल सकूँ, बहुत देर से मेरे इन पंजों में खुजली हो रही है।

तबासि तिलु को अपनी पीठ पर बैठने को कहता है।

तबासि : तिलु, शीघ्र मेरी पीठ पर बैठ जाओ और मुझे कस कर पकड़ लेना। मैं तुम्हें उस मजबूत वृक्ष पर ले जाऊँगा जहाँ तुम सुरक्षित रहोगे। जब तक मैं न कहूँ नीचे मत उतरना।

तिलु : ठीक है...कहते ही तबासि की पीठ पर बैठ जाता है और उसकी मोटी गर्दन को कस कर पकड़ लेता है। इससे पहले टीगो भी वृक्ष पर जाने की इच्छा व्यक्त करता तबासि तिलु को लेकर वृक्ष पर चढ़ जाता है।

तिलु को सुरक्षित ऊँची टहनी पर बिठाने के बाद तबासि वृक्ष से नीचे उतरकर पुनः लकड़बघ्घों पर प्रहार कर उन्हें घायल करने लगता है। तिलु की सुरक्षा से मुक्त धानी भी अब लकड़बघ्घों को एक–एक कर धूल चटाने लगा और तिलु भी वृक्ष पर बैठा लकड़बघ्घों पर फलों से प्रहार करने लगता है। बाघू, तबासि, ताची तथा तारू सहित बाकी सभी किसी विशिष्ट प्रशिक्षित सेना टुकड़ी की ही भाँति लकड़बघ्घों पर भीषण प्रहार कर रहे थे। तबासि का प्रत्येक प्रहार अचूक एवम् घातक था, जो लकड़बघ्घा उस प्रहार से घायल होता वह पुनः उठने का साहस नहीं करता। बाघू बिना थके लकड़बघ्घों को घायल करता जा रहा था जैसे उसके भीतर का क्रोध प्रत्येक प्रहार के पश्चात् और बढ़ रहा हो। बाघू को इस तरह निरन्तर प्रहार करता देख तबासि उसके समीप पहुँचकर उससे कहता है...

तबासि : बाघू रुको, अधिक क्रोध अच्छा नहीं होता।

बाघू : नहीं, मैं इन राक्षसों को जीवित नहीं छोड़ूँगा।

तबासि : बाघू, हमारा मुख्य उद्देश्य 'दिव्य जल' की रक्षा करना है जो उद्देश्य 'जग्गा सरदार' तुम्हारे पिता का भी था। वो देखो शाका

जलकुण्ड के समीप खड़ा 'दिव्य जल' की प्रतीक्षा कर रहा है। चन्द्रमा का प्रतिबिम्ब किसी भी समय जलकुण्ड के मध्य आने ही वाला है। तुम शाका को 'दिव्य जल' ग्रहण करने से रोको, इन सबको में सँभाल लेता हूँ।

ये सुनते ही बाघू अपनी नजरें शाका पर केन्द्रित करता है जो सिर उठाये भगोने रूपी पौधे को देख रहा था। बाघू तीव्रता से छलांग लगाता हुआ ठीक जलकुण्ड के समीप और शाका के समक्ष खड़ा हो जाता है। बाघू को समक्ष खड़ा देख शाका अपने स्थान से बिना हिले मुख्य लड़ाकू लकड़बघ्घों को आदेश देता है।

शाका : ये मुझ तक नहीं पहुँचना चाहिए, इसे दूर ले जाओ और खत्म कर दो।

आदेश पाते ही दस से बारह लकड़बघ्घे बाघू पर टूट पड़े और लगभग उतने ही लकड़बघ्घे शाका के चारों ओर सुरक्षा घेरा बना लेते हैं। बारह लकड़बघ्घे एक साथ बाघू पर प्रहार करने लगे। यद्यपि बाघू उनके प्रहारों से स्वयं को बचा रहा था परन्तु शाका से उसकी दूरी बढ़ गयी थी।

इसी बीच चन्द्रमा का प्रतिबिम्ब जलकुण्ड के मध्य में पहुँचा तो 'दिव्य जल' से भरा भगोने रूपी पौधा झुकने लगा। ये देख बाघू क्रोध से घुर्राता है। बाघू को लकड़बघ्घों से लड़ते तथा शाका से दूर होते देख तबासि बाघू की सहायता के लिए उसकी ओर बढ़ते हुए शाका के मुख्य लड़ाकू लकड़बघ्घों/प्रहरियों पर टूट पड़ा। तबासि के प्रहार से लकड़बघ्घे तितर–बितर हो गए और अवसर पाते ही बाघू तीव्र गति से दौड़ता हुआ गिरते 'दिव्य जल' को पीने की लालसा में मुँह खोले शाका पर छलांग लगाता है और शाका सहित रंग फिरंगे फूलों के बगीचे पर लुढ़कते हुए गिरता है।

बाघू और शाका जैसे ही सँभलकर 'दिव्य जल' की ओर देखते हैं तो पाते हैं कि 'दिव्य जल' तर–तर कर धरती पर गिर रहा है। ये देख शाका तीव्रता से 'दिव्य जल' की ओर भागता है परन्तु शाका

के पहुँचने से पूर्व 'दिव्य जल' धरती में समा जाता है। क्रोधित शाका भयंकर घुर्राहट भरता है।

उधर 'डगमग सेतु' की दूसरी ओर की धरती को हिलता देख तितली घबराकर ऊँचे स्वर में चीखती है..."जल वायु पर्वत" जाग रहा है।

तितली को चीखते देख बिजली सहित बाकी सभी ऊँचे स्वर में चीखते हैं 'जलवायु पर्वत' जाग रहा है, 'जलवायु पर्वत' जाग रहा है।"

इधर, डगमग सेतु के समीप लकड़बघ्घों से लड़ रहे कूचां, एवम् भोटी तक ये चेतावनी स्वर पहुँचते हैं तो वे इस चेतावनी को ताची, तारू तथा अन्य साथियों तक पहुँचा देते हैं।

ताची, तारू सहित तबासि को संकेत करते हुए कहता है।

ताची : तबासि, 'जलवायु पर्वत' जाग रहा है यदि समय रहते उसे पार नहीं किया तो हम सब यही फँस जायेंगे।

तबासि : तुम सभी को लेकर 'डगमग सेतु' पार करो, मैं बाघू को लेकर आता हूँ।

तारू : नहीं हमें एक साथ ही चलना होगा यदि देर की तो तुम दोनों फँस जाओगे।

ताची : तारू, सही कह रहा है, उत्तर दिशा से शाका के साथी लकड़बघ्घे इसी ओर आ रहे हैं।

तबासि : बाघू वहाँ झरने के पास है उसने 'दिव्य जल' को शाका से बचा लिया है। मैं उसे अकेला नहीं छोड़ सकता, तुम सबको लेकर सेतु पार करो मैं बाघू को लेकर आता हूँ। तुम शीघ्र जाओ धरती का कम्पन बढ़ रहा है।

ताची : ठीक है तुम भी शीघ्र आना...कहते ही दोनों लकड़बघ्घों से बचते हुए 'डगमग सेतु' की ओर बढ़ते हैं।

ताची एवम् तारू जैसे ही 'डगमग सेतु' पर पहुँचते हैं तो सभी साथियों को वहीं पाते हैं। 'जलवायु पर्वत' के प्रभाव से 'डगमग सेतु'

की डगमगाहट धीरे–धीरे बढ़ रही थी। सभी अपने पैरों के नीचे धरती की बेचैनी का अनुभव कर रहे थे। स्थिति को भाँप कर ताची एवम् तारू सबको सेतु पर चढ़ने का संकेत करते हैं।

ताची : शीघ्र, 'डगमग सेतु' पर चढ़कर उस ओर चलो। ये सुन सब 'डगमग सेतु' पर चढ़ कर उस ओर चलने लगते हैं।

तारू : शीघ्र चलो, तुम सबको इस 'डगमग सेतु' पर चलने का अनुभव एवम् अभ्यास नहीं है। यदि ये सेतु अधिक हिलने लगा तो तुम सब में कोई भी इसे पार नहीं कर पायेगा।

ताची : ईश्वर का शुक्र है कि इस बार यहाँ तीन 'डगमग सेतु' हैं नहीं तो जाने क्या होता है...धीरे–धीरे चलते हुए कहता है...

टीगो : हाँ, तुम ठीक कहते हो इस बार तीन सेतु हैं नहीं तो इस ऊँचाई से नीचे देखने पर मैं स्वयं ही नीचे गिर जाता...शुक्र है तीन सेतु हैं...शुक्र है तीन सेतु हैं।

गोटी : अरे! तीन से याद आया तिलु तो वहीं रह गया, उस विशाल वृक्ष पर, मुझे उसे लेने जाना ही होगा।

ये सुन सब रुक कर सोच में पड़ जाते हैं।

तारू : अब पीछे लौटना उचित नहीं होगा, हमें आगे ही बढ़ना चाहिए।

टीगो : यदि तिलु को कुछ हुआ तो हम बाघू को क्या मुँह दिखायेंगे।

ताची : ठीक है, मैं तिलु को लेकर आता हूँ। तुम सब आगे बढ़ो।

कहते ही जैसे पीछे मुड़ता है तो अचानक सबसे पतला 'डगमग सेतु' निरन्तर कम्पन से चटक जाता है और कुछ क्षण में टूट कर सीधे गहरी खाई में समा जाता है।

तारू : ताची, तुम भी पीछे नहीं जाओगे, अब हमें आगे ही बढ़ना होगा। वहाँ तबासि एवम् बाघू हैं। इससे अधिक हिलते हुए सेतु पर चलने का अनुभव हमको भी नहीं है।

ये सुन सभी सधे हुए कदमों से सेतु पार करने लगे।...दूसरी ओर पहुँचकर टीगो एवम् गोटी रोते हुए जोर–जोर से बाघू एवम् तिलु का नाम पुकारते हैं।

उन दोनों को रोता देख बिजली एवम् तितली भी अपने आँसुओं को नहीं रोक पाते। अब सभी इसी आस में उस ओर देखने लगे कि तबासि, बाघू तथा तिलु सुरक्षित इस ओर पहुँच जायें।

उधर क्रोधित शाका अब भी निरन्तर घुर्राह रहा था। उसका झुका सिर शायद धरती में लुप्त 'दिव्य जल' की हानि से बेचैन था कि तभी अचानक 'दिव्य जल' का पौधा टूट कर धरती पर उसके समक्ष गिरता है वह झटपट लपक कर उसकी छान–बीन करने लगता है। कुछ प्रयास के पश्चात् ही वह उस पौधों का मुख खोलने में सफल हो जाता है और उसे अपनी प्रतीक्षा का फल दिखाई देता है। भगोने रूपी पत्ते में अब भी कुछ जल शेष था जिसे शाका झटपट पी कर फिर पत्ते को चाटने लगता है।

शाका को उस पौधों को इस तरह चाटते देख बाघू एवम् तबासि भी चौंक्कने हो जाते हैं।

बाघू : क्या इसने 'दिव्य जल' ग्रहण कर लिया?

तबासि : शायद उस भगोने रूपी पत्ते में कुछ शेष जल हो जिसे वह पी रहा था।

बाघू : परन्तु ये शान्त क्यों हो गया है?

तबासि : बाघू ध्यान से देखो, इसके शरीर में कुछ बदलाव हो रहा है। ये अधिक युवा एवम् बलवान होता जा रहा है। अब इसके समीप मत जाना बाघू।

तभी तिलु का पीड़ा से भरा स्वर बाघू एवम् तबासि को सुनाई देता है जो धरती के निरन्तर कम्पन के कारण वृक्ष से गिर कर लकड़बघ्घों के निशाने पर था।

बाघू एवम् तबासि तिलु की सुरक्षा के लिए वृक्ष की ओर भागते हैं।

लकड़बघ्घों को अपनी ओर बढ़ता देख तिलु भय से काँप जाता है। वह साहस कर पत्थर और धरती पर टूटी टहनियों से उन राक्षसों को दूर रखने का प्रयास करता है परन्तु इस सबका उन पर कोई प्रभाव नहीं पड़ता। वे कभी तिलु के सिर के ऊपर छलांग मार कर उसे भयभीत करते हैं तो कभी कोई घुर्राहट भरकर उसका ध्यान भटका कर उसे पंजे से घायल कर जाता है।

लाचार एवम् अकेले पड़े तिलु ने अन्त में वृक्ष पर चढ़ने का प्रयास किया परन्तु चढ़ नहीं पाया। उसे वृक्ष पर चढ़ने का प्रयास करता देख एक लकड़बघ्घे ने उस पर छलांग लगा दी परन्तु इससे पहले कि वह तिलु को घायल कर पाता, बाघू का एक दमदार धक्का उसे दूर गिरा देता है और फिर बाघू ठीक तिलु और लकड़बघ्घों के बीच में सीना तान खड़ा होकर अपनी घुर्राहट भरने लगता है।

भौंचक्के लकड़बघ्घे इससे पहले कुछ समझ पाते तबासि अपने भीषण प्रहार से घायल लकड़बघ्घे को धराशायी कर देता है। लकड़बघ्घों को किंकर्तव्यमूढ़ एवम् भयभीत देख तबासि बाघू को धीरे से कहता है...।

तबासि : बाघू यही उचित समय है कि हम 'डगमग सेतु' को पार कर उस ओर अपने समूह की सुरक्षा में पहुँचें।

बाघू : परन्तु, शाका से मेरा हिसाब अभी बाकी है...क्रोधित स्वर में कहता है।

तबासि : बाघू ये अच्छा हुआ कि तुमने शाका को पूर्ण 'दिव्य जल' ग्रहण नहीं करने दिया परन्तु उसने शेष 'दिव्य जल' पी लिया है जिससे वह कुछ समय तक अधिक बलवान एवम् युवा रहेगा। अभी उसका सामना करना हमारे लिए कठिन होगा और उसके पास लकड़बघ्घों की भारी संख्या भी है।

बाघू अपने क्रोध को दबाए वही जम जाता है और तबासि के लाख कहने पर भी शान्त रहता है उसे शान्त एवम् क्रोधित देख तबासि बाघू से पुनः कहता है।

तबासि : बाघू, मत भूलो कि तिलु की जीवन रक्षा भी तुम्हारा ही कर्तव्य है। तिलु को उस पार सुरक्षित पहुँचाना होगा। यदि तिलु को कुछ हुआ तो क्या तुम अपने आप को कभी क्षमा कर पाओगे।

ये सुन बाघू घायल तिलु की ओर देखता है जो पीड़ा को दबाए वहीं वृक्ष के नीचे बैठा था। कुछ सोच कर बाघू कहता है।

बाघू : तुम ठीक कहते हो, तिलु को सुरक्षित उसके घर तक पहुँचाना अधिक आवश्यक है। हमें अपने उद्देश्य के लिए तिलु का जीवन खतरे में नहीं डालना चाहिए। शाका से मैं फिर कभी अपना हिसाब बराबर कर लूँगा। चलो हमें शीघ्र ही उस पार जाना होगा। कहते ही बाघू, तबासि एवम् तिलु सहित 'डगमग सेतु' की ओर चल पड़ा जो कि वहाँ से कुछ दूरी पर ही था।

तबासि और बाघू, तिलु को अपने बीच में सुरक्षित रख सामने एवम् पीछे से प्रहार कर रहे लकड़बघ्घों को घायल करते हुए 'डगमग सेतु' की ओर बढ़ने लगे।

'डगमग सेतु' पर पहुँच कर 'जल वायु पर्वत' की शक्ति का अनुभव धरती के निरन्तर बढ़ रहे कम्पन तथा अति तीव्र भयंकर एवम् दिशाहीन तूफान से हो रहा था। 'जल वायु पर्वत' की शक्ति को भाँप कर बाघू तबासि से कहता है।

बाघू : तिलु, घायल है, वह इस तीव्र कम्पन में 'डगमग सेतु' पर नहीं चल पायेगा। मैं तिलु को अपनी पीठ पर बिठा कर चल नहीं सकता इसलिए तबासि आपको ही तिलु को अपनी पीठ पर बिठा कर 'डगमग सेतु' पार करना होगा।

तबासि : हाँ। ये कठिन है परन्तु अब कोई चारा भी नहीं है...कहते ही तिलु को अपनी पीठ पर चढ़ने को कहता है।

संकेत पाते ही तिलु तबासि की पीठ पर बैठ कर उसकी गर्दन से कस कर लिपट जाता है। बाघू लकड़बघ्घों पर प्रहार करते हुए तिलु को पीठ पर बैठाए तबासि के लिए 'डगमग सेतु' पर चढ़ने का मार्ग बनाता है।

तबासि के 'डगमग सेतु' पर चढ़ते ही बाघू ढाल की भाँति लकड़बघ्घों के समक्ष खड़ा होकर उनको आगे बढ़ने नहीं देता। ये देख तबासि बाघू से कहता है।

तबासि : बाघू, अब तुम भी चढ़ जाओ और मेरे पीछे–पीछे चलते रहो। कम्पन निरन्तर बढ़ रहा है।

बाघू : हाँ–हाँ पहले तुम सुरक्षित दूरी पर पहुँच जाओ। कहते हुए लकड़बघ्घों को डगमग सेतु पर चढ़ने नहीं देता और निरन्तर उन पर प्रहार करने के साथ उनके प्रहार से बचता भी है।

तबासि के साथ तिलु को सुरक्षित दूरी पर पहुँचता देख बाघू भी 'डगमग सेतु' पर छलांग लगा कर चढ़ जाता है परन्तु जैसे ही हिलते 'डगमग सेतु' पर वह दो कदम चलता है एक भीषण प्रहार उसे 'डगमग सेतु' से सीधे धरती पर पटक देता है।

बाघू सँभलकर देखता है तो शाका को अपने सामने एक नये रूप में पाता है जो अधिक बलवान एवम् युवा प्रतीत हो रहा था। बाघू को धरती पर गिरा देख शाका घुर्राहट भरने लगा तो तबासि भी पलटकर बाघू की ओर देखने लगता है।

शाका : क्या हुआ बाघू तुम नीचे कैसे गिर गये? फिर तबासि की ओर देखते हुए कहता है...तबासि यदि तुम वापस नहीं आये तो बाघू को कौन बचायेगा।

इस दृश्य को देख तबासि के साथ खाई के उस पार प्रत्येक भेड़िया एवम् दूसरे जीव भयभीत हो जाते हैं। बाघू को असहाय देख तबासि बाघू की ओर बढ़ता तो शाका खूँखार हँसी भरते हुए बाघू से कहता है...तेरे साथ अब ये भी मृत्यु लोक पहुँच जायेंगे। ये सुन बाघू तन कर खड़े होते हुए तीव्र स्वर में कहता है।

बाघू : तबासि, आप तिलु को सुरक्षित उस पार छोड़कर ही इस ओर मेरी सहायता के लिए आना।

तबासि : परन्तु, बाघू तुम अकेले कब तक इनका मुकाबला कर पाओगे।

बाघू : आप मेरी चिन्ता मत कीजिए पहले शीघ्र तिलु को उस पार पहुँचा दो फिर बाद में लौट आना।

तबासि : नहीं मैं ऐसा नहीं कर सकता मेरे लिए तुम्हारा जीवन भी मूल्यवान है और तुम्हारे जीवन की रक्षा का मैंने भी वचन दिया है।

बाघू : तबासि यदि तिलु को कुछ हुआ तो मैं जीवित रहकर भी मृत के समान ही रह जाऊँगा। आप पहले इसे सुरक्षित उस पार पहुँचा दो फिर मेरी सहायता के लिए लौट आना। मैं आपको वचन देता हूँ कि तब तक मैं इसके हाथ नहीं लगूँगा।

दुविधा में पड़ा तबासि पहले तिलु के जीवन की रक्षा को अति आवश्यक समझ पलटकर भेड़िये समूह की ओर सधे हुए कदमों से चलने लगता है। निरन्तर बढ़ रहा कम्पन 'डगमग सेतु' को अस्थिर कर रहा था जिस कारण तबासि के साथ–साथ तिलु को भी पकड़ बनाने में बहुत अधिक परेशानी हो रही थी। जैसे ही तबासि तिलु के साथ 'डगमग सेतु' के मध्य में पहुँचा तो दूसरे 'डगमग सेतु' में भी दरार आ गयी। तबासि खतरा भाँप कर तीसरे अर्थात अन्तिम 'डगमग सेतु' पर आ गया। एक हल्की उछाल के साथ ही दूसरा 'डगमग सेतु' भी टूट कर गहरी खाई में गिर गया। तबासि के साथ तिलु को तीसरे 'डगमग सेतु' द्वारा अपनी ओर आता देख भेड़िया समूह ने राहत की साँस ली। तिलु को भेड़िया समूह में सुरक्षित देख बाघू की भी साँस में साँस आयी।

उस ओर भेड़ियों की खुशी देख शाका क्रोध से तिलमिला उठा और बाघू पर पूर्ण शक्ति से टूट पड़ा। बाघू शाका के प्रहारों से चकित रह गया। क्योंकि 'दिव्य जल' ग्रहण करने के पश्चात् उसके प्रहारों में तीव्रता एवम् बल का अनुभव हो रहा था। एक ओर शाका अपने शक्तिशाली प्रहारों से बाघू को चकित कर रहा था तो दूसरी ओर 'जल वायु पर्वत' अपनी शक्ति का निरन्तर प्रदर्शन कर बाघू के लिए कठिनाई पैदा कर रहा था। बाघू को चकित एवम् दुविधा में देख शाका हँसने लगा।

शाका : बाघू, क्या सोच रहे हो? क्या तुम्हें मृत्यु का भय सता

रहा है। अब तुम्हारी मृत्यु निश्चित है। तुम यहाँ अकेले रह गये बाघू – हा–हा–हा–हा।

कुछ क्षण शान्त एवम् सोच कर बाघू ने एक निर्णय लिया। वो निर्णय था कि 'जल वायु पर्वत' की शक्ति का प्रयोग कर शाका के अभिमान को चूर–चूर करने का। बाघू 'जल वायु पर्वत' पर चल रहे तीव्र भयंकर तथा दिशाहीन तूफानी हवाओं के समरूप खड़ा होकर उन तूफानी हवाओं के साथ भागता हुआ शाका पर प्रहार करता जिससे शाका की शक्ति तो आधी हो जाती परन्तु बाघू की प्रहार शक्ति दो से तीन गुना बढ़ जाती। बाघू के निरन्तर प्रहारों ने शाका को विचलित कर दिया। क्रोधित शाका सभी लकड़बघ्घों को बाघू पर हमला करने का आदेश देता है।

शाका : बहुत हुआ खेल। टूट पड़ो इस पर और खत्म कर दो इस भेड़िया समूह के सरदार को।

आदेश पाते ही सभी लकड़बघ्घे तीनों दिशाओं से बाघू की ओर बढ़ने लगे। लकड़बघ्घों को अपनी ओर आता देख बाघू पीछे खाई और डगमग सेतु की ओर बढ़ने लगा। 'जल वायु पर्वत' का शक्ति प्रदर्शन निरन्तर बढ़ता जा रहा था जिस कारण 'डगमग सेतु' का कम्पन भी बढ़ गया था। समय व्यर्थ में नष्ट न करते हुए बाघू भागता हुआ 'डगमग सेतु' पर चढ़ कर भेड़िये समूह की ओर बढ़ने लगा।

बाघू को अपनी ओर आता देखकर तबासि 'डगमग सेतु' से उतरकर बाघू को देखने लगता है।

शाका : बाघू, इस भयंकर कम्पन में तुम 'डगमग सेतु' पार नहीं कर सकते। इस सेतु के मध्य में पहुँचते ही कम्पन की गति बढ़ जायेगी और तुम सीधे नीचे खाई में गिर जाओगे...हा–हा–हा।

खाई के दूसरी ओर खड़े तबासि सहित दूसरे भेड़िये सदस्य बाघू को ध्यान से चलने का निर्देश देते हैं तो तितली एवम् बिजली मानो किसी मूर्छित शरीर की भाँति खुली आँखों से केवल उसे देखती रहती हैं। 'डगमग सेतु' के निरन्तर कम्पन एवम् उछाल के साथ तालमेल

बिठाते एवम् तीव्र वायु प्रवाहों को सहते हुए बाघू जैसे ही 'डगमग सेतु' के मध्य से कुछ कदम आगे चलकर खाई के उस ओर तबासि सहित भेडिया समूह को देखता है तो अचानक एक भीषण स्वर बाघू के साथ–साथ तबासि सहित सभी भेड़िया समूह की धड़कनों को भय सहित एक दीर्घ विराम देता है। ये भीषण स्वर अन्तिम 'डगमग सेतु' के चटकने का था। चूँकि अन्तिम 'डगमग सेतु' एक मजबूत एवम् विशाल वृक्ष था इसलिए तुरन्त टूट कर खाई में नहीं गिरा परन्तु सेतु के चटकने का स्वर एवम् दरार निरन्तर बढ़ती जा रही थी जिसने भेड़िये समूह की अन्तिम आस भी तोड़ दी।

बाघू को सहायता न देने में अपने को असहाय पाकर तबासि क्रोध में घुर्राते हुए अपने पंजों को धरती पर पटकता है।

ये देख बिजली एवम् तितली तबासि के समीप जाते हैं।

बिजली : तबासि, बाघू फँस गया है, उसे बचा लो तबासि।...

तितली : यदि बाघू इस गहरी खाई में गिरा तो उसके साथ–साथ मैं भी इस खाई में कूद जाऊँगी...आँखों को नम करते हुए कहती है।

तबासि : मैंने पूरे जीवन में कभी अपने आप को इतना असहाय नहीं पाया। मैं न तो बाघू को आगे बढ़ने को कह सकता हूँ न पीछे जाने को क्योंकि दोनों ओर मृत्यु उसकी प्रतीक्षा कर रही है। मुझे क्षमा कर दो। मैंने बाघू की बात मान कर तिलु को सुरक्षित यहाँ पहुँचा दिया परन्तु "तुम्हें दिया वचन नहीं निभा पाया।

ये सुन गोटी एवम् टीगो के समीप खड़ा तिलु भी भावुक होकर रोने लगा और पूर्ण दोष स्वयं पर मड़ता है। इस भावुकता एवम् निराशा पूर्ण वातावरण में अचानक ताची ऊँचे स्वर में चीखता है।

ताची : वो देखो, बाघू पीछे मुड़कर लकड़बघ्घों की ओर जा रहा है। वो भी तन कर!

तारू : परन्तु, इतने लकड़बघ्घों से बाघू कैसे बच पायेगा?

टीगो : उसके पास अब कोई विकल्प भी तो नही है।

गोटी : शायद उसके पास कोई योजना हो।

तबासि : या फिर उसका आत्मविश्वास? दो कदम आगे बढ़कर कहता है।

वृद्ध भेड़िया : तुम सबने ठीक सोचा। उसके पास योजना भी है और आत्मविश्वास भी। इसलिए उसने उस मृत्यु को चुना है जिसमें अभी विलम्ब एवम् जीवन की थोड़ी आशा है। हमें नहीं भूलना चाहिए कि बाघू एक बुद्धिमान एवम् शक्तिशाली भेड़िया है। हमें उस पर विश्वास कर उसकी प्रतीक्षा करनी चाहिए। मेरा मन एवम् अनुभव ये कहता है कि वह जिस आत्मविश्वास से शाका की ओर बढ़ा है वह अवश्य ही मृत्यु को मात देकर हम तक पहुँचेगा परन्तु कैसे, ये तो केवल बाघू ही जानता है।

ये सुन सभी ऊँचे स्वर में बाघू–बाघू बोल कर उसकी जयकार करने लगते हैं।

प्रायः एक दूसरे से असहमत रहने वाले गुरु भालूका और गुरु भालूचा दोनों ही वृद्ध भेड़िये की बात से सहमत होकर सबको बाघू पर विश्वास रखने के लिए कहते हुए सभी के साथ अपनी आँखों को भी 'डगमग सेतु' के उस पार केन्द्रित करते हैं।

उधर, बाघू सधे हुए कदमों से समय रहते 'डगमग सेतु' के छोर पर पहुँचकर धरती पर छलांग लगाता है तो अपने समक्ष शाका को खड़ा पाता है। क्रोध की अग्नि से धधक रहा शाका उसकी ओर बढ़ते हुए कहता है।

शाका : बाघू, तुमने मेरी वर्षों की प्रतीक्षा एवम् तपस्या को एक पल में ही व्यर्थ कर दिया। यदि आज मैं 'दिव्य जल' ग्रहण कर लेता तो मैं अमर होने के साथ बहुत अधिक शक्तिशाली भी बन जाता। तुम्हारे पिता जग्गा ने भी यही किया था और मैंने उसे मृत्युलोक पहुँचा दिया था, अब मैं तुम्हें भी मृत्यु दण्ड देकर तुम्हारे पिता के पास पहुँचा दूँगा। हा–हा–हा

एक तीव्र स्वर के साथ अन्तिम 'डगमग सेतु' भी टूटकर गहरी खाई में गिर जाता है।

बाघू : शाका यदि आज मेरी मृत्यु तय है तो मैं उस मृत्यु को टाल नहीं सकता परन्तु यदि अभी उसमें विलम्ब है तो कोई कितना भी जोर लगा ले मुझे कुछ नहीं होगा। बुलन्द स्वर में कहता है।

शाका : हा–हा–हा तुम्हें अब भी लगता है कि तुम जीवित बचोगे। जरा देखो अपने चारों ओर प्रत्येक दिशा से मेंरे साथी लकड़बघ्घे तुम्हारी ओर बढ़ रहे है। "इसके शरीर में इतने घाव दो कि ये मृत्यु की भीख माँगे परन्तु ध्यान रखना कि ये जीवित रहे क्योंकि इसके पिता की ही तरह इसकी मृत्यु का कारण भी मैं ही बनना चाहता हूँ"...अचानक क्रोधित स्वर में चिल्लाता है।

शाका का आदेश मिलते ही तीनों दिशाओं से लकड़बघ्घे बाघू पर टूट पड़ते हैं। बाघू, लकड़बघ्घों का डट कर सामना करने लगता है। वह लकड़बघ्घों के प्रहारों से बचते हुए उन पर प्रहार भी करता है परन्तु शत्रुओं के संख्या बल के कारण प्रत्येक छठे, सातवें बचाव के पश्चात् उसे एक प्रहार भी झेलना पड़ता है। शाका, बाघू के थकने एवम् निर्बल होने की प्रतीक्षा में एक बड़े पत्थर के समीप खड़ा होकर कभी बाघू को लकड़बघ्घों से लड़ते देखता तो कभी 'डगमग सेतु' के उस पार भयभीत भेड़िया समूह को देखकर खुशी से हँसता है। बाघू पर होने वाला प्रत्येक प्रहार तबासि सहित सभी अनुभव कर अपने आपको कोस रहे थे।

काफी देर तक लकड़बघ्घों से लड़ते तथा उनके प्रहारों को झेलता हुआ बाघू पहली बार लड़खड़ाया तो लकड़बघ्घे एक श्रृंखला में एक साथ उसकी ओर बढ़ने लगे। बाघू सँभलकर खड़ा हुआ और अपनी ओर आते लकड़बघ्घों को घूरने लगा। वह निरन्तर उसी ओर देख रहा था परन्तु अपने स्थान से टस से मस नहीं हुआ। बाघू की ओर बढ़ रहे लकड़बघ्घों के साथ–साथ शाका भी बाघू को स्थिर एवम् भयरहित खड़ा देख चकित हुआ।

शाका के निरन्तर कभी बाघू तो कभी उसकी ओर बढ़ रहे अपने लकड़बघ्घे साथियों को देखने पर अचानक उसका ध्यान उन वृक्षों पर गया जो ठीक बाघू की ओर बढ़ रहे लकड़बघ्घों के पीछे थे और जिनकी टहनियाँ एवम् पत्तियाँ इस बात का संकेत दे रही थी कि इस बार तीव्र दिशाहीन तूफानी हवाओं की दिशा सीधे 'डगमग सेतु' की गहरी खाई है।

शाका खतरा भाँप कर ऊँचे स्वर में चीखा...हट जाओ पीछे तूफान है।

शाका को चीखता देख जैसे ही लकड़बघ्घों ने पीछे देखा तो उनकी आँखें फटी की फटी रह गयीं और अपने भीतर ली गयी श्वास को छोड़ने से पूर्व स्वयं को धरती से ऊपर वायु में पाया और उड़ते हुए सीधे गहरी खाई में समा गये।

बाघू की ही भाँति शाका ने भी धरती में धँसे बड़े पत्थर को ढाल स्वरूप बना कर स्वयं को इस तीव्र तूफान से बचा लिया।

अपने साथियों को गहरी खाई में गिरता देख शाका क्रोध से तिलमिला उठा और बिना किसी चेतावनी के बाघू पर टूट पड़ा। एक ओर उसका क्रोध उसके प्रहारों को अधिक बल एवम् शक्ति दे रहा था तो दूसरी ओर उसके द्वारा ग्रहण किये गये शेष 'दिव्य जल' से उसे बिना थके निरन्तर प्रहार करने की ऊर्जा प्राप्त हो रही थी परन्तु बाघू के रक्षात्मक युद्ध कौशल के साथ–साथ प्रहारों की सफलता ने पुनः भेड़िया समूह, तबासि तथा अन्य जीवों की आँखों में चमक एवम् मन में विश्वास का दीपक जला दिया।

अपने प्रत्येक प्रहारों में असफल परन्तु बाघू के कुछ सटीक प्रहारों से घायल शाका ने अपने साथियों को पुनः बाघू को घेरने का संकेत किया।

संकेत पाते ही तीस से पैंतीस लकड़बघ्घे बाघू पर टूट पड़े। बाघू लकड़बघ्घे के प्रहारों से बचने का प्रयास करता है परन्तु अकेला बाघू कब तक इतने लकड़बघ्घों से स्वयं को बचा पाता। इस बार प्रत्येक तीसरे–चौथे बचाव के पश्चात् उसे एक प्रहार घायल कर रहा था।

प्रत्येक दिशा से लकड़बघ्घों द्वारा हो रहे निरन्तर प्रहारों ने बाघू के साहस को कुछ क्षण के लिए विराम दे दिया। असहाय एवम् पूर्ण रूप से थका हुआ बाघू अब केवल रक्षात्मक मुद्रा में खड़ा था। यद्यपि वह घायल एवम् थका हुआ था परन्तु उसके मुख पर भय के लिए कोई स्थान नहीं था। उसकी आँखें अब भी लकड़बघ्घों को उसी प्रकार घूर रही थीं जैसे कोई योद्धा अपने शत्रुओं को घूरता है। उसके श्वास की गति अवश्य ही उसकी घुर्राहट पर भारी पड़ रही थी परन्तु पहले से ही अपने गन्तव्य पर पहुँचा उसका साहस लकड़बघ्घों के साथ–साथ शाका को भी आँखें दिखा रहा था।

बाघू की निरन्तर घुर्राहट एवम् साहस को देख शाका उसकी ओर चार कदम चलते हुए कहता है।

शाका : बाघू, अब इस साहस का प्रदर्शन बन्द करो। तुम चारों ओर से लकड़बघ्घों से घिर चुके हो और अब तुम्हारी मृत्यु निश्चित है परन्तु यदि तुम मेरे पैरों पर गिरकर मुझसे जीवन दान की प्रार्थना करोगे तो मैं तुम पर दया कर तुम्हें जीवन दान दे दूँगा।

बाघू के साहस एवम् घुर्राहट में अब भी हो रही प्रतियोगिता को देख शाका क्रोध से तिलमिला उठा और ऊँचे स्वर में बोला...

शाका : तो ठीक है जिस तरह तेरे पिता को मृत्युलोक पहुँचाया था अब उसी तरह तू भी मृत्युलोक पहुँच जायेगा। जग्गा को मृत्यु दण्ड देने का सौभाग्य तो नहीं मिला था परन्तु तुझे मृत्यु दण्ड देकर मुझे बहुत आनन्द मिलेगा। हा–हा–हा हँसते हुए अपने साथियों से कहता है। बहुत हुआ खेल–खत्म कर दो इस बाघू को।

खाई के उस पार सभी की धड़कनें पुनः थम जाती हैं। वे खुली आँखों से थके एवम् घायल बाघू को देखने लगते हैं।

शाका का संकेत पाते ही लकड़बघ्घे बाघू पर पुनः टूट पड़े। युद्ध के सभी नियमों को तोड़ दर्जनों लकड़बघ्घे अकेले बाघू पर निरन्तर प्रहार करने लगे। बाघू के रक्षात्मक युद्ध कौशल ने उसे लकड़बघ्घों के प्रहारों से कुछ समय तक तो बचाया परन्तु शत्रुओं का संख्याबल,

प्रहारों की संख्या को निरन्तर बढ़ाते हुए बाघू की रक्षात्मक ढाल को भेदता हुआ उसे पुनः घायल कर जाता। निरन्तर प्रहारों से घायल बाघू लड़खड़ाते हुए धरती पर गिर गया और उठने का प्रयास करने लगा। स्वर्ण अवसर भाँप कर शाका ने अपने शरीर को गति देते हुए बाघू पर मृत्यु की छलांग लगा दी। इस दृश्य को देख खाई पार तबासि सहित सभी भयभीत हो गये। बिजली एवम् तितली तो भय से मूर्छित होकर धरती पर गिर गये।

बाघू ने सँभलकर जैसे ही अपना सिर उठाया तो हवा में शाका को स्वयं की ओर आते देखा परन्तु घायल एवम् थके हुए बाघू पर अन्तिम मृत्यु प्रहार करने से पूर्व ही शाका को सिंघा ने अपने अगले पंजों से रोककर सीधे धरती पर पटक दिया। शाका की छाती पर अपने पंजों को रखकर सिंघा ऊँचे स्वर में चीखा...

सिंघा : बाघू तुम शीघ्र पश्चिम मार्ग से होते हुए भेड़िया समूह की सुरक्षा में पहुँचो, लीमू एवम् चीमा अपने साथियों सहित तुम्हें वहाँ तक पहुँचा देंगे।

बाघू, लीमू एवम् चीमा की ओर देखता है जो शाका की नीतियों के विरोधी थे और अपने साथियों के साथ शाका के लकड़बघ्घे साथियों पर प्रहार कर उसके लिए मार्ग बना रहे थे। धुँधले वातावरण में 'डगमग सेतु' के उस पार देखने में असमर्थ बाघू, लीमू एवम् चीमा के साथ पश्चिम दिशा की ओर जाने का निर्णय करता है।

बाघू को जाता देख सिंघा के पंजों में दबा शाका उससे कहता है...

शाका : बाघू, तुम बच कर नहीं जा सकते, मेरे साथी तुम्हें इस क्षेत्र की सीमा पार नहीं करने देगे। "तुम्हें लौटकर यहीं आना होगा.. .तुम्हें लौटकर यहीं आना होगा।"

कुछ और कहने से पूर्व सिंघा शाका के पिछले पैरों पर अपने दाँत गड़ा कर उसे घायल कर देता है। इस भीषण प्रहार द्वारा शाका पीड़ा से कराह उठा और सिंघा से जीवन दान माँगने लगा।

शाका : मुझे क्षमा कर दो सरकार, मुझे क्षमा कर दो।

सिंघा : शाका, तेरा अपराध क्षमा योग्य नहीं, तुझे मृत्यु दण्ड अवश्य मिलेगा।

शाका पर सिंघा के मृत्यु प्रहार से पूर्व दूसरे लकड़बघ्घे सिंघा पर पीछे से प्रहार करने लगे जिससे विवश होकर सिंघा को शाका को छोड़ना पड़ा और शाका ने धरती पर पीछे घिसटते हुए राहत की साँस ली।

कुछ लम्बी साँसें लेकर शाका सँभलते हुए खड़ा उठता है और अपने साथियों से कहता है...

शाका : खत्म कर दो सिंघा को, क्योंकि अब इस जंगल के जीवों के लिए शाका ही सिंघा है।

सभी लकड़बघ्घे सिंघा को घेरकर उस पर प्रहार करने लगे परन्तु सामने से प्रहार का साहस कोई नहीं जुटा पाया। सिंघा एक बड़े पत्थर से स्वयं को सटाकर लकड़बघ्घों पर घुर्राने लगा।

उधर बाघू, लीमू, चीमा तथा दूसरे शाका विरोधी लकड़बघ्घों के साथ पश्चिम दिशा की ओर भाग रहा था। शत्रु लकड़बघ्घे बाघू को लीमू एवम् चीमा के साथ भागता देख हैरान थे परन्तु घायल बाघू उन्हें निहारता हुआ मध्यम गति से भाग रहा था। उसका चिन्तित मन उसकी गति को प्रभावित कर रहा था। कई बातें उसके मस्तिष्क में घूम रही थीं...

१. तेरे पिता की तरह तेरी मृत्यु का कारण भी मैं ही बनूँगा।...शाका द्वारा कही गयी।

२. शाका, सिंघा बनकर जंगल के निवासियों पर अत्याचार कर रहा है।...सिंघा द्वारा कही गयी।

३. हमें शाका से कौन बचायेगा?...जंगल के विभिन्न जीवों द्वारा कही गयीं।

४. तुम अद्‌भुत हो, मत भूलो मनुष्यों के साथ रहकर तुम हम सब से बहुत आगे निकल चुके हो...तबासि द्वारा कही गयी।

५. मैंने इतिहास दोबारा रचते देखा है...हमें हमारा नेता मिल गया है...वृद्ध भेड़िये द्वारा कही गयी।

६. अपने पिता का अधूरा उद्देश्य मैं पूर्ण करूँगा और उनकी मृत्यु का प्रतिशोध लूँगा।...स्वयं बाघू द्वारा कही गयी।

७. बाघू, तुम यहाँ से बचकर नहीं जा सकते। तुम्हें लौटकर आना ही होगा...लौटकर आना ही होगा...शाका द्वारा कही गयी।

इन बातों का स्मरण करते–करते बाघू, लीमू एवम् चीमा सहित लकड़बघ्घों के क्षेत्र की पश्चिम सीमा पर पहुँच जाते हैं।

लीमू : बाघू, बीस कदम के पश्चात् लकड़बघ्घों की सीमा खत्म हो जायेगी। तुम शीघ्र सीमा पार कर अपने समूह की सुरक्षा में चले जाओ।

चीमा : लीमू ठीक कहता है, बाघू। तुम अभी घायल और लहूलुहान हो। इस दशा में तुम्हारा निकल जाना ही उचित है। ये मार्ग गुप्त एवम् सुरक्षित है।

दूसरे लकड़बघ्घे भी इसी बात पर जोर देते हुए बाघू से सीमा पार कर निकल जाने को कहते हैं परन्तु सिर को धरती की ओर झुकाए बाघू लम्बी साँसें भरता रहता है। ये देख लीमू दो कदम आगे बढ़ कर पूछता है...

लीमू : तुम ठीक तो हो बाघू। हम यहाँ अधिक देर तक नहीं रुक सकते। शाका के साथी किसी भी समय यहाँ पहुँच जायेंगे। तुम शीघ्र सीमा पार कर जाओ।

एक लम्बी साँस भरते हुए, बाघू अपने झुके हुए सिर को उठाता है और लीमू एवम् चीमा को देखकर कहता है।

बाघू : मैं यहाँ उन सभी के लिए तो आया हूँ, उनको निमंत्रण देने। तभी तो उनकी प्रतीक्षा कर रहा हूँ।

चीमा : निमंत्रण देने, कैसा निमंत्रण?

बाघू : निमंत्रण, मृत्यु का।

लीमू : मृत्यु का निमंत्रण! मैं कुछ समझा नहीं।

चीमा सहित बाकी लकड़बघ्घे हैरानी जताते हुए बाघू की ओर देखते हैं। बाघू दो कदम उनकी ओर बढ़ते हुए कहता है...

बाघू : बुराई से लड़ने और हमारा साथ देने के लिए मैं तुम सबका धन्यवाद करता हूँ। मुझे सुरक्षित यहाँ तक पहुँचाने तथा अपने लकड़बघ्घों मित्रों से शत्रुता लेकर तुम सबने ये प्रमाण दिया है कि कटींली झाड़ियों में कुछ फूल भी खिल सकते हैं। अब इस घनी कटींली झाड़ियों में से मुझे उन कांटों को तोड़ना ही होगा जो फूलों को बढ़ने से रोकते हैं, चाहे उसमें मेरी मृत्यु ही क्यों न हो जाये।

चीमा : बाघू, तुम ये क्या कह रहे हो ! क्या तुम पुनः 'डगमग सेतु' की ओर जाओगे जहाँ शाका एवम् दूसरे लकड़बघ्घे तुम्हारी प्रतीक्षा कर रहे हैं।

बाघू : मुझे 'डगमग सेतु' की ओर जाना ही होगा परन्तु मैं तुम सबको ये विश्वास दिलाता हूँ कि मैं चाहे रहूँ या न रहूँ लेकिन इस जंगल से बुराई एवम् क्रूरता का ये अध्याय अवश्य ही समाप्त हो जायेगा...कहते ही 'डगमग सेतु' की ओर चल पड़ता है। कुछ कदम चलने के पश्चात् रुककर पीछे देखते हुए कहता है...और हाँ, अब मेरे पीछे मत आना, इसमें खतरा है।

कहते ही मध्यम गति से 'डगमग सेतु' की ओर भागने लगा। लीमू, चीमा तथा दूसरे लकड़बघ्घे उसे जाता देख वही रुककर उसके लिए प्रार्थना करते हैं।

उत्साहवर्धक गीत

बात जो गर सम्मान की हो...२
अपने ही स्वाभिमान की हो...२
कह के जो कर जाये
फिर तो वही निखर के आता है।...२
साहस को न छोड़े जो।
कठिनाईयाँ मोड़े जो।
शत्रु कमर को तोड़े जो।

फिर वही बाघू कहलाता है।...२
घायल है और लहूलुहान।
कम न हुई पर उसकी शान।
देख के शत्रु बदले चाल।
तान के छाती ठोक के ताल।
काल की भांति जाग रहा है।
शत्रुओं को नाप रहा है।
बेमन पीछे भागते शत्रु
लगभग हर कोई काँप रहा है।
ध्यान से देखों, कोई तो मंत्र
महामृत्युंजय जाप रहा है।
बाघू–सिंघा, बाघू–सिंघा, बाघू–सिंघा।

बाघू को अकेला 'डगमग सेतु' की ओर जाता देख जंगल के भीतर खड़े लकड़बघ्घे उस पर लपकते हैं। उन्हें अपनी ओर आता देख बाघू भी अपनी मध्यम गति को तीव्र करते हुए सभी लकड़बघ्घों का इस मृत्यु दौड़ में नेतृत्व करता है। लकड़बघ्घे कभी दाएँ तो कभी बाएँ और कभी सामने से उस पर छलांग लगाते परन्तु बाघू उनके प्रहारों से बचते तथा उन्हें घायल करते हुए 'डगमग सेतु' की ओर उसी तीव्र गति से भागता रहता है। वह इतनी तीव्र गति से वायु को काटता हुआ 'डगमग सेतु' की ओर भाग रहा था, जिस कारण आकाश में उड़ते पक्षियों को जंगल की धरती पर बह रहा वो वायु प्रवाह, किसी योद्धा द्वारा छोड़े गये शक्तिशाली तीर की भाँति प्रतीत हो रहा था। बाघू की तीव्र एवम् विश्वासपूर्ण दौड़ तथा स्थिर आँखें ये संकेत दे रही थीं कि मानो उसने अपना लक्ष्य चुन लिया है और वह उसी लक्ष्य की ओर ही बढ़ रहा है। बाघू का पीछा कर रहे दर्जनों लकड़बघ्घों की आहट चटकती सूखी पत्तियों तथा तीव्र गति से बह रही वायु प्रवाह द्वारा 'डगमग सेतु' पर खड़े शाका और सिंघा के साथ–साथ

खाई के उस पार भेड़िया समूह तक भी पहुँचती है। सभी अपना ध्यान घने जंगल से उनकी ओर आ रहे स्वर पर केन्द्रित करने लगे। एक ओर शाका, बाघू की विवशता के कारण उसके वापिस लौट आने से आश्वस्त होकर मन ही मन खुश हो रहा था तो दूसरी ओर तबासि सहित भेड़िया समूह बाघू के लिए चिन्तित था और वे प्रार्थना कर रहे थे कि बाघू सुरक्षित सीमा पार कर जाये।

गोटी चार कदम बढ़कर तबासि के समीप जाता है जो सबसे आगे खड़ा था।

गोटी : तबासि मुझे पूर्ण विश्वास है कि बाघू 'डगमग सेतु' की ओर आ रहा है। उसने पश्चिम दिशा से सीमा पार नहीं की है।

तबासि : मैं जानता हूँ। बाघू इसी ओर आ रहा है वह इतनी सरलता से हार नहीं मानेगा। अब ये युद्ध बाघू के विश्वास और हमारे संदेह के बीच है। समय किसी भी पल निर्णय सुना सकता है, हम केवल प्रतीक्षा के अतिरिक्त कुछ नहीं कर सकते।...दो कदम आगे बढ़कर भारी स्वर में कहता है।

तारू, ताची सहित सभी भेड़िये तबासि की बात सुन खाई के उस पार देखने लगते है।

सभी शंकाओं की पुष्टि करते हुए बाघू घने जंगल से छलांग लगाता हुआ खुले मैदान में पहुँचकर 'डगमग सेतु' की ओर भागता है। बाघू को उस ओर भागता देख शाका भी खाई के किनारे–2 डगमग सेतु की ओर चलने लगता है और उसके पीछे–पीछे सिंघा भी।

ये देख तबासि ऊँचे स्वर में चीखता है...

तबासि : बाघू, वापस लौट जाओ, तुम इस 'डगमग सेतु' को अपनी छलांग से पार नहीं कर सकते।

तबासि के ये कहते ही सम्पूर्ण भेड़िया समूह एक साथ, एक स्वर में चीखने लगते हैं।

वापस लौट जाओ बाघू, वापस लौट जाओ।

खाई के उस पार से आ रही आवाजों को सुन बाघू आकाश की ओर देखकर 'डगमग सेतु' से कुछ कदम पहले अचानक अपनी बाईं ओर मुड़ते हुए पुनः घने जंगल की ओर भागने लगता है। उसका पीछा कर रहे लकड़बघ्घे भी उसी ओर मुड़ जाते हैं।

'डगमग सेतु' पर इस ओर खड़ा शाका खाई के उस पार देखकर जोर–जोर से ठहाके मारते हुए कहता है...

शाका : देखो, तुम्हारा सरदार यहाँ फँस गया है। न तो वह यहाँ से इस 'डगमग सेतु' को पार कर सकता है और न वहाँ से सीमा पार कर सकता है। बेचारा, अपनी जान बचाने के लिए केवल इधर से उधर भाग रहा है, क्या यही है भेड़ियों का सरदार, एक कायर ...हा–हा–हा।

शाका की बातें सुन खाई के उस पार सभी के शीश झुक गए और कुछ तो आशा को त्याग कर वहीं बैठकर रोने लगे परन्तु शाका की हँसी के पूर्ण होने से पूर्व तिलु, गोटी और टीगो उस पार घने जंगल में उड़ रही धूल एवम् सूखी पत्तियों से अनुमान लगाते हुए एक साथ चीखते हैं...

वो देखो, बाघू पुनः इसी ओर आ रहा है

ये कहते ही बाघू पुनः छलांग लगाता हुआ खुले मैदान में आकर 'डगमग सेतु' की ओर पूर्ण शक्ति से भागने लगा। इस बार उसकी गति अधिक तीव्र प्रतीत हो रही थी। उसकी स्थिर आँखें शायद ये बता रही थीं कि उसने अपने लक्ष्य पर ध्यान केन्द्रित कर लिया है, इसलिए वह मार्ग से विचलित तथा प्रत्येक दिशा से प्रहार करने वालों लकड़बघ्घों पर प्रहार करने के स्थान पर स्वयं को बचाने के साथ–साथ अपनी तीव्र गति को बिना प्रभावित किये हुए 'डगमग सेतु' की ओर दौड़ता रहा। बाघू आगे–आगे तो पीछे दर्जनों लकड़बघ्घे। अब तो लगभग सारे लकड़बघ्घे प्रत्येक दिशा से खुले मैदान पर पहुँच गये थे और बाघू को घेरते हुए आगे बढ़ रहे थे जिस कारण अब बाघू का पीछे लौटना असम्भव था।

खाई के उस पार की उदासी एवम् शान्ति ये बता रही थी कि उनका संदेह बाघू के विश्वास पर विजय पा रहा है परन्तु स्वयं पर हावी हो

रहे संदेह के साथ निराशा में डूबे तबासि सहित सभी भेड़ियों ने बाघू की विश्वास एवम् साहस से पूर्ण तीव्र दौड़ को अनदेखा कर दिया था।

इस निराशा से पूर्ण वातावरण को वृद्ध भेड़िया अपने विश्वास भरे स्वर से आशा में परिवर्तित करते हुए...बुलन्द स्वर में कहता है...

- बाघू, तुम महान हो।
- तुम बुद्धिमान और वीर योद्धा हो।
- अपने पिता के समान तुम भी धर्म के मार्ग पर चले और सबको न्याय एवम् सुरक्षा प्रदान की है।
- हम सबको तुम पर गर्व है और अभिमान भी। तुम हमारा शौर्य हो और सम्मान भी।

ये सुनते ही तबासि सहित सभी नये उत्साह से भर जाते हैं। तबासि चार कदम आगे बढ़कर बाघू–बाघू का जयघोष करना प्रारम्भ कर देता है। तबासि के साथ–साथ बाकी सब भी बाघू का जयघोष करने लगे जिसे सुन बाघू के उत्साह एवम् गति में चमत्कारी वृद्धि होती है। वह अपनी पूर्ण शक्ति एवम् अन्तिम ऊर्जा से बल लेते हुए उस बड़े पत्थर की ओर दौड़ता है जो ठीक 'डगमग सेतु' एवम् शाका के बीच में था।

बाघू को अपनी ओर आता देख शाका उस पर प्रहार के लिए तैयार होते हुए उस बड़े पत्थर के समीप घात लगा कर बैठ जाता है। बाघू बिजली–के समान तीव्र गति से उस पत्थर की ओर भागता है। बाघू के समीप आने पर शाका जैसे ही प्रहार के लिए बढ़ता है तो अपनी पिछली टाँगों को सिंघा के जबड़ों में पाकर सहम जाता है। सिंघा इस बार बिना समय नष्ट किये अपने शक्तिशाली जबड़े से उसकी हड्डियों को तोड़ कर मसल देता है। शाका पीड़ा से कराहता हुआ धरती पर पलटकर भागते हुए बाघू को देखता रह जाता है।

पूर्ण शक्ति एवम् अन्तिम ऊर्जा के बल पर निरन्तर एवम् अविरल भागता हुआ बाघू उस बड़े पत्थर को एक प्लेट फार्म की भाँति उपयोग

कर ठीक टूटे हुए 'डगमग सेतु' के समीप से एक बड़ी छलांग लगा देता है। उसके पीछे आ रहे दर्जनों लकड़बघ्घे ठीक खाई के छोर पर रुक कर बाघू को हवा में उड़ता देख कर हँसने लगे परन्तु खाई के दूसरी ओर निराश भेड़िया समूह तथा अन्य जीव भावुक होकर बाघू को निहारते रहते हैं। तबासि सहित बाकी सदस्य भी बाघू के साथ बिताए पलों को याद करते हैं।

अपनी पूर्ण शक्ति एवम् अन्तिम शेष ऊर्जा के बल पर लगायी गयी छलांग के चरम एवम् खाई के मध्य में पहुँचने से कुछ क्षण पूर्व बाघू पीछे मुड़कर देखता है तो राहत की साँस लेता है। 'जलवायु पर्वत' का दिशाहीन तीव्र तूफान भी सीधे खाई के समीप पहुँच गया था। दिशाहीन तूफान की गति एवम् बल इतनी तीव्र था कि खाई के छोर पर खड़े शाका, सिंघा तथा दूसरे लकड़बघ्घों को सँभलने का अवसर तक नहीं मिला और वे सभी तीव्र तूफान में उड़ते हुए सीधे गहरी खाई में गिरते चले गये।

शाका, सिंघा तथा कुछ लकड़बघ्घे तो उस तीव्र तूफान में उड़ते हुए ठीक बाघू के समीप तक पहुँच गये जो स्वयं अपनी छलांग के चरम एवम् गुरुत्वाकर्षण की पकड़ से कुछ पल दूर था। अपनी छलांग के चरम पर पहुँचकर जैसे ही बाघू ने गुरुत्वाकर्षण का बल अनुभव किया तो उसने अपने फैले हुए अगले और पिछले पैरों से वायु को काटना प्रारम्भ कर अपनी गिरने की गति में कुछ क्षण का अवरोध एवम् विलम्ब उत्पन्न करने का प्रयास किया।

मृत्यु के इस अन्तिम द्वार पर भी बाघू के साहस एवम् ज्ञान का श्रेष्ठ प्रदर्शन रंग लाया और गहरी खाई में गिरने से ठीक पूर्व दिशाहीन तीव्र तूफान द्वारा दिये गये शक्तिशाली धक्के ने बाघू को वायु में उड़ाते हुए खाई के उस पार छोर पर सबसे आगे खड़े तबासि पर पटक दिया और दोनों लुढ़कते हुए सँभलकर खड़े हो गये।

बाघू को सकुशल अपने समीप पाकर भेड़िया समूह के साथ दूसरे जंगल के वासी भी प्रसन्न हो उठे और सम्पूर्ण वातावरण को

बाघू–बाघू के जयघोष से भर दिया। गहरी खाई में मृत शाका तथा अन्य लकड़बघ्घों के समीप गिरकर अपनी अन्तिम साँसें ले रहा सिंघा जग्गा को याद करता है।

सिंघा : जग्गा सरदार, मुझे अपने बुरे कर्मों का दण्ड मिल गया परन्तु इस बात का सन्तोष है कि मुझे ये दण्ड तुम्हारे पुत्र द्वारा मिला। बाघू के हाथों मृत्यु प्राप्त कर मैं धन्य हो गया...कहते ही मृत्यु को प्राप्त हो जाता है।

सूर्य के मध्यम एवम् सुनहरे प्रकाश से भरते आकाश के साथ–साथ खाई के ऊपर बाघू को घेरे और उसका जयघोष कर रहे सभी जंगलवासी भी सुनहरे भविष्य की कामना करने लगे थे।

ताची, बाघू की ओर बढ़कर कहता है...

ताची : बाघू तुम्हें सुरक्षित अपने समीप पाकर मैं इतना खुश हूँ कि तुम्हें बता नहीं सकता। पिताजी के बाद यदि तुम्हें भी खो देता तो मैं बिलकुल टूट जाता...भावुकता भरे स्वर में कहता है।

तारू : तुम अद्‌भुत हो, तुम महान हो। शायद तुम जैसा बनने में मुझे कई जन्म लेने पड़ें परन्तु मैं कामना करता हूँ कि प्रत्येक जन्म में तुम ही मेरे सरदार बनो।

बिजली : बाघू तुम्हें जीवित देखकर मेरा मन शान्त हो गया है और अब मुझे इस जंगल का सुनहरा भविष्य दिखने लगा है। जब यहाँ पुनः भयमुक्त एवम् शान्तिपूर्ण वातावरण होगा...फिर तितली की ओर जाते हुए कहती है,...'तितली' अब रोने के नहीं हँसने के दिन आने वाले हैं।

तबासि : मुझे क्षमा कर दो बाघू, जो मैंने तुम्हारे विश्वास से अधिक अपने संदेह को महत्व दिया परन्तु मुझे इस बात का हर्ष है कि तुम्हारा विश्वास विजयी बना और मेरा संदेह पराजित हुआ।

सबको सुनने के पश्चात् बाघू दो कदम बढ़कर कहता है...

बाघू : आप सब के मन के भावों, विचारों एवम् सम्मान का धन्यवाद करता हूँ परन्तु मैं आप सबको ये बताना चाहता हूँ कि मैंने वही किया है जो किसी समूह के मुखिया को करना चाहिए। यदि आप सबका

साथ नहीं मिलता तो हम विजयी नहीं होते। केवल मैं ही नहीं, आप सब भी इस बधाई एवम् सम्मान के हकदार हैं।

गुरु भालूका : बाघू तुम जैसा शिष्य पाकर मैं गर्व का अनुभव कर रहा हूँ।

गुरु भालूचा : ठीक कहा मित्र, भालूका। अभी तक हमारे विद्यालय में शिक्षा प्राप्त करना सबके लिए गर्व की बात थी परन्तु बाघू जैसा शिष्य पाकर हम गुरुओं को गर्व का अनुभव हो रहा है...ये कहते ही गुरु भालूचा एवम् भालूका एक दूसरे के गले मिलते हैं। दोनों गुरुओं का गले मिलना सबकी खुशी को अधिक बढ़ा देता है।

तिलु को सिर झुकाए उदास बैठा देख गोटी और टीगो उसके समीप जाकर पूछते हैं।

गोटी : तिलु, क्या हुआ? तुम उदास क्यों लग रहे हो?

टीगो : हाँ, देखो बाघू इस ओर सुरक्षित पहुँच गया है और एकदम ठीक है। हमने लकड़बघ्घों को पराजित कर दिया है।

ये देख बाघू, तिलु के समीप जाकर कहता है।

बाघू : मैं जानता हूं कि तिलु उदास क्यों है?

गोटी : क्या तुम जानते हो?

टीगो : तो शीघ्र बताओ। आखिर तिलु मुँह लटका कर क्यों बैठा है?

बाघू : तिलु को इस बात की चिन्ता है कि मैं उसके साथ शहर वापस जाऊँगा या नहीं?...दो कदम पीछे चलकर कहता है।

ये सुन तिलु तुरन्त खड़ा होकर बाघू के समीप जाते हुए पूछता है।

तिलु : हाँ तुमने ठीक कहा, बाघू। मुझे यही चिन्ता खाये जा रही है। एक बार कह दो कि तुम मेरे साथ शहर वापस लौट चलोगे तो मुझे शान्ति मिल जायेगी। हम सब फिर से वहाँ बहुत मजा करेंगे। बस एक बार कह दो।

तिलु का इस तरह बाघू से शहर चलने को बार–बार कहना तबासि सहित सभी को चिन्तित कर गया और सभी बाघू की ओर देखने लगे।

कुछ क्षण शान्त रहने के पश्चात् बाघू पीछे मुड़कर तिलु से कहता है।

बाघू : नहीं, अब मैं तुम्हारे साथ शहर नहीं जा सकता। मुझे यहीं रहना होगा, इन सब के साथ।

ये सुन तबासि, तितली, ताची तथा बिजली सहित सभी में हर्ष की लहर दौड़ पड़ी परन्तु वे अपने आँखों के अन्तिम द्वार पर खड़ी आँसुओं की कतार को रोक नहीं पाये जो शान्त होते हुए मन के साथ ही झलक गयीं।

तिलु : बाघू क्या तुम भूल गये कि हमने कितना समय एक साथ बिताया है। मैं, तुम, गोटी और टीगो शहर में एक साथ खेला करते थे। मैं तुम्हारे बिना शहर में कैसे रहूँगा? गोटी, टीगो तुम ही समझाओ बाघू को...दोनों के समीप जाते हुए कहता है।

गोटी और टीगो तो बस बाघू को देखते रहते हैं।

बाघू : तिलु, मैं कुछ नहीं भूला। मुझे सब याद है तुम्हारे, गोटी और टीगो के साथ वो बिताए पल जहाँ हमने खूब मजा किया। वो सारी यादें हमेशा मेरे मन के पास ही रहेंगी और जब मैं उन पलों को याद करूँगा वो मुझे खुशी देंगी। मैं जानता हूँ कि तुमने और तुम्हारे परिवार ने मुझे नया जीवन दिया जिसका ऋण मैं कभी नहीं चुका सकता। तुम्हारे द्वारा दिये गये नये जीवन के कारण ही मैं अपने परिवार से मिला और इनके कुछ काम आ सका। इस सबका श्रेय तुमको और तुम्हारे परिवार को जाता है। एक नजर देखो इन सबको, क्या तुम्हें लगता है कि तुम्हारे साथ जाने से ये सभी खुश रहेंगे और सच तो ये है कि अब इनसे दूर रहकर मैं भी खुश नहीं रह पाऊँगा।

तिलु जंगल के सभी जीवों को निहारता है जो पुनः उदास लग रहे थे।

बाघू : यदि तुम्हें अब भी ये लगता है कि मुझे तुम्हारे साथ चलना चाहिए तो मैं तुम्हारे साथ शहर चलूँगा क्योंकि तुमने मुझे नया जीवन दिया है।...कहता हुआ सिर झुका लेता है।

कुछ क्षण शान्त रहने के पश्चात् सबको निहारता हुआ तिलु, सिर झुकाए बाघू से कहता है।

तिलु : मुझे क्षमा कर दो, बाघू। मैं केवल अपनी खुशी के लिए इन सबको दुःखी नहीं कर सकता। इतना स्वार्थी नहीं है तुम्हारा तिलु। ये कहते ही तिलु बाघू से लिपट जाता है।

गोटी : हम भी तुम्हारे साथ यहीं रहेंगे।

टीगो : जब देखो उलटी बातें करता है...मन में कहता हुआ परन्तु मुख से दुःख प्रकट करता है।

बाघू : नहीं, तुम दोनों को भी तिलु के साथ शहर जाना होगा। शहर की सुरक्षा अब तुम दोनों के हाथों में है।

तिलु : क्या, अब हम कभी नहीं मिलेंगे?

बाघू : नहीं, ऐसा नहीं है। मैं प्रत्येक पूर्ण चन्द्रमा की रात्रि के अगले दिन इस जंगल की उत्तरी सीमा पर तुम्हारी प्रतीक्षा करूँगा, जहाँ दूसरे शहरी मनुष्य जंगली जीवों को देखने आते हैं। यदि तुम्हारा मुझसे मिलने का मन करे तो तुम गोटी और टीगो के साथ वहाँ आ जाना। ठीक है।

तिलु : ठीक है...कहते ही एक बार फिर से बाघू के गले से लिपट जाता है।

बाघू के गले से लिपटे तिलु ने कान में एक शोर का अनुभव किया, जैसे कोई उसका नाम लेकर पुकार रहा हो। तिलु ने पीछे मुड़कर देखा तो पाया कि नरू और पाई उसे बुला रहे हैं। उन्हें आता देख बाकी सभी जंगली जीव छिप जाते हैं।

नरू : तिलु–तिलु, शीघ्र इधर आ जाओ। वहाँ खतरा है।

पाई : तिलु–तिलु, तुम कहाँ थे? हम सब तुम्हें कल से ढूँढ़ रहे हैं...हाथ हिलाते हुए कहता है।

नरू और पाई के पीछे खेल अध्यापक के साथ–साथ दूसरे बच्चे भी तिलु को हाथ हिलाकर उनकी ओर आने का संकेत करते हैं।

बाघू : तिलु, अब तुम्हें जाना होगा वो सब तुम्हारे लिए चिन्तित हैं।

तिलु : ठीक है, जाता हूँ परन्तु याद रखना मैं तुमसे मिलने आता रहूँगा...कहते हुए गोटी और टीगो के साथ नम आँखों से नरू और पाई की ओर धीमे कदमों से चल पड़ता है।

बाघू : मैं भी तुम्हारी प्रतीक्षा करूँगा, ऊँचे स्वर में कहता हुआ कुछ दूर तक तिलु, गोटी और टीगो के पीछे चलता है।

नरू और पाई के समीप पहुँचकर तिलु दोनों से गले मिलता है, फिर बाघू को देख कर पाई पूछता है...

पाई : ये वही कुत्ता है न जो तुम सब के साथ शहर में रहता था।

नरू : हाँ, ये वही कुत्ता है परन्तु अब बहुत बड़ा लग रहा है।

पाई : तुमने क्या नाम बताया था इसका? मुझे याद नहीं आ रहा।

नरू : इसका नाम है, बाघू।

पाई : हाँ, बाघू। मैं तो भूल ही गया था।

तिलु : नहीं, इसका नाम बाघू नहीं है।

नरू के साथ गोटी और टीगो भी तिलु की ओर आश्चर्य भरी आँखों से देखते हैं।

नरू : तो क्या नाम है इसका?

तिलु : अब इसका नाम बाघू नही ...**'बाघूसिंघा'** है। **बाघूसिंघा**, पुनः ऊँचे स्वर में दोहराता है।

ये नाम सुन बाघू छलांग लगाता हुआ एक विशाल पत्थर के शीर्ष पर पहुँचकर तीन बार भौंकता है और फिर एक भेड़िये की ही भाँति सिर को आकाश की ओर कर विचित्र स्वर निकालते हुए जंगल में एक नये अध्याय के आरम्भ की पुष्टि करता है।

बाघू के इस विचित्र स्वर को सुन तबासि सहित सभी जीव बाहर निकल आये और सूर्य की सुनहरी लालिमा के समक्ष विशाल पत्थर पर चढ़े बाघू की अद्भुत उत्साहित काया देखकर हर्षित हो उठे।

.....समाप्त......